Cosecha
de almas

This Large Print Book carries the
Seal of Approval of N.A.V.H.

Cosecha de almas

Tim LaHaye

Jerry B. Jenkins

Thorndike Press • Waterville, Maine

Published in 2003 by arrangement with Editorial Unilit,
a division of Spanish House, Inc.
Publicado en 2003 en cooperación con Editorial Unilit,
a division of Spanish House, Inc.

Thorndike Press® Large Print Spanish Series.
Thorndike Press® La Impresión grande la Serie española.

The tree indicium is a trademark of Thorndike Press.
El símbolo del árbol es una marca registrada de Thorndike
Press.

The text of this Large Print edition is unabridged.
El texto de ésta edición de La Impresión Grande está
inabreviado.

Other aspects of the book may vary from the original edition.
Otros aspectros de éste libro podrían variar de la edición
original.

Set in 16 pt. Plantin.
Impreso en 16 pt. Plantin.

Printed in the United States on permanent paper.
Impreso en los Estados Unidos en papel permanente.

Library of Congress Control Number: 2003105886
ISBN 0-7862-5661-3 (lg. print : hc : alk. paper)

PRÓLOGO

Del final del libro de Nicolás

El corazón de Camilo se paró al ver la aguja del campanario de la Iglesia del Centro de la Nueva Esperanza. Tenía que estar a menos de seiscientos metros de distancia, pero la tierra todavía estaba batiéndose. Las cosas seguían estrellándose. Los árboles enormes se caían arrastrando cables de corriente eléctrica a la calle. Camilo pasó varios minutos abriéndose paso por entre los escombros y pasando por encima de enormes pilas de madera, polvo y cemento. Mientras más se acercaba a la iglesia, más vacío sentía su corazón. Ese campanario era lo único que seguía en pie. Su base descansaba nivel del suelo. Las luces del Range Rover iluminaron las bancas, apoyadas incongruentemente en hileras ordenadas, algunas de ellas intactas. El resto del santuario, las vigas arqueadas, los ventanales, todo había desaparecido. El edificio de la administración, las salas de clase, las oficinas estaban aplastadas en el suelo en una pila de ladrillos, vidrio y cemento.

5

Se veía un automóvil en un cráter de lo que fue el estacionamiento. El fondo del automóvil estaba aplastado contra el suelo, los cuatro neumáticos explotados, los ejes quebrados. Dos piernas humanas desnudas sobresalían del automóvil. Camilo detuvo el Range Rover a unos cien pies de ese caos. Hizo el cambio a estacionamiento y apagó el motor. La puerta de su lado no se abría, Soltó el cinturón de seguridad y salió por el lado del pasajero. Y de repente cesó el terremoto. El sol reapareció. Era una mañana de lunes, brillante y soleada en Monte Prospect, Illinois. Camilo sentía cada hueso de su cuerpo. Fue tambaleándose por el disparejo suelo hacia ese pequeño automóvil aplastado. Cuando estuvo cerca, vio que al cuerpo aplastado le faltaba un zapato. El que quedaba confirmó, no obstante, su temor. Loreta había sido triturada por su propio automóvil.

Camilo tropezó y cayó de cara al suelo, con algo que le raspó la mejilla. Lo ignoró y gateó al automóvil. Se afirmó y empujó con toda su fuerza, tratando de sacar el automóvil de encima del cadáver. No cedía. Todo en él gritaba contra dejar a Loreta allí pero ¿adónde iba a llevar el cuerpo de poder soltarlo? Sollozando ahora, se arrastró por los escombros, buscando una entrada al refugio subterráneo. Pequeñas zonas reconocibles del salón social le permitieron gatear alrededor de lo que quedaba de la iglesia aplastada. El conducto que llevaba al campanario se había roto. Se abrió camino por encima de ladrillos y trozos de madera. Finalmente encontró el eje del ventilador. Puso sus manos alrededor del orificio y gritó, para abajo: —¡Zión! ¡Zión! ¿Estás ahí?

Volvió el rostro y puso su oreja contra el eje, sintiendo el aire frío que salía del refugio.

—¡Aquí estoy, Camilo! ¿Puedes oírme?

—¡Te escucho, Zión! ¿Estás bien?

—¡Estoy bien! ¡No puedo abrir la puerta!

—¡De todos modos, no quieras ver lo que pasa aquí arriba, Zión! —gritó Camilo, con sus voz debilitándose.

—¿Cómo está Loreta?

—¡Partió!

—¿Fue el gran terremoto?

—¡Sí!

—¿Puedes llegar a mí?

—Llegaré a ti aunque sea lo último que haga, Zión! ¡Necesito que me ayudes a buscar a Cloé!

—¡Yo estoy bien por ahora, Camilo! ¡Te esperaré!

Camilo se dio vuelta para mirar en dirección a la casa de seguridad. La gente se tambaleaba en harapos, sangrando. Algunos se caían y parecían morir frente a sus ojos. No sabía cuánto tiempo le llevaría llegar hasta Cloé. Estaba seguro que no querría ver lo que encontraría allí, pero no se iba a detener hasta hacerlo. Si había una posibilidad en un millón de llegar a ella, de salvarla, él lo haría.

El sol había reaparecido sobre Nueva Babilonia. Raimundo instó a McCullum a que siguiera volando hacia Bagdad. Donde miraran los tres, había destrucción. Cráteres de los meteoros. Incendios ardiendo. Edificios aplastados. Caminos deshechos.

Cuando se pudo ver el aeropuerto de Bagdad, Raimundo inclinó su cabeza y lloró. Los inmensos aviones estaban retorcidos, algunos sobresaliendo de enormes cavidades del suelo. La terminal estaba derrumbada. La torre, demolida. Los cadáveres sembrados por todas partes.

Raimundo le hizo señas a Mac para que aterrizara el helicóptero. Pero al revisar la zona, Raimundo supo. La única oración por Amanda o por Patty era que sus aviones aún estuvieran en el aire cuando esto ocurrió.

Cuando las hélices dejaron de zumbar, Carpatia se dio vuelta a los otros dos.

—¿Alguno de ustedes tiene un teléfono que funcione?

Raimundo estaba tan disgustado que se estiró por encima de Carpatia y abrió la puerta. Se deslizó por atrás del asiento de Carpatia y saltó al suelo. Entonces se estiró, soltó el cinturón de Carpatia. lo tomó por las solapas y lo sacó a tirones del helicóptero. Carpatia aterrizó sobre sus posaderas en el suelo disparejo. Se paró de un salto, rápido, como para pelear. Raimundo le dio un empujón contra el helicóptero.

—Capitán Steele, entiendo que esté alterado pero...

—Nicolás —dijo Raimundo, disparando sus palabras por entre dientes apretados—, usted explique esto como quiera pero déjeme ser el primero en decírselo: ¡Acaba de ver la ira del Cordero!

Carpatia se encogió de hombros. Raimundo le dio un último empujón contra el helicóptero y se fue tambaleando. Orientó su cara hacia la terminal del aeropuerto, a un cuarto de milla de distancia. Oró que esta fuera la última vez que tuviera que buscar el cadáver de un ser amado entre los escombros.

Cuando el Cordero abrió el séptimo sello, hubo silencio en el cielo como por medio hora.

Y vi a los siete ángeles que están de pie delante de Dios, y se les dieron siete trompetas.

Otro ángel vino y se paró ante el altar con un incensario de oro, y se le dio mucho incienso para que lo añadiera a las oraciones de todos los santos sobre el altar de oro que estaba delante del trono.

Y de la mano del ángel subió ante Dios el humo del incienso con las oraciones de los santos.

Y el ángel tomó el incensario, lo llenó con el fuego del altar y lo arrojó a la tierra, y hubo truenos, ruidos, relámpagos y un terremoto.

Entonces los siete ángeles que tenían las siete trompetas se prepararon para tocarlas.

Apocalipsis 8:1—6.

Uno

Raimundo Steele vestía el uniforme del enemigo de su alma, y se odiaba por eso. Avanzaba a grandes zancadas por la arena de Irak en dirección al aeropuerto de Bagdad, metido en su uniforme azul y golpeado por lo incongruente de todo lo que pasaba.

Oía los gemidos y alaridos de cientos de personas, del otro lado de la llanura reseca, gente a la que ni siquiera podía pensar en socorrer. Todo ruego de encontrar viva a su esposa dependía de la rapidez con que pudiera llegar a ella, pero ahí no había forma de ir rápido. Solamente arena y ¿qué de Cloé y Camilo en los Estados Unidos? ¿y Zión?

Desesperado, frenético, enloquecido de rabia, se arrancó su elegante chaleco con su trenzado amarillo, sus pesadas charreteras y brazaletes que lo identificaban como un alto funcionario de la Comunidad Global. Raimundo no se dio tiempo para desabrocharse los botones de oro puro si no que los tiró bruscamente al suelo arenoso. Dejó que la chaqueta hecha a medida se deslizara de sus hombros y tomó el cuello con sus puños. Levantó tres, cuatro, cinco veces la chaqueta por encima de su cabeza estrellándola contra el suelo. El polvo salió volando y la arena moteó sus zapatos de charol legítimo.

Raimundo pensó dejar tirados ahí todos los vestigios de su relación con el régimen de Nicolás Carpatia pero su atención se desvió, de nuevo, a los brazaletes lujosamente diseñados. Tiró de ellos tratando de desgarrarlos para quitárselos, como si estuviera despojándose de su propio rango al servicio del anticristo pero la finísima confección no dejaba siquiera meter una uña entre las puntadas; Raimundo volvió a azotar la chaqueta contra el suelo. Se paró encima dándole patadas, como un extra, dándose cuenta, por fin, de lo que la hacía más pesada. Su teléfono celular estaba en el bolsillo.

Al arrodillarse para recuperar su chaqueta la lógica majadera de Raimundo volvió —ese pragmatismo que lo hacía ser quien era—. Sin saber nada de lo que pudiera hallar en las ruinas de su vivienda, no podía tratar como basura lo que podía ser la única ropa que le quedaba.

Raimundo metió los brazos en las mangas, como un niñito al que se le obliga a ponerse una chaqueta en un día caluroso. No se molestó en sacudir la arenilla pegada así que, mientras se lanzaba hacia los restos de la armazón del aeropuerto, el delgado cuerpo de Raimundo impresionaba menos que de costumbre. Podía pasar como superviviente de un avión estrellado, un piloto que perdió su gorra y al que le arrancaron los botones del uniforme.

Raimundo no lograba recordar que hiciera algo de fresco antes del crepúsculo en todos los meses que llevaba viviendo en Irak pero algo del terremoto había cambiado no sólo la topografía sino también la temperatura. Raimundo se había acostumbrado a las camisas húmedas y a la película pegajosa en su piel pero, ahora, el viento, ese raro y misterioso soplo, lo heló mientras marcaba el número rápido de Mac McCullum llevándose el teléfono a la oreja.

En ese instante escuchó el chirrido zumbón del helicóptero de Mac detrás de él. Se preguntó dónde iban.

—Aquí Mac —se oyó la voz grave de McCullum.

Raimundo giró rápido y miró al helicóptero que eclipsaba al sol poniente. No puedo creer que esta cosa funcione —dijo. El la había azotado contra el suelo y la había pateado pero también supuso que el terremoto había derribado todas las torres celulares cercanas.

—Ray, esto no funcionará tan pronto como me salga del alcance —dijo Mac—. Todo está en el suelo dentro de lo que alcanzo a ver, Estas unidades funcionan como *walkietalkies* cuando estamos cerca. Cuando necesites un empujón celular no lo hallarás.

—¿Hay alguna probabilidad de llamar a los Estados Unidos?

—Fuera de cuestión —dijo Mac—. Ray, el Potentado Carpatia quiere hablar contigo pero primero...

—Yo no quiero hablar con él y se lo puedes decir.

—Pero antes que te ponga con él —.continuó Mac— tengo que recordarte que nuestra reunión, la tuya y la mía, sigue pendiente para esta noche, ¿correcto?

Raimundo se detuvo y contempló el suelo, pasándose la mano por el pelo. —¿Qué? ¿De qué hablas?

—Muy bien, entonces, muy bien —dijo Mac—. Entonces seguimos con nuestra reunión a la noche. Ahora el Potentado.

—Entiendo que quieres hablar conmigo más tarde, Mac, pero no me comuniques con Carpatia o te juro que...

—Espera al Potentado.

Raimundo pasó el teléfono a su mano

derecha listo para estrellarlo contra el suelo pero se frenó. Cuando se reabrieran los canales de comunicación deseaba poder saber de sus seres queridos.

—Capitán Steele —llegó la voz sin emociones de Nicolás Carpatia.

—Aquí estoy —dijo Raimundo dejando que se trasluciera su disgusto. Él suponía que Dios le perdonaría todo lo que le dijera al anticristo pero se tragó lo que realmente quería decir.

—Aunque ambos sabemos cómo yo *pudiera* reaccionar a su egregia insolencia e insubordinación —dijo Carpatia—, yo opto por perdonarle.

Raimundo siguió caminando, apretando los dientes para impedirse gritarle a ese individuo.

—Puedo decir que usted no sabe cómo expresar su gratitud —continuó Carpatia—, ahora, escúcheme bien. Tengo un lugar seguro y provisiones donde se reunirán conmigo mis embajadores internacionales y mi personal. Usted y yo sabemos que nos necesitamos mutuamente, así que le sugiero...

—Usted no me necesita —dijo Raimundo—, y yo no necesito de su perdón. Usted tiene un piloto perfectamente capacitado a su lado así que deje que yo le sugiera que me olvide.

—Sólo esté listo cuando él aterrice —dijo Carpatia, con el primer indicio de enojo en su voz.

—El único lugar donde aceptaré que me lleve es al aeropuerto dijo Raimundo—, y casi llego ahí. No haga que Mac baje más cerca de este horror.

—Capitán Steele —recomenzó Carpatia, condescendiente—. Admiro su fe irracional en que puede encontrar a su esposa en alguna forma pero ambos sabemos que eso no va a pasar.

Raimundo no dijo nada. Temía que Carpatia tuviera la razón pero nunca le daría la satisfacción de admitirlo. Y, por cierto, nunca dejaría su búsqueda hasta estar convencido de que Amanda no había sobrevivido.

—Venga con nosotros, capitán Steele. Sólo embarque de nuevo, y yo trataré su estallido como si nunca...

—¡Yo no voy a ninguna parte hasta que encuentre a mi esposa! Déjeme hablar con Mac.

—El oficial McCullum está ocupado. Yo le daré el mensaje.

—Mac podría volar esa cosa sin manos. Ahora, déjeme hablar con él.

—Si no es así entonces no hay mensaje, capitán Steele.

—Bueno, usted gana, sólo dígale a Mac...

—Ahora no es momento para descuidar el protocolo, capitán Steele. Un subordinado perdonado tiene que dirigirse a su superior como corresponde...

—Está bien, *Potentado* Carpatia, sólo dígale a Mac que venga a recogerme a las 22:00 horas si no encuentro forma de regresar.

—Y por si hallara cómo volver, el refugio está a tres y medio *clics*[1] al noreste de los cuarteles generales originales. Usted tendrá que saber el siguiente santo y seña: "Operación Ira".

—¿Qué? —*¿Carpatia sabía que esto venía?*

—Me escuchó bien capitán Steele.

Camilo "el Macho" Williams trepó ansiosamente la pila de escombros que había al lado del tubo de ventilación por donde había oído la voz sana y clara del rabino Zión Ben-Judá, atrapado en el refugio subterráneo. Zión le había asegurado que no estaba herido, solamente asustado y con claustrofobia. Ese lugar ya era pequeño sin que la iglesia se le derrumbara encima. Camilo sabía que no pasaría mucho tiempo sin que el rabino, al no tener salida si alguien no hacía un túnel, se iba a sentir como un animal enjaulado.

Si Zión hubiera estado corriendo peligro inmediato, Camilo hubiera excavado con sus manos desnudas para liberarlo, pero él se sentía como un médico, esperando que se definiera el estado del paciente, para poder determinar quién era el que necesitaba su ayuda con más urgencia. Asegurándole a Zión que iba a volver, se dirigió a la casa de seguridad para buscar a su esposa.

Camilo tuvo que volver a arrastrarse cerca de los restos de la querida Loreta para poder pasar por los escombros de lo que había sido la única iglesia que él había conocido. Qué buena amiga había sido Loreta, primero para el difunto Bruno Barnes y, luego, con el resto del Comando Tribulación, el cual había comenzado con cuatro: Raimundo, Cloé, Bruno y Camilo. Amanda se sumó. Bruno se perdió. Zión se sumó.

¿Sería posible que ahora hubieran quedado reducidos a nada más que a él y Zión? Camilo no quería ni pensarlo. Encontró su reloj enterrado con barro, asfalto y una capa de fragmento del parabrisas. Limpió el cristal con su pantalón y sintió que la filosa mezcla le rompía la tela de la pierna del pantalón y le cortaba la rodilla. Eran las nueve de la mañana en Monte Prospect y Camilo oyó una sirena que sonaba dando la alarma aérea. Era una sirena de alarma de tornados, y las sirenas de vehículos de emergencia —una de ellas, cerca, las otras dos, más lejos. Gritos. Alaridos. Sollozos. Motores.

¿Podría vivir sin Cloé? A Camilo se le había dado una segunda oportunidad. El estaba ahí por un propósito. El quería que el amor de su vida estuviera a su lado, y oró —advirtió que en forma egoísta— rogando que ella no lo hubiera precedido al cielo.

Camilo se dio cuenta de la hinchazón de su mejilla izquierda, gracias a su visión periférica. No había sentido dolor ni sangre y había supuesto que la herida era de poca monta. Ahora tenía sus dudas. Buscó en el bolsillo de la chaqueta sus anteojos de sol de cristales espejados. Uno estaba deshecho en pedazos. En el reflejo del otro vio una cara como de espantapájaros, con el pelo desordenado, los ojos blancos de miedo, la boca abierta que boqueaba por aire. La herida no sangraba pero parecía profunda. No había tiempo para tratarla.

Camilo vació el bolsillo de su camisa pero conservó los marcos de los anteojos —regalo de Cloé. Examinó el suelo mientras regresaba al Ranger Rover, sorteando el camino entre los vidrios, los clavos y los ladrillos como si fuera un viejo, asegurándose el paso firme.

Camilo pasó cerca del automóvil de Loreta y lo que quedaba de ella, decidido a no mirar. De pronto la tierra se movió, y él tropezó. El automóvil de Loreta, que poco antes él no había podido mover, se meció y desapareció. El suelo había cedido por debajo del estacionamiento. Camilo se estiró, sobre su abdomen, y atisbó por el borde de una zanja nueva. El vehículo destrozado estaba ahora sobre una cañería principal de agua a unos seis metros bajo tierra. Los neumáticos reventados apuntaban hacia arriba como los pies de uno aplastado en la carretera. Enroscada en una hola frágil encima del despojo como una muñeca desmadejada, estaba el cuerpo de Loreta, una santa de la tribulación. La tierra se iba a mover más. Llegar a ese cadáver era imposible. Si también iba a encontrar muerta a Cloé, Camilo deseó que Dios te hundiera debajo de la tierra, con el automóvil de Loreta.

Se levantó despacio, súbitamente consciente de lo que le había hecho a sus articulaciones y músculos el paso de aquella montaña rusa en medio del terremoto. Evaluó el daño de su propio vehículo. Aunque había rodado mucho y había sido golpeado por todos lados, parecía notablemente apto para seguir andando. La puerta del lado del chófer estaba trabada, el parabrisas estaba esparcido en pedacitos por todo el interior de la cabina, y el asiento trasero se había soltado de su sostén en el piso, por un lado. Un neumático estaba tajeado hasta los bujes de acero pero parecía firme y estaba inflado.

¿Dónde estaba el teléfono celular y la computadora portátil de Camilo? Las había puesto a su lado, en el asiento delantero. Tenía la esperanza, contra toda esperanza, que no hubieran salido volando por ahí en el desastre. Camilo abrió la puerta del lado del pasajero y miró al piso del asiento delantero. Nada. Miró debajo de los asientos traseros, hasta el fondo. En un rincón, abierto y con un eje lateral roto, estaba su computadora portátil.

Camilo halló su teléfono en el marco de una puerta. No esperaba poder comunicarse con nadie, dado el daño de las torres celulares (y de todo lo demás que había en el suelo). Lo encendió, hizo una prueba y apenas obtuvo alcance, pero tenía que tratar. Marcó el número de la casa de Loreta. Ni siquiera logró un mensaje de mal funcionamiento de la compañía de teléfonos. Lo mismo pasó cuando marcó el numero de la iglesia, luego el refugio de Zión. Como si fuera un chiste cruel, el teléfono hacía ruidos como si estuviera tratando de establecer la comunicación. Luego, nada.

Los puntos de orientación que tenía Camilo habían desaparecido. Agradeció que el Range Rover tuviera una brújula inserta. Hasta el ángulo del edificio de la iglesia parecía torcido de su perspectiva normal. Los postes, los cables y las luces del tránsito estaban en el suelo, los edificios lucían aplanados, los árboles estaban desarraigados, las rejas desparramadas por todas partes.

Camilo se cercioró de que el Range Rover estuviera con la tracción a las cuatro ruedas puesta. Apenas podía avanzar unos 6 metros cuando tenía que forzar al vehículo para que pasara por encima de un montón formado. Camilo mantenía sus ojos bien abiertos para evitar todo lo que pudiera dañar más al Range Rover —tenía que durarle hasta que acabara la tribulación. El mejor cálculo que podía hacer decía que, por lo menos, eso distaba aún cinco años más.

Mientras iba pasando por encima de montones de asfalto y concreto en lo que antes era una calle, Camilo volvió a mirar los vestigios de la iglesia del Centro de la Nueva Esperanza. La mitad del edificio se había hundido en el subsuelo. Una parte de las bancas que antes daban al oeste ahora daban al norte brillando al sol. Todo el piso del santuario parecía haber sido girado en noventa grados.

Al pasar la iglesia se detuvo a contemplar. Un rayo de luz apareció entre cada par de bancas de la sección de diez bancas, salvo en un punto. Ahí había algo que bloqueaba la vista de Camilo. Puso el Rover en marcha atrás y retrocedió con todo cuidado. En el suelo, frente a una de las bancas, estaban las suelas de un par de zapatillas de hacer gimnasia, con las puntas para arriba. Lo que Camilo quería más que nada era llegar a la casa de Loreta y buscar a Cloé pero no podía dejar a una persona yaciendo en los escombros. ¿Sería posible que alguien hubiera sobrevivido?

Puso los frenos y pasó por encima del asiento del pasajero para salir por esa puerta, trotando incansable por entremedio de cosas que podía cortar el material de sus zapatos. Quería ser práctico pero no había tiempo para eso. Camilo perdió el equilibrio a unos tres metros de las zapatillas de gimnasia y cayó limpiamente de bruces. Recibió todo el impacto del golpe en sus manos y el pecho.

Se paró como pudo arrodillándose al lado de las zapatillas de gimnasia que estaban unidas a un cadáver. Unas piernas flacas metidas en un pantalón vaquero azul oscuro lo llevaron a unas caderas angostas.

De la cintura para arriba el cuerpo, pequeño, estaba metido debajo de las bancas. La
mano derecha estaba metida debajo de todo y la izquierda estaba fláccidamente
abierta. Camilo no encontró el pulso pero
se dio cuenta de que la mano era ancha y
huesosa, el tercer dedo tenía un masculino
anillo de bodas. Camilo se lo sacó pensando que una viuda superviviente pudiese
quererlo.

Camilo tomó la hebilla del cinturón y
arrastro el cuerpo sacándolo desde abajo de
las bancas. Camilo miró para otro lado
cuando la cabeza quedó a la vista. Había
reconocido el rubio colorido de Danny
Moore sólo por sus cejas. El resto de su pelo, hasta el de las sienes estaba empapado
de sangre seca.

Camilo no sabía qué hacer enfrentado a
la muerte y a los moribundos en un momento como este. ¿Por dónde se podía empezar a enterrar los millones de cadáveres
que había en todo el mundo? Camilo volvió
a empujar suavemente el cuerpo abajo de
las bancas pero lo detuvo un obstáculo. Metió la mano y encontró el portafolio de
Dan, de lados duros pero muy maltratado.
Camilo probó abrirlo pero estaba cerrado
con una combinación. Se llevó el portafo-
lios al Range Rover y trató de orientarse

nuevamente. Estaba apenas a unas cuatro cuadras de la casa de Loreta pero ¿iba a poder a hallar la calle?

Raimundo se animó al ver desde la distancia que había movimiento en el aeropuerto de Bagdad. Vio más escombros y carnicería en el suelo que gente escurriéndose por allí, pero por lo menos no todo se había perdido.

Una figura oscura y pequeña con una rara manera de caminar apareció en el horizonte. Raimundo miró, fascinado, al irse materializando la imagen de un asiático vestido como empresario, robusto y de edad mediana. El hombre se dirigía derecho hacia Raimundo que esperaba expectante, preguntándose si podría ayudarle, pero al irse acercando el individuo, Raimundo captó que éste no se daba cuenta de dónde estaba. Llevaba puesto un zapato fino de vestir en un pie aunque en el otro sólo tenía una media que se le caía por el tobillo. La chaqueta de su traje estaba abotonada pero su corbata colgaba maltrecha por fuera. La sangre goteaba de su mano izquierda. El pelo estaba despeinado pero parecía que sus anteojos estaban intactos a pesar de todo lo soportado.

—¿Se siente bien? —preguntó Raimundo. El hombre lo ignoró—. ¿Puedo ayudarle en algo?

El hombre pasó cojeando por su lado musitando algo en su idioma. Raimundo se dio vuelta para llamarlo pero el hombre ya era una silueta contra el sol anaranjado. No había nada salvo el río Tigris en esa dirección.

—¡Espere! —gritó Raimundo—. ¡Vuelva, permítame ayudarle!

El hombre lo ignoró y Raimundo volvió a llamar a Mac. —Déjame hablar con Carpatia —le dijo.

—Claro —dijo Mac— Seguimos con la reunión de esta noche, ¿no?

—Sí, ahora déjame hablar con él.

—Quiero decir nuestra reunión personal, ¿sí?

—¡Sí! No sé lo que quieres pero sí, entiendo. Ahora tengo que hablar con Carpatia.

—Bueno, lo lamento. Aquí está.

—¿Cambió de idea capitán Steele? —dijo Carpatia.

—Apenas. Escuche. ¿usted sabe idiomas asiáticos?

—Algunos, ¿por qué?

—¿Qué significa esto? —y repitió lo que el hombre había dicho.

—Eso es fácil —dijo Carpatia—, Significa, "usted no puede ayudarme. Déjeme tranquilo".

—Dígale a Mac que dé la vuelta, ¿quiere? Este hombre se va a morir a la intemperie.

—Creí que andaba buscando a su esposa.

—No puedo dejar que un hombre se dirija a su muerte.

—Son millones los muertos y los moribundos. Usted no los puede salvar a todos.

—Entonces, ¿dejará que este hombre se muera?

—Yo no lo veo, capitán Steele. Si usted cree que puede salvarlo, haga como guste. No quiero parecer frío pero precisamente ahora todo el mundo me pesa en el corazón.

Raimundo colgó su teléfono y se apresuró a seguir al hombre que musitaba mientras seguía andando. Al acercarse se horrorizo al darse cuenta del porqué su manera de caminar era tan rara y por qué iba dejando tras de sí un río de sangre. Un trozo de metal blanco y brillante, que parecía un pedazo del fuselaje de un avión, lo había empalado. Por qué seguía vivo aún, cómo sobrevivió y cómo salió del avión, eran cosas que Raimundo no lograba imaginarse. La barra de metal estaba metida por su cadera y salía por la parte de atrás de su cabeza. Tenía que haberlo atravesado pasando a pocos centímetros de órganos vitales.

Raimundo tocó el hombro del individuo haciendo que éste se retrajera. Se sentó pesadamente y con un tremendo suspiro se derrumbó lentamente en la arena y dio su último suspiro. Raimundo buscó el pulso sin sorprenderse al no hallarlo. Vencido, le dio la espalda y se arrodilló en la arena. Los sollozos remecieron su cuerpo.

Raimundo elevó sus manos al cielo, "¿por qué, Dios, por qué tengo que ver esto? ¿Por qué mandar a uno que se me cruce en el camino sin que pueda hacer nada por él? ¡Salva a Cloé y Camilo!

¡Te ruego que mantengas viva a Amanda para mí! Yo sé que nada merezco pero no puedo seguir viviendo sin ella!"

Camilo solía manejar dos cuadras al sur y dos al este desde la iglesia para llegar a casa de Loreta, pero ahora no había más cuadras. No había veredas, ni calles ni cruces viales. Hasta donde podía ver, todas las casas del barrio estaban derrumbadas por completo. ¿Habría sido tan terrible en todo el mundo? Zión enseñaba que una cuarta parte de la población mundial iba a caer víctima de la ira del Cordero, pero Camilo se hubiera sorprendido si tan sólo una cuarta parte de la población de Monte Prospect estuviera aún con sida.

Puso al Ranger Rover en rumbo sudeste. Unos pocos grados por encima del horizonte el día era tan bello como cualquiera que él pudiera recordar. El cielo tenía un color celeste límpido donde no estaba interrumpido por el humo y el polvo. Sin nubes. Un sol refulgente.

Salían chorros fuertes de las tomas de agua para incendio que se habían roto. Una mujer salió arrastrándose en cuatro pies de entre los escombros de su casa, con un muñón sanguinolento en su hombro donde había tenido el brazo. Ella le gritó a Camilo:

—¡Máteme! ¡Máteme!

Él le gritó "!No!" y saltó del vehículo al ver que ella se agachaba y tomaba un trozo de vidrio de una ventana rota y se degollaba. Camilo siguió gritando mientras corría hacia ella. Esperaba que ella estuviera tan débil que sólo se hiciera un corte superficial en el cuello y rogaba orando que no se cortara la carótida.

Estaba muy cerca de la mujer cuando ella lo miró fijamente, sorprendida. El vidrio se quebró y cayó, tintineando, al suelo. Ella dio un paso atrás y se tropezó, golpeándose muy fuerte la cabeza contra un trozo de concreto. La sangre dejó de brotar inmediatamente de sus arterias cortadas. Sus ojos no tenían vida cuando Camilo la obligó a abrir la boca para hacerle respiración artificial. Camilo le insufló aire en la garganta haciendo que el pecho de la mujer se levantara y la sangre goteara menos pero todo era inútil.

Camilo miró a su alrededor preguntándose si intentaría enterrarla. Al otro lado del camino había un anciano de pie al borde de un cráter y parecía dispuesto a tirarse adentro. Camilo no pudo soportar más. ¿Estaba Dios preparándole para la probabilidad de que Cloé no hubiera sobrevivido?

Débilmente volvió a meterse en su vehículo, decidiendo que, sencillamente, no podía detenerse a ayudar a nadie que no demostrara querer socorro. Por todas partes donde mirara veía desolación, fuego, agua y sangre.

Contrariando su sano juicio Raimundo dejó al muerto en la arena del desierto. ¿Qué iba a hacer cuando viera a más gente en diversos estados de agonía? ¿Cómo podía Carpatia ignorar todo esto? ¿No tenía ni una brizna de humanidad? Mac se hubiera quedado a ayudar.

Raimundo se desesperó pensando que no volvería a ver viva a Amanda y, aunque iba a buscarla con todo lo que había en él, ya estaba queriendo haber arreglado un encuentro más temprano con Mac. El había visto cosas horrorosas en su vida pero la carnicería que había en este aeropuerto se colocaba, lejos, en el primer lugar del horror. Un refugio sonaba mejor que todo esto aunque fuera refugio del anticristo.

Dos

Camilo había reportado desastres pero en su calidad de periodista no se había sentido culpable por ignorar a los moribundos. Habitualmente cuando él llegaba a la escena de la noticia, ya estaba el personal médico trabajando en el lugar. No había nada que él pudiera hacer, salvo no estorbar. El se enorgullecía por no meterse en situaciones que dificultaran más las cosas para los trabajadores de las emergencias.

Pero ahora estaba solamente él. Los sonidos de las sirenas le decían que en alguna parte había otras personas trabajando. pero con toda seguridad que había muy pocas personas dedicadas a las labores del rescate. El podría dedicarse las veinticuatro horas a encontrar supervivientes que apenas respiraran pero no haría mella en la magnitud de este desastre. Quizá otra persona ignorara a Cloé para llegar a sus propios seres queridos— Los que habían logrado escapar con vida solamente podían tener la esperanza de un héroe que luchara contra todos los obstáculos para llegar a ellos.

Camilo nunca había creído en la percepción extrasensorial o en la telepatía, aun antes de ser creyente en Cristo. Pero ahora sentía un anhelo tan profundo de Cloé, una pena tan desesperada ante la sola idea de perderla que sentía como si su amor estuviera rezumando por cada poro de su cuerpo. ¿Cómo no iba ella a saber que él estaba pensando en ella, orando por ella, tratando de llegar a ella a todo coste?

Camilo frenó bruscamente levantando una tremenda polvareda, por haber mantenido los ojos fijos hacía adelante mientras guiaba no había tenido en cuenta la gente desesperada, herida que le hacía señas o le gritaban. Un par de cuadras al este de la calle principal había algo parecido a una geografía reconocible. Nada se veía como era antes pero quedaban cintas de caminos, removidas por la Tierra estremecida, pero aun dispuestas casi en la misma configuración que tenían antes. El pavimento de la calle de Loreta estaba ahora en posición vertical, bloqueando la vista de lo que quedaba de las casas. Camilo salió como pudo del vehículo y trepo la muralla de asfalto. Halló la calle totalmente revuelta con casi metro y medio de piedras y arena encima de lo que antes estaba abajo. El se estiró y hundió sus dedos en la parte blanda, colgándose de ahí y mirando fijo la cuadra de Loreta.

Hubo cuatro casas grandes en esa parte, siendo la de Loreta, la segunda a la derecha. Toda la cuadra parecía como la caja de juguetes de un niño que éste había mecido y tirado con fuerza al suelo. La casa que estaba justo al frente de Camilo, aún más grande que la de Loreta, había sido tirada hacia atrás y levantada de los cimientos, volcada hacia el frente, y derrumbada. El techo se había salido de lugar en una sola pieza. evidentemente cuando la casa tocó el suelo. Camilo podía ver las vigas como si hubiera estado en el desván. Las cuatro paredes de la casa estaban aplastadas contra el suelo habiendo desparramado mucho escombro alrededor. Camilo vio en dos partes unas manos sin vida en las puntas de brazos tiesos que sobresalían de entre los escombros.

Un árbol altísimo y enorme, con casi metro y medio de diámetro, había quedado con las raíces al aire estrellándose contra el sótano. Casi un metro de agua tapaba el piso de cemento, y el nivel del agua seguía subiendo lentamente. Era raro pero lo que parecía una habitación para huéspedes en el ángulo nordeste del sótano, lucía intacta, ordenada y limpia. Pronto iba a quedar bajo agua.

Camilo se obligó a mirar la casa vecina,

la de Loreta. El y Cloé ya no vivían ahí pero la conocía bien. La casa, ahora apenas reconocible, parecía haber sido levantada del suelo y estrellada en el mismo lugar, con el techo partido limpiamente en dos y vuelto a depositar sobre la gigantesca caja de fósforos. La línea de la techumbre, que rodeaba la casa, estaba ahora como a metro y medio del suelo. Tres árboles grandes del jardín delantero se habían caído hacia la calle, como en ángulos mutuos con las ramas entrelazadas, como si fueran tres espadachines que habían unido sus hojas.

Entre las dos casas demolidas había un pequeño cuarto metálico que, aunque estaba en un ángulo raro, se había escapado insensatamente de daños graves. ¿Cómo podía el terremoto remecer, remover y hacer rodar un par de casas grandes, de dos plantas, cinco dormitorios, dejando intacto un cuartito metálico? Camilo sólo supuso que la estructura era tan flexible que no se quebró cuando la Tierra se enroscó rodando debajo de éste.

La casa de Loreta había quedado aplastada en el mismo sitio donde estuvo, dejando el patio trasero vacío y desnudo. Camilo se dio cuenta que todo esto sucedió en segundos.

Un carro de bomberos con unos cuernos

de toro artificiales adosados en la parte trasera pasó lentamente por detrás de Camilo que oyó que decían, colgado como estaba de ese trozo vertical de pavimento: —"¡Permanezcan fuera de sus casas! ¡No vuelvan a ellas! Si necesitan ayuda, vayan a una zona al aire libre donde podamos encontrarlos".

Una media docena de policías y bomberos iban en el gigantesco carro. Un policía uniformado se asomó por la ventanilla.

—¿Oiga, amigo, ¿se encuentra bien?

—¡Estoy bien! —aulló Camilo.

—¿Ese vehículo es suyo?

—¡Sí!

—¡Seguro que pudiéramos usarlo para el rescate!

—Tengo gente que estoy tratando de desenterrar —dijo Camilo.

El policía asintió. —¡No trate de entrar en ninguna de esas casas!

Camilo se soltó deslizándose al suelo. Caminó hacia el carro de bomberos que se detuvo.

—Oí el aviso pero ¿a qué se refieren?

—Nos preocupan los saqueadores pero también el peligro. Esos lugares no están firmes.

—¡Evidentemente! —dijo Camilo—, pero. ¿saqueadores? Ustedes son la única gente sana que he visto. No ha quedado nada de valor y ¿dónde llevarían esas cosas si las encontraran?

—Nosotros hacemos sólo lo que nos mandan, señor. No trate de entrar en ninguna de esas casas, ¿correcto?

—¡Pero naturalmente que voy a entrar! ¡Voy a excavar para entrar a esa casa para saber si alguien que conozco y amo está viva!

—Créame, amigo, no va a encontrar supervivientes en esta calle. Aléjese de aquí.

—¿Qué, me va a arrestar? ¿Todavía tienen una cárcel en pie? El policía se volvió hacia el bombero que manejaba. Camilo quería una respuesta. Evidentemente el policía tenía la cabeza más fría que él, porque se fueron despacio. Camilo escaló la muralla de pavimento y se deslizó al otro lado, embarrándose totalmente por delante. Trató de limpiarse el barro pero se le pegaba entre los dedos. Se golpeó las manos en los pantalones para sacarse lo más grueso del barro, y luego se apresuró por entre los árboles caídos para llegar al frente de la casa rota.

A Raimundo le parecía que mientras más se acercaba al aeropuerto de Bagdad. menos podía ver. Había grandes fisuras que se tragaron casi todas las pistas, en todas las direcciones, empujando la formación de montones de barro y arena a varios metros de altura, y bloqueando la vista de la terminal. Mientras se abría camino, apenas podía respirar. Dos jumbo jets, uno era un 747 y el otro, un DC 10, evidentemente con carga completa y alineados para el despegue en una pista que corría de este a oeste, parecían haber estado uno tras el otro antes de que el terremoto los golpeara uno contra el otro destrozándolos por completo. El resultado fue una pila de cadáveres. No podía imaginarse la fuerza del choque que matara a tanta gente sin un incendio.

Desde una enorme zanja en el extremo más lejano de la terminal, por lo menos a cuatrocientos metros de donde se hallaba Raimundo, había una fila de supervivientes que iban arrastrándose hacia la superficie saliendo de otro avión tragado por la Tierra. El humo negro salía de las profundidades de la Tierra y Raimundo supo que si se acercaba bastante podría oír los alaridos de los sobrevivientes que no tenían fuerzas para salir del hoyo. De los que salían, unos huían corriendo del lugar pero la mayoría, como el asiático, iban a tropezones como en trance por el desierto.

La terminal misma, antes una estructura de acero, madera y vidrio, no sólo había quedado aplastada y derribada sino que también había sido remecida como uno que anda buscando oro y cierne arena con un tamiz. Los pedazos estaban esparcidos por una zona tan amplia que ninguno de los montones tenía más de sesenta centímetros de alto. Había centenares de cadáveres tirados en diversos estados de reposo. Raimundo se sentía como en el infierno.

El sabía lo que estaba buscando. El vuelo de Amanda estaba programado para realizarse en un avión 747 de la Pan Continental, que era la línea aérea y el tipo de avión que él solía pilotar. No le iba a sorprender que ella hubiera volado en uno de los aparatos que él había piloteado alguna vez. Tenía que estar programado para aterrizar de sur a norte en la pista grande.

Si el terremoto había ocurrido cuando el avión estaba volando, el piloto habría intentado seguir en el aire hasta que dejara de temblar, entonces hubiera buscado un terreno liso para bajar. Si el terremoto ocurrió después de aterrizar, el avión podía estar en cualquier parte de la pista que ahora estaba totalmente hundida en la arena que la tapaba por completo. Era una pista enorme y larga pero si ahí estaba enterrado un avión, con toda seguridad que Raimundo hubiera podido verlo antes del ocaso.

¿Podría estar de frente en la otra dirección, en una de las pistas auxiliares, por haber empezado a carretear hacia la terminal? Sólo podía albergar la esperanza de lo que era evidente y rogar que hubiera algo que pudiera hacer en el caso que Amanda hubiera sobrevivido milagrosamente. El mejor caso hubiese sido si el piloto hubiera aterrizado, deteniéndose o moviéndose muy lentamente cuando vino el terremoto, excepto que el piloto hubiera tenido la previsión suficiente para aterrizar a salvo en otra parte. Si había tenido la fortuna de estar en el medio de la pista cuando esta se desapareció de la superficie, había posibilidades que aún estuviera derecho e intacto. Si estaba tapado con arena, ¿quién sabe cuánto tiempo duraría la provisión de aire?

Le parecía a Raimundo que había por lo menos unas diez personas muertas por cada ser vivo en la terminal. Los que habían escapado decían haber estado afuera cuando se produjo el terremoto. No se veía que hubiera algún sobreviviente adentro del edificio de la terminal. Los escasos oficiales uniformados de la Comunidad Global que andaban patrullando la zona, con sus armas de alto poder de fuego parecían tan conmocionados como los demás. Ocasionalmente uno de ellos miró dos veces a Raimundo cuando éste pasó por el lado pero se contuvieron y ni siquiera le pidieron que mostrara la credencial de identificación cuando se dieron cuenta del uniforme de Raimundo. Con los hilos colgantes donde hubiera debido haber botones, él sabía que lucía como otro sobreviviente afortunado de la tripulación de un avión que había corrido una suerte triste.

Para llegar a la pista en cuestión Raimundo tuvo que cruzarse con una hilera de afortunados sobrevivientes que parecían zombies sangrantes cuando iban saliendo de un cráter. El agradecía que ninguno suplicara socorro. Parecía que la mayoría no lo veía, se seguían los unos a los otros como si confiaran que alguien en alguna parte cerca de los primeros lugares de la fila, tenía idea de dónde hallar ayuda. Desde lo hondo del hoyo Raimundo oía los quejidos y lamentos que sabía que no podría olvidar nunca. Si hubiera habido algo que él pudiera hacer, lo hubiera hecho.

Por fin llegó al final de la larga pista. Ahí, directamente en el medio, estaba el fuselaje jorobado de un 747, como lavado con arena pero fácilmente reconocible.

Quedaba como una hora de luz de sol que se estaba desvaneciendo. Al apurarse para pasar por el borde del hoyo, la pista que se hundía había salido de la arena, Raimundo meneó la cabeza y la evitó, cubriéndose los ojos para tratar de encontrar algún sentido a lo que veía. Al llegar a corta distancia del lomo del avión monstruoso, le quedó claro qué había pasado. El avión había estado cerca de la mitad de la pista cuando el pavimento sencillamente se hundió poco más de tres metros por debajo de la máquina. El peso de ese pavimento empujó la arena hacia el avión que ahora estaba apoyado sobre ambas puntas de las alas, con el cuerpo colgando precariamente sobre el vacío.

Alguien había tenido la presencia de ánimo para abrir las puertas y sacar los deslizadores inflables para salidas de emergencia pero hasta las puntas de esos deslizadores colgaban a varios metros en el aire por encima de la pista hundida.

Si los muros de arena que rodeaban los lados del avión se hubieran separado más, no hubiera habido modo en que las alas soportaran el peso de la cabina. El fuselaje crujía y gemía pues el peso del avión amenazaba con hacerlo caer. Raimundo creía que el avión hubiera podido caer otros tres metros más sin herir gravemente a nadie y cientos de personas hubieran podido ser salvadas, si tan sólo se hubiera estabilizado poco a poco.

Oró desesperadamente que Amanda estuviera a salvo, que hubiera estado con el cinturón de seguridad bien puesto, que el avión se hubiera detenido antes de hundirse la pista. Mientras más se acercaba, más evidente se hacía que el avión debía haber estado en movimiento cuando se hundió. Las alas estaban enterradas varios metros en la arena. Eso podía haber impedido que la nave cayera del todo pero también funcionó como una mortal frenada para todos los que no hubieran estado con el cinturón de seguridad bien puesto.

El corazón de Raimundo desfalleció cuando se acercó lo suficiente para ver que no era un 747 de PanCon sino un jet de British Airways. Se sintió golpeado por emociones tan contradictorias que apenas podía ordenarlas. ¿Qué clase de persona fría y egoísta era para estar tan obsesionado con la supervivencia de su esposa, que se decepcionara porque centenares de pasajeros de ese avión hubieran sido salvados? Tenía que enfrentarse con la verdad horrible de que él se interesaba principalmente por Amanda. ¿Dónde estaba su vuelo de PanCon?

Giró y escrutó el horizonte. ¡Qué caldero de muerte! No había dónde más buscar el avión de PanCon pero él no iba a aceptar que Amanda hubiera muerto hasta que no tuviera toda la seguridad. Sin otro recurso y sin poder llamar a Mac para que viniera a buscarlo antes, se puso a examinar con más atención al avión de la British. En una de las puertas abiertas había una aeromoza, que miraba fijo desde la cabina, pareciendo un fantasma mientras evaluaba inerme la posición tan precaria de ellos. Raimundo hizo una bocina con sus manos y le gritó:

—¡Yo soy piloto! ¡Se me ocurren unas ideas!

—¿Estamos incendiándonos? —gritó ella.

—¡No, y deben tener muy poco combustible! ¡No parecen correr gran peligro!

—¡Esto es muy inestable! é—gritó la aeromoza—. ¿Tengo que llevar a todos los pasajeros hacia la cola del avión para que no se hunda de nariz?

—¡De todos modos no van a hundirse de nariz! ¡Las alas están empotradas en la arena! Lleve a todos hacia la mitad del avión y vean si pueden salir por las alas sin quebrarlas!

—¿Podemos tener esa seguridad?

—¡No, pero no pueden quedarse esperando que llegue equipo pesado para excavar un túnel y sacarlos así! El terremoto fue mundial y es improbable que alguien venga a rescatarlos durante días.

—¡Esta gente quiere salir ahora! ¿Qué seguridad tiene usted de que esto servirá?

—¡No mucha! Pero no tienen otra opción. Otra remezón podría hundir por completo el avión.

Por lo que Camilo sabía, su esposa había estado sola en la casa de Loreta. Su única esperanza de encontrarla era adivinar dónde podía haber estado dentro de la casa, cuando ésta se derrumbó. El dormitorio de la planta alta, en el ángulo sudoeste de la casa que ellos usaron, estaba ahora a nivel del suelo —una masa de ladrillo, vigas de acero, vidrio, marcos, terminaciones, pisos, montantes, cables y muebles— tapada por la mitad del techo partido.

Cloé guardaba en el sótano su computadora, pero ahora esta habitación estaba enterrada bajo los otros dos pisos de ese mismo lado de la casa. Ella pudiera haber estado en la cocina, en el frente de la casa pero también en ese mismo lado. Eso no le dejaba opciones a Camilo. El tenía que sacar una parte grande de ese techo y comenzar a cavar. Si no la encontraba en el dormitorio o en el sótano, su última esperanza era la cocina.

No tenía botas, guantes, ropa de trabajo, anteojos protectores ni casco. Todo lo que tenía era la ropa sucia y usada que vestía, zapatos corrientes y sus manos desnudas. Era demasiado tarde para preocuparse por el tétano. Saltó al techo movedizo. Tentó la aguda pendiente tratando de ver donde pudiera estar debilitada o pudiera romperse. Se sentía firme aunque inestable. Se deslizó al suelo y empujó los aleros. No había forma en que él solo pudiera hacerlo, ¿Habría por ahí una sierra o un hacha en el cuartito de metal?

Le costó mucho abrirlo al comienzo. La puerta estaba trabada. Parecía algo tan frágil pero habiéndose virado en el terremoto el cuartito se había torcido sobre sí mismo y no estaba dispuesto a ceder. Camilo bajó su hombro y empujó fuerte como un jugador de fútbol americano. Hubo gemidos de protesta pero recuperó su postura. Camilo pateó al estilo karateca unas seis veces, volvió a bajar el hombro para cargar de nuevo. Por último retrocedió un par de metros y se abalanzó a toda velocidad pero sus zapatos livianos se resbalaron en el césped y lo despidieron cayendo con las piernas abiertas. Con rabia volvió a retroceder más aún, empezó a moverse más lento y gradualmente cobró velocidad. Esta vez se estrelló contra el costado del cuartito, con tanta fuerza que lo sacó de las bisagras. El panel lateral voló sobre las herramientas que había adentro, y Camilo voló junto con eso también, llegando hasta el suelo antes de rebotar. Un borde filoso del techo le raspó las costillas cuando iba cayendo y la carne se abrió. Se agarró el costado y sintió el goteo pero no se iba a parar a menos que se hubiera cortado una arteria.

Arrastró las palas y las hachas hacia la casa y apoyó las herramientas de jardinería de mango largo por debajo de los aleros. Cuando Camilo se apoyó contra esto, el borde del techo se levantó y algo sonó debajo de las pocas tejas que quedaban. Atacó eso con una pala, imaginándose lo ridículo que se vería y qué diría su padre si lo viera usando la herramienta inadecuada para hacer el trabajo inadecuado.

Pero ¿qué más podía hacer? El tiempo era esencial. De todos modos estaba luchando contra la probabilidad aunque habían ocurrido cosas aún más extrañas: había sobrevivientes que habían pasado bajo escombros durante días. Pero si el agua estaba entrando en los cimientos de la casa de al lado, ¿qué estaría pasando con ésta? ¿Qué pasaba si Cloé estaba atrapada en el sótano? Camilo imploró que si ella tenía que morir, que ya hubiera pasado rápidamente y sin dolor. No quería que la vida de ella se fuera apagando poco a poco, ahogándose horriblemente. También temía una electrocución cuando el agua llegara a los cables rotos.

Ahora que ya había sacado un pedazo del techo Camilo sacó paladas de escombros hasta que llegó a trozos más grandes que tenía que sacar a mano. El estaba en buen estado físico pero esto superaba su rutina. Sus músculos ardían cuando tiraba a un lado trozos pesados de muros y pisos. Parecía avanzar poco, resollando, soplando y sudando.

Camilo despejó el camino de tubos y yeso del techo. Por último llegó al soporte de la cama que se había doblado como astillas. Hizo tuerzas empujando para llegar a un escritorio donde Cloé solía sentarse. Le llevó otra media hora cavar abriéndose paso hasta allí, diciendo el nombre de ella a cada rato. Cuando se detenía para recuperar el aliento, se esforzaba por oír hasta el ruido más débil.

¿Sería capaz de escuchar un quejido, un grito, un suspiro? Si ella emitía el menor ruido, él la iba a encontrar.

Camilo empezó a desesperarse pues esto iba muy lento. Golpeó enormes trozos de suelo que eran demasiado pesados para mover. La distancia entre los cimientos del suelo del dormitorio de la planta alta y el suelo de concreto del sótano no era tan grande. Cualquiera que hubiera sido atrapado ahí sencillamente estaría muy aplastado pero no podía dejar de cavar. Si no lograba abrirse camino con estas cosas iría a buscar a Zión para que le ayudara.

Camilo llevó al frente de la casa las herramientas, arrastrándolas y las tiró por encima del muro de pavimento. Saltar desde este lado era mucho más difícil que del otro porque el barro era más resbaladizo. Miró de arriba abajo a todos lados sin poder ver el extremo donde el camino se había puesto vertical. Empezó a caminar por el barro, arrastrando los pies hasta que, finalmente, llegó donde podía alcanzar el asfalto del otro lado. Tomó impulso y cruzó por arriba, aterrizando dolorosamente sobre un codo. Echó las herramientas en la parte trasera del Rover y deslizó su embarrado cuerpo detrás del volante.

———————

El sol estaba poniéndose en Irak cuando varios sobrevivientes de otros aviones estrellados se unieron a Raimundo para mirar el destino del 747 de la British Airways. Raimundo estaba ahí, parado, indefenso pero con esperanzas. Lo último que quería era ser responsable por daños o muerte de alguien, pero tenía la seguridad de que salir por las alas era la única esperanza que ellos tenían. Oró que pudieran subir los costados pendientes de las dunas arenosas.

Raimundo se animó un poco al comienzo cuando vio que los primeros pasajeros gateaban por las alas. Evidentemente la aeromoza había reunido a la gente logrando que trabajaran en conjunto. El ánimo de Raimundo se volvió alarma rápidamente cuando vio cuanto movimiento producían los pasajeros y cuán tensado estaba el frágil apoyo. El avión se iba a partir en dos, entonces, ¿qué iba a pasar con el fuselaje? Si una punta o la otra se volcaba con mucha rapidez, serían docenas los que morirían. Los que no estaban con el cinturón de seguridad puesto, serían lanzados de una punta a la otra del avión, cayendo amontonados unos sobre otros.

Raimundo quiso gritar, rogarle a la gente de adentro que se esparciera, ellos tenían que hacer esto con toda precisión y cuidado pero era demasiado tarde y ellos no lo escucharían. El ruido del interior del avión tenía que ser ensordecedor. Los dos pasajeros que estaban sobre el ala derecha saltaron a la arena.

El ala izquierda cedió primero pero sin cortarse totalmente. El fuselaje viró a la izquierda y era claro que los pasajeros que estaba adentro también cayeron de esa manera. La cola del avión estaba hundiéndose primero. Raimundo no tenía más que abrigar la esperanza que el ala derecha cediera a tiempo para emparejar la dinámica de la otra. Eso pasó en el último segundo pero aunque el avión se apoyó casi perfectamente horizontal sobre sus ruedas, se había caído mucho. La gente tenía que haber sido tirada uno sobre otro aplastándose en forma horrible contra el avión mismo. Cuando la rueda delantera se rompió, la nariz del aparato cayó con tanta fuerza contra el pavimento que remeció la arena produciendo más avalanchas de los lados que llenaron rápidamente la quebrada. Raimundo se metió el teléfono en el bolsillo de los pantalones y tiró su chaqueta a un lado. El y otros cavaron con sus manos empezando a despejar al avión para que entrara aire y hubiera vías de escape. El sudor le empapó la ropa. Nunca recuperaría el brillo de sus zapatos pero, de todos modos, ¿cuándo iba a volver a necesitar zapatos elegantes?

Cuando él y sus compañeros llegaron por fin al avión, se toparon con los pasajeros que iban abriéndose camino para salir, El personal de rescate que venía detrás de Raimundo despejó la zona cuando escucharon las aspas de helicópteros. Raimundo supuso que era un helicóptero de rescate, como todos debían haber creído. Entonces se acordó. Si era Mac ya tenían que serias diez. Raimundo se preguntó si era porque le importaba o porque estaba más preocupado por el encuentro de ellos.

Raimundo llamó a Mac desde la hondonada y le dijo que quería estar bien seguro que nadie había muerto en el 747. Mac le dijo que le esperaría al otro lado de la terminal.

Raimundo salió a la superficie pocos minutos después, aliviado pues todos habían sobrevivido. Sin embargo, no pudo encontrar su chaqueta lo cual estaba bien. Supuso que, de todos modos, Carpatia lo iba a despedir muy pronto.

Raimundo se abrió camino por el aplastado terminal y dio la vuelta por atrás. El helicóptero de Mac estaba a unos pocos metros, con el motor en neutro. En medio de la oscuridad, Raimundo supuso que había camino abierto al helicóptero y empezó a apurarse. Amanda no estaba ahí, y esto era un lugar de muerte. El quería irse de Irak pero por ahora quería alejarse de Bagdad. Era posible que tuviera que tolerar el refugio de Carpatia, fuera lo que fuera, pero en cuanto pudiera iba a poner distancia entre él y Nicolás.

Raimundo cobró velocidad, estando aún en forma para sus cuarenta años pero de repente se tropezó contra ¿qué? ¡Cadáveres! Se había tropezado con uno cayéndose encima de otros. Raimundo separó, se sobó una rodilla dolorida, temiendo que había profanado a esta gente. Siguió caminando despacio hacia el helicóptero.

—¡Vámonos, Mac! —dijo mientras subía a bordo.

—No tienes que repetirme *eso* dos veces —dijo Mac, poniendo en marcha el motor—. Tengo mucha necesidad de hablar contigo.

Era por la tarde cuando Camilo se acercó a los despojos de la iglesia. Estaba saliendo por la puerta del pasajero cuando un temblor recorrió el lugar, levantando al vehículo y tirando sentado al suelo a Camilo. El se dio vuelta para mirar cómo los restos de la iglesia se mecían, se movían y eran tirados al aire. Las bancas que habían escapado a los destrozos del terremoto estaba crujiendo y doblándose. Camilo sólo lograba imaginarse lo que le había pasado al cuerpo del pobre

Danny Moore. Quizá el mismo Dios se había encargado del entierro.

Camilo se preocupó por Zión. ¿Qué podía haberse quebrado, soltado y caído en su refugio subterráneo? Camilo llegó hasta el tubo de la ventilación que era la única fuente de aire para Zión y gritó:

—Zión, ¿estás bien?

Oyó una voz débil como un suspiro.

—¡Gracias a Dios que volviste, Camilo! Yo estaba tirado aquí con la nariz contra la ventilación cuando escuché el ruido y algo llegó sonando hasta mí. Me quite del camino justo a tiempo. Hay trozos de ladrillo aquí abajo. ¿Fue una nueva sacudida?

—¡Sí!

—Perdóname Camilo pero llevo mucho tiempo haciendo el papel de valiente ¡sácame de aquí!

Le llevó más de una hora de cavar entre las piedras para llegara la entrada del refugio subterráneo. En cuanto empezó el complicado procedimiento para sacar la llave de la puerta y abrirla, Zión empezó a empujar desde adentro. Juntos forzaron la puerta abriéndola contra el peso de bloques de ceniza y otras basuras. Zión parpadeó por la luz y bebió el aire. Abrazo fuerte a Camilo y le preguntó:

—¿Qué pasa con Cloé?

—Necesito que me ayudes.

—Vamos. ¿Se sabe algo de los demás?

—Puede que pasen días antes que las comunicaciones se restablezcan algo en el Oriente Medio. Amanda debiera estar allá con Raimundo pero no tengo idea de lo que ha pasado con ellos.

—De una cosa puedes estar bien seguro —dijo Zión con su fuerte acento israelita—, y es que si Raimundo estaba cerca de Nicolás, probablemente esté a salvo. Las Escrituras dicen claramente que el anticristo no legará a su fin sino en poco más de un año a contar de ahora.

—No me importaría ayudar un poquito en eso —dijo Camilo.

—Dios se encargará de eso. Pero ahora no es el momento debido. Repulsivo como debe ser para el capitán Steele estar tan cerca de tanto mal, por lo menos, debiera estar a salvo.

———

Mac McCullum, ya en el aire, mandó mensaje de radio al refugio de seguridad diciendo al operador: —Estarnos participando en rescates aquí, así que nos demoraremos una o dos horas. Cambio y fuera.

—Entendido. Informaré al Potentado. Cambio y fuera.

Raimundo se preguntó qué sería tan importante para que Mac se arriesgara a mentirle a Nicolás Carpatia.

En cuanto Raimundo se puso bien los audífonos, Mac dijo: —¿Qué cosa pasa? ¿En qué anda Carpatia? ¿Qué es todo eso de "la ira del Cordero" y qué cosa estaba contemplando antes cuando creí que estaba mirando la luna? He visto un montón de desastres naturales y unos fenómenos atmosféricos muy raros pero, juro por los ojos de mi madre, que nunca vi nada parecido a una luna llena que pareciera estar convirtiéndose en sangre. ¿Por qué un terremoto tendría ese efecto?

Hombre —pensó Raimundo—, *este tipo está listo.* Pero Raimundo también estaba perplejo.

—Mac, te diré que pienso pero primero dime por qué crees que yo sé.

—Lo sé, eso es todo. No me animaría por todo el oro del mundo a que Carpatia se enojara conmigo aunque se que no anda en nada bueno. Parece que él no te intimida en absoluto. Casi vomité mi almuerzo cuando vi esa luna roja, pero tú te comportaste como si supieras qué iba a pasar.

Raimundo asintió pero no explicó nada y dijo: —Tengo algo que preguntarte Mac. Tú sabías por qué fui al aeropuerto de Bagdad. ¿Por qué no me preguntaste qué supe de mi esposa o de Patty Durán?

—Porque no me corresponde, eso es todo —dijo Mac.

—Mac, no me cuentes esos cuentos. A menos que Carpatia sepa más que yo, él hubiera querido saber el paradero de Patty en cuanto uno de nosotros supiera algo.

—No, Raimundo, la cosa es así, mira... yo sabía... quiero decir, todos saben que no es probable que tu esposa la señorita Durán hayan sobrevivido la estrellada en ese aeropuerto.

—¡Mac! Tú mismo viste que de ese 747 salían cientos de personas. Sí, claro, nueve de cada diez murieron ahí pero también sobrevivieron muchos. Ahora, si quieres que yo te responda, es mejor que empieces tú a contestar primero.

Mac señaló con gestos un lugar apto para bajar que había iluminado con un foco, y dijo: —hablaremos allá abajo.

———————

Zión había traído solamente su teléfono, la computadora portátil y unas pocas mudas de ropa que le habían llevado como de contrabando. Camilo esperó hasta que estacionaron cerca del destrozado pavimento frente a la casa de Loreta, para contarle de Danny More.

—Eso es trágico —dijo Zión—, ¿y él era...?

—Yo te hablé de él. El genio de la computadora que armó estas computadoras nuestras. Uno de esos genios callados. El había asistido por años a esta iglesia y aún se avergonzaba por tener esa inteligencia astronómica estando ciego espiritualmente. Decía que, simplemente, no había captado la esencia del evangelio en todo ese tiempo. Decía que no podía echar la culpa al pastor ni al maestro ni a nada ni nadie sino a sí mismo. Su esposa apenas lo acompañaba porque no entendía. Perdieron un bebé en el arrebatamiento. Y cuando Danny se volvió creyente, su esposa lo siguió pronto. Ellos se hicieron muy devotos.

Zión meneó la cabeza. —Qué triste morir así, pero ahora están juntos con Su bebé.

—¿Qué opinas que debiera hacer con el portafolio? —preguntó Camilo.

—¿Hacer qué con qué?

—Danny debe haber tenido algo muy importante ahí adentro. Siempre lo veía con el portafolio pero no sé las combinaciones. ¿Debo dejarlo como está?

Zión pareció sumirse en profundos pensamientos. Por último, dijo: —en un momento como este debes decidir si hay algo ahí que pudiera servir para avanzar la causa de Cristo. El joven desearía que lo abrieras. Si lo abres y encuentras solamente cosas personales, será justo respetar su privacidad.

Zión y Camilo salieron del Rover. En cuanto habían tirado las herramientas por encima del muro, y lo habían trepado, Zión dijo:

—¡Camilo!, ¿dónde está el automóvil de Cloé?

Tres

Raimundo no podía jurar que Máximo McCullum fuera fidedigno. Todo lo que sabía era que este hombre pecoso, dos veces divorciado, acababa de cumplir los cincuenta y nunca había tenido hijos. Era un aviador capaz y cuidadoso, que no tenía problemas con diversos tipos de naves aéreas, habiendo volado aviones militares y comerciales.

Máximo había resultado ser interesado y amistoso, de expresión mundana. No llevaban bastante tiempo de conocerse para que Raimundo esperara que fuera más abierto. Aunque parecía un tipo brillante e interesante, la limitada relación de ellos había hecho aflorar a la superficie solamente la cordialidad. Máximo sabía que Raimundo era creyente; Raimundo no le ocultaba eso a nadie. Pero Máximo nunca había dado señales ni del más mínimo interés por el asunto —hasta ahora.

Lo más importante en los pensamientos de Raimundo era qué cosa no decir. Máximo había manifestado enojo —por fin—, con Carpatia, llegando al extremo de decir que este "no andaba en nada bueno". Pero ¿y si Máximo era un subversivo que trabajaba para Carpatia como algo más que piloto? Qué manera de atrapar a Raimundo. ¿Se iba a atrever a hablarle de su fe a Máximo y revelar todo lo que él y el Comando Tribulación sabían de Carpatia? Y ¿qué decir del aparato para espiar que estaba en el Cóndor 216? Aunque Máximo expresara interés en Cristo, Raimundo callaría ese explosivo secreto hasta tener la plena seguridad de que Máximo no era falso.

Máximo apagó todo en el helicóptero salvo el poder auxiliar que mantenía encendidas las luces del panel de control y la radio.

Todo lo que Raimundo alcanzaba a ver en la vastedad del desierto, negro como tinta, era la luna y las estrellas. Si él no hubiera sabido la verdad, hasta hubiera podido convencerse de que la pequeña nave aérea iba a la deriva en un barco que transporta aviones en medio del océano.

—Max —dijo Raimundo— cuéntame del refugio. ¿Cómo es? ¿Cómo supo Carpatia que lo iba a necesitar?

—No sé —dijo Máximo—, quizá fue una casa de seguridad en el caso que uno o más de sus embajadores se rebelara contra él otra vez. Es profundo, es de concreto, y lo

61

protegerá de la radiación. Y te digo una cosa más: es suficientemente grande para el 216.

Raimundo quedó perplejo. —¿El 216? Yo lo dejé en la punta de la pista larga de Nueva Babilonia.

—Y a mi me mandaron temprano esta mañana que lo moviera.

—¿Moverlo dónde?

—¿No me preguntaste justamente hace poco por ese nuevo camino de servicio que Carpatia mandó construir?

—¿Esa cosa de una sola vía que parecía llevar solamente a la reja del borde de la pista?

—Sí. Bueno, ahora hay una puerta en la reja donde termina ese camino.

—Así que uno abre la puerta —dijo Raimundo—, ¿y a dónde vas, cruzando las arenas del desierto, no es así?

—Eso es lo que parece —dijo Máximo—. Pero una tremenda extensión de esa arena tuvo que tratarse con algo. ¿No pensarías que un aparato tan grande como el 216 se hundiría en la arena si lograra llegar tan lejos?

—¿Me dices que llevaste el 216 carreteándolo por ese caminito de servicio a una puerta de la reja? ¿De qué tamaño tiene que ser esa puerta?

—Sólo tan grande como es el fuselaje. Las alas quedan más arriba de la reja.

—Así que carreteaste al Cóndor sacándolo de la pista y lo hiciste cruzar la arena, ¿para dónde?

—Tres y medio clics al nordeste de los cuarteles centrales, tal como dijo Carpatia.

—Así que este refugio no está en una zona poblada.

—No. Dudo que alguien lo haya visto sin que Carpatia lo sepa. Es inmenso, Ray. Y debe haber llevado mucho tiempo construirlo.

Yo hubiera podido meter dos aviones de ese tamaño en ese lugar llenando solamente la mitad del espacio que hay. Tiene más de nueve metros debajo de la superficie con muchas provisiones, cosas de plomería, alojamientos, cocinas, lo que se te ocurra, ahí lo tienen.

—¿Cómo puede ser que algo subterráneo haya resistido el remesón de la Tierra?

—Me imagino que parte de genio y parte de suerte —dijo Máximo—. Toda la cosa esa está flotando, suspendida en una especie de membrana llena con líquido hidráulico y asentada sobre una plataforma de resortes que sirve como un gigantesco amortiguador

—¿Así que el resto de la Nueva Babilonia

está en ruinas pero el Cóndor y el pequeño escondite de Carpatia, o debiera decir enorme escondite, se escaparon ilesos?

—Bueno, ahí es donde entre a tallar la parte del genio. El lugar se remeció mucho pero la tecnología funcionó. Lo único que ellos no pudieron impedir, aunque lo tenían previsto, fue que la entrada principal, la enorme abertura que permitió que el avión se deslizara fácilmente adentro, quedó completamente tapada de rocas y arenas por el terremoto. Pudieron proteger un par de otras aberturas más pequeñas del otro lado para mantener el paso, y Carpatia ya tiene máquinas abriendo la entrada original. Están trabajando en estos mismos momentos.

—¿Entonces, el tipo espera ir a alguna parte? ¿No puede tolerar el calor?

—No, en absoluto. El espera compañía.

—¿Sus reyes vienen en camino?

—El los llama embajadores. El y Fortunato tienen grandes planes.

Raimundo meneo la cabeza. —¡Fortunato! Yo lo vi en la oficina de Carpatia cuando empezó el terremoto. ¿Cómo sobrevivió?

—Ray, yo me sorprendí tanto como tú. A menos que no lo haya visto, no lo vi pasar por esa compuerta del techo. Me imaginé que la única gente con una oportunidad de sobrevivir al colapso de ese lugar serían los pocos que estaban en el techo cuando se derrumbó. Eso es una caída de más de dieciocho metros, con trozos de concreto precipitándose por todas partes en torno a uno así que hasta eso tiene una probabilidad mínima. Pero he sabido cosas más raras. Supe de un tipo en Corea que estaba en el techo de un hotel que se derrumbó, y manifestó que le pareció que estaba haciendo *surf* en una tabla de concreto hasta que llego al suelo y rodó y salió solamente con un brazo quebrado.

—Así pues, ¿cuál será el cuento? ¿Cómo salió Fortunato?

—No vas a creerlo.

—A estas alturas yo creo cualquier cosa.

—Esto es lo que pasó como yo lo vi. Llevo a Carpatia de regreso al refugio, y estaciono el helicóptero cerca de la entrada donde había dejado al Cóndor. La entrada estaba totalmente tapada, como dije, así que Carpatia me manda ir al costado, donde hay una entrada más pequeña. Vamos, entramos y encontramos mucha gente que trabaja como si nada hubiera pasado. Quiero decir, gente que cocina, limpia, ordena, todo eso.

—¿La secretaria de Carpatia?

Máximo meneó la cabeza. —Supongo que ella murió cuando se derrumbo el edificio junto con la mayoría de los otros integrantes de la planta de personal de la oficina. Pero él ya los tiene reemplazados a todos.

—Increíble. ¿Y Fortunato?

—Tampoco estaba ahí. Alguien le dice a Carpatia que no hay sobrevivientes de las oficinas centrales y, te juro Ray que me pareció que Carpatia se puso pálido. Fue la primera vez que lo vi como remecido, salvo cuando finge que se enfurece por algo. Pienso que esos furores son siempre planificados.

—Yo también. ¿Y qué pasó con León?

—Carpatia se recupera bien rápido y dice, "ya nos ocuparemos de eso". Dice que volverá, y le pregunto si tengo que llevarlo a alguna parte. Dice que no y se va. ¿Cuándo fue la última vez que lo viste irse solo a alguna parte?

—Nunca.

—Acertaste. Se fue como por media hora, y lo que pasa de inmediato es que está de regreso y con Fortunato. Este tipo estaba tapado de tierra, de pies a cabeza, y su ropa era un asco. Pero su camisa estaba en su lugar, metida en los pantalones y su chaqueta bien abotonada, la corbata derecha y todo lo demás. No había ni un rasguño menor en él.

—¿Qué cuento contó?

—Me da escalofríos, Ray. Los rodeó un montón de gente, diría que unos cien. Fortunato, realmente emocionado, pide orden. Luego clama que se puso a gritar y aullar entre los escombros, junto con todos los demás. Dice que a la mitad de esto se estaba preguntando si sería posible tener la suerte suficiente para meterse en alguna parte donde pudiera respirar y mantenerse vivo hasta que los del rescate lo hallaran. Dijo que se sintió caer como en caída libre y se golpeó contra enormes trozos de edificio, luego algo agarró su pie y lo viró, de modo que seguía cayendo pero de cabeza. Cuando tocó fondo —dijo—, sintió y sonó como si se hubiera partido la cabeza. Entonces, fue como si todo el peso del edificio se le viniera encima. Sintió que se le quebraban los huesos y que sus pulmones estallaban y todo se puso negro. Dijo que era como que alguien hubiera sacado el tapón de su vida. Cree que se murió.

—Y, no obstante, helo ahí, ¿vestido con ropa polvorienta y sin siquiera un rasguño?

—Yo lo vi con estos ojos, Ray. El dice que estaba tirado ahí, muerto, sin conciencia de nada, sin ninguna vivencia de extracorporalidad o de algo parecido. Sólo la nada negra. como el sueño más profundo que una persona pudiera tener. Dice que se despertó, volvió de los muertos cuando oyó que decían su nombre. Dice que al comienzo pensó que estaba soñando. Pensó que era un niñito otra vez y que su madre lo llamaba suavemente por su nombre, tratando de despertarlo pero dice que, entonces, escuchó a Nicolás que lo llamaba en voz alta: ¡Leonardo, levántate y sale!

—¿Que?

—Te digo, Ray, que me da escalofríos. Yo nunca fui tan religioso pero conozco esa historia de la Biblia, y sonaba como si Nicolás pretendiera ser Jesús o algo así.

—¿Tú crees que ese cuento es mentira? —preguntó Raimundo—. Ya tú sabes que la Biblia también dice que está designado que el hombre muera una sola vez. No hay segundas oportunidades.

—No sabía eso y no supe qué pensar cuando él dijo eso. ¿Carpatia resucitando a alguien? Mira, al comienzo me encantaba Carpatia y me impacientaba esperar para ir a trabajar con él. Hubo momentos en que pensé que *era* un santo varón, quizá alguna clase de deidad en sí mismo. Pero eso no cuajaba. Que él me hiciera despegar del helipuerto de aquel edificio mientras que la gente se colgaba de los patines clamando por sus vidas, ¿Que él te despreciara por que

quisiste ayudar a ese sobreviviente del avión estrellado, en el desierto? ¿Qué clase de hombre—dios es ése?

Raimundo dijo: Él no es hombre—dios. Él es un hombre anti-dios.

—¿Tú piensas que es el anticristo, como dicen algunos?

Bueno, eso era. Máximo le había hecho la pregunta. Raimundo sabía que se había descuidado. ¿Se había sellado ahora su propio destino? ¿Se había revelado completamente a uno de los sicarios de Carpatia o Máximo era sincero? ¿Cómo podría él saberlo con toda seguridad?

———

Camilo giraba en círculos. ¿Dónde estaba el automóvil de Cloé? Ella siempre lo estacionaba en la entrada frente al garaje que tenían las cosas inservibles de Loreta. El automóvil de Loreta estaba habitualmente en el otro sitio. No hubiera tenido sentido que Cloé hubiera movido su automóvil al lugar de Loreta sólo porque ella se había ido a la iglesia. Camilo dijo:

—Podría haber sido lanzado a cualquier parte, Zión.

—Sí, amigo, pero no tan lejos que no pudiéramos verlo.

—Podría haber sido tragado.

—Debemos mirar, Camilo. Si su automóvil está ahí, podemos suponer que ella está aquí.

Camilo recorrió la calle de arriba abajo mirando entre los restos de las casas y en los grandes hoyos que había en la tierra. Nada parecido al automóvil de Cloé se veía. Cuando se encontró de nuevo con Zión en lo que había sido el garaje de Loreta, vio que el rabino temblaba.

Aunque no tenía más de cuarenta y cinco años, repentinamente Zión pareció más viejo a Camilo. Se desplazaba con una marcha temblorosa y a tropezones, como desplomándose de rodillas.

—Zión, ¿te encuentras bien?

—¿Alguna vez viste algo así? —dijo Zión, con su voz poco más que un susurro—. He visto destrozos, basuras pero esto es abrumador. Una muerte y una destrucción tan esparcidas...

Camilo puso su mano en el hombro del hombre y sintió los sollozos que recorrían su cuerpo.

—Zión, no debemos permitir que la enormidad de todo esto penetre en nuestras mentes. De alguna manera tengo que mantener esto alejado de mí. Sé que no es un sueño. Sé exactamente qué estamos pasando pero no puedo detenerme en esto. No estoy equipado. Si dejo que me aplaste, quedaré bueno para nada. Nos necesitamos mutuamente. Seamos fuertes.

Camilo se dio cuenta de la debilidad de su propia voz mientras rogaba a Zión que fuera fuerte.

—Sí —dijo el lloroso Zión, tratando de recobrarse—. La gloria del Señor debe ser nuestra retaguardia. Nos regocijaremos siempre en el Señor y Él nos exaltará.

Diciendo eso Zión se paró y tomó una pala. Antes que Camilo pudiera ponerse a la par, Zión empezó a cavar en la base del garaje.

———

La radio del helicóptero crujió cobrando vida, dándole tiempo a Raimundo para que se recompusiera, pensara y orara en silencio pidiendo que Dios le impidiera decir alguna estupidez. Aún no sabía si Amanda estaba muerta o viva. No sabía si Cloé o Camilo o Zión seguían en la Tierra o estaban ya en el cielo. Encontrarlos, reunirse con ellos era su principal prioridad. ¿Ahora iba a arriesgarlo todo?

El despachador del refugio pidió el 10-20 de Máximo.

Máximo miró con pesar a Raimundo.

—Mejor que lo haga para que parezca que estamos en el aire —dijo, echando a andar los motores. El ruido era ensordecedor.

—Todavía están haciendo rescates en Bagdad —dijo—, será por lo menos otra hora más.

—Entendido.

Máximo apagó los motores. —Nos da tiempo —dijo.

Raimundo se tapó los ojos por un momento. —Dios —oró en silencio— todo lo que puedo hacer es confiar en Ti y seguir mis instintos. Creo que este hombre es sincero. Si no lo es, impide que yo diga algo que no debo decir. Si es sincero no quiero dejar de decirle lo que tiene que saber. Tú has sido tan abierto, tan claro con Camilo y Zión ¿Podrías darme una señal? ¿Algo que me asegure que estoy haciendo lo correcto?

Raimundo miró, inseguro, los ojos de Máximo, apenas iluminados por el brillo del panel de control. Por el momento, Dios parecía callar. El no solía hablarle directamente a Raimundo aunque éste había disfrutado su cuota de respuestas de oración. Ahora había llegado al punto sin regreso. Aunque no captaba la luz verde divina, tampoco percibía que la hubiera roja, ni siquiera amarilla. Sabiendo que el resultado sería producto de su propia necedad, se dio cuenta que no tenía nada que perder.

—Max, voy a contarte toda mi historia y todo lo que siento sobre lo que ha pasado, sobre Nicolás, y lo que está por venir. Pero antes, necesito que me digas qué sabe Carpatia, si lo sabes, sobre si realmente se esperaba que Amanda o Patty llegaran a Bagdad esta noche.

Máximo suspiró y desvió la vista, y el corazón de Raimundo se desmayó. Era claro que estaba por oír algo que prefería no oír.

—Bueno, Ray, la verdad es que Carpatia sabe que Patty sigue en los Estados Unidos. Ella logró llegar hasta Boston pero sus fuentes le dicen que viajó en un vuelo sin escalas a Denver antes que se produjera el terremoto.

—¿A Denver? Pensé que ella venía de allá.

—Así es. Ahí es donde viven sus familiares. Nadie sabe por qué regresó.

La voz de Raimundo quedó atrapada en su garganta: —¿Y Amanda.

—La gente de Carpatia le dice que ella estaba en un vuelo PanCon que despegó desde Boston y que hubiera debido estar aterrizado en Bagdad antes que se produjera el terremoto. Se había atrasado un poco durante el cruce del Atlántico por alguna razón pero lo último que supo era que estaba volando en el espacio aéreo iraquí.

Raimundo dejó caer la cabeza luchando por recobrar su compostura. —Así que está bajo tierra en alguna parte —dijo—. ¿Por qué no lo vi en el aeropuerto?

—No sé —dijo Máximo—. Quizá el desierto se lo tragó por completo. Pero todos los demás aviones controlados por la torre de Bagdad han sido encontrados así que eso no parece probable.

—Entonces, todavía hay esperanzas —dijo Raimundo—. Quizá ese piloto estaba tan atrasado que seguía en el aire y se quedó ahí hasta que todo dejó de moverse y pudo hallar un punto donde bajar.

—Quizá —dijo Máximo pero Raimundo captó el poco convencimiento de su voz. Evidentemente, Máximo estaba dudoso.

—No voy a dejar de buscar hasta que lo sepa.

Máximo asintió y Raimundo captó algo más. —Max, ¿qué me ocultas?

Máximo miró para abajo y movió la cabeza.

—Escúchame Max, yo ya te indiqué qué pienso de Carpatia. Eso es un tremendo riesgo para mí. No sé a qué o quién eres verdaderamente leal y estoy por decirte más de lo que debiera contarle a nadie a quien no le confiara mi vida. Si sabes algo de Amanda que yo tenga que saber, tienes que decírmelo.

Max respiró ruidosamente. —En realidad, no te conviene saber. Créeme, no te conviene saber.

—¿Está muerta?

—Probablemente —dijo Máximo—. Con toda honestidad, no lo sé, y no creo que Carpatia lo sepa pero esto es peor que eso. Raimundo, esto es peor que si ella estuviera muerta.

Parecía imposible hasta que dos varones adultos pudieran entrar al garaje de la ruina que era la casa de Loreta. El garaje estaba adosado a la casa y parecía menos dañado. No había sótano bajo el garaje, de modo que el cimiento de cemento no se extendía gran cosa. Cuando se cayó el techo, las puertas en paneles quedaron tan comprimidas que sus paneles se superpusieron varios centímetros. Una puerta tomó un ángulo distante unos 33 centímetros del riel, y apuntaba a la derecha. La otra estaba fuera del riel en casi la mitad de eso y apuntaba al otro lado. No había manera de encastrarlas de nuevo. Todo lo que podían hacer Camilo y Zión era cortarlas a hachazos para poder pasar entre ellas. Normalmente no hubiera costado gran cosa romper esas puertas de madera pero ahora estaban trancadas por una buena parte del techo y vigas que las afirmaban contra el concreto en forma rara, pues el concreto estaba a unos treinta y cinco centímetros por debajo de la superficie.

A Camilo le parecía que cada hachazo que asestaba a la madera era como golpear acero con acero. Tenía tomada el hacha con las dos manos y la asestaba con toda su fuerza pero lo mejor que lograba era astillar la madera. Era una puerta de buena calidad que solamente se hizo más firme debido al apretón que le dio la naturaleza.

Camilo estaba exhausto. únicamente la energía nerviosa y la pena controlada le mantenían en pie. Con cada hachazo crecía su deseo de hallar a Cloé. El sabía que las probabilidades estaban en su contra, pero creía que podía enfrentar su pérdida si lograba saber algo con certeza. Pasó de la esperanza y la oración con que rogaba encontrarla viva, a que sencillamente la encontrara en un estado que demostrara que había tenido una muerte relativamente indolora. Temía que no pasara mucho tiempo antes que se pusiera a orar rogando encontrarla, y nada más.

Zión Ben-Judá estaba en buen estado físico para su edad. El hacía ejercicios a diario hasta que tuvo que esconderse. Le había dicho a Camilo que aunque nunca había sido atleta, sabía que la salud de su mente de académico dependía también de la salud de su cuerpo. Zión estaba haciendo lo suyo en este trabajo de romper la puerta en varios puntos, probando si había un punto débil que le permitiera pasar más rápidamente. Sudaba y jadeaba pero seguía tratando de hablar mientras trabajaba.

—Camilo, tú no esperarás encontrar el automóvil de Cloé ahí dentro, ¿no?

—No.

—Entonces, ¿concluirás por eso que ella escapó de alguna manera?

—Esa es mi esperanza.

—¿Así que esto es un proceso de eliminación?

—Correcto.

—En cuanto establezcamos que su automóvil no está aquí, tratemos de salvar lo que podamos de la casa.

—¿Cómo qué?

—Comida. Tu ropa. ¿Dijiste que ya habías abierto la zona de tu dormitorio?

—Sí, pero no vi el armario ni sus contenidos, que no pueden estar muy lejos.

—¿Y la gavetera? Seguro que tienen ropa ahí.

—Buena idea —dijo Camilo.

Entre las dos hachas y sus resonantes hachazos contra la pueda del garaje, Camilo oyó otra cosa más. Dejó de hachar y levantó la mano para detener a Zión. El hombre, de más edad, dejó de hachar para recuperar el aliento y Camilo reconoció el claro tup-tup-tup de la hélice de un helicóptero. El ruido se hizo ensordecedor y Camilo supuso que eran dos o tres helicópteros, pero cuando vio el aparato se quedó atónito al ver que era solamente uno, grande como un bus. El otro parecido que había visto fue en Tierra Santa durante un ataque aéreo que hubo años antes.

Pero éste, estabilizado a pocos metros de altura, se parecía sólo en tamaño a esos grandes y viejos helicópteros israelitas para transporte de tropas, pintados de negro y gris. Este era de color blanco refulgente y parecía haber salido recientemente de la línea de montaje. Llevaba la enorme insignia de la Comunidad Global.

—¿Será posible? —preguntó Camilo.

—¿Qué te parece esto? —dijo Zión,

—No sé, sólo espero que no vengan a buscarte.

—Sinceramente Camilo pienso que, súbitamente, me he vuelto una prioridad muy baja para la Comunidad Global, ¿no te parece?

—Bien pronto lo sabremos. Vamos.

Soltaron las hachas y treparon de nuevo el pavimento revuelto que había sido de la calle de Loreta no muchas horas atrás. Por un surco de esa fortaleza vieron que el helicóptero de la CG aterrizaba cerca de un poste del alumbrado que estaba en el suelo. Un cable de alta tensión se cortó y cayó al suelo con ruido mientras que por lo menos unos doce trabajadores de emergencia de la CG salían del helicóptero. El líder se comunicaba con un *walkie-talkie* y en cosas de segundos se cortó la energía eléctrica de la zona, y el cable centelleante quedó como muerto. El líder mandó a un cortador de cables que cortara las demás líneas del poste caído.

Dos oficiales uniformados sacaron del helicóptero un gran marco circular de metal y unos técnicos lo cablearon rápidamente ajustando la conexión a una de las puntas del ahora desnudo poste. Mientras tanto, otros técnicos hicieron un nuevo hoyo para el poste con un enorme taladro. Un tanque de agua y una mezcladora de concreto de secado rápido, echaron una solución al hoyo y se ancló ahí una polea portátil por sus cuatro lados gracias a dos oficiales que aplicaron todo su peso a los pies metálicos de cada ángulo. El resto maniobró el poste tan rápidamente arreglado dejándolo en su posición. Lo pusieron en ángulo de cuarenta y cinco y tres oficiales se agacharon para deslizar la parte de abajo al hoyo. La polea se tensó y enderezó el poste, que cayó rápida y profundamente, haciendo que una lluvia de concreto cayera sobre los lados del poste.

En pocos segundos volvieron a cargar todo en el helicóptero y el equipo CG se fue. En menos de cinco minutos un poste de alumbrado había dado energía eléctrica y transformado las líneas telefónicas.

Camilo se dio vuelta a Zión. —¿Te das cuenta de lo que acabamos de ver?

—Increíble —dijo Zión—. Ahora es una torre celular. ¿no?

—Sí. Está más baja de lo debido pero servirá lo mismo. Alguien cree que importa más mantener el funcionamiento de las zonas celulares que la electricidad o los cables de teléfono.

Camilo sacó su teléfono del bolsillo. Mostraba carga total y alcance total, al menos a la sombra de esa nueva torre.

—Me pregunto —dijo—, ¿cuánto tiempo

pasará hasta que tengan suficientes torres erigidas para que podamos llamar a todas partes de nuevo?

Zión había empezado a caminar de vuelta al garaje. Camilo lo alcanzó.

—No pasará mucho —dijo Zión—. Carpatia debe tener equipos como ese trabajando en todo el mundo durante las veinticuatro horas.

━━━━━━━

—Mejor que empecemos el regreso pronto —dijo Max.

—Sí, seguro —dijo Raimundo—. ¿Voy a dejar queme lleves de vuelta donde Carpatia y su refugio seguro antes que me digas algo de mi esposa, algo que odiaré más que saber que ella está muerta?

—Ray, por favor, no me hagas decir más. Ya hablé demasiado. No puedo corroborar nada de esto y no le tengo confianza a Carpatia.

—Tan sólo cuéntamelo —dijo Raimundo.

—Pero si reaccionas de la manera en que yo respondería, no querrás hablar de lo que yo quiero hablar.

Raimundo casi se había olvidado y Max tenía la razón. La perspectiva de malas noticias de su esposa lo había obsesionado haciendo que excluyera todo lo que importaba conversar.

—Max, te doy mi palabra de responder todas las preguntas y hablar de lo que quiera pero debes decirme lo que sepas de Amanda.

Max seguía reacio. —Bueno, por un lado, sé que ese grandote de la PanCon no hubiera tenido combustible suficiente para ponerse a buscar otro lugar donde aterrizar. Si el terremoto ocurrió antes que ellos bajaran y el piloto se dio cuenta que no iba a poder aterrizar en Bagdad, no hubiera tenido mucho más con que alejarse.

—Así que esa es la buena noticia. Como no encontré el avión en Bagdad, tiene que estar en alguna parte relativamente cerca. Seguiré buscando. Ahora, dime qué sabes.

—Bueno, Ray. No creo que estemos en un momento de la historia en que sea sensato estar jugando. Si esto no te convence de que no soy uno de los espías de Carpatia, nada te convencerá. Si se sabe que te lo comenté, soy hombre muerto. Así que independientemente de lo que pienses de esto o cómo reacciones a eso o lo que desees decirle sobre el asunto, no puedes comentarlo nunca ¿entendido?

—Sí, sí! ¿Y ahora qué?

Max respiró profundo pero sin decir nada, lo que resultaba enloquecedor. Raimundo estaba que reventaba. —Voy a salir de esta cabina de pilotaje —dijo Max por fin. soltándose—. Vamos, Ray, salgamos, no me hagas pasar por encima de ti.

Max estaba fuera de su asiento, parado entre el suyo y el de Raimundo, inclinado para no golpearse la cabeza en el techo de la burbuja de plexiglás. Raimundo se soltó y abrió la puerta, saltando a la arena. Ya no rogaba más. Sencillamente decidió que no dejaría que Max volviera al helicóptero hasta que le dijera lo que él tenía que saber.

Max estaba ahí, de pie, con las manos muy metidas en los bolsillos del pantalón. La luz de la luna llena iluminaba su pelo rubio rojizo, los rasgos pétreos y las pecas de su rostro correoso. Parecía un hombre camino al patíbulo.

De pronto dio un paso adelante y puso ambas palmas en el lado del helicóptero. Su cabeza estaba baja. Finalmente la levantó y se dio vuelta para enfrentar a Raimundo.

—Bueno, aquí está. No te olvides que me obligaste a hablar. Carpatia habla de Amanda como si la conociera.

Raimundo hizo una mueca y estiró sus manos con las palmas para arriba. Se encogió de hombros.

—El la conoce, ¿qué hay con eso?

—¡No! quiero decir que habla de ella como si *realmente* la conociera.

—¿Qué se supone que eso signifique? ¿Un romance? Yo sé que eso no.

—¡No, Raimundo! Digo que él habla de ella como si la hubiera conocido desde antes que ella te conociera a ti.

Raimundo casi se cayó a la arena. —No estarás sugiriendo que...

—Te digo que a puertas cerradas, Carpatia comenta cosas de Amanda. Ella es una del equipo, dice. Ella está donde debe estar. Ella desempeña su papel muy bien. Esa clase de cosas. ¿Qué se supone que yo entienda de eso?

Raimundo no podía hablar. No lo creía. No, naturalmente que no, pero la sola idea... qué coraje el de ese hombre para hacer esa sugerencia del carácter de una mujer que Raimundo conocía tan bien.

—Apenas conozco a tu esposa, Ray. No sé si esto sea posible. Solo te digo lo que...

—No es posible —pudo decir por fin Raimundo—. Sé que tú no la conoces pero yo sí.

—No esperaba que lo creyeras Raimundo. Ni siquiera digo que me hace sospechar.

—No tienes que ponerte a sospechar. El hombre es un mentiroso. Et trabaja para el padre de las mentiras. El diría cualquier cosa de cualquier persona para fomentar su propia tabla del día. No sé por qué necesite manchar su reputación pero...

—Raimundo, te repito que no dije que crea que él tenga la razón o algo así pero tienes que admitir que él está sacando información de alguna parte.

—Ni siquiera te atrevas a sugerir...

—No sugiero nada. Sólo digo...

—Max, no puedo decirte que conozco a Amanda desde hace mucho tiempo en el esquema grande de las cosas. No puedo decir que me dio hijos como mi primera esposa. No puedo decir que estamos juntos hace veinte años como con Irene pero sí *puedo* decir que no somos solamente marido y mujer. Somos hermano y hermana en Cristo. Si yo hubiera compartido de la fe de Irene, ella y yo hubiéramos sido verdaderos esposos del alma también, pero eso fue mi culpa. Amanda y yo nos conocimos después de que ambos habíamos creído y, así, compartimos un lazo casi instantáneo. Es un lazo que nadie puede romper. Esa mujer no es mentirosa ni traidora ni subversiva ni falsa. Nadie podría ser tan bueno. Nadie podría compartir mi cama y sostener mi mirada y jurar su amor y leal a mí con tanto fervor y ser una mentirosa, sin que yo lo sospechara. No, en absoluto no.

—Eso me basta, Capi —dijo Máximo.

Raimundo estaba furioso con Carpatia. Si no hubiera jurado guardar la confidencia de Max, le hubiera costado mucho detenerse para no saltar a la radio de inmediato y exigir la comunicación directa con Nicolás. Se preguntaba cómo iba a enfrentarse al hombre. ¿Qué diría o haría cuando lo viera después?

—¿Por qué debiera esperar otra cosa de un hombre como él? —dijo Raimundo.

—Buena pregunta —dijo Max—. Ahora, es mejor que regresemos, ¿no te parece?

Raimundo quería decirle a Max que todavía estaba dispuesto a conversar de las preguntas que él había hecho pero realmente no se sentía con más ganas de hablar. Si Max volvía a preguntar, Raimundo le contestaría. Pero si Max no lo hacía, le agradecería que esperara para un momento mejor.

—Max—dijo mientras se ponían el cinturón de seguridad en el helicóptero—, como se supone que andemos en misión de rescate, ¿te importaría hacer una rebusca de unos cuarenta kilómetros a la redonda?

—Por cierto que sería más fácil hacerlo con luz diurna —dijo Max—, ¿quieres que te traiga de vuelta mañana?

—Sí, pero echemos un vistazo rápido ahora. Si ese avión se cayó en alguna parte cerca de Bagdad, la única esperanza de encontrar sobrevivientes es hallarlos rápido.

Raimundo vio simpatía en la cara de Max.

—Lo sé —dijo Raimundo—. Estoy soñando pero no puedo correr de vuelta a Carpatia y aprovecharme del refugio y las provisiones si no agoto todos los esfuerzos para encontrar a Amanda.

—Sólo me estaba preguntando —dijo Max—. Si *hubo* algo en lo que decía Carpatia.

—No, Max, no hay nada, y de veras lo digo. Ahora, deja eso...

—Sólo decía que si lo hubiera, ¿piensas que hubiera una oportunidad de que él la hubiera puesto en otro avión? ¿que la hubiera conservado a salvo de alguna forma?

—¡Oh, ahora lo entiendo! —dijo Raimundo—. Lo bueno de que mi esposa trabajara para el enemigo es que ahora podría seguir viva.

—No lo estaba mirando de esa forma —dijo Max.

—Entonces, ¿cuál es el objeto?

—No hay objeto. No tenemos que hablar más de esto.

—Claro que no.

Pero cuando Max hizo que el helicóptero diera vueltas concéntricas de amplitud creciente, a partir de la terminal de Bagdad, todo lo que Raimundo vio en el suelo era arena que se movía y se hundía.

Ahora quería encontrar a Amanda, no sólo por él, sino también para demostrar que ella era quién él sabía que era.

Cuando terminaron la rebusca y Max prometió al despachador que se dirigían finalmente para allá, una astilla de dudas había entrado a la mente de Raimundo. Se sentía culpable por abrigarlas pero no podía desprendérselas. Temía el daño que esa astilla podía infligir a su amor y reverencia por esta mujer que había completado su vida y estaba decidido a erradicarlo de su mente.

Su problema era que a pesar de lo romántico que ella lo había puesto, y lo emotivo que se había vuelto desde su conversión (y su contacto con más tragedias de las que podía tolerar una persona), aún poseía la mente científica, práctica y analítica que hacía de él un aviador. Detestaba que no podía desechar la duda porque no encajaba con lo que él sentía en su corazón. El tendría que exonerar a Amanda probando de alguna manera su lealtad y la legitimidad de su fe —con su ayuda si estaba viva, y sin ella si estaba muerta.

———

Era media tarde cuando Camilo y Zión abrieron un hoyo bastante grande en una de las puertas del garaje como para que Zión pasara.

La voz de Zión era tan ronca y débil que Camilo tuvo que pegar su oreja al hoyo.

—Camilo, el automóvil de Cloé está aquí. Puedo ver la pueda abierta justo lo suficiente para encender la luz interior. Está vacío salvo su teléfono y su computadora.

—¡Te veo en la parte de atrás de la casa! —gritó Camilo—. ¡Apúrate, Zión! Si su automóvil está ahí, ella todavía está aquí.

Camilo tomó tantas herramientas como pudo y corrió a la parte de atrás. Esta era la prueba que esperaba y por la cual oraba. Si Cloé estaba enterrada en esos escombros, y había una oportunidad en un millón de que aún estuviera viva, él no descansaría.

Camilo atacó la ruina con toda su fuerza, debiendo recordarse que tenía que respirar. Zión apareció y tomó una pala y un hacha.

—¿Empiezo desde otro lado? —preguntó.

—¡No! Tenemos que trabajar juntos si queremos tener esperanzas!

Cuatro

Y qué le pasó a la ropa sucia? —susurró Raimundo cuando él y Max eran escoltados al entrar por la puerta auxiliar del enorme refugio subterráneo de Carpatia. Fortunato lucía jovial vestido con ropa limpia, ubicado en la estructura más allá del Cóndor 216 y en medio de muchos subordinados y asistentes.

—Nicolás ya lo dejó limpio —musitó Max.

Raimundo no había comido nada en más de doce horas pero hasta ahora no había pensado en el hambre. La multitud arremolinada de lacayos de Carpatia, moviéndose sorprendentemente, habían pasado por el bufete y estaban sentados, equilibrando platos y tazas en sus rodillas.

Súbitamente famélico, Raimundo vio que había jamón, pollo y carne, asimismo toda clase de exquisiteces del Oriente Medio. Fortunato lo saludó con una sonrisa y un apretón de manos. Raimundo no sonrió y apenas tomó la mano del hombre.

—El Potentado Carpatia quiere que nos reunamos con él, en su oficina, dentro de unos minutos pero, por favor, coma primero.

—No le importa si lo hago —dijo Raimundo. Aunque era un empleado le parecía que estaba comiendo en el campo enemigo pero era necio andar con hambre sólo para afirmar la postura. El necesitaba fuerza.

Mientras él y Max se servían del bufete, éste susurró: —quizá no debiéramos parecer tan amigos.

—Sí—dijo Raimundo—. Carpatia sabe cuál es mi postura pero supongo que a ti te considera leal.

—No lo soy pero no hay futuro para los que admiten eso.

—¿Como yo? —dijo Raimundo.

—¿Futuro para ti? No en el largo plazo pero ¿qué puedo decirte? Tú le gustas. Quizá se sienta seguro sabiendo que no le ocultas nada.

Raimundo comía mientras iba poniendo comida en el plato, pensando: *Puede que sea comida del enemigo pero sirve muy bien.*

Se sintió lleno y súbitamente torpe cuando él y Max entraron a la oficina de Carpatia. La presencia de Max sorprendió a Raimundo pues nunca antes había estado en una reunión con Carpatia.

Parecía que a Nicolás le costaba mucho contener una mueca, como solía ser cierto durante momentos de crisis y terror internacionales. El también se había puesto ropa limpia y parecía muy descansado. Raimundo sabía que él debía lucir horrible.

—Por favor —dijo Carpatia amablemente—, capitán Steele y oficial McCullum, siéntense.

—Prefiero quedarme de pie si no le importa —dijo Raimundo.

—No es necesario. Usted se ve agotado y tenemos que tratar cosas importantes en la agenda del día.

Raimundo se sentó, reacio. No entendía a esta gente. He ahí una oficina hermosamente decorada que rivalizaba las oficinas principales de Carpatia, ahora un montón de escombros a menos de kilómetro y medio de distancia. ¿Cómo podía ser que este hombre estuviera preparado para cada eventualidad?

León Fortunato estaba de pie, al lado de una punta del escritorio de Carpatia. Este estaba apoyado en el borde externo del escritorio, mirando fijamente y para abajo a Raimundo que decidió ganarle la mano:

—Señor, mi esposa, yo...

—Capitán Steele, le tengo malas noticias.

—Oh, no —la mente de Raimundo se puso a la defensiva de inmediato. No se sentía como si Amanda estuviera muerta, así que no lo estaba. No le importaba lo que dijera este mentiroso: el mismo que se atrevía a tratarla de compatriota suya. Sí Carpatia decía que Amanda estaba muerta, Raimundo no sabía si podría seguir guardando la confidencia de Max refrenándose de atacarlo y obligarlo a retractarse de la calumnia.

—Su esposa, que Dios dé descanso a su alma...

Raimundo agarró con tanta fuerza la silla que pensó que las puntas de sus dedos podían reventar. Apretó los dientes. ¿El mismo anticristo le deseaba a su esposa que Dios le diera reposo a su alma?

Raimundo tembló de rabia. Oró desesperadamente que si eso era cierto, que si había perdido a Amanda, que Dios le usara para la muerte de Nicolás Carpatia —cosa que no pasaría sino a los tres años y medio de la tripulación—, la Biblia predecía que el anticristo iba a resucitar entonces, siempre poseído por Satanás. No obstante, Raimundo rogaba a Dios el privilegio de matar a este hombre. No sabía qué satisfacción, qué venganza podría obtener pero era todo lo que podía hacer para impedirse la ejecución del acto en ese mismo momento.

—Como usted sabe, ella viajaba hoy de Boston a Bagdad, en un vuelo de PanContinental, en un 747. El terremoto ocurrió momentos antes que el avión aterrizara. Nuestras mejores fuentes nos dicen que, evidentemente, el piloto vio el caos, se dio cuenta que no podría aterrizar cerca del aeropuerto, retomó altura y viró el avión.

Raimundo sabía lo que seguía, si el cuento era cierto. El piloto no tuvo fuerza para retomar altura y virar el avión tan rápidamente.

—Funcionarios de PanCon me dicen —continuó Carpatia—, que sencillamente el avión no pudo seguir en el aire a esa velocidad. Testigos oculares dicen que pasó las riberas del Tigris, cayó primero a la mitad del río, levantó la cola y, luego, se hundió desapareciendo de la vista.

Todo el cuerpo de Raimundo se estremecía con cada latido de su corazón. Apretó el mentón contra el pecho luchando por mantener su compostura. Levantó sus ojos a Carpatia, inquiriendo detalles pero no logró abrir la boca, y menos emitir palabra.

—Capitán Steele, la corriente es fuerte ahí pero PanCon me dice que un avión como aquel se caería como piedra. Nada ha salido a superficie río abajo. No se han encontrado cadáveres. Pasarán días antes que tengamos equipo para una operación de salvataje. Lo siento.

Raimundo no creía que Carpatia lo sintiera más de lo que creía que Amanda estuviera muerta. Y mucho menos creía que ella hubiera actuado concertada con Nicolás Carpatia.

Camilo trabajaba como loco, con sus dedos ampollados y sangrantes. Cloé tenía que estar en alguna parte. No quería hablar, sólo quería cavar pero a Zión le gustaba comentar cosas y decía: —No entiendo, Camilo, por qué el automóvil de Cloé tenía que estar en el garaje donde habitualmente se estaciona el de Loreta.

Camilo respondió a la ligera: —no sé pero está ahí y eso significa que ella está por aquí, en alguna parte.

—Quizá el terremoto metió el automóvil en el garaje —sugirió Zión.

—Eso es improbable —dijo Camilo—. En realidad, no me importa. Todavía me estoy pateando por no darme cuenta que su automóvil no estaba cuando llegué aquí.

—¿Qué hubieras imaginado?

—¡Que ella se había ido, que escapó!— ¿Eso no sigue siendo una posibilidad?

Camilo se estiró y apretó los nudillos en su espalda tratando de distender sus músculos doloridos. —Ella no se hubiera ido a ninguna parte caminando. Esta cosa llegó tan repentinamente. No hubo advertencias.

—Oh, pero sí las hubo.

Camilo contempló al rabino: —tú estabas en el subterráneo, Zión, ¿cómo supiste?

—Oí ruidos un par de minutos antes que empezara a temblar.

Camilo estaba en el Range Rover. Había visto muertes en el camino, perros ladrando y corriendo y otros animales que no se acostumbraba ver en el día. Antes que el cielo se ennegreciera se dio cuenta que ni una hoja se movía pero las luces y los carteles del tránsito se mecían. Entonces fue que él supo que venía el terremoto. Había habido una breve advertencia al menos. ¿Sería posible que Cloé hubiera tenido una intuición? ¿Qué habría hecho? ¿Dónde hubiera ido?

Camilo volvió a cavar:

—¿Podría estar en el garaje?

—Me temo que no, Camilo. Yo miré con mucho cuidado. Si ella estaba ahí cuando todo se desplomó—dijo Zión—, no querrás encontrarla, de todos modos.

Puede que no me guste—pensó Camilo— *pero tengo que saber.*

El cuerpo de Raimundo se puso rígido

cuando Carpatia le tocó el hombro. Pensó saltar de la silla y ahogar la vida de Carpatia. Se sentó sibilante, con los ojos cerrados, sintiendo como si fuera a reventarse.

—Puedo simpatizar con su pena—dijo Nicolás—, quizá pueda entender mi propia sensación de pérdida por las muchas vidas que esta calamidad ha costado. Fue mundial, cada continente sufrió daños graves. La única región intacta fue Israel.

Raimundo se alejó del toque de Carpatia y recupero la voz.

—¿Y usted no cree que esto fue la ira del Cordero?

—Raimundo, Raimundo—dijo Carpatia—, por cierto que usted no pone a los pies de un Ser Supremo un acto tan despreciable, caprichoso y mortal como este.

Raimundo movió su cabeza. ¿Qué había estado pensando? ¿Realmente estaba tratando de convencer al anticristo de que estaba equivocado?

Carpatia fue a sentarse detrás de su escritorio en una silla de cuero de respaldo alto.—Déjeme decirle que voy a comunicar al resto del personal, para que usted pueda saltarse la reunión e irse a sus habitaciones a reposar un poco.

—No me importa oírlo junto con los demás.

—Muy magnánimo capitán Steele. Sin

embargo, también tengo unas cosas que decirle solamente a usted. Dudo en plantear esto cuando su pérdida es tan fresca pero usted comprende que yo podría haberlo hecho encarcelar.

—Con toda seguridad—respondió Raimundo.

—Pero opté por no hacerlo.

¿Debía estar agradecido o decepcionado? Un tiempo en la prisión no sonaba nada mal. Si supiera que su hija, su yerno y Zión estaban bien, él podría soportarlo.

Carpatia continuó:—yo lo entiendo mejor de lo que usted sabe. Nos olvidaremos de nuestro encuentro y usted seguirá sirviéndome en la forma en que lo ha hecho hasta ahora.

—¿Y si renuncio?

—No existe esa opción. Usted saldrá noblemente de este momento como ha pasado por otras crisis. De lo contrario, le acusaré de insubordinación y lo haré encarcelar.

—¿Eso es olvidarnos de nuestro encuentro? ¿Usted *quiere* que alguien trabaje para usted aunque prefiera no hacerlo?

Carpatia dijo:—Llegará el momento en que me lo gane para mí. ¿Sabe que sus habitaciones fueron destruidas?

—No puedo decir que me sorprenda.

—Hay equipos que tratan de salvar todo lo que se pueda usar. Mientras tanto tengo uniformes y otros artículos necesarios para usted. Encontrará que sus nuevas habitaciones son adecuadas aunque no lujosas. La prioridad principal de mi régimen es reconstruir Nueva Babilonia. Será la nueva capital del mundo. Toda la banca, el comercio, la religión y el gobierno empezarán y terminarán precisamente aquí. El reto mayor de la reconstrucción en el resto del mundo son las comunicaciones. Ya hemos empezado a reconstruir una red internacional que...

—¿La comunicación es más importante que la gente? ¿Más que limpiar las zonas que de lo contrario pudieran enfermarse? ¿Sacar los cadáveres? ¿Reunir familias?

—En su debido momento capitán Steele. Esos esfuerzos dependen de las comunicaciones. Afortunadamente el momento de mi proyecto más ambicioso no podría haber sido más propicio. La Comunidad Global acaba de adquirir la propiedad total de todos los satélites internacionales y compañías de comunicaciones celulares. Tendremos instalado en pocos meses la primera red de comunicaciones verdaderamente global, que es celular y a energía solar. La llamo Cellular-Solar. Una vez que se han levantado las torres celulares y los satélites sean colocados en una órbita geosincrónica, todos podrán comunicarse con todos en cualquier parte y a cualquier hora.

Parecía que Carpatia hubiera perdido la habilidad de ocultar su regocijo. Si esta tecnología funcionaba bien, afirmaría la garra de Carpatia en la Tierra. Su dominio sería completo. El era el dueño y señor de todo y todos.

—Tan pronto como se recupere, usted y el oficial McCullum, van a traer aquí a mis embajadores. Hay algunos aeropuertos importantes en todo el mundo que están operando pero usando naves más pequeñas, podremos llevar a mis hombres clave a un lugar donde usted pudiera juntarlos a todos en el Cóndor 216 y entregármelos acá.

Raimundo no podía concentrarse, y dijo:—Tengo dos cosas que pedir.

—Me encanta cuando usted pide—dijo Carpatia.

—Quiero información sobre mi familia.

—Dedicaré a alguien a eso inmediatamente, ¿y?

—Necesito uno o dos días para que Max me entrene en los helicópteros. Puede que tenga que ir a transbordar a alguien en alguna parte donde sólo un helicóptero puede llegar.

—Lo que necesite, capitán, usted lo sabe.

Raimundo le dio una mirada a Max que

lucía perplejo. No hubiera debido asombrarse. A menos que Max fuera un simpatizante íntimo de Carpatia, ellos tenían que conversar cosas serias. No podrían hacerlo dentro donde todas las habitaciones debían estar vigiladas. Raimundo queria a Max para el reino. El sería un agregado magnífico al Comando Tribulación especialmente en la medida que ellos siguieran ocultando a Carpatia sus lealtades verdaderas.

—Camilo, estoy débil por el hambre—dijo Zión.

Habían cavado como la mitad de los escombros. Camilo se desesperaba más con cada palada. Había muchas pruebas de que Cloé vivía en este lugar pero ninguna de que estuviera ahí, viva o muerta.

—Puedo cavar en el sótano en una hora, Zión. Empieza en la cocina, puede que halles comida ahí. Yo también tengo hambre.

Aunque Zión estaba a la vuelta de la casa, Camilo se sentía abrumado y solo. Sus ojos se llenaron de lágrimas mientras cavaba, tomaba, levantaba y tiraba, haciendo lo que era un esfuerzo probablemente fútil por encontrar a su esposa.

A comienzos del atardecer Camilo salió

agotado del sótano, por el rincón de atrás. Arrastró su pala al frente, deseando ayudar a Zión pero deseando que el rabino hubiera encontrado algo para comer.

Zión levantó un escritorio aplastado y partido y lo tiró a los pies de Camilo.

—¡Oh, Camilo, no vi que estabas ahí!

—¿Tratas de llegar al refrigerador?

—Exactamente, la electricidad lleva horas cortada pero debe haber algo comestible ahí.

Había dos vigas grandes alojadas frente a la puerta del refrigerador. Mientras trataba de ayudar a moverlos, su pie tocó el borde del escritorio partido y los papeles y guías de teléfono volaron al suelo. Uno era la lista de los miembros de la iglesia del Centro de la Nueva Esperanza. Pensó, *esto podría servir mucho*, la dobló y la metió en el bolsillo de sus pantalones.

Pocos minutos después Camilo y Zión estaban sentados comiendo, con la espalda apoyada contra el refrigerador. Eso les quitó la sensación punzante de hambre, pero Camilo sintió que podría dormir toda una semana. Lo último que deseaba era dejar de excavar. Temía las pruebas de que Cloé había muerto. Agradecía que Zión no necesitara conversar, por fin. Camilo tenía que pensar. ¿Dónde pasarían la noche! ¿Qué comerían mañana? Por ahora Camilo sólo quería estar sentado, comer y dejar que los recuerdos de Cloé lo inundaran.

¡Cuánto la amaba! ¿Era posible que la conociera solamente dos años? Ella le pareció mucho mayor de sus veinte cuando se conocieron, y ahora tenía el aspecto de alguien diez o quince años mayor. Ella había sido un regalo de Dios, más precioso que todo lo que hubiera recibido con excepción de la salvación. ¿Qué hubiera valido su vida luego del arrebatamiento sino hubiera sido por Cloé? El hubiera estado agradecido y hubiera disfrutado esa satisfacción profunda de saber que estaba bien con Dios, pero también se hubiera sentido solo, y solitario.

Aun ahora Camilo estaba agradecido por su suegro y Amanda. Agradecido por su amistad con Jaime Rosenzweig. Agradecido por su amistad con Zión. El y Zión iban a tener que trabajar con Jaime. El viejo israelita seguía enamorado de Carpatia. Eso tenía que cambiar. Jaime necesitaba a Cristo. Así también Ken Ritz el piloto que Camilo había contratado tantas veces. Tendrían que averiguar de Ken, cerciorarse que estuviera bien, ver si tenía aviones que aún volaran. Puso su pie a un costado y dobló la cabeza sobre el pecho, casi dormido.

—Yo tengo que volver a Israel—dijo Zión.

—¿Mm?—musitó Camilo.

—Tengo que volver a mi patria.

Camilo levantó la cabeza y miró fijamente a Zión:—No tenemos casa—dijo—, apenas podemos llegar a la otra cuadra. No sabemos si sobreviviremos mañana. Eres un criminal buscado en Israel. ¿Crees que se olvidarán de ti ahora que tienen el rescate del terremoto del cual ocuparse?

—Todo lo contrario pero tengo que presuponer que el grueso de los 144 mil testigos de los cuales soy uno, vendrán de Israel. No todos. Muchos vendrán de las tribus de todo el mundo pero la mayor fuente de judíos es Israel. Estos estarán tan celosos como Pablo pero serán nuevos en la fe y sin preparación. Siento el llamado a conocerlos, saludarlos y enseñarles. Deben ser movilizados y enviados. Ya tienen el poder.

—Supongamos que te llevo a Israel. ¿Cómo te mantengo vivo?

—Qué, piensas que *tú* me mantuviste vivo en nuestro vuelo a través del Sinaí?

—Yo colaboré.

—¿Tú colaboraste? Me diviertes Camilo. En muchas formas, oh sí, te debo mi vida pero tú fuiste el camino tanto como yo. Esa fue obra de Dios y ambos lo sabemos.

Camilo se incorporó. —Suficiente. De todos modos me parece una locura llevarte de vuelta donde eres fugitivo buscado.

Le ayudó a Zión a ponerse de pie.

—Avisa que morí en el terremoto—dijo el rabino—. Entonces puedo ir disfrazado con uno de esos nombres falsos con que saliste.

—No lo harás sin cirugía plástica, no señor —dijo Camilo—. Eres un tipo reconocible aun en Israel donde todos los de tu edad se ven iguales.

La luz de sol disminuyó y palideció mientras terminaban de abrirse paso por la cocina. Zión encontró bolsas plásticas y envolvió comida que guardaría en el vehículo. Camilo encontró un poco de ropa suya en el desorden de lo que fue su dormitorio con Cloé, mientras Zión sacaba la computadora y el teléfono de Cloé del garaje.

Ninguno tenía la fuerza suficiente para trepar la barrera del pavimento, así que dieron la vuelta larga. Cuando llegaron al Range Rover, tuvieron que meterse por el lado del pasajero.

—¿Y qué piensas ahora? –dijo Zión—. Si Cloé estuviera viva en alguna parte, allá dentro, ella nos hubiera oído y llamado. ¿No?

Camilo asintió, tristemente. —Trato de resignarme con el hecho que ella está debajo de todo. Me equivoqué, eso es todo. Ella no estaba en el dormitorio ni la cocina ni el sótano. Quizá corrió a otra parte de la casa. Se necesita maquinaria pesada para sacar todos los escombros de ahí y encontrarla. No me imagino irme y dejarla ahí pero tampoco puedo concebir más excavaciones esta noche.

Camilo manejó hasta cerca de la iglesia.

—¿Debiéramos quedarnos en el refugio esta noche?

—Me preocupa que sea inestable—dijo Zión—. Otro remesón y se nos puede derrumbar encima.

Camilo siguió manejando. Distaba como kilómetro y medio de la iglesia cuando llegó a un barrio, retorcido y estremecido pero no quebrado. Muchas estructuras exhibían daños pero la mayoría todavía estaba en pie. Una estación de servicio de combustible, iluminada con antorchas de gas butano, atendía a una corta fila de automóviles.

—No somos los únicos civiles que sobrevivieron —dijo Zión. Camilo se puso en la fila. El hombre que atendía la estación tenía un arma de fuego con bala pasada puesta contra las bombas. Gritaba por encima de un generador de gasolina "¡Solamente dinero contante y sonante! ¡Límite de ochenta litros! Cuando se acabe, se acaba".

Camilo destapó el tanque del Range diciendo: —Le doy mil en efectivo por...

—El generador. Sí, lo sé. Saque número. Podría recibir diez mil mañana.

—¿Sabe dónde podría conseguir otro?

—Yo no sé nada —dijo el hombre, cansadamente—. Mi casa desapareció. Voy a dormir aquí esta noche.

—¿Necesita compañía?

—No en especial. Si se desespera, regrese. No lo echaré.

Camilo no pudo culparlo. ¿Por dónde se podría empezar y terminar aceptando extraños en una época como esta?

—Camilo —empezó a decir Zión cuando Camilo regresó al vehículo—. Estuve pensando. ¿Sabemos si la esposa del técnico en computadoras sabe de su marido?

Camilo movió la cabeza. —Yo vi su esposa sólo una vez. No me acuerdo cómo se llama. Espera un momento —buscó en su bolsillo y sacó el directorio de la iglesia—. Aquí está —dijo—, Sandy. Déjame llamarla.

Marcó el número y no se sorprendió que la llamada no se estableciera, se animó al escuchar el mensaje grabado de que todos los circuitos estaban ocupados. Eso era progreso por lo menos.

—¿Donde viven? —dijo Zión—. No es

probable que estén en pie pero podemos comprobarlo.

Camilo leyó la dirección de la calle.

—No sé dónde está.

Vio un automóvil patrullero con sus luces centelleantes. —Preguntémosle.

El policía estaba fumando, apoyado contra su automóvil. —¿Está de guardia?

—preguntó Camilo.

—Tomándome un descanso —dijo el policía—. En un día he visto más de lo que me importaría ver en toda la vida, si entiende lo que quiero decir.

Camilo le mostró la dirección. —No sé qué decirle en cuanto a marcaciones terrenas pero, ah, sígame.

—¿Seguro?

—No hay nada más que pueda hacer por nadie esta noche. Efectivamente no le hice nada bueno a nadie hoy. Sígame y le mostraré la calle que le interesa. Luego, me voy.

Pocos minutos después. Camilo hizo señas de agradecimiento con las luces y se estacionó frente aun dúplex. Zión abrió la puerta del pasajero pero Camilo le puso la mano en el brazo.

—Déjame ver el teléfono de Cloé.

Zión se dio vuelta y lo sacó de una pila que había envuelto en una frazada. Camilo lo abrió y halló que había quedado encendido. Buscó en la guantera y sacó un adaptador para el encendedor de cigarrillos del Rover, el cual servía para el teléfono y le dio vida. Tocó un botón que mostró el último número marcado. Suspiró: era el suyo.

Zión asintió y se bajaron. Camilo sacó una linterna de su caja de herramientas para emergencias. El lado izquierdo del dúplex tenia todas las ventanas rotas y una pared de ladrillo, de las de la base, que se había desplomado dejando el frente colgando. Camilo se puso en posición para poder iluminar con la linterna a través de las ventanas.

—Vacío —dijo—. No hay muebles.

—Mira —dijo Zión. Un cartel de "Se alquila" estaba botado en el césped.

Camilo volvió a mirar el directorio.

—Danny y Sandy vivían al otro lado.

El lugar lucía notablemente intacto. Las cortinas estaban abiertas. Camilo agarró la baranda de hierro forjado de las gradas y se inclinó para alumbrar la sala de estar. Parecía que alguien vivía. Camilo probé la puerta principal y la encontró sin llave. Al entrar, con Zión, en puntillas se les hizo claro que algo estaba muy mal en el pequeño lugar para desayunar que había al fondo. Camilo resolló, y Zión se dio vuelta doblándose por la cintura.

Sandy Moore estaba sentada a la mesa,

leyendo el periódico y tomando café cuando un roble enorme se cayó rompiendo el techo con tanta fuerza que la aplastó junto con la pesada mesa de madera. El dedo de la joven muerta seguía metido en el asa de la taza, y su mejilla estaba sobre la sección tiempo del *Chicago Tribune*. Si el resto de su cuerpo no hubiera estado comprimido a centímetros, hubiera parecido que estaba durmiendo.

—Ella y su esposo deben haber muerto con segundos de diferencia —dijo quedamente Zión—. Separados por kilómetros.

Camilo asintió en la luz mortecina.

—Debemos enterrar a esta muchacha.

—Nunca la sacaremos de debajo de ese árbol —dijo Zión.

—Tenemos que intentarlo.

Camilo halló unos tablones en el callejón, los que pusieron como palancas debajo del árbol pero el tronco con la masa suficiente para destruir el techo, la pared, la ventana, la mujer y la mesa, no se iba a mover.

—Necesitamos maquinaria pesada —dijo Zión.

—¿Para qué? —dijo Camilo—. Nadie va a poder enterrar a todos los muertos.

—Confieso que estoy pensando menos en su cuerpo que en la posibilidad de haber hallado un lugar para vivir. Camilo le hizo una llave doble. —¿Qué? —dijo Zión—. ¿No es ideal? Hasta tiene un poco de pavimento al frente. Esta sala, abierta a la intemperie puede cerrarse fácilmente. No sé cuánto tiempo se tarde en volver a tener energía eléctrica pero...

—No hables más —dijo Camilo—, no tenemos otras perspectivas.

Camilo pasó el Rover entre el dúplex y la cáscara quemada de lo que había sido la casa del lado. Lo estacioné atrás, fuera de la vista y él y Zión, descargaron el vehículo. Al entrar por la puerta de atrás Camilo se dio cuenta que podían sacar el cuerpo de la señora Moore. Las ramas estaban apoyadas contra un armario grande que estaba en el rincón. Eso impediría que el árbol se cayera más si de alguna manera ellos podían cortar debajo del piso.

—Camilo, estoy tan cansado que apenas me sostengo en pie —dijo Zión mientras iban bajando una angosta escalera al sótano.

Camilo dijo: —Estoy queme desplomo.

Alumbré hacia la parte de abajo del primer piso y vio que el codo de Sandy había sido atravesado y colgaba a la vista. Encontraron partes y piezas de computadora desechadas hasta que vieron la pila de herramientas de Danny: *martillo, cinceles, una barra en cruz, y uno sierra, serían suficiente* –pensó Camilo. Arrastró una escalerilla al lugar y Zión la sujetó mientras Camilo abrazaba el escalón de arriba para afirmarse. Entonces empezó la ardua tarea de pasar la barra y cruz por el piso con un martillo. Le dolían los brazos pero se quedó hasta que hizo unos hoyos bastante grandes para meter la sierra. El y Zión se turnaron para aserrar la madera dura, cosa que parecía interminable porque la hoja de la sierra estaba roma.

Tuvieron cuidado de no tocar el cadáver de Sandy Moore con la sierra. Camilo se impresionó al darse cuenta que la forma del corte hecho semejaba un ataúd de pino en que se enterraba a los vaqueros en el antiguo oeste. Cuando había aserrado casi hasta la cintura de la muerta, el peso del torso hizo que cedieran las tablas debajo de ella, y cayó lentamente en los brazos de Camilo. Este resolló y retuvo la respiración, luchando por mantener el equilibrio. Su camisa quedó cubierta de la sangre pegajosa de ella, que se sentía leve y frágil como un niño.

Zión lo guió para descender. Todo lo que Camilo podía pensar mientras llevaba ese cuerpo quebrado para sacarlo por la puerta de atrás, era que esto era lo que esperaba hacer con los de Cloé y Loreta. Depositó suavemente el cadáver en el césped húmedo de rocío y él y Zión cavaron rápidamente una tumba poco profunda. El trabajo fue fácil porque el terremoto había soltado el suelo de arriba. Antes de ponerla en el hoyo, Camilo sacó el anillo de bodas de Danny de su bolsillo. Lo puso en la palma de ella y le cerró los dedos, La taparon con tierra. Zión se arrodilló y Camilo lo imitó.

Zión no había conocido a Danny ni a su esposa. No dijo una elegía fúnebre. Meramente citó un antiguo himno que hizo llorar a Camilo con tanta fuerza que supo que lo podían escuchar en la cuadra, aunque no había nadie, y él no podía parar los sollozos.

Te amaré en la vida. Te amaré en la muerte. Te alabaré mientras me des aliento; y digo, cuando el rocío de la muerte enfríe mi frente: mi Jesús, si alguna vez te amé, es precisamente ahora.

Camilo y Zión encontraron dos dormitorios pequeños en la planta alta, uno con una cama doble, y el otro con una sencilla. Zión insistió: —Usa el grande. Yo ruego que Cloé se junte pronto contigo.

Camilo le tomó la palabra. Entró al baño y se despojó de su ropa tiesa de barro y sangre. Solamente con la luz de su linterna para alumbrarse, sacó suficiente agua del estanque del inodoro para darse un baño de esponja. Encontró una toalla grande para secarse y luego se desplomó en la cama de Danny y Sandy Moore.

Camilo durmió el sueño del doliente, orando que nunca tuviera que volver a despertar.

———

A medio mundo de distancia Raimundo Steele fue despertado por una llamada de teléfono de su primer oficial. Eran las nueve de la mañana del martes en Nueva Babilonia, y él tenía por delante otro día, quisiera o no. Por lo menos, esperaba tener una oportunidad para hablarle de Dios a Max.

Cinco

Raimundo comió un abundante desayuno con los rezagados. Al frente había docenas de ayudantes inclinados sobre mapas, cartas y bancos de teléfonos y radio repletos. Comió aletargado. Max, a su lado, tamborileaba los dedos y movía un pie al ritmo. Carpatia estaba sentado con Fortunato y otros funcionarios de alto rango en una mesa no lejos de su oficina. Ahora tenía un celular contra su oreja y hablaba fervorosamente en un rincón de espalda a la sala.

Raimundo lo miró con desinterés. Se preguntaba de sí mismo ahora, de su resolución. Si era cierto que Amanda se había hundido con el 747, Cloé, Camilo y Zión eran todo lo que le importaba. ¿Podría ser él único miembro del Comando Tribulación que había quedado?

Raimundo no pudo interesarse ni un poquito en quién sería la persona con quien hablaba Carpatia o de qué hablaba. Si hubiera habido un aparato que le permitiera escuchar, ni siquiera hubiera activado la palanca. El había orado antes de comer, una oración ambivalente sobre el sustento provisto por el anticristo. De todos modos había comido. Y era bueno haberlo hecho. Su ánimo empezó a mejorar. No había forma inteligente en que pudiera compartir su fe con Max si seguía desinteresándose.

Los tamborileos de Max lo pusieron nervioso. —¿Ansioso por irte a volar? —dijo Raimundo.

—Ansioso por empezar a conversar pero no aquí; hay demasiadas orejas. Pero ¿estás listo para esto Raimundo? ¿Con lo que estás pasando?

Max parecía tan listo para oír de Dios como cualquiera al que hubiera hablado. ¿Por qué esto pasó de esta manera? Cuando había estado más dispuesto a compartir, había tratado de llegar a su jefe de pilotos, Eulalio Halliday, que no había mostrado interés y ahora estaba muerto. Había tratado sin éxito de llegar a Patty Durán y ahora sólo podía rogar que aún fuera tiempo para ella. Aquí estaba Max rogándole la verdad y él deseaba irse a acostar de nuevo.

Cruzó las piernas y los brazos. Se iba a obligar a moverse hoy. Carpatia se dio vuelta y lo miró fijo, desde el rincón, con el teléfono todavía pegado a su oreja. Nicolás le hizo señas entusiastas, luego pareció pensar mejor en mostrar tanto entusiasmo a un hombre que acababa de perder a su esposa. Su cara se ensombreció y sus señas se atiesaron. Raimundo no respondió aunque sostuvo la mirada de Carpatia. Nicolás lo señaló con el dedo.

—Oh, no —dijo Max—, vamos, vamos.

Pero no podían dejar esperando a Carpatia.

Raimundo estaba malhumorado. No quería hablar con Carpatia; era Carpatia quien quería hablar con él. Podría acercarse donde estaba Raimundo. *¿Qué me he vuelto?* —se preguntó Raimundo—. Estaba jugando con el Potentado del mundo. Necio. Estúpido. Inmaduro. *Pero no me importa nada.*

Carpatia apagó y cerró su teléfono y se lo puso en el bolsillo. Le hizo señas a Raimundo que pretendió no darse cuenta y le dio la espalda. Raimundo se inclinó a Max: —Así pues, ¿qué *me vas* a enseñar hoy?

—No mires ahora pero Carpatia te llama.

—El sabe donde estoy.

—¡Ray! Todavía él puede meterte en la cárcel!

—Me encantaría que lo hiciera. Así que, de todos modos, ¿qué me vas a enseñar hoy?

—¡Enseñarte! Tú has volado estos pájaros con aspas!

—Hace mucho tiempo —dijo Raimundo—. Hace más de veinte años.

—Volar un helicóptero es muy parecido a andar en bicicleta —dijo Max—. Serás tan bueno como yo en una hora.

Max miró sobre el hombro de Raimundo, se paró y estiró la mano. —¡Potentado Carpatia!, ¡señor!

—Disculpe al capitán Steele y a mí por un momento, ¿quiere oficial McCullum?

—Te veo en el hangar —dijo Raimundo.

Carpatia acercó la silla de McCullum a la de Raimundo y se sentó. Se desabotonó el saco de su traje y se inclinó para delante, con los antebrazos puestos en sus rodillas. Raimundo seguía cruzado de piernas y brazos.

Carpatia habló con fervor. —Raimundo, espero que no le importe que le llame por su primer nombre pero sé que está apenado.

Raimundo saboreó bilis y oró en silencio: "Señor, por favor, mantiene cerrada mi boca". Tenía sentido que la encarnación misma del mal fuera el más diestro de los mentirosos. Hacer pensar que Amanda había sido plantada por él, un espía de la Comunidad Global en el Comando Tribulación y, luego, ¿fingir pena por su muerte? Una herida letal en su cabeza era demasiado bueno para éste. Raimundo se imaginaba torturando al hombre que dirigía las fuerzas del mal contra el Dios del universo.

—Desearía que usted hubiera estado más temprano aquí, Raimundo. Bueno, en realidad me alegra que descansara lo necesario. Pero nosotros, los del primer desayuno, escuchamos el relato de la noche pasada que hizo León Fortunato.

—Max comentó algo de esto.

—Sí, el oficial McCullum lo escuchó dos veces. Debiera pedirle que se lo cuente de nuevo. Mejor todavía, programe un tiempo con el señor Fortunato.

Era todo lo que Raimundo pudo hacer para fingir civismo: —estoy consciente de la devoción de Fortunato por usted.

—Como yo. Sin embargo, hasta yo me conmoví y me sentí halagado por la manera en que so visión se ha elevado.

Raimundo conocía el cuento pero no pudo resistir ponerle una carnada a Carpatia. —No me sorprende que León le esté agradecido por haberle rescatado.

Carpatia se echó para atrás y lució divertido. —McCullum ha escuchado dos veces el relato y ¿esa es su apreciación? ¿No lo ha oído? ¡Yo no rescaté al señor Fortunato en absoluto! ¡Ni siquiera le salvé la vida! Según *su* testimonio yo lo traje de vuelta desde los muertos!

—Sin duda.

—No reclamo esto para mí, Raimundo; sólo le dije lo que dice el señor Fortunato.

—Usted estuvo ahí ¿cuál es *su* versión'?

—Bueno, cuando supe que el ayudante de mi mayor confianza y confidente personal se había perdido en las ruinas de nuestras oficinas centrales, algo me pasó. Sencillamente rehusé creerlo. Deseé que no fuera cierto. Cada fibra de mi ser me decía que sencillamente fuera al sitio y lo trajera de vuelta.

—Fue pésimo que no llevara testigos.

—No me cree?

—Es todo un cuento.

—Debe conversar con el señor Fortunato.

—Realmente no me interesa.

—Raimundo, esa pila de ladrillos, concreto y escombros, de quince metros de alto era un edificio de casi sesenta y un metros de altura. León Fortunato estaba conmigo en el piso de arriba cuando ese edificio se desplomó. A pesar de las normas antisísmicas con que se construyó, todos los que estaban ahí deben haber muerto. Y murieron. Usted sabe que no hubo sobrevivientes.

—Así que usted está diciendo lo que observó León, y usted mismo, que él murió en el derrumbe.

—Lo llamé para que saliera de esos escombros. Nadie podía haber sobrevivido eso.

—Y, sin embargo, él sí.

—No, él no sobrevivió. El estaba muerto. Tenía que estarlo.

—¿Y cómo lo sacó?

—Le mandé que saliera y lo hizo.

Raimundo se inclinó para delante. —Eso tendría que haberle hecho creer la historia de Lázaro pero qué malo que sea de un libro de cuentos de hadas, ¿mm?

—Mire, Raimundo, he sido muy tolerante y nunca me he burlado de sus creencias. Ni tampoco he ocultado que creo que usted está mal orientado, en el mejor de los casos. Pero, sí, me hace pensar que este incidente reflejara un relato que yo creo es una alegoría.

—¿Es cierto que usted usó las mismas palabras que Jesús usó con Lázaro.

—Eso dice el señor Fortunato. Yo no me di cuenta con exactitud qué dije. Me quedé ahí con toda confianza de que regresaría con él, y mi decisión nunca titubeó ni siquiera cuando vi la montaña de escombros y supe que los del rescate no habían encontrado vivo a nadie.

Raimundo quería vomitar. —¿Entonces, ahora, usted es una especie de deidad?

—No me corresponde decir eso aunque, claramente, resucitar a un muerto es un acto divino. El señor Fortunato cree que yo pudiera ser el Mesías.

Raimundo arqueó las cejas. —Si yo fuera usted, negaría rápidamente tal cosa a menos que supiera que es cierto.

Carpatia se ablandó: —No parece que sea el momento para hacer tal proclama pero no estoy tan seguro de que no sea verdad.

Raimundo miró de reojo. —Usted piensa que pudiera ser el Mesías.

—Permítame decir que no he desechado la posibilidad especialmente después de lo que pasó anoche.

Raimundo metió las manos en los bolsillos y desvió la mirada.

—Déjeme entender bien esto. ¿Hay una posibilidad de que usted sea el Mesías pero usted no lo sabe con seguridad?

Carpatia asintió con solemnidad.

—Eso no tiene lógica —dijo Raimundo.

—Las cosas de la fe son misterios —entonó Carpatia—. Le insto a que converse con el señor Fortunato y vea qué piensa después.

Raimundo no prometió nada. Miró a la salida.

—Sé que tiene que irse capitán Steele. Sólo quería compartir con usted el tremendo progreso que ya se ha efectuado con mi iniciativa de reconstrucción. Mañana mismo esperamos poder comunicamos con la mitad del mundo. En ese momento me dirigiré a todos los que puedan escuchar —sacó un papel de su bolsillo—. Mientras tanto, quisiera que usted y el señor McCullum carguen el equipo que necesiten en el 216 y tracen un rumbo para traer a estos embajadores internacionales a fin que se reúnan con los que ya están aquí.

Raimundo miró la lista. Señalaba que iba a volar más de treinta y dos mil kilómetros.

—¿Cómo va la reconstrucción de las pistas?

—Las fuerzas de la Comunidad Global trabajan las veinticuatro horas en todos los países. Cellular-Solar estará funcionando en todo el mundo en cuestión de semanas. Virtualmente nadie de ese proyecto se ocupa de la reconstrucción de pistas, caminos y centros de comercio.

—Tengo mi cometido asignado —dijo Raimundo con voz inexpresiva.

—Yo quisiera saber cuál es su itinerario tan pronto como esté listo. ¿Se fijó en el nombre de atrás?

Raimundo dio vuelta el papel. "Supremo

Pontífice Pedro Mathews, Fe Mundial única Enigma Babilonia".

—¿Entonces, también lo traemos?

—Aunque está en Roma, pase primero a buscarlo. Yo quisiera que él estuviera a bordo del avión cuando cada uno de los otros embajadores suba.

Raimundo se encogió de hombros. No estaba seguro del porqué Dios lo había colocado en esa posición donde se iba a quedar hasta que se sintiera guiado a dejarla.

—Una cosa más —dijo Carpatia—, el señor Fortunato irá con usted y servirá de anfitrión.

Raimundo se volvió a encoger de hombros. —Ahora, ¿puedo preguntarle algo?

—Carpatia asintió—. ¿Podría comunicarme cuando empiecen las operaciones de dragado?

—¿Las qué?

—Cuando saquen el 747 de PanCon del Tigris —dijo Raimundo sin tono.

—Oh, sí, eso. Mire Raimundo, me han advertido que sería fútil.

—¿Hay una posibilidad de que no lo haga?

—Muy probablemente no lo haremos. La línea aérea nos informó quiénes iban a bordo, y sabemos que no hay sobrevivientes. Ya tenemos problemas con qué hacer con los cadáveres de tantas víctimas de este desastre. Me han aconsejado que considere el avión como una bóveda funeral sagrada.

Raimundo sintió que se ruborizaba y se dejó caer pesadamente en la silla. —Usted no me va a demostrar que mi esposa está muerta, ¿no?

—Oh, Raimundo, ¿hay dudas?

—Efectivamente, las hay. No se siente como que estuviera muerta, si usted sabe lo que yo... bueno, por supuesto que usted no sabe lo que quiero decir.

—Sé que cuesta mucho a los deudos aceptar la muerte de sus seres queridos si no ven el cadáver pero usted es un hombre inteligente, el tiempo lo cura...

—Quiero que se drague ese avión. Quiero saber si mi esposa está viva o muerta.

Carpatia se paró por detrás de Raimundo y le puso una mano en cada hombro. Raimundo cerró los ojos deseando fundirse. Carpatia habló con suavidad. —Lo próximo que me va a pedir es que se la resucite.

Raimundo habló a través de sus dientes apretados. —Si usted es quien cree que es, tiene que poder hacer eso para uno de sus empleados de más confianza.

Camilo se había quedado dormido encima de la colcha. Ya era bien pasada la medianoche pero él no lograba imaginarse que había dormido más de dos horas. Se sentó, juntando la ropa de la cama alrededor de él, no quería moverse pero qué fue lo que le despertó? ¿Había visto luces titilando en el pasillo?

Tenía que ser un sueño. Ciertamente que pasarían días hasta que volvieran a dar la luz en Monte Prospect, quizá semanas. Camilo contuvo la respiración. Ahora *oía* algo en la otra habitación, el susurro cadencioso y bajo de Zión Ben-Judá. ¿Algo lo había despertado también? Zión estaba orando en su propio idioma. Camilo deseaba entender hebreo. La oración se fue apagando y Camilo se volvió a acostar, y se dio vuelta para su lado. Al ir perdiendo la conciencia se acordó que en la mañana tenía que volver a dar otro vistazo en el barrio de Loreta: un intento desesperado más para encontrar a Cloé.

━━━━━━

Raimundo halló a Max en la cabina del helicóptero. Estaba leyendo.

—Por fin te soltó, ¿no? —dijo Max.

Raimundo siempre ignoraba las preguntas obvias. Se limitó a mover la cabeza.

—No sé cómo lo hace —dijo Max.

—¿Qué es eso?

Max movió la revista. —El último de *Aviónica Moderna*, ¿De dónde la sacaría Carpatia? ¿Y cómo supo que tenía que ponerlo en el refugio?

—¿Quién sabe? —dijo Raimundo—. Quizá sea el dios que cree ser.

—Te conté de la diatriba que León hizo anoche.

—Carpatia me lo contó de nuevo.

—¿Qué, que él está de acuerdo con León respecto de su propia divinidad?

—El no ha llegado todavía a ese extremo —dijo Raimundo—, pero lo hará. La Biblia dice que lo hará.

—¡Mira eso! —dijo Max—. Vas a tener que empezar desde el principio.

—Está bien —dijo Raimundo abriendo la lista de pasajeros de Carpatia—. Primero, déjame mostrarte esto. Después del entrenamiento, quiero que traces nuestro rumbo a esos países. Primero, recogeremos a Mathews en Roma. Luego, vamos a los Estados Unidos y recogemos a todos los demás embajadores en el vuelo de regreso.

Max estudió la hoja. —Esto tiene que ser fácil. Me llevará como media hora trazarlo, ¿Hay marcaciones de tierra en todos estos lugares?

—Nos acercaremos bastante. Pondremos el helicóptero y un ala arreglada en la bodega de carga, por si acaso.

—Entonces, ¿cuándo vamos a hablar?

—Nuestra sesión de entrenamiento debiera durar hasta las cinco, ¿no crees?

—¡No! te dije que estarás al día muy rápidamente.

—Tendremos que parar para almorzar tarde en alguna parte —dijo Raimundo—.Y entonces aún tendremos varias horas para entrenar, ¿correcto?

—No me estás prestando atención, Ray. Tú no necesitas todo un día para jugar con esto. Sabes lo que haces y estas cosas se vuelan solas.

Raimundo se acercó. —Quién no presta atención a quién? —dijo—, tú y yo estamos lejos del refugio hoy día, entrenando hasta las 1700 horas, ¿comprendido?

Max sonrió tímidamente. —Oh, tú aprendes cómo volar el pájaro con ruedas hacia el almuerzo tardío, a eso de la una, y aún seguimos con permiso hasta las cinco.

—Entendiste rápido.

Raimundo anotaba mientras Max le iba mostrando cada botón, cada palanca, cada llave. Con las aspas a toda velocidad, Max manejo los controles hasta que el pájaro se elevó, Hizo una serie de maniobras, girando esto y aquello, subiendo y bajando. —Te acordarás rápido, Ray.

—Max, primero deja que te pregunte algo, tú estabas estacionado en esta zona, ¿verdad?

—Por muchos años —dijo Max, volando lentamente al sur.

—Tú conoces a la gente, entonces.

—¿A los locales, quieres decir? Sí. No podría decirte si alguno sobrevivió el terremoto. ¿Qué andas buscando?

—Equipo de buceo.

Max le dio una mirada a Raimundo que no le devolvió la mirada. —Hay uno nuevo en medio del desierto. ¿Dónde quieres ir a bucear? ¿En el Tigris? —Max hizo una mueca pero Raimundo le dio una mirada seria y aquél palideció—. Oh, seguro, perdóname Raimundo. Hombre, realmente no quieres hacer eso, ¿cierto?

—Nunca he querido hacer algo más, ahora, ¿conoces o no a alguien?

—Draguemos la cosa, Ray.

—Carpatia dice que lo van a dejar en paz.

Max movió su cabeza. No sé, Ray. ¿Alguna vez buceaste en un río?

—Soy un buen buceador pero no. nunca en un río.

—Bueno, yo sí no es lo mismo, créeme. La corriente no es mucho más lenta en el fondo que arriba. Te pasas la mitad del tiempo evitando que te chupe y te lleve río abajo. Podrías ir a parar a casi quinientos kilómetros al sudeste del Golfo Pérsico.

Raimundo no parecía divertido. —¿Qué está pasando Max? ¿Tienes una fuente para mí?

—Si, conozco a un tipo. Siempre fue capaz de conseguir lo que yo quería de cualquier parte. Nunca he visto equipos de buceo aquí pero si está disponible y él sigue vivo, puede conseguírtelo.

—¿Quién y dónde?

—Es uno nacido aquí. Maneja la torre en la pista que hay en Al Basrah. Eso es al noroeste de Abadan, donde el Tigris se convierte en el Shatt al Arab. Yo ni empiezo a pronunciar el nombre suyo. Para todos sus, digamos, clientes, él es Al. B., yo le digo Albe.

—¿Cuál es el arreglo?

—El asume todos los riesgos. Te cobra el doble sin hacer preguntas. Si te agarran con contrabando, él ni siquiera oyó hablar de ti.

—¿Tratarás de contactarlo para mí?

—Dilo no más.

—Eso es lo que te estoy diciendo.

—Un riesgo bien grande.

—Ser honesto contigo es un riesgo tremendo Max.

—¿Cómo sabes que puedes tenerme confianza?

—No sé. No tengo opción.

—Muchas gracias.

—Sentirías lo mismo si estuvieras en mi lugar.

—Cierto —dijo Max—, sólo el tiempo demostrará que yo no soy una rata.

—Sí—dijo Raimundo, sintiéndose inquieto como nunca—. Si no eres un amigo, no hay nada que yo pueda hacer ahora.

—Epa, epa, salvo encontrar a un chiflado que haga un buceo peligroso contigo?

Raimundo lo miró fijo. —No te dejaría hacer eso.

—No puedes impedírmelo. Si mi hombre puede conseguirte un traje y un tanque, también puede conseguirlos para mí.

—¿Por qué lo harías?

—Bueno, no sólo para probarme sino que me gustaría que estuvieras por estos lados un tiempo. Mereces saber si tu esposa está ahí. Pero ese buceo será lo bastante peligroso para dos, ni pensar en uno solo.

—Tendré que pensarlo.

—Por una vez deja de pensar tanto. Voy contigo y eso es todo. Voy a encontrar una manera de mantenerte vivo el tiempo suficiente para que me digas en qué ha andado el diablo desde las desapariciones.

—Bájalo —dijo Raimundo—, y te lo diré.

—¿Aquí mismo? ¿Ahora mismo?

—Ahora mismo.

Max había volado una pocas millas hasta donde Raimundo podía ver la ciudad de Al Hillah. Fue virando a la izquierda dirigiéndose al desierto, aterrizando en el medio de la nada. Apagó rápidamente el motor para evitar el daño causado por la arena. Aún Raimundo vio granos en el dorso de sus manos y la saboreó en sus labios.

—Déjame ponerme tras los controles —dijo Raimundo, soltándose.

—No, por tu vida —dijo Mas—. Vas a tratar de ponerlo en marcha y elevarlo. Sé que lo puedes hacer y que no es peligroso pero Dios sabe que nadie por aquí puede explicarme cosas. Ahora, vamos, habla.

Raimundo saltó fuera aterrizando en la arena. Max lo siguió. Pasearon como media hora bajo el sol. Raimundo sudaba a través de su ropa. Por último, Raimundo se dirigió de regreso al helicóptero, donde se apoyaron contra los patines en el lado de la sombra.

Le contó a Max la historia de su vida, empezando con la clase de familia en que se crió —gente decente, muy trabajadora pero sin educación. El había demostrado preferencias por las matemáticas y la ciencia y estaba fascinado con la aviación. Le fue bien en la escuela pero su padre no podía darse el lujo de mandarlo a la universidad. Una consejera de la secundaria le dijo que él podría obtener becas pero que necesitaba algo extra en sus antecedentes personales.

—¿Como qué? —le había preguntado Raimundo.

—Actividades extracurriculares, gobierno estudiantil, cosas como esas.

¿Qué tal si vuelo solo antes de graduarme?

—Bueno, *eso* sería impresionante —admitió la consejera.

—Yo lo he hecho.

Eso le sirvió para ganarse una educación universitaria que lo llevó al entrenamiento militar y a la aviación comercial. —Todo el tiempo me decía, "soy un tipo muy buena persona. Buen ciudadano" —tú conoces el libreto—. Bebía poco, bromeaba poco. Nunca nada ilegal. Nunca me consideré un tunante. Patriótico, todo ese cuento. Hasta iba a la iglesia.

Le contó a Max que se había impactado inicialmente con Irene, —ella era demasiado cosa buena para mí —confesó—, pero era bonita y amorosa y nada egoísta. Me asombraba. Le pedí matrimonio, aceptó y aunque resultó que estaba mucho más metida que yo en la iglesia, no estaba para perderla.

Raimundo le conté como rompió su promesa de ir habitualmente a la iglesia. Tenían peleas e Irene lloraba pero él sentía que ella se había resignado con el hecho de que, —por lo menos en este solo aspecto, yo era un desgraciado en el que no se podía confiar. Yo era fiel, un buen proveedor, respetado en la comunidad. Pensé que ella vivía con el remanente de eso. De todos modos me dejó tranquilo con esto. No podía estar feliz con eso pero me dije que a ella no le importaba. Seguro que a mí no me importaba.

»Cuando nació Cloé, yo hice borrón y cuenta nueva. Creí que era hombre nuevo. Verla nacer me convenció de los milagros, me obligó a reconocer a Dios y me hizo querer ser el mejor padre y marido de la historia. No prometí nada. Empecé a ir a la iglesia con Irene.

Raimundo explicó cómo se dio cuenta de que —la iglesia no era tan mala. Algunas de las mismas personas que veíamos en el club de campo las veíamos en la iglesia. Nos mostrábamos, dábamos dinero, cantábamos los himnos, cerrábamos los ojos durante las oraciones y escuchábamos las homilías. Cada tanto tiempo me ofendía por un sermón entero o en parte pero lo dejaba pasar. Nadie me controlaba. Las mismas cosas ofendían a la mayoría de nuestros amigos. Decíamos que nos pisaban los callos pero nunca pasaba dos veces seguidas.

Raimundo dijo que nunca se había detenido a pensar en el cielo o el infierno. —No hablaban mucho de eso. Bueno, nunca del infierno. Toda la mención del cielo que se hacía era que todos terminan por estar ahí en su momento. Yo no quería avergonzarme en el cielo por haber hecho demasiadas cosas malas. Me comparaba con los demás fulanos y me parecía que si ellos iban a lograrlo, también yo.

»Max, la cosa es que yo era feliz, conocía gente que decía que sentían un vacío en sus vidas pero yo no. Para mí, esto era vida. Lo divertido era que Irene hablaba de sentirse vacía. Yo discutía con ella. A veces, mucho. Le recordaba que yo estaba de vuelta en la iglesia y que ella ni siquiera tenía que insistirme. ¿Qué más quería?

»Lo que Irene quería —dijo Raimundo—, era algo más. Algo más profundo. Ella tenía amistades que hablaban de una relación personal con Dios y eso la intrigaba. Me asustaba a morir —dijo Raimundo—. Yo repetía la frase para que ella pudiera escuchar cuán raro sonaba eso de "relación personal con Dios". Ella decía, de todo lo posible:

"Sí, por intermedio de Su Hijo Jesucristo". Raimundo movió la cabeza.

—Bueno, quiero decir, que te imaginas cómo me caía eso.

Max asintió. —Sé lo que yo hubiera pensado.

Raimundo dijo: —Yo tenía la suficiente religión para hacerme sentir bien. ¿Decir palabras como *Dios* o *Jesucristo* en voz alta frente a la gente? Eso era para los pastores, los sacerdotes, los teólogos. Yo me hacía eco de la gente que decía que la religión era algo particular. Cualquiera que tratara de convencerme de algo de la Biblia o que "compartiera su fe conmigo" bueno, esos tipos eran derechistas o celotes o fundamentalistas o algo. Yo me mantenía alejado de ellos lo más que podía.

—Sé qué quieres decir —dijo Max—. Siempre había alguien por ahí tratando de "ganar almas para Jesús".

Raimundo asintió. —Bueno, para apurar la cosa unos cuantos años. Ahora nació Raimundo hijo. Tuve el mismo sentimiento con él que cuando nació Cloé. Y confieso que siempre quise un hijo. Me imaginé que Dios debía estar muy contento conmigo para bendecirme de esa manera. Y déjame decirte algo que le he contado a muy poca gente. Casi fui infiel a Irene cuando ella estaba embarazada de Raimundito. Estaba borracho en una fiesta navideña de la empresa, y fue estúpido. Me sentí tan culpable, no creo que por Dios sino por Irene. Ella no se merecía eso. Pero nunca sospechó y eso empeoró todo. Yo sabía que ella me amaba. Me convencí de que era lo peor de la Tierra e hice toda clase de negociaciones con Dios. De alguna forma me había hecho la idea de que El podía castigarme. Le dije que si dejaba atrás estoy nunca más lo volvía a hacer, El podría querer que no muriera nuestro bebé aún por nacer. Si algo malo le hubiera pasado a nuestro bebé yo no sé lo que hubiera hecho.

»Pero el bebé fue perfecto —dijo Raimundo.

Pronto recibió un aumento y un ascenso, se mudaron a una casa linda de la zona residencial, él siguió yendo a la iglesia y pronto volvió a estar satisfecho con su vida.

—Pero...

—¿Pero? —dijo Max—, ¿qué pasó entonces?

—Irene cambió de iglesia —dijo Raimundo—, ¿tienes hambre?

—¿Cómo?

—¿Tienes hambre? Casi es la una.

—¿Esta es la clase de cuentista que eres? ¿Dejarme en el suspenso para poder comer?

Contaste todo eso como si el cambio de iglesia que hizo frene me diera hambre.

—Muéstrame un lugar para comer —dijo Raimundo—. Y vamos allá.

—Mejor que sea así.

Seis

Raimundo pasó veinte minutos asustándose mortalmente a sí mismo y a Max. La destreza de pilotear un helicóptero puede permanecer para siempre pero dado el avance de la tecnología se necesita un tiempo para adaptarse a ésta. El se acordaba de los helicópteros voluminosos, torpes y pesados. Este se lanzaba como una libélula. El mando era tan sensible como el comando de un juego electrónico y se halló que estaba sobre compensando maniobras. Se inclinó a una banda —con mucha brusquedad y velocidad— luego a la otra, nivelándose a vuelo recto rápidamente pero rodando a la otra banda.

—¡Estoy que vomito! —gritó Max.

—¡No, en mi helicóptero no! —dijo Raimundo.

Bajó cuatro veces el helicóptero, la segunda con demasiada dureza. Prometió que "eso no volverá a ocurrir". Al despegar por última vez dijo, —ahora lo tengo dominado. Debiera ser fácil mantenerse en vuelo recto y sostenido.

—Para mí lo es —dijo Max—. ¿Quieres ir derecho donde Albe?

—¿Quieres decir aterrizar en un aeropuerto frente a la gente?

—Bautizo de fuego —y Mas trazó las marcaciones—. Mantenlo enfilado derecho y podemos echar una siestita hasta que veamos la torre de Al Basrah. Alinéalo, suéltalo y cuéntame de la nueva iglesia de Irene.

Raimundo se pasó el viaje finalizando su historia. Contó cómo la frustración de Irene al no hallar nada profundo ni sustancioso ni personal en la iglesia a que iban, le dio la disculpa para empezar a Ir esporádicamente. Cuando ella se lo pedía, él le recordaba que ella tampoco estaba contenta ahí.

—Cuando dejé de ir con ella, Irene empezó a recorrer iglesias. Conoció un par de señoras que le gustaron mucho en una iglesia por la cual no se interesaba mucho pero las señoras la invitaron a un estudio bíblico para mujeres. Ahí fue cuando Irene supo algo de Dios que nunca había sabido que estaba en la Biblia. Ella averiguó a qué iglesia iba la señora que habló, empezó a asistir y en el momento oportuno me arrastró consigo.

—¿Qué fue lo que ella escuchó?

—A eso voy.

—No te demores.

Raimundo verificó los controles para cerciorarse que tenían suficiente altura.

—Quiero decir que no demores tu historia —dijo Max.

—Bueno, yo mismo no entendía el nuevo mensaje —dijo Raimundo—. Efectivamente nunca lo capté hasta después que ella partió. La iglesia era totalmente diferente. Me ponía incómodo. Cuando la gente no me veía por allá, tenían que imaginarse que estaba trabajando. Cuando me aparecía, me preguntaban del trabajo, y yo sólo sonreía y les decía cuán maravillosa era la vida. Pero aunque yo *estuviera* en casa, iba a la iglesia sólo la mitad de las veces. Mi hija, Cloé, era adolescente por esos días, y se dio cuenta de eso. Si papá no tiene que ir, ella no tenía que ir.

»Sin embargo, Irene amaba en realidad la nueva iglesia. Ella me ponía nervioso cuando empezaba a hablar del pecado y la salvación y el perdón y la sangre de Cristo y de ganar almas. Ella decía que había recibido a Cristo y nacido de nuevo. Me estaba empujando pero yo no quería saber nada. Me parecía raro, como una secta. La gente parecía buena pero yo estaba seguro que me iban a presionar para andar golpeando puertas y repartiendo literatura o algo por el estilo.

Encontraba más razones para no estar en la iglesia.

»Un día Irene estaba hablando de la manera en que el pastor Billings predicaba sobre los últimos tiempos y el regreso de Cristo. Decía que eso era el arrebatamiento. Ella decía algo como esto: "¿No sería grandioso no tener que morir sino encontrarse con Jesús en el aire?" Yo le contestaba cosas como "sí, eso me mataría" La ofendía. Ella me dijo que no debía ser tan insolente si no sabía dónde me dirigía. Eso me enojó. Le dije queme alegraba de saber que ella estuviera segura. Le dije que me imaginaba que ella volaría al cielo y que yo me iría derecho al infierno. Eso no le gustó nada.

—Me imagino —dijo Max.

—Todo el asunto de la iglesia se puso tan explosivo que sencillamente lo evitábamos. Llegó el momento en que empecé con aquellas antiguas inquietudes y puse los ojos en mi jefa de azafatas.

—Oh, oh —dijo Max.

—Déjame que te cuente, Tomamos unos tragos, compartimos unas comidas pero nunca pasaron cosas más allá de eso. No que yo no quisiera. Una noche decidí invitarla a salir cuando llegáramos a Londres. Entonces, pensé, mira, se lo pediré por anticipado. Estoy en medio del cruce del Atlántico a la medianoche con un 747 repleto, así que lo puse en piloto automático y fui a buscarla.

Raimundo hizo una pausa, disgustado con él mismo incluso ahora por lo bajo que había caído.

Max lo miró, —¿sí?

—Todos se acuerdan dónde estaban cuando ocurrieron las desapariciones.

—No me dirás... —dijo Max.

—Yo andaba buscando una cita cuando toda esa gente desapareció.

—¡Hombre!

Raimundo resopló. —Ella quería saber qué estaba pasando. "¿Vamos a morir?", me preguntó. Le dije que estaba muy seguro que no moriríamos pero que no sabía más que ella de lo que había pasado. La verdad era que lo sabía, Irene tenía razón. Cristo había venido a buscar a su iglesia y todos nosotros habíamos sido dejados atrás.

Había más en la historia de Raimundo, por supuesto, pero él quería que eso penetrara. Max estaba sentado mirando fijamente hacia delante. El daría una vuelta, respiraría un poco y luego regresaría y miraría el paisaje mientras seguían a Al Basrah.

Max verificó su apunte y contempló los controles. —Estamos muy cerca —dijo—.

Voy a ver qué encuentro.

Fijó la frecuencia y apretó el botón del micrófono: —Golf Charlie Niner Niner a la torre de Al Basrah. ¿Me escuchan?

Estática.

—Torre Al Basrah, este es Golf Charlie Niner Niner. Cambio a canal once, cambio.

Max hizo el cambio y repitió la llamada.

—Torre Al Basrah —llegó la respuesta—. Adelante, Niner Niner.

—¿Albe está por ahí?

—Un momento, Niner.

Max se volvió a Raimundo. —Esto es esperanza —dijo.

—Golf Charlie aquí Albe. Cambio.

—¡Albe, viejo hijo de tigre! ¡Aquí Max! ¿Entonces estás bien?

—No totalmente amigo. Acabamos de levantar la torre transitoria. Perdimos dos hangares. Yo estoy con muletas. Por favor no vayas a traer un avión de ala fija. No por unos dos, tres días.

—Estamos en un pájaro —dijo Max.

—Bienvenido entonces —dijo Albe—. Necesitamos ayuda. Necesitamos compañía.

—No podemos quedarnos mucho, Albe. Nuestro ETA [1] es treinta minutos.

—Entendido, Mas, te esperamos.

Raimundo vio que Max se mordía los labios. —Qué alivio —susurró con voz temblorosa. Monitoreó los controles, guardó su anotador, y se volvió a Raimundo—. Sigamos con nuestra historia.

Raimundo estaba intrigado con que a Max le importara tanto su amigo. ¿Había tenido él un amigo como ese antes de ser creyente? ¿Se había interesado tanto por otro hombre como para emocionarse por su bienestar?

Raimundo miró la devastación de abajo. Se habían armado tiendas donde las casas desaparecieron por el terremoto. Los cuerpos punteaban el paisaje, y las expediciones de transportes baratos venían a sacarlos. Por todas partes había bandas de gente con palas y picos trabajando en caminos pavimentados. Si ellos vieran lo que Raimundo veía, sabrían que aunque se pasaran días en su pequeño tramo de pavimento retorcido, el camino que se alargaba kilómetros por delante necesitaría meses para quedar arreglado, aun con maquinaria pesada.

Raimundo le dijo a Max cómo había aterrizado en el aeropuerto de O'Hare, Chicago, después de las desapariciones, cómo había caminado a la terminal, viendo los informes devastadores de todo el mundo, que perdió a su copiloto pues éste se suicido, que pagó mucho por llegar aso casa, y que sus peores temores se confirmaron.

—Irene y Raimundito no estaban. Cloé, una escéptica como yo, estaba tratando de llegar a casa desde Stanford, California. Todo era culpa mía. Ella siguió mi ejemplo. Y ambos fuimos dejados atrás.

Raimundo recordaba todo como si fuera ayer. No le importaba contar su historia porque tenía un final feliz pero detestaba su parte. No sólo el horror, no sólo la soledad, sino la culpa. Si Cloé no iba nunca a Cristo él no estaba seguro de poder perdonarse.

Se preguntó sobre Max. El le diría Max lo que estaba pasando, exactamente quién era Nicolás Carpatia, le diría todo. Le hablaría de las profecías del Apocalipsis, lo guiaria por los juicios que ya habían sobrevenido, le mostraría cómo fueron predichos y que eran inobjetables pero si Max era falso, si Max trabajaba para Carpatia, ya le hubieran lavado el cerebro. Podría fingir esta emoción, este interés, podría insistir aun que quería hacer el peligroso buceo con Raimundo, sólo para seguir en su lado bueno.

Pero Raimundo ya había pasado el punto sin retorno. Volvió a orar en silencio que Dios le diera una señal de la sinceridad de Max. Si no lo era, pues era uno de los mejores actores que Raimundo hubiera visto;

sería muy difícil seguir confiando en alguien.

Cuando llegaron, por fin, a divisar el campo aéreo de Al Basrah, Max le enseñó a Raimundo una bajada suave y larga. Mientras éste apagaba el motor, Mas dijo: —Ese es él, el que viene bajando.

Salieron del helicóptero mientras un hombrecillo de turbante, nariz larga, de tez oscura y descalzo bajaba animosamente de una torre que parecía más el puesto de guardia de una cárcel. Había tirado sus muletas al suelo y cuando llegó a tierra, fue saltando a tomarlas y las usó diestramente para correr donde Max. Se abrazaron.

—¿Qué te pasó? —preguntó Max.

—Estaba en la mezanina —dijo Albe—. Cuando empezaron los ruidos yo supe de inmediato qué era. Neciamente me fui corriendo a la torre. No había nadie ahí. No estábamos esperando trafico sino dentro de un par de horas. No tengo idea de qué quise hacer ahí. La torre empezó a desplomarse antes que llegara pero pude esquivarla aunque un camión de combustible fue lanzado en mi camino. Lo vi a último instante y traté de saltar por encima de la cabina, que yacía de costado. Casi llegué al otro lado pero me torcí el tobillo y me quebré el hueso con los pernos de sujeción. Eso no es lo peor de todo. Tengo quebrados los huesos del pie pero no hay abastecimientos y yo estoy al final de la lista de prioridades. Se afirmará. Alá me bendecirá.

Max presentó a Raimundo. —Quiero oír sus relatos —dijo Albe—. ¿Dónde estaban cuando empezó? Todo, quiero saberlo todo pero, primero, si tienen tiempo, nos vendría muy bien una ayuda.

Había maquinaria pesada nivelando una zona grande, preparándola para asfaltarla. —El jefe de ustedes, el mismo Potentado, ha expresado placer por nuestra cooperación. Estamos tratando de ponernos en forma lo antes posible para cooperar con el esfuerzo global para mantener la paz. Qué tragedia tenemos ante nosotros después de todo lo que él ha logrado.

Raimundo no dijo nada.

Max dijo: —Albe, nosotros podremos ayudar después pero tenemos que comer.

—El comedor desapareció —dijo Albe— .No sé que pasó con tu lugar preferido en la ciudad, ¿vamos a ver?

—¿Tienes vehículo?

—Esa vieja camioneta —dijo Albe. Lo siguieron mientras él se abría paso con sus muletas—. Cuesta mucho embragar, ¿les importa?

Max se sentó al volante. Albe al medio,

con las rodillas abiertas para no bloquear la palanca de cambio. La camioneta hizo ruido y se lanzó por caminos sin pavimento hasta que llegó a las afueras de la ciudad. Raimundo estaba enfermo por la hediondez. Todavía le costaba aceptar que esto era parte del plan definitivo de Dios. ¿Toda esta gente tenía que sufrir para juntar puntos en el cielo? Se consolaba con que esto no era el resultado que Dios deseaba. Raimundo creía que Dios era veraz a Su palabra, que le había dado suficientes oportunidades que ahora justificaban que permitiera esto para que ellos le hicieran caso.

Hombres y mujeres quejumbrosos llevaban cadáveres al hombro o en carretillas por las calles repletas de gente. Parecía que una cuadra sí y una no había sido destrozada por el terremoto. El restaurante preferido de Max había perdido una pared de ladrillos pero su gerencia le había puesto algo y estaba funcionando. Por ser uno de los pocos establecimientos donde se podía comer que aún estaba abierto, estaba repleto de clientes que comían de pie. Max y Raimundo se abrieron paso, atrayéndose miradas iracundas hasta que la gente veía a Albe. Entonces abrían paso, dentro de lo que se podía, estando hombro contra hombro.

Raimundo tenía poca confianza en la higiene de la comida pero, aun así, la agradecía. Luego de dos bocados de un rollo de pasta relleno con cordero molido y especias, le susurró a Max: —Veo y huelo, y aún así, aquí, el hambre es el mejor aliño.

De regreso Max se paró a un costado de un campo polvoriento y apagó el motor. Dijo: —Yo quería saber si estabas bien pero esta también es una misión de negocios.

—Espléndido —dijo Albe—, ¿en qué puedo servirles?

—Cosas para bucear—dijo Max.

Albe frunció el ceño y los labios. —Buceo —dijo simplemente—. ¿Necesitan todo? traje de goma, máscara, tubos, tanques, aletas?

—Sí, todo eso.

—¿Pesos? ¿Lastre? ¿Luces?

—Supongo.

—¿Efectivo?

—Por supuesto.

—Tendré que ver —dijo Albe—. Tengo una fuente pero no he sabido de él desde el desastre. Si tienen que tener estas cosas, puedo conseguirlas. Digámosle así "si no saben de mí, vuelvan dentro de un mes y estará aquí".

—No puedo esperar tanto —dijo Raimundo prestamente.

—No puedo garantizar nada antes. Hasta

ese plazo me parece muy rápido en una época como esta.

Raimundo no pudo discutir eso.

—Pensé que era para ti Max —agregó Albe.

—Necesitamos dos juegos completos.

—¿Van a dedicarse a bucear?

—No, ¿por qué? ¿Piensas que debiéramos arrendar los equipos?

—¿Podríamos? —dijo Raimundo.

Albe y Max miraron a Raimundo y se echaron a reír. —No se arrienda en el mercado negro —dijo Albe.

Raimundo tuvo que sonreírse por su ingenuidad pero reírse parecía un placer tan lejano.

De vuelta en el aeropuerto Raimundo y Max tomaron una pala mientras un camión de volteo traía una base de grava para la pista. Antes de darse cuenta habían pasado varias horas. Mandaron a alguien que fuera a buscar a Albe.

—¿Puedes mandar un mensaje a Nueva Babilonia? —dijo Max.

—Requerirá una redifusión pero Qar y Wasit han estado en el aire desde esta mañana. Así que sí, se puede.

Max escribió las instrucciones pidiendo que se enviara un despacho a la radio base de la Comunidad Global informándoles que Steele y McCullum estaban participando en un proyecto de reconstrucción del aeropuerto que era de cooperación voluntaria y que regresarían por la noche.

Eran casi las nueve y media de la mañana del martes, hora estándar del centro, cuando Camilo se despertó bruscamente. El día era brillante y soleado aunque él había dormido profundamente desde ese sueño corto a medianoche. Un sonido constante había estado zumbando en los límites de la conciencia pero ¿cuánto tiempo? Al acostumbrarse sus ojos a la luz, él se dio cuenta que el ruido había estado un tiempo con él.

Parecía provenir del patio de atrás, más allá del Range. Fue a la ventana y la abrió, apretando su mejilla contra el mosquitero para poder mirar lo más lejos posible desde esa posición. Quizá fueran obreros de emergencia y él y Zión tendrían electricidad antes de lo que pensaban.

¿Qué era ese olor? ¿Acaso un camión con comida para los obreros que se había parado cerca? Se vistió. Había luz en el pasillo. ¿No había sido un sueño después de todo? Bajó saltando aunque estaba descalzo:

—¡Zión! ¡tenemos luz! ¿Qué pasa?

Zión salió de la cocina con una olla eléctrica llena de comida y empezó a servirla en un plato que estaba en la mesa.

—Siéntate, amigo, siéntate. ¿No te enorgulleces de mí?

—¡Encontraste comida!

—¡Más que eso, Camilo, encontré un generador, y grande!

Camilo bajó la cabeza y oró brevemente:
—¿Comiste Zión?

—Sí, adelante. No pude esperar. No podía dormir en la noche así que salí en puntillas y me llevé tu linterna. ¿No te desperté, verdad?

—¡No! —dijo Camilo con la boca llena—.Pero después pensé que había soñado viendo luces en el pasillo.

—¡Camilo, no estabas soñando! Saqué el generador del sótano al patio, yo solo. Me llevó una eternidad llenarlo con combustible y limpiar las bujías y lograr que empezara a andar. Pero en cuanto lo enchufé al cable del sótano, se encendieron las luces, el refrigerador empezó a funcionar, todo empezó a pasar. Lamento haberte molestado. Entré de puntillas en mi dormitorio y me arrodillé al lado de la cama sólo para alabar al Señor por nuestra buena suerte.

—Te oí.

—Perdóname.

—Fue como música —dijo Camilo—, y esta comida es como néctar.

—Necesitas alimento. Tú vas a regresar a lo de Loreta. Yo me quedaré aquí y veré si puedo entrar en la Internet. Si no puedo, tengo mucho que estudiar y mensajes que escribir para que estén listos para ir a los fieles cuando pueda meterme en la Red pero, antes de irte, ¿me ayudarás a abrir el portafolio de Danny, no?

—¿Entonces, decidiste que está bien?

—En otras circunstancias, no pero, Camilo, tenemos tan pocas herramientas para sobrevivir que debemos aprovechar todo lo que pueda haber ahí.

Afortunadamente el pozo de agua de Danny estaba intacto y Camilo se sintió animado luego de darse una ducha caliente durante unos cuantos minutos. ¿Qué había en las comodidades de la criatura que hacían brillar más el día a pesar de la crisis? Camilo supo que estaba negando todo. El luchaba contra su lado realista, práctico de periodista cada vez que lo sentía dominando. El quería pensar que Cloé había escapado de la muerte en alguna forma pero su automóvil seguía en la casa. Por otro lado, no había encontrado el cuerpo. Había toneladas de escombros tapando el lugar y él no había podido cavar mucho. ¿Estaba quitando la basura de los cimientos para demostrarse que ella estaba o no ahí? El estaba dispuesto pero sencillamente tenía la esperanza de que hubiera una manera mejor.

Camilo se sintió intrigado cuando iba saliendo de la casa que Zión no hubiera esperado por él para sacar el portafolio de Danny del Rover. El rabino lo tenía en la mesa. Tenía una mirada tímida y avergonzada. Estaban por meterse en cosas personales ajenas y ambos se habían convencido de que eso era lo que Danny hubiera querido que hicieran. También estaban listos para volver a cerrarlo y botarlo si lo que hallaban eran cosas personales.

—Hay toda clase de herramientas en el sótano —dijo Zión—, yo podría emplear cierto cuidado y hacerlo en forma tal que no amenace la integridad de la estructura.

—¡Qué! —dijo Camilo—, amenazar la integridad de la estructura, ¿te refieres a no dañar este portafolio barato? ¿Qué tal si te ahorro tiempo y energía?

Camilo paró verticalmente el portafolio plástico de casi trece centímetros de grosor, sosteniéndolo entre sus rodillas sentado en la silla de la cocina. Puso ambas rodillas en un ángulo hacia la izquierda y con el anverso de la muñeca empujó el portafolio de modo que cayera entre sus tobillos y aterrizara sobre una punta. Esto hizo que las bisagras se abrieran y el portafolio perdió la forma y se abrió por completo. Las piernas de Camilo impidieron que se abrieran del todo y desparramara el contenido. Sintiendo que había logrado algo lo depositó sobre la mesa y lo viró para que Zión lo terminara de abrir.

—¿Esto es lo que el joven andaba trayendo consigo dondequiera que iba? —dijo Zión.

Camilo se estiró para atisbar. Ahí, en hileras muy ordenadas había docenas de libretitas con espiral, no más grandes que la libreta de apuntes de estenografía. Estaban rotuladas al frente con fechas escritas a mano con letra de imprenta. Zión tomó unas cuantas y Camilo otras más. Las dispuso como abanico en su mano y se dio cuenta que cada una tenía aproximadamente dos "meses de notas.

—Esto puede ser su diario personal —dijo Camilo.

—Sí —dijo Zión—, sí es así. No debemos violar su confidencialidad.

Se miraron uno al otro. Camilo se preguntaba cuál iba a mirar, a decidir si estas eran notas privadas que debían botarse o notas técnicas que pudieran servirle al Comando Tribulación. Zión arqueó las cejas haciendo gestos con la cabeza a Camilo que abrió una libreta en el medio y leyó: "hablé con Bruno B. sobre las necesidades del subterráneo. Todavía parece reacio a sugerir una ubicación. No tengo que saberlo. Esbocé especificaciones, electricidad, agua, teléfono, ventilación, etcétera".

—Eso no es personal —dijo Zión—. Déjame que estudie estas notas hoy y vea si hay algo que podamos usar. Me asombra ver cómo las ordenó. No creo que hubiera podido meter otra más, habiendo empleado hasta el último espacio.

—¿Qué es esto? —exclamó Camilo hojeando la libreta hasta el final—. Mira esto, dibujos a mano de estos planos.

—¡Eso es mi refugio! —dijo Zión—. Ahí es donde estuve. Así que él lo diseñó.

—Pero parece que Bruno nunca le dijo dónde estaba construyéndolo.

Zión señaló un pasaje en la próxima página: "Armar un duplicado del refugio en mi patio trasero ha resultado más trabajo de lo que esperaba. Sandy está entusiasmada con esto. Embolsar la tierra y llevarla en su furgón es algo que la distrae de nuestra pérdida. Disfruta la naturaleza clandestina de esto. Nos turnamos para tirar la basura en diversos lugares. Hoy llevamos tanta que los neumáticos traseros parecían a punto de reventar. Fue la primera vez en muchos meses que la vi sonreír".

Camilo y Zión se miraron uno al otro, y Zión dijo:

—¿Será posible? Un refugio en su patio trasero?

—¿Cómo no lo vimos? –dijo Camilo—. ¿Estuvimos excavando ahí anoche.

Fueron a la puerta trasera y miraron al patio. El terremoto había arrancado y movido una reja entre la casa de Danny y los escombros de al lado.

—Quizá estacioné encima de la entrada —dijo Camilo.

Echó para atrás el Rover, y Zión dijo:

—Yo no veo nada aquí pero el diario indica que esto era más que un sueño. Estuvieron sacando tierra.

—Hoy voy a buscar unos postes de metal. Podemos meterlos a través del césped y ver si logramos encontrar esto —dijo Camilo.

—Sí, anda. Termina en lo de Loreta. Hoy tengo mucho trabajo con la computadora.

El sol estaba poniéndose en Irak. —Mejor es que volvamos —dijo Raimundo, respirando fuerte.

—¿Qué nos van a hacer? ¿Echarnos? —dijo Max.

—En la medida en que te tenga cerca Max, él puede cumplir la amenaza de meterme preso.

—Eso sería muy de él. pensar que un hombre puede volar ese Cóndor por medio mundo y volver. A propósito, ¿te has preguntado por qué le habrá puesto ese 216? El número de su oficina también era 216 aunque estaba en el piso superior de un edificio de dieciocho pisos.

—Nunca pensé en eso —dijo Raimundo—. No veo razón para preocuparme. Quizá tiene ese número como fetiche.

Mientras él y Max iban de regreso a la torre nueva, con las palas en los hombros, Albe llegó corriendo con sus muletas.

—Caballeros, no tengo cómo agradecerles su ayuda. Ustedes son amigos verdaderos de Alá e Irak. Amigos verdaderos de la Comunidad Global.

—Puede que la Comunidad Global no aprecie que usted honre a Alá —dijo Raimundo—. Usted es leal y, sin embargo, ¿no se ha incorporado a la Fe Enigma Babilonia?

—Ni por la tumba de mi madre, nunca me burlaré de Alá con tal blasfemia.

Raimundo pensó, así que *los cristianos y*

los judíos no son los únicos bastiones contra el nuevo papa Pedro.

Albe los guió dónde devolver las palas. Habló en tonos susurrados: —Me alegra informarles que ya he hecho algunas averiguaciones iniciales. No debiera tener problemas para procurarle el equipo.

—¿Todo? —preguntó Max.

—Absolutamente todo.

—¿Cuánto?

—Me tomé la libertad de anotarlo —dijo Albe.

Sacó un papelito de su bolsillo y apoyándose en las muletas lo abrió bajo la luz mortecina.

—¡Vaya, hombre! Eso es cuatro veces lo que pagaría por dos equipos para bucear! —dijo Raimundo.

Albe se metió el papelito en el bolsillo. —Es exactamente el doble del precio al público. Ni un centavo más. Si no quiere la mercadería dígamelo ahora.

Max dijo: —Eso parece mucho pero tú nunca me has estafado así que confiaremos en ti.

—¿Necesita un depósito? —preguntó Raimundo esperando apaciguar los sentimientos del hombre.

—No —dijo éste, con los ojos vueltos a Max pero no a Raimundo—. Tú me tienes confianza. Yo tendré confianza en ti.

Raimundo asintió.

Albe estiró su mano huesuda y apretó fuerte la de Raimundo.

—Entonces les veré en treinta días a no ser que tengan noticias mías por otro conducto.

Max tomó los controles para hacer el vuelo de regreso. —¿Te quedan fuerzas para terminar tu historia, Raimundo?

Camilo se detuvo en las ruinas de la iglesia del Centro de la Nueva Esperanza cuando iba camino a la casa de Loreta y pasó lentamente por el cráter de seis metros de profundidad, donde descansaba el automóvil de la anciana. El cadáver de ella también estaba ahí pero él no pudo obligarse a mirarlo. No quería saber si los animales se la habían comido y también evitó el lugar donde halló a Danny Moore. Otros movimientos de la tierra lo habían enterrado más.

Trepó cuidadosamente donde estaba el "refugio subterráneo" era evidente que más escombros se habían movido. Se resbaló y casi se cayó por las escaleras de concreto que llevaban a la puerta. Se preguntó si habría algo rescatable que se pudiera sacar. Siempre podía regresar. Camilo se fue al Rover y se pasó los dedos por su mejilla aun hinchada. ¿Por qué las heridas de la carne parecían peores y más sensibles en el segundo día?

Hoy había tráfico vehicular punteando la zona. Parecía que se había puesto en servicio a todo cargador frontal, buldózer u otra maquinaria pesada que no se hubiera desaparecido tragada por la tierra. Camilo no pudo estacionar donde lo había hecho el día anterior. Había cuadrillas de obreros que sacaban el pavimento retorcido frente a la casa de Loreta. Se cargaban los enormes pedazos de pavimento en camiones apropiados. Camilo no tenía idea dónde llevarían esos pedazos y qué harían con ellos. Todo lo que sabía que no había nada más que hacer sino comenzar a reconstruir. No se imaginaba que esta zona fuera a lucir como antes pero sabía que no pasaría mucho tiempo sin que la reconstruyeran.

Camilo pasó por encima de un pequeño montón de basura y estacionó cerca de uno de los árboles caídos del patio delantero de la casa de Loreta. Los obreros lo ignoraron cuando dio una vuelta muy lenta en torno a la casa preguntándose si debía seguir cavando lo que quedaba.

Un hombre con un anotador en la mano contempló los residuos de la casa de al lado. Tomó fotografías y apuntes.

—Nunca pensé que el seguro fuera a cubrir un acto de Dios como éste —dijo Camilo.

El hombre dijo: —No, no lo cubren. Yo no trabajo para una compañía de seguros.

Se dio vuelta para que Camilo viera la credencial adosada al cuello de la camisa, que decía: "Sergio Kuntz, Jefe de Supervisores en Terreno. Rescate Comunidad Global".

Camilo asintió. —¿Qué es lo próximo?

—Enviamos fotografías e informes por fax a las oficinas centrales. Ellos envían el dinero. Nosotros reconstruimos.

—¿Las oficinas centrales de la CG todavía están en pie?

—No. También están reconstruyendo. Lo que quedó allá, está en un refugio subterráneo de una tecnología sumamente sofisticada.

—¿Usted se puede comunicar con Nueva Babilonia?

—Desde esta mañana.

—Mi suegro trabaja allá. ¿Cree que yo podría comunicarme?

—Debiera poder—Kunz miró su reloj—. Allá no son las nueve de la noche todavía. Yo hablé con alguien hace unas cuatro horas. Quería que supieran que encontramos al menos un sobreviviente en esta zona.

—¿Sí? ¿Quién?

No puedo decirle, señor...

—Oh, lo lamento —dijo Camilo sacando su propia credencial que lo identificaba también como empleado de la CG.

—Ah, prensa—dijo Kuntz. Volvió dos hojas de su anotador —. Se llama Cavenaugh, Elena. Setenta años.

—¿Ella vivía ahí?

—Correcto. Dijo que corrió al sótano cuando sintió que el lugar se estremecía. Nunca antes había habido un terremoto en esta zona, así que pensó que era un tornado. Ella tuvo mucha suerte. El último lugar donde uno quiere encontrarse en un terremoto es donde todo se le puede derrumbar encima.

—Sin embargo, ella sobrevivió, ¿no?

Kuntz señaló los cimientos a unos seis metros al este de la casa de Loreta. —¿Ve esas dos aberturas, una allá arriba y la otra atrás?

Camilo asintió. —Esa es una sala grande del sótano. Ella corrió primero al frente. Cuando toda la casa se viró y se quebraron los vidrios de esa ventana, ella corrió a la otra punta. El vidrió se había caído de la ventana así que se puso en el rincón y esperó. Si ella se hubiera quedado en el frente, no hubiera sobrevivido. Se refugió en el único rincón de la casa donde no iba a morir.

—¿Ella le contó esto?

—Sí.

—¿No dijo si vio a alguien en la casa de al lado, no?

—Cosa curiosa, efectivamente sí lo dijo.

Camilo casi se quedó sin respirar.

—¿Qué dijo?

—Sólo que vio a una joven que salía corriendo de la casa. Justo antes que la ventana se reventara en este lado, la mujer saltó a su automóvil pero cuando el camino empezó a levantase frente a ella, ella lo metió al garaje.

Camilo tembló, desesperado por quedarse tranquilo hasta enterase de todo eso.

—¿Entonces, qué?

—La señora Cavenaugh dijo que tuvo que irse para atrás debido a esa ventana, y cuando la casa empezó a derrumbase, cree que vio a la joven que salía corriendo por la puerta lateral del garaje en dirección al patio trasero.

Camilo perdió toda su objetividad. —Señor, esa era mi esposa. ¿Más detalles?

—No, que me acuerde.

—¿Dónde está esa señora Cavanaugh?

—En un refugio a menos de diez kilómetros, al este de aquí. Es una tienda de mue-

bles que sufrió muy poco daño. Probablemente haya unos doscientos sobrevivientes
allí, los menos lesionados. Es más como un
lugar de mantenimiento que un hospital.

—Dígame exactamente dónde está este
lugar. Necesito hablar con ella.

—Bueno, señor Williams, pero tengo que
advertirle que no se haga muchas esperanzas sobre su esposa.

—¿Qué está diciendo? No tenía esperanzas hasta que supe que ella escapó. Yo no
tenía esperanzas cuando estaba intentando
abrirme paso entre los escombros. No me
diga que no me haga esperanzas, ahora.

—Lo lamento, sólo pretendo ser realista.
Trabajé más de quince años en equipos de
socorro en caso de catástrofes, antes de entrar a la fuerza de tareas de la CG. Esto es
lo peor que he visto, y tengo que preguntarle si ha visto la ruta de escape que su esposa
hubiera podido seguir, si la señora Cavenaugh tiene razón, y su esposa pasó corriendo por ese patio trasero.

Camilo siguió a Kunz al patio trasero.
Kunz abarcó el horizonte con su brazo.

—¿Donde iría usted? —preguntó—.
¿Dónde iría alguien?

Camilo asintió sombrío. Entendió el
mensaje. Por lo que podía ver no había sino
escombros amontonados, surcos, cráteres,

árboles caídos y postes de cables de servicios públicos. Ciertamente no había lugar donde correr.

Siete

así que tu hija era la razón verdadera que tenias para saber qué le pasó a tu esposa y tu hijo —dijo Max.

—Correcto.

—¿Cavilaste sobre tu motivación?

—¿Quieres decir culpa? Quizá, en parte. Max, pero yo era culpable. Había decepcionado a mi hija y no iba a permitir que eso volviera a pasar.

—No podías obligarla a creer.

—No, y por un tiempo pensé que ella no creería. Era difícil, analítica, como había sido yo.

—Bueno, Raimundo, nosotros los pilotos somos todos parecidos. Nos levantamos del suelo debido a la aerodinámica. Nada de magia ni de milagros nada que uno no vea, palpe o escuche.

—Así era yo siempre.

—Entonces, ¿qué pasó? ¿Qué fue lo que marcó la diferencia?

El sol se había hundido bajo el horizonte y Raimundo y Max vieron, desde el helicóptero, la bola amarilla que se achataba y fundía en la distancia. Raimundo estaba muy metido en su testimonio, tratando de persuadir a Max de la verdad. Súbitamente sintió calor y tuvo que quitarse el saco pese a que el desierto iraquí se enfriaba rápidamente después de la puesta del sol.

—Aquí no hay armarios, Ray. Yo puse el mío en el respaldo del asiento.

Una vez acomodado Raimundo siguió.
—Irónicamente todo me convencía de la verdad que yo debiera haber reconocido a tiempo para irme con Irene cuando Cristo volvió. Yo llevaba años yendo a la iglesia y hasta había escuchado las expresiones *nacimiento Virginal* y expiación y todo lo demás pero nunca me detuve a pensar qué significaban. Sabía que una de las historias decía que Jesús nació de una mujer que nunca había estado con un hombre. No hubiera podido decirte entonces si creía eso o si pensaba siquiera que era algo importante. Parecía tan sólo un cuento religioso más que, me parecía, que explicaba por qué mucha gente pensaba que las relaciones sexuales son sucias.

Raimundo le contó a Max que había hallado la Biblia de Irene, el número de teléfono de la iglesia que ella tanto amaba, que se había comunicado con Bruno Barnes y que había visto el video de la grabación que hizo el pastor Billings para los dejados atrás.

—¿Él tenía entendido todo esto? —preguntó Max.

—Oh, sí. Igual que lo sabían todos los que fueron arrebatados. Ellos no sabían cuándo pero lo esperaban. Ese video fue lo que marcó la diferencia para mí, Max.

—Me gustaría verlo.

—Quizá pueda encontrar una copia para ti si la iglesia todavía sigue en pie.

Camilo consiguió orientación para llegar al refugio fabricado por Kunz y se apresuró por llegar al vehículo. Trató de hablar con Zión y se enojó cuando recibió la señal de ocupado que, pese a todo, era cosa alentadora. No era el zumbido habitual de un teléfono que funcionaba mal. Sonaba como una verdadera señal de ocupado como si el teléfono de Zión estuviera comunicado con el de alguien. Camilo marcó el número privado de Raimundo. Si esto funcionaba, ellos podían conectarse unos con otros en cualquier parte de la tierra, gracias a la tecnología celular y a la energía solar.

El problema era que Raimundo no estaba en la tierra. El ruido del motor, el *toc, toc, toc, toc* de las aspas y la estática de los audífonos que tenía puestos, constituían la cacofonía del caos. El y Max escucharon el teléfono al mismo tiempo. Max metió la mano en su bolsillo sacando su teléfono y dijo: —No es el mío.

Raimundo se dio vuelta para sacar el suyo de su saco doblado pero cuando logró sacarse los audífonos, abrir el teléfono y acercarlo a su oído, oyó solamente el eco vacío de una conexión abierta. No podía imaginar que hubiera torres celulares bastante cerca para transmitir una señal. Tenía que haber sacado ese sonido de un satélite. Volvió a su asiento, poniendo el teléfono y su antena en un ángulo especial para tratar de captar una señal más firme.

—¿Aló? Habla Raimundo Steele ¿Puede escucharme? ¡Sí puede, vuelva a llamarme! Estoy volando y no puedo oír nada. Si es un familiar. llámeme dentro de veinte segundos para que este teléfono vuelva a sonar, aunque no podamos comunicarnos. De lo contrario llámeme en unos... —miró a Max.

—Noventa minutos.

—Noventa minutos a contar de ahora. Debiéramos estar aterrizados y al alcance para ese entonces. ¿Aló?

Nada.

Camilo oyó que el teléfono de Raimundo sonaba. Luego, nada sino estática. Por lo menos no obtuvo un llamado sin respuesta. Otra señal de ocupado hubiera sido alentadora pero ¿qué era esto? Un clic, estática, nada legible. Cerró su teléfono.

Camilo conocía la mueblería que estaba camino a la autopista Edens. Llegar allí no hubiera tomado más de diez minutos en tiempos normales pero el terreno había cambiado. El tuvo que desviarse kilómetros del camino para soslayar montañas de destrozos. Sus marcaciones habían desaparecido o estaban derrumbadas. Su restaurante preferido era identificable solamente por su gigantesco cartel de luces neón que estaba en el suelo. A unos doce metros el techo salía como atisbando desde un hoyo que se había tragado el resto del lugar. Había cuadrillas de rescate que entraban y salían del hoyo pero sin apurarse. Evidentemente ninguno de los que sacaban de ahí llenaba una bolsa.

Camilo marcó el número de la oficina en Chicago del *Semanario de la Comunidad Global*. Sin respuesta. Llamó a las oficinas centrales de la ciudad de Nueva York. Lo que había sido una zona rica que cubría tres pisos de un rascacielos fue reconstruido en una bodega abandonada luego del bombardeo de Nueva York. Ese ataque le costó a Camilo la vida de todos los amigos que había tenido en la revista.

Luego de varios timbrazos, una voz apresurada respondió. —Estamos cerrados. Si esto no es una emergencia, por favor déjenos las líneas abiertas.

—Camilo Williams desde Chicago.

—Sí, señor Williams, ¿recibió el mensaje entonces?

—¿Cómo?

—¿No se ha comunicado con nadie de la oficina en Chicago?

—Los teléfonos acaban de ser restablecidos. No contestó nadie cuando llamé.

No le contestarán. El edificio desapareció. Se ha confirmado la muerte de casi todos los miembros del personal.

—Oh. No.

—Lo lamento. Una secretaria y un aprendiz sobrevivieron y chequearon al personal. ¿Nunca hablaron con usted?

—Yo estaba inalcanzable.

—Es un alivio saber que usted está bien, ¿está bien?

—Sí, yo estoy bien pero ando buscando a mi esposa.

—Los dos sobrevivientes están cooperando con el *Tribune* y ya tienen un sitio en la

Internet. Escriba el nombre y aparece lo que se sabe: muerto, vivo, en tratamiento, o paradero desconocido. Yo soy la única que contesta teléfonos aquí. Fuimos diezmados señor Williams, usted sabe que estábamos imprimiendo en, qué, diez a doce imprentas diferentes de todo el mundo...

—Catorce.

—Sí, bueno, por lo que sabemos una en Tennessee todavía tiene cierta capacidad para imprimir y otra en el sudeste asiático. ¿Quién sabe cuánto tiempo pasará antes que podamos volver a imprimir?

—¿Y qué pasó con el personal norteamericano?

—Ahora estoy en línea. Tenemos cincuenta por ciento de muertes confirmadas y cuarenta por ciento sin hallar. Eso se acabó, ¿no es cierto?

—¿El *Semanario* quiere decir?

—¿Qué otra cosa querría decir?

—Me pareció que decía la humanidad.

—También todo está bastante acabado para la humanidad, ¿no lo diría señor Williams?

—Parece terrible —dijo Camilo— pero falta mucho para que se acabe. Quizá podamos hablar de eso alguna vez—. Camilo oyó teléfonos que sonaban como trasfondo.

—Quizá —dijo ella— tengo que atenderlos.

Luego de manejar más de cuarenta minutos Camilo tuvo que detenerse debido a una procesión de vehículos de emergencia. Una niveladora estaba rellenando con tierra una fisura del camino que, de otro modo, había salido indemne. Nadie podía seguir manejando hasta que ese relleno quedara nivelado. Camilo tomó su computadora portátil y la enchufó en el encendedor del Range. Buscó la página de información del *Semanario de la Comunidad Global* en la Internet, No funcionaba. Llamó la página del Tribune. Hizo una búsqueda de personas y encontró la lista que le había señalado la secretaria. Una advertencia decía que nadie podía garantizar la autenticidad de la información, dado que muchos informes de muertes no podían corroborarse durante días.

Camilo entró el nombre de Cloé y no se sorprendió de hallarla en la categoría de "paradero desconocido". Se encontró así mismo, Loreta y hasta Danny Moore y su esposa en la misma categoría. Actualizó cada entrada pero optó por no poner su numero telefónico privado. Todos los que lo necesitaban ya lo tenían. Entró el nombre de Zión. Nadie parecía saber de él.

Camilo escribió: "Capitán Raimundo Steele, Administración Titular de la Comunidad Global". Retuvo el aliento hasta que vio: "Confirmado vivo — Oficinas centrales temporarias de la Comunidad Global, Nueva Babilonia, Irak".

Camilo dejó que se doblara su cabeza y dio un suspiro tembloroso. —Gracias, Dios —susurró.

Se enderezó y miró por el retrovisor. Había varios vehículos detrás de él, que estaba en el cuarto puesto. Pasarían más minutos. Entró el nombre de "Amanda White Steele".

La computadora tardó un poco y luego, mareando con asterisco, escribió: "Revise las líneas aéreas nacionales, PanContinental, internacional".

Entró eso: "Sujeto confirmado a bordo de un vuelo sin escalas de Boston a Nueva Babilonia, estrellado y hundido en el río Tigris, sin sobrevivientes".

Pobre *Raimundo* —pensó Camilo que nunca había llegado a conocer a Amanda tan bien como deseaba pero que sabía que era una persona dulce y un verdadero regalo para Raimundo. Ahora él quería más que nunca comunicarse con su suegro.

Camilo comprobó a Jaime Rosenzweig, que fue confirmado vivo y en ruta de Israel a Nueva Babilonia. *Bien* —pensó, luego entró una lista de su padre y hermano y ellos fueron catalogados como desaparecidos. Decidió que la falta de noticias era por ahora una buena noticia.

Entró el nombre de Patty Durán, que no fue reconocido. *Patty no puede ser su nombre real, ¿Diminutivo de qué es Patty? ¿ Qué empieza con P? ¿Patricia? Eso suena tan viejo como Patty* —y funcionó.

Fue nuevamente referido a verificar las líneas aéreas, esta vez un vuelo nacional. Encontró que Patty estaba confirmada a bordo de un vuelo sin escalas de Boston a Denver. "No se informa aterrizaje en el destino".

Así pues —pensó Camilo—, si Amanda se embarcó en su vuelo, se murió. Si Patty se embarcó en su vuelo, *podría* estar muerta. Si la señora Cavenaugh tenía razón, y vio a Cloé que salía corriendo de la casa de Loreta, Cloé podría estar viva todavía.

Camilo no podía pensar en la posibilidad que Cloé estuviera muerta. El no se iba a permitir considerarlo hasta que no tuviera más alternativas.

—Max, tengo que admitirlo, mucho fue pura lógica—dijo Raimundo—. El pastor

Billings había sido arrebatado pero hizo primero ese video y ahí hablaba de todo lo que acababa de pasar, de lo que estábamos pasando y, probablemente de lo que estábamos pensando. El me fascinó. El sabía que yo iba a estar asustado, sabía que iba a estar dolido, sabía que iba a estar desesperado y buscando. Y demostró las profecías de la Biblia que hablan de esto. Me recordó que, probablemente, había oído esto en alguna parte en algún momento. Hasta habló de las cosas de las cuales cuidarse. Lo mejor de todo, respondió a mi pregunta más grande: ¿tenía todavía otra oportunidad?

»No sé de mucha gente que tenga tantas interrogantes sobre lo mismo. ¿El final fue el Rapto? Si te lo perdiste porque no creías, ¿quedaste perdido por siempre? Nunca pensé sobre esto pero se supone que había muchos predicadores que creían que uno no podía llegar a ser creyente después del Rapto. Ellos usaban eso para asustar a la gente a fin de que se decidieran por anticipado. Deseé haber oído eso antes porque podría haber creído.

Max miró cortante a Raimundo. —No, no hubieras creído. Si ibas a creer antes, le hubieras creído a tu esposa.

—Probablemente pero ahora, con toda seguridad, no podría discutir. ¿Qué otra explicación podría haber? Yo estaba listo. Quería decirle a Dios que si había otra oportunidad más, si el Arrebatamiento había sido Su último intento de llamarme la atención, lo había conseguido.

—Entonces ¿qué? ¿Tuviste que hacer algo? ¿Decir algo? ¿Hablar con un pastor, o qué?

—Billings explica en la grabación lo que él llama el plan de salvación de la Biblia. Esa fue una expresión rara para mí. La había oído una que otra vez pero no en la primera iglesia a que íbamos. Y en la Nueva Esperanza, yo no estaba oyendo. Ahora sí que estaba escuchando con toda seguridad.

—Entonces, ¿cuál es el plan?

—Max, es sencillo y directo —Raimundo bosquejó de memoria los conceptos básicos de la separación del hombre respecto de Dios debido al pecado, y el deseo de Dios de volver a recibirlo bien—. Todos somos pecadores —dijo Raimundo—. Yo no podía aceptar eso antes. Pero con todo lo que dijo mi esposa que se concretó en verdad, vi por mí mismo lo que yo era. Había gente peor. Muchos dirían que yo era mejor que la mayoría pero comparado a Dios me sentía indigno.

—Eso no me causa problema, Raimundo. No me hallarás proclamando ser algo sino un pillo de siete suelas.

—Y, sin embargo ¿ves? La mayor parte de la gente piensa que eres un buen tipo.

—Supongo que resulto pasable pero me conozco en realidad.

—El pastor Billings señalaba que la Biblia dice: "no hay justo ni siquiera uno, no, ni uno" y que "todos nos descarriamos como ovejas" y que "toda nuestra justicia es como trapo de inmundicias". No me hizo sentir mejor saber que no era el único. Sólo agradecía que hubiera un plan para reconectarme con Dios. Cuando explicó la manera en que el Dios santo tuvo que castigar el pecado pero sin querer que muera ninguno de los que El ha creado, empecé, por fin, a entenderlo. Jesús, el Hijo de Dios, el único hombre que ha vivido sin pecado, murió por el pecado de todos. Todo lo que tenemos que hacer es creer eso, arrepentimos de nuestros pecados, recibir la dádiva de la salvación. Seremos perdonados y "reconciliados" con Dios, como lo decía Billings.

—Así que si creo eso, ¿ya pertenezco?

—dijo Max.

—También tienes que creer que Dios levantó a Jesús desde los muertos. Esto proporcionó la victoria sobre el pecado y la muerte y también probó que Jesús era divino.

—Yo creo todo eso Raimundo, así que ¿eso es todo? ¿Ya pertenezco?

La sangre de Raimundo se enfrió. ¿Qué era lo que le perturbaba? Lo que le aseguraba que Amanda estaba viva era también lo que le hacía dudar de la sinceridad de Max. Esto era demasiado fácil. Max había visto el torbellino caótico de casi dos años de tribulación pero ¿eso era suficiente para persuadirlo?

Parecía sincero pero Raimundo no lo conocía en realidad, no conocía su trasfondo. Max podía ser leal a Carpatia, una trampa plantada por éste. Raimundo ya se había expuesto a un peligro mortal si Max estaba solamente para atraparlo. Silenciosamente oró: —Dios, ¿cómo sabré con seguridad?

—Bruno Barnes, mi primer pastor, nos animaba a que memorizáramos pasajes bíblicos. No sé si encontraré de nuevo mi Biblia pero recuerdo muchos pasajes. Uno de los primeros que me aprendí fue Romanos **10:9-10** que dice: "si confiesas con tu boca a Jesús por Señor, y crees en tu corazón que Dios le resucitó de entre los muertos, serás salvo; porque con el corazón se cree para justicia, y con la boca se confiesa para salvación".

Max miró fijamente hacia delante como si se concentrara en un vuelo. Súbitamente pareció menos animado. Habló con más deliberación. Raimundo no sabía qué hacer.

—¿Qué significa confesar con la boca?
—preguntó Max.

—Precisamente lo que dice. Tienes que decirlo. Tienes que decírselo a alguien. De hecho se supone que lo digas a mucha gente.

—¿Piensas que Nicolás Carpatia es el anticristo? ¿Hay algo en la Biblia sobre decírselo a él?

Raimundo movió la cabeza. —No que yo sepa. No son demasiados los que tienen que hacer esa elección. Carpatia sabe cuál es mi posición porque él tiene oídos por todas partes. El sabe que mi yerno es creyente, pero Camilo nunca se lo dijo. Él pensó que era mejor guardarse eso a fin de ser más efectivo.

Raimundo estaba convenciendo a Max o enterrándose; no estaba seguro qué era.

Max se quedó callado varios minutos. Finalmente suspiró, —Bueno, ¿así es como esto funciona? ¿Cómo sabes cuando terminaste que hiciste lo que Dios quería que hicieras?

—El pastor Billings guiaba para orar a quienes vieran el video. Teníamos que decirle a Dios que sabíamos que éramos pecadores y que necesitábamos su perdón. Teníamos que decirle que creíamos que Jesús murió por nuestros pecados y que Dios le levantó de los muertos. Entonces teníamos que aceptar su dádiva de salvación y agradecérsela.

—Parece demasiado fácil.

—Créeme, podría haber sido más fácil si lo hubiera hecho antes pero no es lo que yo considero fácil.

Max no dijo nada durante otro largo momento. Cada vez que eso pasaba Raimundo se sentía más sombrío. ¿Estaba entregándose al enemigo?

—Max esto es algo que puedes hacer por tu cuenta, o yo podría orar contigo, o...

—No. Definitivamente esto es algo que la persona debe hacer por su cuenta. *Tú* estabas solo, ¿no?

—Sí —dijo Raimundo.

Max parecía nervioso, distraído. No miraba a Raimundo y éste no quería presionar y, sin embargo, aún no había decidido si Max era un candidato vivo o sólo estaba jugando con él. Si lo primero era cierto, no quería soltar a Max por ser demasiado educado.

—Así pues, ¿qué piensas Max? ¿Qué vas a hacer al respecto?

El corazón de Raimundo zozobró cuando Max no sólo no contestó sino que también desvió la mirada. Raimundo deseó ser clarividente. Le hubiera gustado saber si había sido demasiado fuerte o si había descubierto a Max como un farsante.

Max respiró profundo de repente y retuvo el aire. Finalmente, exhaló y movió la cabeza. —Raimundo, aprecio que me digas esto, es toda una historia, muy impresionante. Estoy muy conmovido. Puedo ver por qué crees y que, sin duda, para ti funciona.

Así que eso era, pensó Raimundo. Max iba a echarlo todo a perder con la rutina del me-alegra-que-a-ti-te-sirva. —Pero esto es personal y privado. ¿No? —prosiguió Max—, yo quiero ser cuidadoso y no pretender que me precipito a un momento emocionante.

—Entiendo —dijo Raí mundo, deseando desesperadamente conocer el corazón de Max.

—¿Así que no te lo tomarás a título personal si lo pienso en esta noche?

—En absoluto —dijo Raimundo—. Espero que no haya réplicas ni ataques que puedan matarte antes que tengas la seguridad del cielo pero...

—Tengo que pensar que Dios que sabe lo cerca que estoy no permitiría eso.

—No digo que conozca la mente de

Dios, sino que déjame decirte que yo no apostaría a mi suerte —dijo Raimundo.

—¿Me estás presionando?

—Lo siento. Tienes razón. Nadie puede ser arrastrado a esto.

Raimundo temía haber ofendido a Max. Eso o la actitud de Max era una técnica para demorarse. Por otro lado, si Max era subversivo, no estaba por encima de fingir una experiencia de salvación para congraciarse con Raimundo. Se preguntaba cuándo podría estar bien seguro de la credibilidad de Max.

Camilo llegó finalmente a la mueblería halló una pobre construcción. No había nada parecido a calles o caminos así que los vehículos de emergencia se apilaban en sus puestos sin pensar en conservar el espacio ni dejar rutas abiertas hacia las puertas. Las fuerzas de emergencia para el mantenimiento de la paz de la Comunidad Global iban y venían con provisiones como asimismo nuevos pacientes.

Camilo entró solamente por el nivel de paso de seguridad que tenía su credencial de la Comunidad Global. Preguntó por la señora Cavenaugh y le mostraron una hilera de unas doce camas de madera y tela firme que se alineaban contra la pared, en un rincón. Estaban tan cerca unas de otras que nadie podía caminar por el medio.

Camilo olió la madera recién cortada y se sorprendió de ver nuevos tablones dos por cuatro, clavados juntos para que sirvieran como barandas. La parte de atrás del edificio se había hundido como un metro haciendo que el piso de concreto se partiera en la mitad. Cuando llegó a la grieta tuvo que colgarse de las barandas porque la pendiente era muy aguda. Había bloques de madera clavados al suelo para impedir que se deslizaran las camas. El personal de emergencia andaba con pasos cortos, los hombros echados hacia atrás para impedirse caer rodando hacia delante.

Cada cama tenía una tira de papel pegada a los pies con un nombre escrito a mano o impreso por computación. Cuando Camilo pasó por el medio de ellas, la mayoría de los pacientes conscientes se alzaban apoyados en sus codos como para ver si era un ser querido de ellos. Se volvían a reclinar cuando no lo reconocían.

El papel de la tercera cama a contar desde la pared decía, "Cavenaugh, Elena".

Ella dormía. Había hombres a ambos lados de ella. Uno que parecía un vagabundo, estaba sentado con su espalda apoyada contra la pared. Parecía proteger una bolsa de papel llena de ropa. Miró, agotado, a Camilo y sacó un catálogo de una tienda grande que pretendió leer con gran interés.

Al otro lado de Elena Cavenaugh estaba un joven delgado que parecía estar empezando los veinte. Sus ojos brillaron y se pasó las manos por el pelo.

—Tengo que fumar —dijo— ¿tiene cigarrillos?

Camilo movió su cabeza. El hombre se echó de costado, subió las rodillas a su pecho y se echó meciéndose. Camilo no se hubiera sorprendido de ver su pulgar metido en su boca.

El tiempo era esencial pero ¿quién conocía el trauma que dormía la señora Cavenaugh? Casi había muerto e indudablemente había visto los restos de su casa cuando se la llevaron. Camilo tomó una silla de plástico y se sentó a los pies de su lecho. No la iba a despertar pero le hablaría en cuanto diera la primera señal de conciencia.

Raimundo se preguntaba cuándo se había vuelto tan pesimista. Y ¿por qué no había afectado eso su fe, firme como roca, de que su esposa seguía viva? No creía las sugerencias de Carpatia de que ella hubiera trabajado para la Comunidad Global. O ¿eso era también solamente un cuento de Max?

Desde que era creyente Raimundo había empezado a mirar el lado bueno de las cosas a pesar del caos pero, ahora, una sensación oscura y profunda de algo ominoso se le echó encima mientras Max aterrizaba, todavía silencioso. Aseguraron el helicóptero y completaron los procedimientos después del vuelo. Antes de pasar por seguridad para entrar al refugio Max dijo:

—Capitán, esto también se complica mucho porque tú eres mi jefe.

Eso no había parecido afectar nada más ese día. Ellos habían volado más como camaradas que como jefe y subordinado. Raimundo no tendría problemas en mantener el decoro pero parecía que Max sí los tendría.

Raimundo quiso concretar la conversación que tuvieron pero no quería darle un ultimátum a Max ni decirle que se presentara a informar, así que le dijo:

—Te veo mañana.

Max asintió pero al dirigirse a sus habitaciones, se les acercó un ordenanza uniformado. —¿Capitán Steele y oficial MacCu-Ilum? Se les necesita en la zona del comando central —y les pasó una tarjeta a cada uno.

Raimundo leyó en silencio: "En mi oficina, lo más pronto posible, Leonardo Fortunato". ¿Desde cuándo había comenzado León a usar todo su nombre de pila?

¿Realmente esto era una sorpresa para Max o todo esto era una enorme trampa? El y Max no habían tratado el porqué Raimundo y los demás del Comando Tribulación creían que Carpatia correspondía a las especificaciones del anticristo. Sin embargo, Max tenía suficiente información de Raimundo como para enterrarlo. Y, evidentemente, contaba con el público apropiado.

———

Camilo estaba nervioso— La señora Cavenaugh parecía sana pero estaba acostada tan quieta que apenas él detectaba el sube y baja de su pecho al respirar. Estuvo tentado de cruzar las piernas pateando la cama en ese procedimiento pero ¿quién sabía cómo reaccionaría una anciana a eso? Podía darle el empujón al otro mundo. Camilo marcó el teléfono de Zión y, por fin, logró comunicarse y Camilo le dijo que tenía razones para creer que Cloé estaba viva.

—¡Maravilloso Camilo! Aquí estoy bien, también. Pude meterme en la Red y tengo más razones que nunca para volver a Israel.

—Tendremos que hablar sobre eso —dijo Camilo—. Sigo pensando que es demasiado peligroso y no sé cómo te llevaríamos para allá.

—Camilo, hay noticias en toda la Internet que una de las principales prioridades de Carpatia es reconstruir las redes de transporte.

Camilo habló en voz más alta de lo necesario, esperando despertar a la señora Cavenaugh. —Volveré lo más pronto que pueda y planeo llevar conmigo a Cloé.

—Orará —dijo Zión.

Camilo marcó el número rápido abreviado del teléfono de Raimundo.

Raimundo se asombró con que la oficina de León fuera sólo levemente más pequeña y totalmente tan exquisita como la de Nicolás. Todo lo del refugio era la última palabra de la tecnología pero la opulencia empezaba y terminaba en esas dos oficinas.

Fortunato resplandecía. Estrechó la mano de Raimundo, hizo una reverencia profunda, indicó una silla y, luego, se sentó detrás de su escritorio. Raimundo siempre lo había hallado curioso, hombre bajo, oscuro, robusto, de pelo y ojos negros. No se desabotonaba el cuello de su saco cuando se sentaba, así que hizo una cómica reverencia con el pecho, echando a perder toda la formalidad que trataba de engendrar.

—Capitán Steele —empezó Fortunato, pero antes que pudiera decir nada, el teléfono de Raimundo se puso a sonar. Fortunato levantó una mano y la dejó caer, como si no pudiera creer que Raimundo atendiera una llamada telefónica en un momento como este.

—Discúlpeme León pero podría ser un familiar.

—No puede recibir llamadas aquí —dijo León.

—Bueno, pero yo sí—dijo Raimundo—. No sé nada de mi hija ni de mi yerno.

—Quiero decir que técnicamente no se puede recibir llamadas telefónicas aquí

—dijo León. Todo lo que oyó Raimundo era estática—. Estamos en un subterráneo profundo y rodeados de concreto. Piense hombre.

Raimundo sabía que los cables troncales del centro llevaban a paneles solares y antenas de disco en la superficie. Naturalmente que su celular no funcionaría ahí pero, aún así, tenía esperanzas. Pocos sabían su número y quienes lo tenía eran los que más le importaban en el mundo.

—Tiene toda mi atención, León.

—Involuntariamente, supongo —Raimundo se encogió de hombros—. Tengo más de una razón para pedir verle —dijo León. Raimundo se preguntó cuándo dormiría esta gente—. Tenemos información sobre su familia, por lo menos de una parte.

—¿Sí? —dijo Raimundo, inclinándose hacia delante—. ¿Qué? ¿Quién? ¿Mi hija?

—No, y lo lamento. Su hija está desaparecida pero su yerno fue visto en un suburbio de Chicago.

—Indemne?

—Por lo que sabemos.

—¿Y cuál es el estado de las comunicaciones entre aquí y allá?

Fortunato sonrió condescendiente.

—Creo que esas líneas están funcionando—dijo—, pero, naturalmente, no desde aquí, a menos que use nuestro equipo.

Una para Fortunato —pensó Raimundo—. Me gustaría llamarlo lo más pronto posible para saber de mi hija.

—Por supuesto, sólo unas pocas cosas más. Los equipos de salvamento están trabajando sin cesar en el complejo donde usted vivía. En el caso improbable que pudieran encontrar algo de valor, usted debe presentar un inventario detallado. Se confiscará todo lo que tenga valor y que no se haya identificado previamente.

—Eso es insensato —dijo Raimundo.

—No obstante... —dijo Fortunato desdeñosamente.

¿Otra cosa? —dijo Raimundo como si quisiera irse.

—Sí —dijo lentamente Fortunato. Raimundo tenía la idea que Fortunato estaba demorándose para que él se impacientara antes de llamar a Camilo—. Uno de los asesores internacionales de mayor confianza de Su Excelencia llegó de Israel. Estoy seguro que usted sabe del doctor Jaime Rosenzweig.

—Naturalmente —dijo Raimundo—, pero *¿Su Excelencia?*

Primero pensé que se estaba refiriendo a Mathews.

—Capitán Steele, yo he querido enseñarle protocolo. Usted se refiere inapropiadamente a mí por mi nombre de pila. A veces hasta menciona al Potentado por su nombre de pila. Nos damos cuenta que usted no simpatiza con las creencias del Pontífice Supremo Pedro pero es sumamente insolente de su parte nombrarlo sólo por su apellido.

—Y, sin embargo, usted usa para Carpat... digo Nicolás Carpatia, un título que, por generaciones, se ha limitado a líderes religiosos y a la realeza, el Potentado Carpatia.

—Sí, y creo que ha llegado el momento de nombrarlo de esa manera. El Potentado ha contribuido más a la unidad del mundo que cualquier otro que haya vivido. El es querido por los ciudadanos de todo reino. Y, ahora, que ha demostrado poderes sobrenaturales, Excelencia apenas resulta un título lo suficientemente elevado.

—¿Demostrado estos poderes a quién?

—El me ha pedido que le cuente mi historia.

—La he oído.

—¿De mí?

—De terceros.

—Entonces no le aburriré con detalles, capitán Steele. Tan sólo permita que, pese a las diferencias que hemos tenido usted y yo, debido a mi experiencia ansío reconciliarme. Cuando un hombre es literalmente traído de vuelta de la muerte, sus perspectivas cambian. Usted sentirá un nuevo sentimiento de respeto de mi parte sea que lo merezca o no, y será genuino.

—Adelante, ahora, ¿qué fue eso de Rosen..?

—¡Vamos, capitán Steele! Eso fue sarcástico y yo era sincero. Y ahí usted sigue el mismo, para usted es el *doctor* Rosenzweig. El hombre es uno de los botánicos más importantes de la historia,

—Bueno, está bien, León, quiero decir, Doctor Fortunato...

—¡Yo no soy doctor! Usted debe referirse a mí como Comandante Fortunato.

—No estoy seguro de poder hacer eso —dijo Raimundo suspirando—. ¿Cuándo se consiguió el grado?

—La verdad sea conocida, mi título acaba de ser cambiado a Comandante Supremo. Me fue otorgado por Su Excelencia.

—Todo esto se está poniendo un poco loco—dijo Raimundo--¿No era más divertido cuando usted y yo éramos sólo Raimundo y León?

Fortunato hizo una mueca. —Evidentemente usted es incapaz de tomarse nada en serio.

—Bueno, me tomo en serio lo que usted tenga que decirme de Rosenzweig, hmm... del *doctor* Rosenzweig.

Ocho

Mientras esperaba a la señora Cavenaugh, Camilo pensó ir al Range Rover para mirar el número de Ken Ritz en la computadora. Si Ken podía llevarlo a él y Zión a Israel, él llevaría a Cloé. Nunca más quería tenerla fuera de la vista.

Estaba por irse cuando la señora Cavenaugh se movió por fin. No quería perturbarla y se quedó mirándola. Cuando ella abrió los ojos, él sonrió. Ella lucía confusa pero se sentó y le señaló.

—Usted se había ido, joven, ¿dónde estaba?

—¿Me había ido?

—Usted y su esposa... Ustedes vivían con Loreta, ¿no?

—Sí, señora.

—Pero ayer en la mañana usted no estaba.

—No.

—Y su esposa. ¡Yo la vi! ¿Está bien?

—De eso quiero hablar con usted señora Cavenaugh. ¿Puede? —¡0h, estoy bien! Sólo que no tengo dónde quedarme. Me asusté terriblemente y no me interesa ver lo que quedó de mi casa pero estoy bien.

—¿Quiere salir a caminar un poco?

—Nada me gustaría más pero no voy a ninguna parte con un hombre a no ser que sepa su nombre.

Camilo se disculpó y se presentó.

—Yo sabía eso —dijo ella—, Nunca nos conocimos pero lo veía por ahí y Loreta me habló de usted. Yo conocí a su esposa, ¿Corki?

—Cloé.

—¡Pero sí! Debiera recordarlo porque me gustaba mucho ese nombre. Bueno, venga, ayúdeme.

El que se chupaba el dedo no se había movido salvo para seguir meciéndose. El vagabundo lucía agotado y sujetaba con más fuerza su bolsa. Camilo pensó en sacar una de esas camas para poder acercarse y ayudar a la señora Cavenaugh a salir de la suya. Pero no quería armar una escena. Se quedó parado a los pies de la cama de ella y le ayudó. Al sal ir ella de la cosa esa, la otra punta se levantó totalmente. Camilo vio que se iba a caer en la cabeza de ella. La bloqueó con la mano y la volvió a su sitio bruscamente con un sonido retumbante que hizo gritar al vagabundo y el que se chupaba el dedo saltó casi un metro. La cama de tela se partió cuando volvió a caer en ella. La separó lentamente y desapareció de la vista. El vagabundo metió su cara en el saco y Camilo no supo si lloraba o reía. El que se chupaba el dedo reapareció y parecía como si pensara que Camilo había hecho eso a propósito. La señora Cavenaugh, que se lo perdió todo, pasó su mano por el codo de Camilo y se fueron caminando donde pudieran hablar más en privado.

—Ya le dije esto al muchacho del rescate o algo así, pero de todos modos pensé que todo ese lío era un tornado. ¿Quién oyó alguna vez de un terremoto en el oeste medio? Uno se entera de un leve remesón en el sur del Estado muy de vez en cuando pero ¿un terremoto completo que derriba edificios y mata gente? Yo creía que yo era hábil pero fui una tonta. Corrí al sotano. Naturalmente, *corrí* es algo relativo que sólo significa que no fui dando un paso por vez como de costumbre. Bajé esas escaleras como si fuera una niña. El único dolor que tengo ahora es el de mis rodillas.

»Fui hasta la ventana por si se veía el embudo del tornado. El día estaba claro y soleado pero el ruido se ponía más fuerte y toda la casa oscilaba alrededor de mí así que me seguí imaginando que sabía lo que era. Entonces fue cuando vi a su esposa.

—¿Exactamente dónde?

—Esa ventana es demasiado alta para

que yo alcance a ver para fuera. Todo lo que pude ver era el cielo y los árboles. Realmente se movían. Mi difunto esposo siempre tenía ahí una escalerilla. Me subí lo suficiente para poder ver el suelo. Entonces fue cuando su esposa, Cloé, salió corriendo. Ella llevaba algo. Lo que fuera tenía más importancia que ponerse zapatos. Ella estaba descalza.

—¿Y para dónde corrió?

—A su automóvil. Es estúpido pero yo le grité. Ella sujetaba su paquete con un brazo y trataba de abrir el automóvil con la otra mano y yo gritaba, "¡niña, no tienes que estar afuera!" con la esperanza que dejara eso en el suelo y se metiera rápido en el automóvil como para esquivar el tornado, pero ella ni siquiera miró. Por último, lo abrió y arrancó el automóvil y ahí fue cuando todo se desencadenó. Juro que una de las paredes de mi sótano se movió de verdad. Nunca he visto algo así en mi vida. Ese automóvil empezó a moverse y el árbol más grande del jardín de Loreta se desarraigó, con las raíces al aire y todo. Se llevó la mitad del patio de Loreta y sonó como bomba al caer a la calle, justo delante del automóvil de ella.

—Ella retrocedió y el árbol del otro lado del patio de Loreta empezó a soltarse. Yo seguía gritando a esa niña como si pudiera oírme estando dentro del vehículo. Estaba segura de que el segundo árbol caería encima de ella. Ella viró brusco a la izquierda y todo el camino se retorció justo frente a ella. Si ella se hubiera dirigido a ese pavimento medio segundo antes, esa calle que se revolcaba la hubiera dado vuelta. Debe haber estado mortalmente asustada, con un árbol tirado frente a ella, el otro que amenazaba caerse encima de ella y la calle poniéndose vertical. Ella giró en torno al primer árbol y se abalanzó derecho por la entrada metiéndose en el garaje. Yo la aplaudía. Esperaba que tuviera el suficiente sentido común para meterse en el sótano. No podía creer que un tornado hiciera tanto daño sin que yo lo viera. Cuando oí que todo se estrellaba en el suelo como si toda la casase estuviera despedazando—bueno, efectivamente eso era— finalmente me entró en esta tonta cabeza que esto no era un tornado. Cuando los otros dos árboles del patio de Loreta se cayeron, la ventana voló, así queme bajé de la escalerilla y corrí al otro extremo del sótano.

»Cuando los muebles de la sala de estar se estrellaron justo donde yo había estado, me subí a la bomba del sumidero y me tiré a la salida de concreto que daba a la ventana. No sé qué estaba pensando. Sólo esperaba que Cloé estuviera donde pudiera oírme. Grité a todo pulmón por esa ventana. Ella salió a la puerta lateral, blanca como un papel, todavía descalza y ahora con las manos vacías, y se fue corriendo para atrás lo más rápido que pudo. Eso fue lo último que vi de ella. El resto de mi casase desplomó y, de alguna manera, los caños se doblaron un poco y me dejaron un lugarcito para esperar que alguien me hallara.

—Me alegro que esté bien.

—Fue muy excitante. Espero que encuentre a Cloé.

—¿Se acuerda qué ropa tenía puesta?

—Sí, ese vestido de color blanco marfil.

—Gracias señora Cavenaugh.

La anciana miró a lo lejos y movió lentamente su cabeza.

Cloé sigue viva —pensó Camilo.

———

—Lo primero que el doctor Rosenzweig preguntó fue por su salud capitán Steele.

—Apenas conozco al hombre Comandante Supremo Fortunato —dijo Raimundo enunciando claramente.

—*Comandante* es suficiente capitán.

—Puede llamarme Raimundo.

Ahora era Fortunato el enojado. —Yo podría llamarlo soldado

—dijo.

—Oh, uno bueno, comandante.

—Usted no me va a hacer morder la carnada, capitán. Como le dije, soy hombre nuevo.

—Muy nuevo —dijo Raimundo— si ayer estuvo muerto en realidad y hoy, vivo.

—La verdad es que el doctor Rosenzweig preguntó enseguida por su yerno, su hija y Zión Ben-Judá.

Raimundo se heló. Rosenzweig no podía haber sido tan estúpido. Por otro lado, Camilo siempre decía que Rosenzweig estaba enamorado de Carpatia. No sabía que Carpatia era tan enemigo de Ben-Judá como lo era el Estado de Israel. Raimundo mantuvo la mirada directa a los ojos del airado Fortunato que parecía saber que tenía a Raimundo por las cuerdas. Raimundo oró en silencio.

—Yo lo puse al día y le dije que su hija estaba desaparecida —dijo León y dejó eso colgando en el aire. Raimundo no respondió. —Y qué deseaba usted que nosotros le dijéramos de Zión Ben- Judá?

—¿Qué deseaba *yo*? —dijo Raimundo—, no conozco su paradero.

—Entonces, ¿por qué el doctor Rosenzweig preguntó por él junto con su hija y yerno?

—¿Por qué no le pregunta usted mismo?

—¡Porque se lo estoy preguntando a usted, capitán! Usted cree que no nos damos cuenta de que Camilo Williams le ayudó a escapar, que organizó su huida, del Estado de Israel?

—¿Usted se cree todo lo que oye?

—Sabemos que eso es un hecho —dijo Fortunato.

—Entonces, ¿por qué necesita mi aporte?

—Queremos saber dónde está Zión Ben-Judá. Es importante para el doctor Rosenzweig que Su Excelencia vaya al auxilio del doctor Ben-Judá.

Raimundo había escuchado cuando ese pedido le fue formulado a Carpatia. Nicolás se había reído sugiriendo que su gente lo hiciera parecer como que él trataba de ayudar aunque, en realidad, informaba a los enemigos de Ben-Judá dónde podrían encontrarlo.

—Si supiera el paradero de Zión Ben-Judá —dijo Raimundo —,yo no se los diría. Le preguntaría a él si quiere que ustedes lo sepan.

Fortunato se puso de pie. Evidentemente, la reunión había terminado. Acompañó a Raimundo a la puerta. —Capitán Steele, su deslealtad no tiene futuro. Repito, verá que soy sumamente conciliador. Consideraría queme hace un favor si usted no sugiriera al doctor Rosenzweig que Su Excelencia ansía tanto como él conocer el paradero del doctor Ben-Judá.

—¿Por qué tendría yo que hacerle un favor?

Fortunato abrió las manos y movió la cabeza. —Cierro el caso—dijo—. Nicol, es decir, el Poten... Su Excelencia tiene más paciencia que yo. Usted no sería mi piloto.

—Correcto, comandante supremo. Sin embargo, estaré piloteando esta semana cuando usted recoja al resto de los muchachos de la Comunidad Global.

—Supongo que se refiere a los otros líderes mundiales.

—Y Pedro Mathews.

—Sí, el Pontífice Supremo pero, en realidad, no es CG.

—Tiene mucho poder —dijo Raimundo.

—Sí, pero más popular que diplomático. No tiene autoridad política.

—Como usted diga.

Camilo acompañó a la señora Cavenaugh a su lecho pero antes de ayudarla a acomodarse, se dirigió a la encargada de esa zona.

—¿Ella tiene que estar entre esos dos locos? —preguntó.

—La puede poner en cualquier lecho vacío —dijo la mujer—, sólo asegúrese que tenga la identificación correspondiente bien puesta.

Camilo guió a la señora Cavenaugh a un jergón cerca de otras personas de su edad. Cuando iba de salida se acercó de nuevo a la supervisora. —¿Qué se está haciendo con respecto a las personas no halladas?

—Pregúntele a Hernán —dijo ella, apuntando a un hombrecillo de edad media que estaba marcando algo en un mapa de la pared—. El es de CG y se encarga de tos traslados de pacientes entre los refugios.

Hernán resultó formal y distraído.

—¿Las personas que faltan? —repitió sin mirar a Camilo pues seguía trabajando en el mapa—. Primero, la mayoría va a resultar muerta. Hay tantos que no sabemos por dónde empezar.

Camilo sacó de su billetera una fotografía de Cloé. —Empiece aquí.

Por fin había captado la atención de Hernán que contempló la fotografía, girándola hacia las luces a batería. —Vaya —dijo—¿su hija?

—Tiene veintidós. Para ser su padre yo tendría que tener a lo menos cuarenta.

—Tengo treinta y dos —dijo, asombrado de su vanidad en un momento como este—. Esta es mi esposa, y me dijeron que escapo de casa antes que el terremoto la derrumbara.

—Muéstreme —dijo Hernán, volviéndose al mapa. Camilo señaló el área de la casa de Loreta—. Mm... nada bueno. Este fue un terremoto mundial pero la CG ha detectado varios epicentros. Esa parte de Monte Prospect estaba cerca del epicentro del norte de Illinois.

—¿Así que es peor aquí?

—No es que sea mejor en alguna otra parte pero esta parte es la peor de todo el estado —Hernán apuntó a un tramo como de kilómetro y medio que se estiraba desde atrás de la cuadra de Loreta en línea recta donde ellos se hallaban—. Devastación enorme. Ella no hubiera podido salir de ahí.

—¿Dónde pudiera haberse dirigido?

—No se lo puedo decir. Le diré qué puedo hacer. Yo puedo pasar su fotografía por fax a los otros refugios y eso es todo.

—Se lo agradeceré.

Hernán hizo el trabajo de oficina y a Camilo le impresionó lo buena que era la fotocopia ampliada. —Sólo tenemos esta máquina funcionando desde hace una hora

—dijo Hernán—, evidentemente es celular. ¿Supo de la compañía de comunicaciones del Potentado?

—No —suspiró Camilo—, pero no me sorprendería saber que arrinconó al mercado.

—Eso es justo —dijo Hernán—. Se llama Celular-Solar y todo el mundo quedará enlazado de nuevo antes que uno se dé cuenta. Las oficinas centrales de la CG la llaman Cel-Sol.

Hernán escribió en la ampliación: "Persona desaparecida: Cloé Irene Steele Williams. 22 años. 1,74 mas, 57 kilos. Pelo rubio. Ojos verdes. Sin marcas ni características que la distingan". Agregó su nombre y número de teléfono.

—Señor Williams, dígame cómo puedo comunicarme con usted pero sepa que no tiene que hacerse esperanzas.

—Demasiado tarde, Hernán —dijo Camilo anotando su número. Le volvió a agradecer y se dio vuelta para irse pero se volvió—.¿Usted dice que llaman Cel-Sol a la red de comunicaciones del Potentado?

—Sí, es la sigla de...

—Celular-Solar, sí —Camilo se fue moviendo su cabeza.

Cuando subió al Range Rover se sintió impotente pues no podía quitarse la sensación de que Cloe estaba por ahí en alguna parte. Decidió ir de nuevo a la casa de Loreta por otro camino. No tenía sentido estar afuera sin buscarla. Siempre lo haría.

Era tarde y Raimundo estaba cansado. La puerta de la oficina de Carpatia estaba cerrada pero la luz salía por abajo. Supuso que Mas seguía dentro. Raimundo no confiaba que Mas informara con honestidad por lo curioso que era. Por lo que a él concernía Max estaba contando todo lo que Raimundo había dicho ese día.

Su prioridad principal antes de dormirse era tratar de comunicarse con Camilo. En el puesto de comando de comunicaciones le dijeron que debía obtener permiso de un superior para usar una línea externa segura. Raimundo se sorprendió. —Mire mi nivel de seguridad.

—Lo siento, señor. Esas son mis órdenes.

—¿Cuánto tiempo más estará aquí?

—preguntó Raimundo.

—Veinte minutos más, señor.

Raimundo se vio tentado a interrumpir la reunión de Carpatia con Max. Sabía que Nicolás le daría permiso para usar el teléfono y, entrando a la reunión, demostraría que no temía a Su Excelencia el Potentado reunido con su propio subordinado. Pero lo pensó mejor cuando vio que Fortunato había apagado la luz de su oficina y estaba echando llave a la puerta.

Raimundo caminó rápidamente hacia él. Sin trazas de sarcasmo dijo: —Señor, comandante Fortunato, un pedido.

—Por cierto, capitán Steele.

—Necesito permiso de un superior para usar una línea externa. ¿Y va a llamar a...?

—Mi yerno en los Estados Unidos.

Fortunato se apoyó en la pared, abrió sus pies, y cruzó los brazos. —Esto es interesante, capitán Steele. Permita que le pregunte, ¿el Leonardo Fortunato de la semana pasada hubiera accedido a este pedido?

—No sé. Probablemente no.

—Mi permiso, pese a lo irrespetuoso de su trato de esta tarde, ¿le demostraría que he cambiado?

—Bueno, me mostraría algo.

—Tiene toda la libertad para usar el teléfono, capitán. Tómese todo el tiempo que necesite, y le deseo lo mejor para que encuentre todo bien en casa.

—Gracias —dijo Raimundo.

Camilo oraba por Cloé mientras manejaba, imaginándose que ella había hallado seguridad y. sencillamente, tenía que saber de él.

Llamó para poner al día a Zión pero no se quedó mucho rato hablando por el teléfono. Zión parecía deprimido, distraído. Algo le pasaba por la mente pero Camilo no quiso hablar de ello pues trataba de mantener el teléfono desocupado.

Camilo abrió su computadora portátil y miró el teléfono de Ken Ritz. Un minuto después la máquina contestadora automática dijo: "Estoy volando o comiendo o durmiendo o en la otra línea. Deje un mensaje".

Unos silbatos cortos indicaban mensajes que Ritz ya tenía esperando y parecieron durar eternamente. Camilo se impacientó pues no quería ocupar mucho su teléfono. Por fin, oyó el silbato largo, y dijo: —Ken, aquí Camilo Williams. Los dos que sacaste de Israel necesitarán pronto un vuelo de retorno, Llámame.

Raimundo no podía creer que el teléfono de Camilo estuviera ocupado. Colgó con fuerza y esperó unos minutos antes de volver a marcar. ¡Ocupado de nuevo! Raimundo golpeó la mesa con su mano.

La joven supervisora de comunicaciones dijo: —Tenemos un aparato que seguirá marcando ese número y dejará un mensaje.

—Puede decirle queme llame aquí, y ¿usted me despierta?

—Desdichadamente no, señor pero usted puede pedir que le llame a las 0700 horas, cuando abrimos.

———

Camilo caviló sobre la máquina contestadora de Ritz. ¿Cómo podía alguien saber si él había muerto en el terremoto. Vivía solo y esa máquina funcionaría hasta que se llenara.

Camilo estaba como a media hora de la casa de Danny y Sandy Moore cuando su teléfono sonó. Rogó: "Dios, haz que sea Hernán".

—Camilo habla.

—Camilo, este es un mensaje grabado de Raimundo. Lamento no poder hablar contigo. Por favor, llámame al siguiente número a la siete de la mañana, mi hora. Eso equivale a las 10 de la noche si estás en la zona del Tiempo Estándar Central. Ruego que Cloé esté bien. También, tú y tu amigo.

Quiero saberlo todo. Sigo buscando a Amanda. En mi alma siento que está viva aún. Llámame.

Camilo miró su reloj. ¿Por qué no podía llamar a Raimundo inmediatamente? Tuvo tentación de llamar a Hernán pero no iba a molestarlo así. Se fue donde Zión. En cuanto entro a la casa Camilo supo que algo estaba mal. Zión no lo miraba de frente, a los ojos.

Camilo dijo: —No encontré ningún pico con que picar en el patio trasero, ¿encontraste el refugio?

—Sí —dijo Zión, como aplastado—, es el duplicado de donde yo viví en la iglesia, ¿quieres verlo?

—¿Qué es lo malo Zión?

—Tenemos que hablar ¿quieres ver el refugio?

—Eso puede esperar. Sólo quiero saber cómo llegaste ahí.

No creerás lo cerca que estuvimos anoche cuando hicimos nuestra desagradable labor. La puerta que parece conducir a una zona de almacenaje, realmente se abre a una puerta más grande. Pasando por esa puerta está el refugio. Roguemos que nunca tengamos que usarlo.

—Vaya, agradezcamos a Dios que esté ahí por si lo necesitáramos —dijo Camilo—, ahora, ¿qué pasa? Hemos pasado muchas cosas para que no me cuentes algo.

—No te lo oculto por mí —dijo Zión— Si yo fuera tú no querría oírlo.

Camilo se dejó caer en una silla. —¡Zión! Dime que no supiste de Cloé.

—No, no. Lo siento, Camilo, no es eso. Sigo orando por lo mejor en esto. Es que de todos los tesoros que había en el portafolio de Danny, los diarios también me llevaron donde desearía no haber llegado.

Zión se sentó también, y lucía tan mal como cuando su familia fue masacrada. Camilo puso una mano en el brazo del rabino. —Zión, ¿qué pasa?

Zión se paró y miró por la ventana encima del lavaplatos luego se dio vuelta para encarar a Camilo. Con las manos muy metidas en los bolsillos, se movió a las puertas que separaban la cocina de la zona para desayunar. Camilo esperaba que no las abriera. No necesitaba que le recordaran que tuvo que cortar el cuerpo de Sandy Moore desde abajo del árbol. Zión abrió la puerta y caminó hasta el borde del corte.

Camilo se impresionó con la rareza de donde estaba y qué miraba. ¿Cómo había llegado a esto? Tenía una educación óptima, de *Yvy League*, ubicado en lo mejor de Nueva York, en la cima de su profesión.

Ahora aquí estaba en un dúplex diminuto de un suburbio de Chicago, habiéndose mudado a la casa de un matrimonio muerto al que apenas conoció. En menos de dos años había visto desaparecer a millones de personas de todo el planeta, había llegado a creer en Cristo, había conocido al anticristo y trabajado para él, se bahía enamorado y casado, se había hecho amigo de un gran sabio de la Biblia, y había sobrevivido un terremoto.

Zión cerró la puerta y regresó. Se sentó pesadamente, con los codos sobre la mesa, con su turbado rostro oculto en sus manos. Por último, habló.

—Camilo, no debiera sorprendernos que Danny Moore haya sido un genio. Me intrigaron sus diarios. No había tenido tiempo para leerlos todos pero luego de encontrar el refugio, entré a verlo. Impresionante. Me pasé un par de horas dándole los toques finales a uno de los estudios de Bruno Barnes que era muy ingenioso. Agregué un poco de lingüística que, humildemente creo puso un poco más de profundidad conceptual y, luego, traté de conectarme a la Internet. Te alegrará saber que lo logré.

—Espero que hayas mantenido invisible tu dirección del correo electrónico.

—Me has enseñado bien. Puse la enseñanza en un boletín central. Espero y ruego que muchos de los 144 mil testigos lo vean y se beneficien con ella y respondan a ella. Mañana veré qué hay. Camilo, hay mucha doctrina mala en la Red y yo tengo celo de que los creyentes no sean desviados.

Camilo asintió.

—Pero estoy hablando demás —dijo Zión—, terminé mi trabajo y volví a los diarios de Danny y empecé por el principio. Recién estoy como en la cuarta parte del camino a recorrer, quiero terminar pero me duele el alma hacerlo.

—¿Por qué?

—Primero, permite que te diga que Danny era un creyente verdadero. Escribió con elocuencia de su remordimiento por haberse perdido la primera oportunidad de recibir a Cristo. Habló de la pérdida del bebé de ellos y de la manera en que llegó el momento en que su esposa también encontró a Dios. Es un relato muy punzante y triste de la manera en que ambos hallaron cierto gozo en la expectativa anticipada de ser reunidos con su hijo. Bendito sea el Señor que ahora eso se haya realizado —la voz de Zión empezó a temblar—. Pero, Camilo, encontré una información que mejor no hubiera hallado. Quizá hubiera debido darme cuenta que tenía que evitarla. Danny le enseñó a

Bruno cómo codificar los mensajes personales para hacer inaccesible, sin su santo y seña, todo lo que él deseara. Te acordaras que nadie conocía ese santo y seña, ni Loreta; ni siquiera Danny.

—Correcto —dijo Camilo— yo se lo pregunté.

—Danny debe haber estado protegiendo la reserva de Bruno cuando te dijo eso.

—¿Danny conocía el santo y seña de Bruno? Podríamos haber usado eso. Había todo un *gigabyte* de información a la que nunca podremos acceder en la computadora de Bruno.

—No era que Danny supiera el santo y seña —dijo Zión—, sino que desarrolló su propio programa para abrir códigos. Lo cargó a todas las computadoras que te vendió. Como sabes, durante el tiempo que pasé en el refugio, cargué mi computadora, que tiene una asombrosa capacidad de almacenamiento, con todo lo que había estado en la de Bruno. También teníamos estas miles de páginas impresas, útiles cuando mis ojos se cansaban de mirar la pantalla. Sin embargo, sencillamente parecía sensato hacer un respaldo electrónico para todo ese material.

—No fuiste el único que hizo eso —dijo Camilo—, creo que eso está en la computadora de Cloé y quizá en la de Amanda.

—Pero no dejamos nada fuera. Copiamos hasta los archivos codificados porque no queríamos demorar el proceso poniéndonos a elegir. Pero nunca tuvimos acceso a ellos.

Camilo contempló el cielo raso. —¿Hasta ahora, conecto? ¿Eso es lo que me quieres decir?

—Triste pero sí—dijo Zión.

Camilo se paró. —Si vas a decirme algo que afecte mi estimación de Bruno y su recuerdo, ten mucho cuidado. El es el hombre queme llevo a Cristo y que me ayudó a crecer, y...

—Tranquilo. Camilo, tranquilo. Mi estima por el pastor Barnes fue elevada por lo que hallé. Encontré los archivos que solucionan la codificación en mi computadora, tos apliqué a los archivos de Bruno, y en pocos minutos, todo lo codificado brillaba, abierto, en la pantalla.

»Los archivos no estaban cerrados. Confieso que eché un vistazo y vi que muchos eran sólo personales. Principalmente recuerdos de su esposa y familia. Escribió sobre su propio remordimiento por perderlos, por no estar con ellos, esa clase de cosas.

Yo me sentí culpable y no leí todo. Debe haber sido mi viejo hombre el que me atrajo a otros archivos privados.

»Camilo, confieso que esto me entusiasmó enormemente. Creía que había encontrado más riquezas de su estudio personal pero decidí no arriesgar lo que hallé imprimiéndolo. Está en mi computadora, en el dormitorio. Por doloroso que sea tienes que verlo.

Nada le hubiera impedido a Camilo hacerlo así que subió los peldaños con la misma renuencia que sintió cuando excavaba escombros en lo de Loreta. Zión siguió a Camilo hasta el dormitorio y se sentó en el borde de la cama, alta y crujiente. Había una silla plegable de plástico frente al tocador, en el cual se hallaba la computadora de Zión. El mensaje del artilugio que economiza pantalla decía: "yo sé que mi Redentor vive".

Camilo se sentó y rozó el tablero con su dedo. La fecha del archivo indicaba que había estado en la computadora de Bruno dos semanas después de haber oficiado la boda doble de Camilo y Cloé, y Raimundo con Amanda.

Camilo habló al micrófono de la computadora: "abre el documento".

La pantalla mostró:

"Diario personal de oración: 6.35 AM: Padre mi pregunta de esta mañana es: ¿Qué quieres que haga con esta información? No sé si verídica pero no puedo ignorarla. Siento mi pesada responsabilidad de pastor y mentor del Comando Tribulación. Si un intruso nos ha puesto en peligro, yo debo confrontar el asunto. ¿Será posible? ¿será verdad? No proclamo tener poderes especiales de discernimiento pero amaba a esta mujer y le tenía confianza desde el día que la conocía. Pensé que era perfecta para Raimundo y ella parecía tan atinada espiritualmente".

Camilo se paró, golpeando el respaldo del asiento y derribándolo al suelo. Se inclinó a la computadora, con las palmas apoyadas en el tocador, pensando: *No, Amanda no. ¡Por favor! ¿Qué daño pudiera haber hecho ella?*

El diario de Bruno continuaba: "Ellos están pensando hacer una visita pronto. Camilo y Cloe vendrán desde Nueva York y Raimundo y Amanda, desde Washington. Yo estaré regresando de un viaje internacional. Tendré que procurar que Raimundo esté solo y mostrarle lo que me llegó. Mientras tanto, me siento impotente, dada la cercanía de ellos con NC. Señor, necesito sabiduría".

El corazón de Camilo galopaba y él acezaba. —¿Así que, dónde está el archivo en cuestión? —dijo—. ¿Qué recibió y de quién?

—Adjunto al diario personal del día anterior —dijo Zión.

—Sea lo que sea no me lo voy a creer.

—Siento lo mismo, Camilo. Lo siento en lo profundo de mi corazón y, sin embargo, henos aquí, desesperándonos.

Camilo dijo: —Entrada anterior; abre el documento.

La entrada de ese día: "Dios, me siento como David cuando rehusaste responderle. El te imploró que no le dieras la espalda. Ese es mi ruego de hoy. Me siento tan desolado ¿Qué tengo que hacer con esto?

—Abre el adjunto —dijo Camilo.

El mensaje había sido mandado desde Europa. Era para Bruno pero su apellido estaba mal escrito, Barns. El que lo enviaba se firmaba "un amigo interesado".

—Revisa lo anterior —dijo Camilo, asqueado hasta sentirse mal del estómago. Al responder la computadora a su orden, sonó su teléfono que tenía en el bolsillo.

Nueve

Camilo abrió su teléfono: —Camilo habla.—Puedo hablar con Camilo Williams del *Semanario Global.*

—El habla.

—Teniente Hernán Kivisto al habla. Hoy nos conocimos.

—¡Sí, Hernán! ¿Qué supo?

—Primero, los cuarteles centrales lo están buscando.

—¿Cuarteles centrales?

—El hombre grande o, al menos, alguien cercano a él. Pensé que era bueno ampliar la búsqueda de su esposa, así que envié por fax esa hoja a los estados vecinos. Nunca se sabe. Si ella estaba herida o fue evacuada, podría estar en cualquier parte. De todos modos, alguien reconoció el nombre. Luego, un tipo de apellido Kunz dijo que también lo había visto antes a usted. De alguna forma su paradero entró a la base de datos y recibimos aviso de los cuarteles centrales que le están buscando.

—Gracias. Veré qué pasa.

—Yo sé que usted no tiene que darme cuentas y que no tengo jurisdicción pero como soy el último que lo vio, voy a tener que responder por esto si usted no se presenta.

—Dije que me presentaría.

—No estoy molestando ni nada por el estilo, sólo digo...

Camilo estaba aburrido de los tipos militares que vivían cubriéndose las espaldas pero este era un hombre que quería que lo llamara lo más pronto posible si se hallaba a Cloé. —Hernán, aprecio todo lo que haces por mí y puedes tener la seguridad que no sólo me presentaré a los cuarteles centrales sino que también mencionará que tú me diste el aviso. ¿Quieres deletrearme tu apellido?

Kivisto lo hizo. —Ahora las buenas noticias, señor. Uno de los muchachos de Cel-Sol recibió el fax en su camión. No estaba muy contento que yo lo hubiera enviado a todas partes dijo que no debía ocupar toda la red CG por una sola persona desaparecida. De todos modos dijo que vio una mujer joven que encajaba en la descripción cuando la ponían en una de esas Ambu-Van ayer por la tarde.

—¿Dónde?

—No estoy totalmente seguro donde pero, por cierto, que era entre esa cuadra que usted me mostró y donde ahora me encuentro.

—Hernán, esa es una zona bien grande, ¿podemos estrecharla un poco?

—Lo siento, quisiera poder.

—¿Puedo hablar con aquel hombre?

—Lo dudo. Dijo algo de haber estado despierto desde el terremoto. Creo que se dirigía a uno de los refugios.

—Yo no vi Ambo-Van en tu refugio.

—Nosotros atendemos solamente a los ambulatorios.

—¿Esta mujer no lo era?

—Evidentemente no. Si tenía lesiones graves, hubiera sido llevada a, un momento... Kenosha [1] Hay un par de hoteles, uno al lado del otro, justo en los límites de la ciudad, que se han convertido en hospitales.

Hernán le dio a Camilo el número del centro médico de Kenosha. Camilo se lo agradeció y le preguntó: —¿En el caso que tenga problemas para pasar, ¿cuál es la probabilidad que llegue a Kenosha manejando?

—¿Tiene uno con tracción a las cuatro ruedas?

—Sí.

—Lo necesitará. La autopista I-94 perdió casi todos los pasos a nivel que hay de aquí a Madison. Hay dos lugares por los que puede seguir adelante pero, luego, antes de llegar al siguiente paso a nivel, tiene que pasar por caminos de una sola vía, pueblitos, o campo abierto y esperar lo mejor. Son miles los que están tratando. Es un caos.

—No tengo helicóptero así que no tengo alternativa.

—Llame primero. No tiene sentido intentar un viaje así para nada.

Camilo no podía dejar de sentir que Cloé estaba a su alcance. Le dolía que ella estuviera herida pero, al menos, estaba viva. ¿Qué pensaría de Amanda?

Camilo volvió a revisar las entradas del diario de Bruno y halló el mensaje electrónico que había recibido él. El mensaje del "amigo interesado" decía: "Sospeche a la dama de la cerveza de raíz".[2]

Investigue su nombre de soltera y esté alerta a los ojos y oídos de Nueva Babilonia. El poder de las fuerzas especiales es tan fuerte como el eslabón más débil de la cadena. La insurrección comienza en el hogar. Las batallas se pierden en el campo de batalla, pero las guerras se pierden en el interior".

Camilo volvió su rostro hacia Zión.

—¿Qué deduces tú de esto?

—Alguien estuvo advirtiendo a Bruno sobre una persona en el Comando Tribulación. Tenemos solamente dos mujeres. Una con el nombre de soltera que Bruno quizás no supiera que era Amanda. Sigo sin entender por qué él se refirió a ella como la dama de la cerveza de raíz.

—Son sus iniciales.

—A.W. —dijo Zión, como si fuera para sí mismo mientras se recostaba de la silla de Camilo—. Sigo sin entender.

—A.W. es una antigua marca de refrescos de raíz en este país —dijo Camilo—. ¿Cómo sería ella los ojos y oídos de, qué... Carpatia? ¿Eso es lo que se supone que saquemos de Nueva Babilonia?

—Todo está en el apellido de soltera —dijo Zión. —Yo iba a mirarlo pero, verás... Bruno hizo el trabajo. El apellido de soltera de Amanda era Recus, que no le significó nada a Bruno y lo demoró un tiempo.

—A mí tampoco me significa nada —dijo Camilo.

—Bruno examinó con más profundidad. Evidentemente el apellido de soltera de la madre de Amanda, antes de casarse con el señor Recus, era Fortunato.

Camilo palideció y se dejó caer nuevamente en la silla.

—Bruno debe haber tenido la misma reacción —dijo Zión—. Aquí escribe: "Dios, por favor, no dejes que sea verdad". ¿Cuál es el significado de ese nombre?

Camilo suspiró: —La mano derecha de

Nicolás Carpatia, un sicario de tomo y lomo, se llama Leonardo Fortunato.

Camilo se volvió a la computadora de Zión, mandándole: —Cierra los archivos. Abre los motores de búsqueda. Busca *Chicago Tribune*. Abre la búsqueda de nombres. Ken o Kenneth Ritz, Illinois, Estados Unidos de Norteamérica.

—¡Nuestro piloto! —dijo Zión—, ¡vas a llevarme a casa después de todo!

—Sólo quiero saber si el tipo sigue vivo, por si acaso.

Ritz estaba en la lista de "pacientes estabilizados. Hospital Arthur Young, Palatine, Illinois".

—¿Cómo puede ser que todas las buenas noticias sean de otra persona?

Camilo marcó el número de Kenosha que Hernán le había dado. Daba ocupado y siguió así por quince minutos.

—Podemos seguir tratando mientras vamos de camino.

—¿De camino? —dijo Zión.

—En cierta forma —dijo Camilo. Miró su reloj. Era martes pasada las siete de la tarde.

Dos horas después, él y Zión seguían en Illinois. El Rover rebotaba lentamente adelantándose junto con cientos de vehículos que serpenteaban hacia el norte. Tal como otros tanto venían en la otra dirección, quince a treinta metros de donde la carretera 1-94 dejaba que los automóviles fueran a más de ciento veinte kilómetros por hora, en ambos sentidos.

Mientras Camilo buscaba rutas alternativas u otra manera de pasar los vehículos detenidos, Zión manejaba el teléfono. Lo enchufaron al encendedor de cigarrillos para ahorrar batería, y cada minuto Zión apretaba el botón para volver a marcar. El teléfono de Kenosha estaba con exceso de llamadas y no ofrecía esperanza o no estaba funcionando.

Por segundo día consecutivo Max McCullum, el primer oficial, despertó a Raimundo, que escuchó golpes en la puerta, suaves pero insistentes un instante después dé las 6.30 de la mañana del miércoles en Nueva Babilonia. Se enderezó, enredado en las sábanas y las frazadas. —Dame un minuto —balbuceó, dándose cuenta que podría ser un aviso de su llamada a Camilo. Abrió la puerta y vio que era Max, y se dejó caer de nuevo en la cama—. Todavía no estoy listo para despertarme. ¿Qué pasa?

Max encendió la luz, haciendo que Raimundo escondiera su cara en la almohada.

—¡Lo hice, Capi, lo hice!

—¿Hiciste qué? —dijo Raimundo con su voz ahogada.

—Oré. Lo hice.

Raimundo se dio vuelta, tapándose el ojo izquierdo y atisbando a Max de reojo con el derecho. —¿Realmente?

—Soy creyente, hombre ¿puedes creerlo?

Conservando sus ojos tapados, Raimundo estiró su mano libre para estrechar la de Max que se sentó en el borde de la cama de Raimundo. —¡Hombre, qué bien se siente! —dijo—. Hace apenas un rato me desperté y decidí dejar de pensar en ello y hacerlo.

Raimundo se sentó, dando la espalda a Max, restregándose los ojos. Pasó las manos por el pelo y sintió que sus rizos rozaban sus cejas. Pocos lo habían visto de esa manera.

¿Qué iba a creer de esto? Ni siquiera le había contado a Max de su reunión con Carpatia en la noche anterior. Cómo deseaba que fuera verdad. ¿Qué si todo era una gran comedia, una conspiración para atraparlo e incapacitarlo? Seguramente tenía que ser el plan a largo plazo de Carpatia: paralizar por lo menos a un miembro de la oposición.

Todo lo que podía hacer hasta que supiera con certeza era tomarse esto de acuerdo a su valor. Si Max podía falsificar una conversión y la emoción concomitante, Raimundo podía falsificar emoción. Sus ojos se adaptaron finalmente a la luz y se dio vuelta para enfrentarse a Max. El primer oficial, habitualmente atildado, vestía su uniforme como de costumbre. Raimundo nunca lo había visto peor vestido informalmente ¿qué era eso? —¿Te duchaste en la mañana, Max?

—Siempre, ¿qué quieres decir?

—Tienes una mancha en tu frente.

Max se pasó los dedos justo debajo de la línea de crecimiento del pelo.

—Sigue ahí —dijo Raimundo—. Se parece a lo que se ponen los católicos en los miércoles de ceniza.

Max se paró y fue a mirarse al espejo adosado a una de las paredes del cuarto. Se acercó bien, volviéndose a ésta y al otro lado. —¿Qué dices, Ray? Yo no veo nada.

—Quizá era una sombra —dijo Raimundo.

—Tengo pecas, tú sabes.

Cuando Max se dio vuelta, Raimundo la vio de nuevo, clara como el día. Se sintió tonto haciendo tamaña cosa de esto pero sabía que Max era detallista tocante a su aspecto. —¿No ves eso? —dijo Raimundo, parándose y tomando a Max por los hombros y girándolo para que se mirara en el espejo.

Raimundo lo acercó más y lo inclinó de modo que sus caras quedaron una al lado de la otra. —¡Justo ahí! —dijo, apuntando al espejo. Max seguía mirando en blanco. Raimundo giró la cara de Max hacia él, le puso un dedo en la frente y lo hizo girarse de nuevo al espejo—. Justo ahí. Esa mancha como de carbón, del tamaño de la huella del pulgar.

Los hombros de Max se abatieron y movió su cabeza. —O tú ves visiones o yo estoy ciego.

—Espera un momento —dijo Raimundo con lentitud. Los escalofríos le recorrían la columna vertebral—. Déjame mirar eso otra vez.

Max se veía incómodo con Raimundo que lo miraba fijamente, con sus narices separadas por pocos centímetros. —¿Qué estás buscando?

—¡Ssshh!

Raimundo sostuvo a Max por los hombros. —¿Max? —dijo solemne—. Conoces esas imágenes tridimensionales que lucen como un dibujo complicado hasta que lo miras fijo y... —Sí, y puedes ver una especie de retrato.

—¡Sí! ¡Eso es! ¡Puedo verlo!

—¿Qué?

—¡Es una cruz! ¡Te doy mi palabra! ¡Max, es una cruz!

Max retrocedió y volvió a mirarse en el espejo. Se inclinó a pocos milímetros del vidrio y sostuvo su pelo retirado de la frente. —¿Por qué no la puedo ver yo?

Raimundo se inclinó al espejo y echó para atrás su pelo. —¡Espera! ¿tengo una yo también? No, no veo.

Max palideció. —¡Sí, la tienes! —dijo—. Déjame mirar eso.

Raimundo apenas podía respirar mientras Max lo miraba fijamente. —¡Increíble! —dijo Max—. Es una cruz, puedo ver la tuya y tú ves la mía, pero no podemos ver la propia.

———

El cuello y los hombros de Camilo estaban rígidos y doloridos. No creo que hayas manejado un vehículo como este, Zión —dijo.

—No, hermano, pero estoy dispuesto.

—No, yo estoy bien —miró el reloj—. Menos de media hora queda para llamar a Raimundo.

La caravana que iba a ninguna parte cruzó por fin a Wisconsin y el tráfico viró al oeste de la autopista. Miles empezaron a abrir nuevas sendas. Cuarenta y ocho a cincuenta y seis kilómetros por hora era la velocidad máxima pero siempre había chiflados conduciendo vehículos todo-terreno que se aprovechaban de que ya no había más reglamentos. Cuando Camilo llegó a los confines de la ciudad de Kenosha, le pidió orientación a un miembro de la Fuerza de Mantenimiento de Paz de la Comunidad Global.

—Usted siga al este unos diez kilómetros —dijo la joven—, y no parece hospital, es dos...

—Hoteles, sí, lo supe.

El trafico hacia Kenosha era menos denso que el dirigido al norte pero eso también cambió pronto. Camilo no pudo acercarse kilómetro y medio del hospital. Había fuerzas CG que desviaban los vehículos hasta que se volvió patente que quien quisiera ir a esos hoteles tenía que hacerlo a pie. Camilo estacionó el Range Rover y partieron hacia el este.

Cuando el destino de ellos se hizo visible, ya era hora de llamar a Raimundo.

———————

—Max —dijo Raimundo, luchando contra el llanto—, me cuesta creer esto. Yo oré

232

por una señal, y Dios respondió. Yo necesitaba una señal, ¿Cómo puedo saber en quién confiar en estos momentos?

—Me preguntaba —dijo Max—. Yo tenía hambre de Dios y sabia que tú tenías lo que yo necesitaba pero temía que tú sospecharas.

—Sí, sospechaba pero ya había dicho demasiado si tú estabas en mi contra y en favor de Carpatia.

Max estaba contemplando el espejo y Raimundo se vestía cuando oyó un golpe breve en la puerta que se abrió. Un joven ayudante del centro de comunicaciones dijo: —Disculpen, señores, pero el que sea capitán Steele, tiene una llamada telefónica.

—Voy de inmediato —dijo Raimundo—, apropósito, dígame. ¿tengo una mancha en mi frente, justo aquí?

El joven miró, dijo: No señor, no me parece.

Raimundo captó la mirada de Max. Entonces, se puso la camiseta y se deslizó por el pasillo, calzado sólo con medias. Alguien como Fortunato, o peor, Carpatia, podía llevarlo a la corte marcial por aparecer a medio vestir ante sus subordinados. El sabía que de todos modos no seguiría mucho más como empleado del anticristo.

Camilo se quedó callado en la desolación de Wisconsin, con el teléfono pegado a su oreja. Cuando Raimundo logró entrar por fin, dijo rápidamente.

—Camilo, asegúrate de responder sí o no. ¿Estás ahí?

—Sí.

—Este no es un teléfono seguro así que dime cómo están todos sin usar nombres, por favor.

—Yo estoy bien —dijo Camilo—. El mentor está a salvo y bien. Creemos que ella escapó. Estamos cerca de reconectarnos ahora.

—¿Los demás?

—La secretaria partió. El técnico en computadoras y su esposa se fueron.

—Eso duele.

—Sí, ¿tú?

—Me dicen que Amanda zozobró en un vuelo PanCon que se estrello en el Tigris —dijo Raimundo.

—Ella está en la lista del manifiesto, si puedes creer lo que sale en la Internet, pero ¿tú no te crees eso?

—No hasta que la vea con mis propios ojos.

—Entiendo. Hombre, qué bueno oír tu voz.

—La tuya también, ¿tu familia?

—Desaparecidos pero eso vale para casi todos.

—¿Cómo están los edificios?

—Ambos derrumbados.

—¿Tienen dónde estar? —preguntó Raimundo.

—Estoy bien. Manteniendo un perfil bajo.

Acordaron enviarse cartas electrónicas y cortaron. Camilo se volvió a Zión. —Ella no podía ser una traidora; él es demasiado perceptivo, demasiado alerta.

—El pudo haberse cegado con amor —dijo Zión. Camilo lo miró agudamente—. Camilo, yo no quiero creer esto más que tú pero parece que Bruno tenía fuertes sospechas.

Camilo movió la cabeza. —Mejor que te quedes ahí fuera, en las sombras, Zión.

—¿Por qué? Aquí yo soy la mínima de todas las preocupaciones de alguien.

—Quizá pero las comunicaciones CG empequeñecen este mundo. Ellos saben que yo tengo que presentarme, tarde o temprano, si Cloé está aquí. Si ellos siguen buscándote a ti y Verna Zee rompió nuestro acuerdo y me denunció a Carpatia, puede que esperen hallarte conmigo.

—Tienes una imaginación creadora, Camilo. Paranoide, también.

—Quizá, pero no corramos riesgos innecesarios. Si me están siguiendo cuando salga, espero que con Cloé, mantente lejos. Yo te recogeré a unas ciento ochenta y dos metros al oeste de donde me estacioné.

Camilo entró al caos. No sólo este lugar era una casa de orates de equipos, pacientes y funcionarios que competían para probar quién tenía la autoridad, pero también había mucho griterío. Las cosas tenían que pasar rápido y nadie tenía tiempo para ser cordial.

Le costó mucho tiempo a Camilo conseguir que la mujer que estaba atendiendo el lugar le prestara atención. Parecía que ella hacía los trabajos de recepción y hospitalización y, también un poco de triaje. Luego de sortear dos camillas atravesadas en su camino, con cuerpos sangrientos que Camilo apostaba estaban muertos, se acercó al mostrador. —Discúlpeme, señora, estoy buscando a esta mujer —y le mostró una copia del fax que Hernán había transmitido.

—Si se viera así, no estaría aquí —ladró la mujer—. ¿Tiene nombre ella?

—El nombre está en el retrato —dijo Camilo—. ¿Usted necesita que yo se lo lea?

—Lo que no necesito es su sarcasmo compañero. Efectivamente, *necesito* que me lo lea.

Camilo lo leyó.

—No reconozco el nombre pero hoy procesé cientos.

—¿Cuantos sin nombres?

—Como una cuarta parte... Encontramos a la mayoría de estas personas en sus casas o debajo de ellas, así que hicimos una verificación cruzada de sus direcciones. Todos los que estaban lejos de sus casas llevaban credencial de identidad, en su gran mayoría.

—Digamos que ella estaba lejos de casa pero sin credencial, y no puede decirle quién es.

—Entonces su suposición es tan buena como la mía. No tenemos un lugar especial para los que no están identificados.

—¿Le importa si echo un vistazo?

—¿Qué va a hacer, mirar a cada paciente?

—Si tengo que hacerlo.

—No a menos que sea empleado de la CG y...

—Lo soy —dijo Camilo, mostrando su credencial.

—Asegúrese de no estorbar.

Camilo rastrilló el primer hotel, deteniéndose en cada cama que tenía no paciente sin tarjeta de identificación. Ignoró varios cuerpos grandes y no perdió tiempo con la gente de pelo canoso o blanco. Miraba bien si alguien parecía lo bastante pequeña, delgada o femenina para ser Cloé.

Iba camino al segundo hotel cuando un negro alto salió caminando al revés de una pieza, echando llave a la puerta. Camilo saludó con un movimiento de cabeza y siguió caminando pero, evidentemente, el hombre vio el fax.

—¿Anda buscando a alguien?

—Mi esposa —dijo Camilo mostrando la hoja.

—No la he visto pero puede que usted quiera mirar aquí.

—¿Más pacientes?

—Esta es nuestra morgue, señor. Usted no tiene que entrar si no quiere pero yo tengo la llave.

Camilo frunció los labios. —Supongo que es mejor que entre.

Camilo entró siguiendo al hombre cuando éste la abrió. Sin embargo, cuando empujó la puerta ésta se trancó un poco y Camilo se topó con él. Camilo se disculpó pero el hombre se dio vuelta a él y dijo:

—No fue na...

Se detuvo y contempló la cara de Camilo. —¿Se siente bien señor? Yo soy médico.

—Oh, la mejilla está bien. Me caí. Se ve bien, ¿no?

El médico inclinó su cabeza para mirar

más de cerca. —Oh, eso es superficial. Pensé que vi una magulladura en su frente justo debajo de la línea de crecimiento del pelo.

—No. No me he golpeado ahí, por lo que sé.

—Las magulladuras en esa zona pueden causar hemorragias subcutáneas. Nada peligroso pero podría verse como un coatí en cosa de un par de días. ¿Le importa si echo un vistazo?

Camilo se encogió de hombros. —Estoy un poco apurado pero, adelante.

El doctor tomó un par nuevo de guantes de goma de una caja que tenía en el bolsillo y se los puso.

—Oh, por favor, no haga tanta cosa con esto —dijo Camilo—, no tengo ninguna enfermedad ni nada.

—Puede que sea así —dijo el médico, echando para atrás el pelo de Camilo—. No puedo decir lo mismo por todos los cuerpos que trato.

Estaban en una sala inmensa, y casi cada metro del suelo estaba tapado de cadáveres metidos en sus bolsas.

—Usted *tiene* una marca ahí —dijo el médico. Palpó sobre la mancha y alrededor de ella—. ¿Dolor?

—No.

—Usted sabe —dijo Camilo—, usted también tiene algo en su frente. Parece como una mancha de tierra.

El médico se enjugó la frente con la manga. —Quizá me manché con tinta de imprenta fresca.

El doctor le mostró a Camilo cómo sacar el sudario de la cabeza de cada cuerpo. Así, vería bien la cara y podría dejar caer la tela de nuevo. —Ignore esta fila, son todos hombres.

Camilo saltó cuando el primer cadáver resultó ser el de una anciana con los dientes al descubierto, los ojos abiertos y expresión de terror.

—Lo lamento señor —dijo el médico—. Yo no he tocado los cuerpos. Algunos parecen dormidos. Otros se ven como ella. Lamento que se haya sobresaltado.

Camilo se puso más cauteloso y susurró una oración desesperada antes de levantar las telas. Se horrorizaba con ese desfile de muerte agradeciendo no hallar a Cloé. Cuando terminó, agradeció al médico y se dirigió a la puerta. El médico lo miró con curiosidad, como disculpándose, estiró la mano para tocar una vez más la mancha de Camilo, frotándola levemente con su pulgar, como si pudiera lavarla. Se encogió de hombros diciendo: —Lo siento.

Camilo abrió la puerta. —La suya sigue todavía ahí, doctor.

En la primera sala del otro hotel Camilo vio dos mujeres de edad media que lucían como si hubieran pasado por una guerra. Cuando iba saliendo, Camilo se vio en un espejo, y se quitó el pelo de la frente y no vio nada.

Camilo esperó tanto tiempo un ascensor que casi estuvo por bajar por las escaleras pero cuando, por fin, llegó un ascensor con espacio para él, se quedó ahí con el retrato de Cloé, colgando de sus dedos. Un médico de mayor edad, robusto, subió en el tercer piso y miró fijo. Camilo levantó el retrato a nivel de ojos. —¿Puedo? —preguntó el doctor estirando su mano—, ¿ella es algo suyo?

—Mi esposa.

—Yo la vi.

Camilo sintió que se le cerraba la garganta. —¿Donde está?

—¿No quiere decir *cómo* está ella?

—¿Está bien?

—Cuando la vi por ultima vez estaba viva, Bajémonos en el cuarto piso para poder hablar.

Camilo trató de retener su emoción. Ella estaba viva, eso era todo lo que importaba. El siguió al médico saliendo del ascensor, y el hombre grande le hizo gestos para que fueran a un rincón. —Yo aconsejé que necesitaba cirugía pero aquí no estamos operando. Si siguieron mi consejo, la deben haber programado para Milwaukee o Madison o Minneapolis.

—¿Qué tenía de malo?

—Primero, pensé que la habían aplastado. Su lado derecho estaba muy aplastado desde el tobillo a su cabeza. Tenía metidos en ese lado de su cuerpo lo que parecían trozos de asfalto, y tenía huesos quebrados, y posiblemente una fractura de cráneo, todo en ese lado. Pero para que ella hubiera sido aplastada sobre el asfalto, tendría que haber tenido lesiones en el otro lado. Y ahí no había sino una ligera magulladura en su cabeza.

—¿Va a vivir?

—No sé, No pudimos tomar radiografías ni exámenes de imágenes por radiación magnética. No tengo idea de la magnitud del daño en los huesos u otros órganos internos. Sin embargo, llegué a armarme una hipótesis de lo que debe haberle pasado. Creo que la aplastó una sección de un techado. Probablemente la tiró al suelo causando esa magulladura de la cadera. Ambu-Van la trajo aquí. Entiendo que estaba inconsciente, y no sabían cuánto tiempo había estado tirada allá.

—¿Recuperó la conciencia?

—Sí, pero no pudo comunicarse.

—¿No podía hablar?

—No. Y no apretó mi mano ni pestañeó ni hizo gestos con la cabeza.

—¿Está seguro que ella no está aquí?

—Me desilusionaría si aún estuviera aquí, señor. Estamos enviando todos los casos agudos a uno de los tres hospitales con M, como le dije.

—Quién podría saber dónde la enviaron'?

El doctor apuntó pasillo abajo. —Pregunte a ese hombre que está ahí donde mandaron a *Mamá* Pérez?

—Muchas gracias —dijo Camilo apresurándose pasillo abajo, luego se detuvo, y se dio vuelta—. ¿Mamá Pérez?

—Hemos pasado varias veces por el alfabeto con todas las personas sin identificar y cuando llegó aquí su esposa, estábamos asignando descripciones.

—Pero ella no es.

—¿No qué?

—Madre.

—Bueno, si ella y el bebé sobreviven esto, lo *será* dentro de unos siete meses.

El médico se alejó; Camilo casi se desmayó.

———

Raimundo y Max se sentaron a desayunar esa mañana y a planear el largo viaje del Cóndor 216 que comenzaría el viernes.

—Así que ¿qué quería Su Excelencia anoche?

—¿Su Excelencia?

—¿No se te ha informado que eso es lo que quiere que le digamos de ahora en adelante?

—¡Oh, hermano!

—Me llegó derecho de León o, ¿debiera decir, Comandante Supremo León Fortunato?

—¿Ese es su nuevo título? —Raimundo asintió. Max movió la cabeza—. Estos fulanos se van pareciendo más a caricaturas de las tiras cómicas. Todo lo que Carpatia quería saber era cuánto tiempo yo creía que tú ibas a quedarte con él. Le dije que pensaba que eso era cosa de él, y dijo que no, que él sentía que te estabas poniendo inquieto. Le dije que debía dejarte tranquilo por ese pequeño incidente cerca del aeropuerto, y dijo que ya lo había hecho. Dijo que realmente podría haberte tratado con dureza por eso y que esperaba que te quedaras con él más tiempo puesto que no te había tratado así.

—¿Quién sabe? —dijo Raimundo— ¿Algo más?

—El quería saber si yo conocía a tu yerno. Le dije que sabía quién era pero que nunca lo había conocido.

—¿Por qué crees que te preguntó eso?

—No sé. Estaba tratando de ser bueno conmigo por alguna razón. Quizá va a vigilarte. Me dijo que le parecía raro que hubiera recibido un informe de inteligencia que decía que el señor Williams, como le gusta decirle, había sobrevivido pero que no se había presentado. Me dijo que el señor Williams era el editor del *Semanario de la Comunidad Global* como si yo no supiera eso.

—Camilo llamó esta mañana. Estoy seguro que tienen eso monitoreado y posiblemente hasta grabado. Si ellos deseaban tanto hablar con él, ¿por qué no se metieron en la conversación y lo hicieron entonces?

—Quizá trataban de lograr que él mismo se ponga la soga al cuello. ¿Cuánto tiempo crees que Carpatia va a confiar a un creyente verdadero una posición como esa?

—Esa luna de miel ya se acabó. Uno hace lo que tiene que hacer, Max, pero si yo fuera tú, no me apuraría en declararme como nuevo creyente. Evidentemente, nadie sino los hermanos creyentes pueden ver estas marcas.

—Sí, pero ¿qué pasa con ese pasaje sobre confesar con tu boca?

No tengo idea. ¿Las reglas aún rigen en un tiempo como este? ¿Se supone que confieses tu fe al anticristo? Precisamente no lo sé.

—Bueno, ya te la confesé a ti. No sé si eso vale pero, mientras tanto, tienes razón. Yo te seré más útil de esta manera. Lo que ellos no sepan no les hará daño y sólo puede servirnos a nosotros.

———————

Con su garganta apretada Camilo oró silenciosamente mientras se iba acercando al médico que estaba en la otra punta del pasillo. "Señor, mantenla con vida. No me importa dónde está en la medida que Tú cuides de ella y de nuestro hijo".

Un momento después estaba diciendo: —¡Minneapolis! Eso tiene que estar a casi quinientos kilómetros de aquí.

—Yo fui hasta allá en seis horas la semana pasada —dijo el médico—, pero entiendo que el terremoto convirtió en pequeñas montañas a esas colinas que embellecen tanto el límite poniente de Wisconsin, alrededor del Tomah.

Diez

Raimundo y Max iban camino a embarcarse en el Cóndor 216 para confirmar que se pudiera volar. Raimundo pasó un brazo por el hombro de Max y se lo acercó.

—También hay una cosa que quiero mostrarte a bordo —susurró—. Me la instaló un viejo amigo que ya no está con nosotros.

Raimundo escuchó pasos detrás de él. Era una joven uniformada que traía un mensaje que decía: "Capitán Steele, por favor reúnase por un momento con el doctor Jaime Rosenzweig, de Israel, y conmigo en mi oficina. Venga de inmediato. No le retendré por mucho tiempo. Firmado, Comandante Supremo León Fortunato".

—Gracias oficial —dijo Raimundo—. Dígales que voy para allá —se volvió a Max y se encogió de hombros.

—¿Hay posibilidades que pueda ir manejando a Minnesota? —dijo Camilo.

—Seguro pero le llevará la eternidad —dijo el médico.

—¿Qué posibilidades tengo de que me lleven en un vuelo de esos aviones Medivac?

—Imposible.

Camilo le mostró su credencial. —Trabajo para la Comunidad Global.

—¿No hacen eso todos?

—¿Cómo averiguo si ella llegó allá?

—Lo sabríamos si no hubiera llegado. Ella está allá.

—Y si se agravó más, o si ella, bueno, usted sabe...

—También estamos informados de eso señor. Estará en la computadora para que todos estén al día.

Camilo bajó corriendo por las escaleras los cuatro pisos y salió en el extremo más alejado del segundo hotel. Miró a través del estacionamiento y vio a Ben-Judá donde lo había dejado. Dos oficiales uniformados de la CG hablaban con él. Camilo retuvo el aliento. La conversación no parecía confrontación de alguna forma, parecía una charla amistosa.

Zión se dio vuelta y comenzó a caminar, dándose vuelta luego de unos pocos pasos para hacer una tímida seña de despedida. Ambos respondieron y él siguió caminando.

Camilo se preguntó dónde iba. ¿Derecho al Range Rover o al punto de reunión que habían prefijado?

Camilo se quedó en las sombras mientras Ben-Judá pasaba frente a los hoteles entrando a una zona rocosa desbaratada por el terremoto. Cuando estaba casi fuera de vista, los hombres de la CG comenzaron a seguirlo. Camilo suspiró. Oró que Zión tuviera la sabiduría de no conducirlos al Range Rover, *Sólo ve al punto de reunión, amigo* —pensó—, *y quédate a unos doscientos metros de esos fulanos.*

Camilo dio un par de saltos para soltarse y hacer que la sangre circulara. Trotó alrededor de la parte de atrás del segundo hotel, continuó alrededor de la parte trasera del primero, y salió al estacionamiento. Describió un amplio arco de casi cincuenta metros a la izquierda de la pareja de la CG y mantuvo un ritmo flojo mientras trotaba hacia la noche. Si los hombres de la CG se fijaron en él, no lo demostraron. Se concentraron en el hombre más pequeño y mayor. Camilo esperaba que si Zión lo veía, no lo llamara ni lo siguiera.

Había pasado mucho tiempo desde que Camilo había trotado más de una milla, especialmente teniendo un susto mortal. Resopló y resolló al llegar a la zona donde había dejado el Range Rover. Había toda una sección nueva de vehículos estacionados más allá del suyo, por lo que tuvo que buscarlo bien para encontrarlo.

Zión seguía caminando, marcando su paso por un rumbo difícil. Los hombres de la CG seguían a cien o más metros detrás de él. Camilo suponía que Zión sabía que lo estaban siguiendo. No se dirigía al Range sino al punto de reunión fijado. Cuando Camilo arrancó el motor y encendió las luces, Zión se llevó una mano a la nariz y aceleró su ritmo. Camilo pasó veloz por los espacios abiertos, rebotando y golpeando pero con una velocidad que lo llevaba a interceptar a Zión. El rabino empezó a trotar y los hombres de la CG se pusieron ahora a correr. Camilo iba como a cincuenta kilómetros por hora, demasiado rápido para el suelo disparejo. Al rebotar en su asiento, asegurado solamente por el cinturón de seguridad, se inclinó estirándose y levantó la manilla de la puerta del pasajero. Cuando frenó deslizándose al detenerse frente a Zión, la puerta se abrió por completo. Zión tomó la manija de adentro y Camilo apretó el acelerador. La puerta volvió a cerrarse y tiró a Zión en el asiento trasero, metiéndolo casi en el regazo de Camilo. Zión se reía histérico.

Camilo lo miró, divertido, y viró el volante a la izquierda. Puso tanta distancia entre ellos y los hombres de la CG que éstos no serían capaces de ver siquiera el color del vehículo y mucho menos el numero de la patente.

—¿Qué es tan cómico? —preguntó a Zión, que se reía en medio de sus lágrimas.

—Yo soy José Baker —dijo Zión con un acento norteamericano elaborado ridículamente—. Tengo una panadería y hago los panes para ti, porque soy José el panadero —se reía y reía, tapándose la cara y dejando que corrieran las lágrimas.

—¿Te volviste loco? ¿Qué significa todo esto? —preguntó Camilo.

—¡Esos oficiales! —dijo Zión señalando hacia atrás por encima de su hombro—. ¡Esos sabuesos brillantes tan elevadamente entrenados! —se reía tanto que apenas podía respirar.

Camilo tuvo que reírse. Se había preguntado si alguna vez volvería a sonreír.

Zión mantuvo una mano sobre sus ojos y levantó la otra para informar a Camilo que si se podía calmar, le contaría lo que pasó y, por fin, pudo.

—Me saludaron amistosamente. Yo estaba alerta. Disimulé mi acento hebreo y no dije mucho, esperando que se aburrieran y se fueran. Pero siguieron estudiándome en la penumbra. Finalmente preguntaron quién era yo —empezó a reírse de nuevo y tuvo que forzarse para recobrar la compostura—. Entonces fue que les dije, "me llamo José Bakers y soy panadero. Tengo una panadería".

—¡No! —rugió a carcajadas Camilo.

—Me preguntaron de dónde era y les pedí que adivinaran. Uno dijo Lituania así que lo señalé y sonreí y dije: —¡Sí! ¡Sí! Soy José, el panadero de Lituania.

—¡Estás loco!

—Sí, pero ¿no soy un buen soldado?

—Sí.

—Me preguntaron si tenía documentos. Les dije que estaban en la panadería. Que había salido para dar un paseo para ver los daños. Mi panadería sobrevivió, ya tú sabes.

—Supe eso —dijo Canuto.

—Les dije que pasaran para darles unos buñuelos. Dijeron que podrían hacerlo y preguntaron dónde estaba la panadería de José. Les dije que fueran al oeste, al único establecimiento de la ruta 50 que seguía en pie. Les dije que a Dios debían gustarle los buñuelos, y se rieron. Cuando me fui, les hice señas pero pronto empezaron a seguirme. Supe que tú sabrías dónde buscarme si no estaba donde se suponía que estuviera.

Pero me preocupaba que si te quedabas mucho tiempo más en los hoteles, ellos me iban a apresar. Dios estaba cuidándonos, como de costumbre.

———————————

—Estoy seguro que usted conoce al doctor Rosenzweig —dijo Fortunato.

—Así mismo comandante —dijo Raimundo estrechando la mano de Rosenzweig.

Rosenzweig era el mismo entusiasta de siempre, un elfo septuagenario de rasgos faciales anchos, una faz muy surcada de arrugas, y cabellos de rizos blancos independientes de su control.

Dijo. —¡Capitán Steele! Es un gran honor volver a verlo. Vine a preguntarles por su yerno, Camilo.

—Hablé con él esta mañana, y está bien —Raimundo miró directo a los ojos de Rosenzweig, con la esperanza de comunicar la importancia de la confidencialidad. —*Todos* están bien, doctor.

—¿Y el doctor Ben-Judá? —dijo Rosenzweig.

Raimundo sintió que los ojos de Fortunato lo recorrían por entero.

—¿El doctor Ben-Judá?

—Seguro que lo conoce. Un antiguo protegido mío. Camilo le ayudó a escapar de fanáticos de Israel, con a ayuda del Poten, quiero decir, Excelencia Carpatia.

León pareció complacido con que Rosenzweig hubiera usado el título apropiado. Dijo: —Usted sabe cuánto piensa en usted Su Excelencia, doctor. Prometimos hacer todo lo que pudiéramos.

—Y ¿dónde se lo llevó Camilo? —preguntó Rosenzweig—. ¿Por qué no se ha presentado a la Comunidad Global?

Raimundo tuvo que esforzarse por mantener la compostura. —Si lo que usted dice es verdad, doctor Rosenzweig, fue algo independiente de mi participación. Seguí la noticia del infortunio del rabino, y de su fuga, pero yo estaba aquí.

—Seguro que su yerno se lo diría...

—Como dije, doctor, no tengo conocimiento exacto de la operación. No sabía que la Comunidad Global estuviera involucrada.

—Así pues ¿no se llevó a Zión de vuelta a los Estados Unidos?

—Desconozco el paradero del rabino. Mi yerno está en los Estados Unidos pero no podría decir si está o no con el doctor Ben-Judá.

Rosenzweig se repantigó y cruzó sus brazos. —¡Oh, esto es horrible! Yo tenía tantas esperanzas de saber que está a salvo. La Comunidad Global podría brindar tanta ayuda para protegerlo. Camilo no estaba seguro del interés de Su Excelencia Carpatia por Zión pero, con toda seguridad, que lo demostró ayudando a encontrar a Zión y sacándolo del país.

¿Qué le habían dicho Fortunato y Carpatia al doctor Rosenzweig?

Fortunato habló. —Como le dije, doctor, suplimos gente y equipo para escoltar al señor Williams y al rabino Ben-Judá hasta la frontera israelí-egipcia. Más allá, huyeron evidentemente en avión, saliendo de Al Arish hacia el Mediterráneo. Naturalmente que esperábamos que nos pusieran al día, aunque no fuera más que por tener la expectativa de un poco de gratitud. Si el señor Williams siente que el doctor Ben-Judá está a salvo, dondequiera lo haya escondido, eso nos parece bien. Sencillamente queremos ayudar hasta que a usted e parezca que ya no sea necesario.

Rosenzweig se inclinó hacia delante gesticulando ampliamente. —¡De eso se trata! Detesto tener que dejarlo en las manos de Camilo. El es un hombre ocupado, importante para la Comunidad Global. Yo sé que cuando Su Excelencia promete apoyo, cumple. Y con la historia personal que usted me contó, comandante Fortunato, bueno, ¡claramente hay mucho, mucho más en mi joven amigo Nicolás, perdone la familiaridad, de lo que se ve a simple vista!

Era pasada la medianoche en el Oeste Medio norteamericano. Camilo había puesto al día a Zión tocante a Cloé. Ahora él estaba hablando por teléfono con el Hospital Arthur Young, de Palatine. —Entiendo eso, dígale que es Camilo, su viejo amigo.

—Señor, el paciente está estable pero duerme. No le diré nada esta noche.

—Me urge hablar con él.

—Ya lo dijo señor, por favor, vuelva a llamar mañana.

—Tan sólo escuche...

Clic.

Camilo apenas se fijó en el camino en construcción que había por delante. Patinó hasta detenerse. Un director de tráfico se acercó.

—Lo siento señor pero voy a pararlo un minuto aquí. Estamos rellenando una fisura.

Camilo puso el Rover en neutro y descansó su cabeza contra el cabezal del asiento. —Así, ¿qué piensas, José Panadero? ¿Dejamos que Ritz pruebe sus alas a Minneapolis antes que le dejemos que nos lleve de vuelta a Israel?

Zión sonrió por la mención de José Panadero pero se puso serio de repente.

—¿Qué pasa? —dijo Camilo.

—Espera un momento.

Un buldózer giró por arriba, con sus luces iluminando al Range Rover. No me había fijado que también te lesionaste la cabeza —dijo Zión.

Camilo se sentó rápidamente y miró en el retrovisor, —No veo nada. Eres la segunda persona que esta noche dice que ve algo en mi frente —se echó el pelo para atrás.

—¿Dónde, qué ves'?

—Mírame —dijo Zión y señaló la frente de Camilo.

Camilo dijo. —¡Bueno, mírate tú mismo! También tienes algo en la tuya.

Zión bajó el espejo retrovisor. —Nada

—musitó—, ahora eres tú el que hace bromas.

—Bueno —dijo Camilo, molesto—. Déjame mirar de nuevo. Bueno, la tuya sigue ahí, ¿La mía está ahí todavía?

Zión asintió.

—La tuya parece como algo tridimensional ¿A qué se parece la mía?

—Lo mismo. Como una sombra o una magulladura o, ¿cómo se dice, un relieve?

—Sí —dijo Camilo—. ¡Oye, esto es como los rompecabezas que parecen un montón de palillos hasta que los ordenas al revés, en tu mente, y ves el trasfondo como primer plano y al revés. En tu frente hay una cruz.

Zión pareció contemplar desesperado a Camilo. Súbitamente dijo. —¡Sí, Camilo! Tenemos el sello que es visible solamente a otros creyentes.

—¿De qué hablas?

—El séptimo capítulo del Apocalipsis dice que los siervos de Dios son sellados en sus frentes y esto es lo que tiene que ser esto.

Camilo no se fijó en el banderillero que le hacía señales para que siguiera. El hombre se acercó al vehículo.

—¿Qué les pasa a ustedes? ¡vamos!

Camilo y Zión se miraban uno al otro, sonriendo estúpidamente. Se rieron y Camilo siguió manejando. Súbitamente, frenó,

—¿Qué? —dijo Zión.

—Conocí a otro creyente allá.

—¿Dónde?

—En el hospital. Un doctor negro encargado de la morgue tenía la misma señal. El vio la mía y yo, la suya pero ninguno de nosotros supimos qué estábamos viendo. Tengo que llamarlo.

Zión buscó el numero. —Camilo, él se animará mucho.

—Si puedo hablar con él, puede que tenga que volverme y buscarlo.

—¡No! ¿qué pasa si esos hombres CG se dieron cuenta quién soy yo? Aunque piensen que soy José Panadero, van a querer saber por qué salí corriendo.

—¡Está llamando!

—Hospital CG, Kenosha.

—Aló, sí, necesito hablar con el médico a cargo de la morgue.

—El tiene su celular, señor, este es el número.

Camilo lo anotó y lo marcó.

—Morgue. Este es Carlos Floid.

—Doctor Floid, ¿usted es el que me dejó entrar a la morgue esta noche para que yo buscara a mi esposa?

—Sí, ¿tuvo suerte?

—Sí, creo que sé dónde está ella, pero...

—Estupendo, me alegro...

—Pero no es por eso que lo llamo. ¿Se acuerda de esa marca en mi frente?

—Sí —dijo lentamente el doctor Floid.

—¡Esa es la señal de los siervos de Dios que están sellados! Usted también tiene una, así que sé que eres creyente. ¿correcto?

—¡Bendito sea Dios! —dijo el médico—. Lo soy pero no creo que tenga la marca.

—No podemos ver la propia, solamente la ven los demás.

—¡Vaya! Oh, oye, escúchame! Tu esposa no es Mamá Pérez, ¿no?

Camilo se retorció. —Sí, es, ¿Por qué?

—Entonces yo sé quién eres tú, también. Y también ellos. Tú vas manejando a Minneapolis. Eso les da tiempo para sacar de allí a tu esposa.

—¿Por qué querrían hacer eso?

—Porque tienes algo o alguien que ellos quieren... ¿sigues ahí'?

—Sí, aquí estoy. Escúchame, de hermano a hermano, dime lo que sepas. ¿Cuándo la van a trasladar y dónde la llevarían?

—No lo sé pero oí algo de llevar en avión a alguien que está en la Base Aéreo Naval de Glenview, ya tú sabes, esa vieja base cerrada que...

—Sí, sé.

—Bien tarde mañana.

—¿Estás seguro?

—Eso es lo que oí.

—Doctor, déjame darte mi número privado. Si sabes algo más, por favor, dímelo. Y si alguna vez necesitas algo, y lo digo de verdad, si necesitas algo, lo que sea, pues me lo dices.

—Gracias, señor Pérez.

———————

Raimundo le mostró a Max el aparato para espiar que conectaba el audífono del

260

piloto con la cabina de pasajeros. McCullum silbó entre dientes. —Ray, cuando descubran esto y te encierren por el resto de tu vida, yo negaré todo conocimiento.

—Trato hecho pero, en caso que algo me pase antes que ellos sepan, tú sabes dónde está.

—No, no sé —dijo Max sonriendo.

—Inventa algo para sacarnos de aquí. Tengo que hablar con Camilo desde mi propio teléfono.

—Podrías ayudarme mucho con las poleas célicas de ese helicóptero —dijo Max.

—¿Con qué?

—Las poleas célicas. Esas que adoso al firmamento y queme dejan pender el helicóptero levantándolo del suelo y que trabajan desde abajo.

—¡Oh, esas poleas célicas! Sí, revisémoslas.

Era bien pasada la medianoche cuando Camilo y Zión se arrastraron a la casa.

—No sé con qué voy a encontrarme en Minneapolis—dijo Camilo—, pero tengo que llegar allá en mejor forma de la que estoy ahora. Roguemos que Ken Ritz esté también en esto. No sé si tan siquiera debiera esperar eso.

—Nosotros no esperamos —dijo Zión—. Nosotros oramos.

—Entonces oremos por esto: Uno, que Ritz esté bastante sano. Dos, que tenga un avión que funcione. Tres, que esté en un aeropuerto del cual puede despegarse.

Camilo estaba en el piso de arriba cuando su teléfono sonó, —¡Raimundo!

Raimundo puso al día a Camilo con toda rapidez sobre el desastre de Rosenzweig.

—Yo quiero a ese viejo búho —dijo Camilo.—, pero seguro que es ingenuo. Le repetí y le repetí que no confiara en Carpatia. El quiere a ese tipo.

—Camilo, es más que cariño lo que siente por el tipo. El cree que es divino.

—Oh, no.

Raimundo y Camilo se pusieron al día mutuamente tocante a todo lo que había pasado ese día. —Se me hace tan largo para conocer a Max —dijo Camilo.

—Si estás metido en tantos problemas como parece, Camilo, puede que nunca lo conozcas.

—Bueno, quizá no a este lado del cielo.

Raimundo habló de Amanda. —¿Creerás que Carpatia trató que Max pensara que ella trabajaba para él?

Camilo no sabía qué decir. —¿Trabajar para Carpatia? —dijo tímidamente.

—¡Piénsalo! La conozco como me conozco a mí mismo, y te diré otra cosa. Estoy convencido que está viva. Ruego que puedas llegar a Cloé antes que la CG. Tú ruega que yo encuentre a Amanda.

—¿Ella no estaba en el avión que se estrelló hundiéndose?

—Eso es todo lo que puedo creer —dijo Raimundo—. Si ella estaba ahí, se murio

— Pero también voy a verificar eso.

—¿Cómo?

—Te lo diré después. No quiero saber dónde está Zión pero tan sólo dime, ¿no lo llevas a Minnesota, no? Si algo sale mal, no hay forma en que desees verte obligado a cambiarlo a él por Cloé.

—Naturalmente que no. El piensa que va pero entenderá. No creo que nadie sepa dónde estamos y está ese refugio del que te hablé.

—Perfecto.

Camilo tuvo que hablar con Zión en la mañana del miércoles para convencerlo que no fuera con él ni siquiera a Palatine. El rabino entendió el peligro de ir a Minnesota pero insistió en que podía ayudar a Camilo para que sacaran a Ken Ritz del hospital.

—Si necesitas armar una distracción, yo puedo ser José Panadero otra vez.

—Por más que yo disfrutara viendo eso, no sabemos quién anda tras nuestra pista. Ni siquiera sé si alguien ya supo que fue Ken quien me llevó a Israel y nos sacó de regreso. A ti y a mí. ¿Quién sabe si van a tener vigilado ese hospital? Puede que Ken no esté ahí; todo esto puede ser una trampa.

—¡Camilo! ¿No tenemos ya suficientes preocupaciones reales para que estés inventando más?

Zión se quedó, pero reacio. Camilo le instó a que preparara el refugio para el caso en que las cosas salieran mal en Minneapolis y las fuerzas de la Comunidad Global empezaran a rastrearlo con ahínco. Zión transmitiría sus enseñanzas y aliento por la Internet alos 144 mil testigos y a todos los demás creyentes clandestinos que hubieran en el mundo. Eso irritaría a Carpatia sin siquiera nombrar a Pedro Mathews, y nadie sabía cuándo la tecnología iba a estar tan avanzada que detectara tales mensajes.

La jornada normalmente corta desde Monte Prospect a Palatine era ahora un duro viaje de dos horas. El Hospital Arthur Young había escapado de daños graves aunque el resto de la zona Palatine había quedado devastada salvo escasas excepciones. Se veía casi tan mal como Monte Prospect. Camilo estacionó cerca de unos árboles caídos, a poco menos de cincuenta metros de la entrada. Al no ver nada sospechoso se fue caminando derecho para allá. El hospital estaba lleno y atareado, y parecía que funcionaba con mayor eficiencia por tener electricidad de un grupo auxiliar, y por no ser un hotel de tejas rojas como los de la noche anterior.

—Vine a ver a Ken Ritz.

—¿Usted es? —dijo una trabajadora voluntaria.

Camilo vaciló.

—Herb Katz —dijo, usando un alias que Ken Ritz reconocería.

—¿Puedo ver alguna credencial de identificación?

—No, no puede.

—¿Cómo?

—Mi credencial se perdió junto con mi casa en Monte Prospect que ahora son escombros residuales del terremoto, ¿está claro?

—¿Monte Prospect? Yo perdí una hermana y un cuñado ahí. Entiendo que fue donde el sismo fue más fuerte.

—Palatine no luce mucho mejor.

—Estamos con poco personal pero varios tuvimos suerte —tocó madera.

—Bueno, ¿qué, entonces? ¿puedo ver a Ken?

—Veré pero mi supervisora es más brusca que yo. Ella no ha permitido que entre nadie sin credencial, pero le contaré su situación.

La muchacha se alejó del escritorio y metió su cabeza por una puerta que había tras ella. Camilo tuvo tentación de entrar sencillamente al edificio central del hospital y buscar a Ritz, especialmente cuando escuchó la conversación.

—No, absolutamente no. Conoces las reglas.

—Pero perdió su casa y su credencial y...

—Si tú no puedes decirle que no, tendré que hacerlo yo.

La voluntaria se dio vuelta y se encogió de hombros, disculpándose. Se sentó mientras aparecía su supervisora, tina mujer impactante de pelo negro de casi treinta años de edad. Camilo vio la marca en su frente y sonrió preguntándose si ella ya se había dado cuenta. Ella sonrió tímidamente, poniéndose seria cuando la muchacha se dio vuelta para mirar. —¿A quién quería ver usted, señor?

—Ken Ritz.

—Tiffany, haga el favor de mostrarle a este caballero la sala donde está Ken Ritz —sostuvo la mirada de Camilo, se dio vuelta y volvió a entrar a su oficina.

Tiffany movió la cabeza. —Siempre ha tenido debilidad por los rubios —y acompañó a Camilo a la sala—. Tengo que asegurarme que el paciente quiera recibir visitas —dijo.

Camilo esperó en el pasillo mientras Tiffany golpeaba la puerta y entraba al cuarto de Ken. —Señor Ritz, ¿quiere recibir una visita?

—En realidad, no—se oyó la voz áspera pero débil que Camilo reconoció—, ¿quién es?

—Un tal Herb Katz.

—Herb Katz. Herb Katz —parecía que Ken estaba dando vueltas ese nombre en su mente—. ¡Herb Katz! —dile que pase y cierra la puerta.

Cuando quedaron solos, Ken guiñó un ojo mientras se incorporaba. Estiró una mano entubada y estrechó débilmente la de Camilo. —Herb Katz, ¿cómo estás?

—Eso es lo que yo iba a preguntarte. Te ves terrible.

—De nada. Me herí en la manera más estúpida que hay pero, por favor, dime que tienes un trabajito para mí. Tengo que salir de aquí y ponerme a trabajar en serio. Me voy a enloquecer, quería llamarte pero perdí todos mis números de teléfono. Nadie sabe cómo ponerse en contacto contigo.

—Tengo un par de cosas para que las hagas pero ¿estás como para hacerlas?

—Estaré como nuevo mañana —dijo Ken—, sólo me golpeé la cabeza con uno de mis propios aleroncitos fijos.

—¿Qué?

—El desgraciado terremoto llegó cuando yo todavía andaba volando. Di círculos y círculos esperando que la cosa esa parara, casi me estrellé cuando el sol se apagó y, por último, bajé aquí, en Paulwakee. No vi el cráter. Efectivamente, no pienso que haya estado ahí sino después que toqué tierra. De todos modos, casi me pararon en seco, apenas rodé a poco más de tres kilómetros por hora y el avión cayó de plano en ese hoyo. Lo peor de todo fue que yo estaba bien pero el avión no estaba anclado como yo pensé que estaba. Salté fuera, preocupado por el combustible y todo y deseando ver cómo estaban mis demás aviones y cómo estaba la demás gente, así que me tiré de arriba y corrí por el ala para saltar fuera del hoyo.

»Justo antes que diera mi último paso, mi peso dio vuelta a ese pequeño Piper y la otra ala me golpeó fuerte en la nuca. Yo estaba ahí en el borde del hoyo tratando de subir y supe que me había resbalado cayendo bien en lo hondo. Estiré la otra mano, toqué y sentí este gran trozo de cuero cabelludo que colgaba, suelto, y, entonces, empecé a sentirme mareado. Perdí mi asidero y me deslicé debajo del avión. Tenía miedo de hacer que se desplomara encima de mí, otra vez, así que me quedé bien quieto hasta que alguien vino a sacarme. Casi me desangré mortalmente.

—Te ves un poco pálido.

—¿No digo que estás de lo más alentador hoy?

—Lo siento.

—¿Quieres verla?

—¿Verla?

—¡Mi herida!

—Sí, claro, supongo.

Ritz se dio vuelta para que Camilo pudiera mirar la nuca. Camilo hizo una mueca. Era una herida tan fea como nunca había visto una. El tremendo pedazo de cuero cabelludo había sido puesto en su lugar con puntos, había sido afeitado, junto con un par de centímetros extra como límite de la zona lesionada.

—Me dicen que no tengo daño cerebral así que aún no tengo excusas para ser loco.

Camilo lo puso al día de su problema y que tenía que llegar a Minneapolis antes que la CG hiciera una estupidez con Cloé. —Voy a necesitar que tú me recomiendes a alguien Ken. No puedo esperar hasta mañana.

—Pero cómo se te ocurre que yo te voy a recomendar a otra persona —dijo Ken, sacándose la aguja de la perfusión intravenosa y arrancando la venda adhesiva con que estuvo sujeta.

—Despacio, Ken, no puedo permitir que hagas esto. Debes tener el alta bien clara antes de...

—Olvídame, ¿quieres? Puede que tenga que moverme más lentamente pero ambos sabemos que sino hay trauma cerebral, hay poco riesgo que me vaya a lesionar con más gravedad. Me sentiré un poco incómodo, eso es todo. Ahora, vamos, ayúdame a vestirme y a salir de aquí.

—Aprecio esto pero en realidad...

—Williams, sino me dejas hacer esto, te odiaré por el resto de mi vida.

—Por cierto que no quiero ser responsable de eso.

No había manera de escurrirse para salir. Camilo abrazó a Ken y puso su mano debajo de su axila. Se movieron lo más rápido que pudieron pero un enfermero vino corriendo.

—¡Alto, no se permite que él salga de la cama! ¡Socorro! ¡Alguien que ayude! ¡Traigan al médico!

—Esto no es la cárcel —gritó Ken—. ¡Yo me hospitalicé y ahora me voy!

Iban hacia delante por el salón de entrada cuando un médico vino corriendo a ellos. La muchacha del escritorio llamó a la supervisora. Camilo imploró con los ojos. La supervisora le dio una mirada fulminante pero se puso directamente frente al médico que tropezó cuando trató de evitarla.

—Yo manejaré esto —dijo ella.

El doctor se fue con una mirada de sospecha y la voluntaria fue enviada a la farmacia para que trajera las medicinas recetadas a Ken. La supervisora susurró, —ser creyente no te garantiza que no seas estúpido. Yo coopero para que esto suceda pero mejor es que sea necesario.

Camilo movió la cabeza en señal de agradecimiento.

Una vez en el Rover, Ken se sentó quieto, acunando suavemente su cabeza con sus dedos. —¿Estás bien? —preguntó Camilo.

Ritz asintió. —Llévame a Paulwakee. Tengo una bolsa con cosas ahí que ellos me guardan. Y tenemos que llegar a Waukegan.

—¿Waukegan?

—Sí, Mi jet Lear fue maltratado allí pero está bien, el único problema es que se desaparecieron los hangares. Los tanques de combustible del Lear están bien, eso me dicen. Claro que hay un problema.

—Me callo.

—Las pistas.

—¿Qué pasa con ellas?

—Evidentemente no existen más.

Camilo iba manejando a la mayor velocidad que podía. Una ventaja de no tener caminos era que podía manejar de un lugar a otro como vuelan los pájaros. —¿No puedes despegar un jet Lear sin tener pavimento por debajo?

—Nunca antes tuve que preocuparme de eso. Pero lo averiguaremos, ¿no?

—Ritz, estás más loco que yo.

—Ah, eso está por verse. Cada vez que ando contigo tengo la seguridad que harás que me maten —Ritz se cayó un momento—. Entonces, hablando de que lo maten a uno, tú sabes que no te estaba llamando porque necesitara trabajo.

¿No?

—Leí tu artículo, aquel sobre la "ira del Cordero", en tu revista.

—¿Qué te parece?

—Mala pregunta. No es lo que pensé cuando lo leí que, francamente, no fue gran cosa; quiero decir, siempre me ha impresionado lo que escribes.

—No sabía eso.

—Bueno, llévame a juicio. No quería que te envanecieras. De todos modos, no me gustaba ninguna de las teorías que fabricaste. Y, no, no creía que íbamos a sufrir la ira del Cordero pero lo que debieras preguntar es qué pienso ahora de eso.

—Bueno, habla.

—Bueno, el tipo tendría que estar demente para pensar que el primer terremoto mundial de la historia de la humanidad fue una coincidencia después que lo predijiste en tu artículo.

—Oye, yo no predije nada. Fui totalmente objetivo.

—Lo sé pero tú y yo hablamos de esto antes, así que yo sabía de dónde partiste. Hiciste que pareciera como si todos estos eruditos de la Biblia sólo estuvieran opinando más para juntar cosas contra los invasores del espacio y los chiflados de las conspiraciones. Entonces, bang, bang, mi cabeza se parte en dos y, de repente, el único tipo que sé que es más loco que yo es aquel que tiene todo entendido clarito.

—Así, pues, querías ponerte en contacto conmigo, bueno, heme aquí.

—Bueno porque me imagino que si era la *ira* del Cordero eso por lo que acaba de pasar el planeta, mejor es que trabe amistad con ese Cordero.

Camilo siempre pensó que Ritz era demasiado inteligente como para no captar todas las señales, y dijo. —En eso puedo ayudarte.

—Me imaginé que podrías.

Era cerca del mediodía cuando Camilo salió de la trinchera que estaba donde estuvo el *Green Bay Road* (Camino de la Bahía Verde), y manejó despacio por la reja achatada, y dando la vuelta a las luces de aterrizaje amontonadas del aeropuerto de Waukegan. Las pistas no solo se habían hundido u retorcido sino que estaban tiradas de punta a punta en forma de grandes trozos.

Ahí, en uno de los pocos espacios abiertos estaba el jet Lear de Ken Ritz, evidentemente nada mal para volar.

Ritz se desplazaba lentamente pero pudo hacer que el avión carreteara diestramente entre los obstáculos llegando a la bomba de combustible.

—Con el tanque lleno, el avión nos llevará a Minneapolis de ida y vuelta más de una vez.

—La cosa es ¿con cuánta rapidez? —dijo Camilo.

—Menos de una hora.

Camilo miró su reloj. —¿De dónde vas a despegar?

—Está ondulada pero desde la cabina vi un trozo a través de Wadsworth, en el campo de golf, que parece ser nuestra mejor opción.

—¿Cómo vas a pasar el camino y cruzar por esos matorrales?

—Oh, lo haremos pero va a llevar más tiempo que volar a Minneapolis. Tú harás la mayor parte del trabajo. Yo timonearé el avión y tú limpias el camino. No será nada fácil.

—Machetearía mi camino a Minneapolis si tuviera que hacerlo —dijo Camilo.

Once

Raimundo estaba aprendiendo a estar gozoso en medio del pesar. Su corazón le decía que Amanda estaba viva. Su mente le decía que estaba muerta. Su mente y su corazón no aceptaban la traición de ella a él y al Comando Tribulación y, en ultima instancia, a Dios mismo.

Raimundo estaba tan agradecido por la conversión de Max aún con sus emociones contradictorias y el torbellino espiritual, como lo había estado por la propia, la de Cloé y la de Camilo. ¡Y por el tiempo elegido por Dios para poner Su marca en los Suyos! Raimundo estaba ansioso por saber qué opinaba de eso Zión Ben—Judá.

Era tarde ya en aquella noche de miércoles en Nueva Babilonia. Raimundo y Max habían trabajado lado a lado todo el día. Raimundo le había contado toda la historia del Comando Tribulación y cada uno de los relatos de las conversiones de sus miembros. Max parecía intrigado en especial por la inicial provisión divina de un pastor/maestro/mentor como Bruno

Barnes. Luego, después de la muerte de Bruno, Dios envió un nuevo líder espiritual dotado de una pericia bíblica aun mayor.

—Dios nos ha demostrado que es personal, Max —dijo Raimundo—. El no responde siempre nuestras oraciones en la forma que pensamos sino que hemos aprendido que Él sabe lo óptimo. Tenemos que ser cuidadosos para no pensar que todo lo que sentimos profundamente es necesariamente verdadero.

No entiendo —dijo Max.

—Por ejemplo, no puedo desprenderme de la sensación de que Amanda vive aún. Pero no puedo jurar que esto venga de Dios—Raimundo vaciló, súbitamente sobrecogido—. Quiero asegurarme que si resulta que estoy equivocado, no lo dirijo contra Dios.

Max asintió. —No puedo imaginarme tener nada contra Dios pero entiendo qué quieres decir.

Raimundo estaba emocionado con el hambre de aprender que tenía Max, y le mostraba dónde podía encontrar en la Internet las enseñanzas y los sermones de Zión con sus comentarios de los mensajes de Bruno Barnes, especialmente su gráfico de los últimos tiempos donde iba marcando el lugar dónde él creía que se hallaba la iglesia en la secuencia de los siete años de la tribulación.

Max estaba fascinado con las pruebas que apuntaban a Nicolás Carpatia como el anticristo. —Pero esta ira del Cordero y la luna convirtiéndose en sangre me convencieron con toda seguridad si es que otra cosa más no lo hizo.

En cuanto terminaron los planes de ruta, Raimundo le envió un correo electrónico con su itinerario a Camilo. Después de recoger a Pedro Mathews en Roma, él y Max lo iban a llevar, junto con León, a Dallas a recoger a un ex senador por Texas que era el recientemente instalado embajador de los Estados Unidos de Norteamérica ante la Comunidad Global.

—Uno tiene que preguntarse, Max, si este tipo soñó alguna vez, cuando se metió en política, con que un día sería uno de los diez reyes que profetiza la Biblia.

Poco más de la mitad del aeropuerto Dallas/Fort Worth estaba operativo todavía, y el resto estaba siendo reedificado rápidamente. La reconstrucción en todo el mundo se asociaba, para Raimundo, con un ritmo que mareaba. Era como si Carpatia hubiera sido un estudioso de la profecía y, aunque insistía en que los sucesos no eran lo que parecían, estaba demostrando que estaba preparado para reedificar de inmediato.

Raimundo sabía que Carpatia era mortal, de todos modos, se preguntaba si el hombre dormía alguna vez. Veía a Nicolás en el complejo a toda hora, siempre de traje y corbata, los zapatos lustrados, la cara afeitada, el pelo bien peinado. Era asombroso. A pesar del horario que seguía, se enojaba solamente cuando le servía para sus fines. Habitualmente era gregario, sonriente y daba confianza. Cuando era apropiado fingía pena y simpatía. Buen mozo y encantador, era fácil entender cómo podía engañar a tantos.

Temprano en esa tarde Carpatia había transmitido en vivo un discurso por la televisión y la radio globales. Le dijo a las masas:

—Hermanos y hermanas de la Comunidad Global, me dirijo a ustedes desde Nueva Babilonia. Como ustedes, en la tragedia perdí a muchos seres queridos, amigos amados, socios leales. Por favor, acepten mi simpatía más profunda y sincera por las pérdidas de ustedes y a cuenta de la administración de la Comunidad Global.

»Nadie hubiera predicho este acto aleatorio de la naturaleza, el peor de la historia que haya golpeado al planeta. Estábamos en las etapas finales de nuestro esfuerzo de reconstrucción, siguiendo la lucha contra una minoría resistente. Ahora, como confío que ustedes han presenciado dondequiera que estén, la reedificación ya ha empezado.

»Nueva Babilonia llegará a ser, dentro de muy corto tiempo, la ciudad más magnífica que haya visto el mundo. La nueva capital internacional de ustedes, será el centro de la banca y del comercio, las oficinas centrales de todas las agencias de gobierno de la Comunidad Global y, llegará la hora, en que sea la nueva Ciudad Santa donde se reinstalará la Única Fe Mundial Enigma Babilonia.

»Será mi placer darles la bienvenida a esta bella ciudad. Dennos unos pocos meses más para terminar y, entonces, planifiquen una peregrinación. Todo ciudadano debe tener como meta de su vida vivir esta nueva utopía y ver el prototipo para cada ciudad.

Raimundo y Max habían mirado la televisión, junto con un par de cientos de empleados CG, que estaba en un rincón del comedor. Nicolás, en un estudio pequeño al final del pasillo, había pasado un disco de realidad virtual que paseó al televidente por toda la ciudad nueva, brillando como si ya estuviera completa. Mareaba e impresionaba.

Carpatia señaló expresamente cada cosa nueva de alta tecnología que conocía el ser humano, estando cada una fundida con la bella metrópolis nueva. Max susurro:

—Con estas espirales doradas parece como los antiguos retratos del cielo de la escuela dominical.

Raimundo asintió: —Bruno y Zión dicen que el anticristo sólo falsifica lo que hace Dios.

Carpatia terminó con una alocución animadora muy vivaz:

—Como ustedes son sobrevivientes tengo la confianza inmutable en el impulso y la determinación de ustedes, y su compromiso para trabajar juntos, para nunca rendirse, para ponerse hombro con hombro y reedificar nuestro mundo.

»Me siento humilde para servirles y les prometo que daré todo lo mío en la medida en que ustedes me permitan este privilegio. Ahora, permitan que tan sólo agregue que estoy consciente de que muchos se han confundido con los sucesos recientes debido a reportajes especulativos de una de nuestras publicaciones de la Comunidad Global. Aunque parezca que el terremoto mundial coincidió con la así llamada ira del Cordero, permitan que aclare esto. Los que creen que este desastre fue cosa de Dios también son los que creen que las desapariciones de hace casi dos años, fueron de personas arrebatadas al cielo.

»Naturalmente todo ciudadano de la Comunidad Global tiene la libertad de creer lo que quiera y ejercer esa fe en cualquier forma que no infrinja la misma libertad de los demás. El tema de la única Fe Mundial Enigma Babilonia, es libertad y tolerancia religiosa.

»Por esa razón, detesto criticar las creencias ajenas pero ruego tengan sentido común. No le quito a nadie el derecho a creer en un dios personal. Sin embargo, no logro entender cómo un dios que describen justo y amante decida caprichosamente quién es o no es digno del cielo y ejecute esa decisión en lo que ellos dicen es "en un abrir y cenar de ojos".

»¿Ha vuelto este mismo dios amante luego de dos años a poner su rúbrica en esto? ¿Él expresa su ira a los desdichados que dejó atrás devastando su mundo y matando un enorme porcentaje de ellos? —Carpatia sonrió con condescendencia—. Les pido con humildad a los devotos creyentes en tal Ser Supremo que me perdonen si he retratado mal a su dios pero cualquier ciudadano que piense se da cuenta que este retrato sencillamente no sirve.

»Así, pues, hermanos y hermanas míos, no le echen la culpa a Dios por lo que estamos soportando. Véanlo sencillamente como unos de los crisoles de la vida, una prueba para nuestro espíritu y voluntad, una oportunidad para mirarnos por dentro y recurrir a ese manantial profundo de bondad con que nacimos. Trabajemos juntos para hacer de nuestro mundo un fénix planetario que se levante de las cenizas de la tragedia para llegar a ser la sociedad más grandiosa que se haya conocido. Me despido con buena voluntad hasta que vuelva a hablar con ustedes.

Cuando los empleados de la Comunidad Global que había en la mezanina se pararon, dando vivas y aplaudiendo, Raimundo y Max se pararon sólo para evitar ser notados. Raimundo notó que Max miraba fijamente a la izquierda.

—¿Qué? —dijo Raimundo.

—Un momento —dijo Max. Raimundo estaba por irse cuando todos se sentaron de nuevo, todavía pegados al televisor—. Me fijé que alguien más se demoró en pararse —susurró Max—. Un joven. Trabaja en comunicaciones, creo.

Todos se habían vuelto a sentar porque había un mensaje en pantalla que decía: "Por favor quédense para el Comandante Supremo, León Fortunato".

Fortunato no tenía una figura tan impresionante como la de Carpatia pero tenía un rostro televisivo dinámico. El llegaba a la gente como si fuera amistoso y accesible, humilde aunque directo, pareciendo que miraba directo a los ojos del interlocutor. Contó la historia de su muerte en el terremoto y la resurrección hecha por Nicolás, agregando que: —Solamente lamento que no hubiera testigos aunque sé que lo que viví, y creo de todo corazón que este don que posee nuestro Potentado Supremo será usado públicamente en el futuro. Un hombre dotado de tal poder es digno de un título nuevo. Sugiero que de ahora en adelante se le diga Su Excelencia Nicolás Carpatia. Ya he instituido este procedimiento en el gobierno de la Comunidad Global e insto a todos los ciudadanos que amen y respeten a nuestro líder a que así lo cumplan.

»Como ustedes bien saben, Su Excelencia nunca requerirá, ni siquiera pedirá un título como este. Aunque fue reacio a participar en el liderazgo, ha expresado su voluntad de dar su vida por sus conciudadanos. Aunque nunca insistirá tocante a la deferencia apropiada, yo se las solicito.

»No he consultado a Su Excelencia sobre lo que voy a decirles y solamente espero que él lo acepte con el espíritu con que se lo ofrezco y no sea avergonzado. La mayoría de ustedes no podían saber que él está pasando por un dolor personal muy fuerte.

—No puedo creer a dónde piensa ir a parar con esto —musitó Raimundo.

—Nuestro líder y su novia, el amor de su vida, anticipan gozosos el nacimiento de su hijo dentro de los próximos meses pero la futura señora Carpatia está actualmente desaparecida. Ella estaba por regresar de los Estados Unidos de Norteamérica, donde fue a visitar a su familia, cuando el terremoto imposibilitó los viajes internacionales. Si alguien conoce el paradero de la señorita Patty Durán, por favor, entregue esa información al representante local de la Comunidad Global tan pronto como le sea posible. Gracias.

Max se las compuso para acercarse al joven que había estado observando. Raimundo volvió al Cóndor 216 y estaba cerca de las gradas cuando Max lo alcanzó.

—Raimundo, este chico tiene la marca en su frente. Cuando dije que sabía que era creyente, se puso blanco. Le mostré mi marca, le hablé de ti y de mí, y casi lloró. Se llama David Jasid y es un judío de Europa Oriental que se unió a la Comunidad Global porque estaba impresionado con Carpatia. Ha estado navegando por la Internet durante seis meses y, oye bien esto, considera que Zión Ben—Judá es su mentor espiritual.

¿Cuándo fue convertido en creyente?

—Hace unas pocas semanas pero no está listo para darlo a conocer. Estaba convencido que aquí era el único. Dice que Zión puso algo en la Internet que se llama "El Camino Romano" a la salvación. Supongo que todos los versículos vienen de la Carta a los Romanos. De todos modos, quiere conocerte. No puede creer que conozcas personalmente a Zión Ben—Judá.

—Cuando quieras. Probablemente le consiga un autógrafo al muchacho.

———

No costó mucho cruzar con el jet Lear de Ken Ritz por el destrozado aeropuerto de Waukegan hasta llegar al desorden que antes fuera el camino Wadsworth. Camilo iba manejando cerca de Ken mientras éste llevaba al avión en carreteo lento hasta donde había que quitar, romper o rellenar una pila de escombros y basura o trozos de concreto o una trinchera abierta en la tierra. Las herramientas que había hallado Camilo no estaban diseñadas para lo que él hacía pero sus músculos doloridos y sus manos callosas le decían que iba avanzando.

La parte complicada fue cruzar el camino Wadsworth para llegar al campo de golf. Para empezar había una tremenda zanja.

—No es lo mejor que se le puede hacer a un Lear —dijo Ken—, pero pienso que puedo meterme rodando ahí y subir para salir. Va a necesitarse nada más que el empuje correcto del momento de inercia y tengo que pararlo en pocos metros.

El pavimento se había doblado por lo menos dos metros y medio, quedando en una pendiente tan aguda que un vehículo no podía tener el ángulo correcto para pasar por ahí. —¿Dónde vamos desde ahí? —preguntó Camilo.

—Toda acción origina una reacción. ¿correcto? —dijo crípticamente Ken—. Donde hay un hundimiento tiene que haber un levantamiento en alguna parte. ¿Cuánto tendremos que alejarnos hacia el oriente hasta que podamos cruzar?

Camilo trotó unos doscientos metros antes de ver una partidura enorme en el pavimento. Si Ritz podía llegar tan lejos con el avión, impidiendo que el ala izquierda tocara el pavimento doblado y la rueda derecha no cayera en la zanja, podría virar a la izquierda cruzando el camino. Luego de guiar a Ken para que se metiera y saliera de la zanja, Camilo tendría que quitar una reja y unos matorrales que bloqueaban el campo de golf.

Ritz pasó fácilmente la primera zanja pero teniendo cuidado de detenerse ante la elevación del pavimento y tuvo que hacer rodar para atrás al avión. En el nadir de la zanja no podía salir retrocediendo y pasó un momento complicado para seguir adelante. Finalmente pudo hacerlo pero saltó fuera para darse cuenta que se le había doblado el tren de aterrizaje delantero. —No debiera afectar a nada pero no quisiera aterrizar muchas veces con esto.

Camilo no se sentía seguro para nada. Caminaba delante mientras Ritz iba carreteando hacia el oriente por la franja de seguridad del camino. Ken vigilaba el ala izquierda con un ojo, manteniéndola a corta distancia del bulto del pavimento, mientras que Camilo vigilaba la rueda derecha asegurándose que no se deslizara en la zanja.

Una vez que cruzaron el camino, tuvieron que ir sube y baja por la otra zanja. Ken metiendo los frenos de nuevo para no chocar la reja. Empezó a ayudar a Camilo a quitar cosas del camino pero cuando empezaron a arrancar los arbustos, tuvo que sentarse.

—Guarda fuerzas ——dijo Camilo—, yo puedo hacer esto.

Ritz miró su reloj. —Mejor te apuras. ¿A qué hora quieres estar en Minneapolis?

—No mucho después de las tres. Mi fuente dice que los chicos de la CG llegan tarde esta misma tarde desde Glenview.

Cuando Raimundo y Max terminaron con el Cóndor, Raimundo dijo: —Déjame salir primero. No deben vernos siempre juntos a nosotros. Tú necesitas que los jefes te tengan confianza.

Raimundo estaba cansado pero anhelante de dejar atrás el largo viaje y volver para realizar su expedición de buceo. Oraba que su intuición fuera correcta y que no encontrara a Amanda en ese avión naufragado. Entonces exigiría saber qué bahía hecho Carpatia con ella. En la medida en que ella estuviera viva y él pudiera llegar a ella, no se preocupaba por el decir ridículo que ella fuera una traidora.

Un oficial saludó a Raimundo cuando éste llegó a sus habitaciones.

—Su Excelencia desea verlo señor.

Raimundo le agradeció enmascarando su disgusto. El había disfrutado un día sin Carpatia. Su desencanto aumentó al doble cuando supo que Fortunato también estaba en la oficina de Carpatia. Evidentemente ellos no necesitaban mostrar su cordialidad servil de costumbre. No se paró para saludarlo ni darle la mano. Carpatia señaló una silla y se refirió a una copia del itinerario de Raimundo.

—Veo que ha programado una escala de veinticuatro horas en América del Norte.

—Necesitamos ese tiempo en tierra para el avión y los pilotos.

—¿a ver a su hija y su yerno?

—¿Por qué?

—No digo que su tiempo personal sea cosa mía —dijo Carpatia—, pero necesito un favor.

—Escucho.

—Es lo mismo que discutimos antes del terremoto.

—Patty.

—Sí.

—Entonces, usted sabe dónde está —dijo Raimundo.

—No, pero supongo que usted sí.

—¿Cómo lo iba a saber yo si usted no lo sabe?

Carpatia se puso de pie. —¿Es hora de sacarse los guantes, capitán Steele? ¿Piensa realmente que yo pudiera manejar el gobierno internacional sin tener ojos y oídos en todas partes? Tengo fuentes que usted ni siquiera podría imaginarse. Usted no cree que yo sé que la última vez que usted y la señorita Durán volaron a América del Norte, lo hicieron en el mismo avión?

—Señor, no la he visto desde entonces.

—Pero ella estuvo relacionándose con su gente. ¿Quién sabe con qué le pudieron haber llenado la cabeza? Se suponía que ella hubiera vuelto hace mucho. Usted tenía un cometido. Sea lo que sea que ella estuviera haciendo allá, perdió su vuelo original, y sabemos que entonces estaba viajando con su esposa.

—Eso era lo que también tenía entendido.

—Ella no subió a ese avión, capitán Steele. Si lo hubiera hecho, como usted bien sabe, ella ya no sería un problema.

—¿Ella es un problema otra vez?

Carpatia no contestó. Raimundo continuó: —Vi su transmisión y me dio la impresión que usted estaba desesperado por su novia.

—No dije eso.

—Yo lo hice —dijo Fortunato— lo hice por mi cuenta.

—Oh —dijo Raimundo—. Eso es correcto. Su Excelencia no tenía idea que usted le iba otorgar la divinidad y, luego, exagerar su inquietud por la novia perdida.

—No sea ingenuo, capitán Steele —dijo Carpatia—. Todo lo que quiero es que sostenga esa conversación con la señorita Durán.

—La conversación en que le digo que puede conservar el anillo, vivir en Nueva Babilonia y, entonces... ¿y qué era tocante al bebé?

—Voy a suponer que ella ya hizo la decisión correcta, y usted puede asegurarle que yo pagaré todos los gastos.

—¿Del niño durante toda su vida?

—Esa no es la decisión a la que me refería —dijo Carpatia.

—Sólo para estar muy claro, entonces, ¿usted pagará por el asesinato del bebé?

—No sea malhablado Raimundo. Es un procedimiento simple y seguro. Solamente transmita mi mensaje. Ella entenderá.

—Créalo o no, no sé dónde está pero si transmito su mensaje, no puedo garantizar que ella tome la decisión que usted quiere. ¿Qué pasa si decide tener el bebé?

Carpatia movió la cabeza. —Debo terminar esta relación pero no terminará bien si hay un bebé.

—Entiendo —dijo Raimundo.

—Entonces, estamos de acuerdo.

—No dije eso. Dije que entendía.

—¿Entonces, le va a hablar?

—No tengo idea de su paradero o de su bienestar.

—¿Podría haberse perdido en el terremoto? —dijo Carpatia, iluminándose sus ojos.

—¿No sería esa la mejor solución? —sugirió Raimundo con disgusto.

—En realidad, sí —dijo Carpatia—. Pero mis contactos creen que ella esta escondiéndose.

—Y usted piensa que yo sé dónde.

—Ella no es la única persona en el exilio con la cual usted tenga una conexión, capitán Steele. Tales influencias lo conservan fuera de la cárcel.

Raimundo estaba divirtiéndose. Carpatia lo había sobrestimado. Si Raimundo había creído que albergar a Zión y a Patty le daría un buen juego, hubiera podido hacerlo intencionalmente. Pero Patty andaba por cuenta propia y Zión era cosa de Camilo.

Sin embargo, salió de la oficina de Car-

293

patia esa noche con una ventaja transitoria, según el mismo enemigo.

———————

Camilo estaba sudoroso y exhausto cuando finalmente se ató en el asiento al lado de Ken Ritz. El avión estaba en la punta sur del campo de golf, que se había soltado y enrollado con el terremoto. Ante ellos yacía un largo pedazo de terreno pastoso y ondulado.

—Realmente deberíamos caminar ahí y ver si es tan sólido como parece —dijo Ken—, pero no tenemos tiempo.

Camilo no protestó contrariando su juicio. Pero Ken seguía ahí mirando fijo.

—No me gusta —dijo por fin—. Parece suficientemente largo y sabremos de inmediato si es sólido. La cuestión es, ¿podré acelerar lo suficiente para elevarme en el aire?

—¿Puede abortar la maniobra si no lo logras?

—Puedo probar.

Cuando Ken Ritz probaba era mejor que cualquier otra persona que prometiera Camilo dijo: —Hagámoslo.

Ritz calentó los motores y fue aumentando paulatinamente la velocidad. Camilo sintió que su pulso se aceleraba mientras iban pasando por los lomos de la pista, con los motores rugiendo. Ken metió a fondo el acelerador y dio toda la potencia de ascensión. La fuerza apretó a Camilo contra su asiento pero cuando se preparaba para el despegue, Ritz desaceleró.

Ritz movió la cabeza. —Tenemos que estar a máxima velocidad por los alerones. Yo sólo estaba a tres cuartos —viró y llevó el avión para atrás diciendo—, sólo tengo que empezar más rápido. Es como accionar el embrague. Si giras no aceleras rápido. Si lo pulsas liviano para obtener lo preciso, tienes la oportunidad.

Nuevamente fue lento el rodaje inicial pero esta vez Ken dio potencia lo más rápido que pudo. Casi despegaron del suelo mientras iban saltando lomos y montones que había en el suelo. Llegaron a la zona lisa a lo que parecía ser el doble de la velocidad de antes. Ken gritó por el intercomunicador: —¡Ahora estamos bien, nené!

El jet Lear despegó como un balazo y Ken lo maniobró en forma tal que se sentía como si estuvieran subiendo en línea recta. Camilo estaba aplastado contra el respaldo del asiento, incapaz de moverse. Apenas podía respirar pero cuando lo hizo dejó escapar una exclamación y Ritz se rió. —¡Si no me muero de este dolor de cabeza, te voy a llevar a la iglesia con toda puntualidad!

El teléfono de Camilo sonaba. Tuvo que imponerse a su mano para sacarlo, tan potente era la fuerza de la gravedad.

—¡Aquí habla Camilo! —gritó.

Era Zión. —¿Todavía estás en el avión? —preguntó.

—Acabamos de despegar pero vamos a poner buen tiempo.

Camilo le contó a Zión sobre la herida de Ken y de la salida del hospital.

—El es asombroso —dijo Zión— Escucha, Camilo, acabo de recibir un e—mail de Raimundo. El y su copiloto descubrieron que uno de los testigos judíos trabaja precisamente en el refugio. Un muchacho joven. Le voy a mandar un e—mail personal. Acabo de poner uno en un boletín central que es resultado de varios días de estudio y de escribir. Léelo cuando tengas oportunidad. Lo llamo "La venidera cosecha de almas" y concierne a los 144.000 testigos, que ellos ganen muchos millones para Cristo, el sello visible, y lo que podemos esperar en materia de juicios durante el próximo año o algo así.

—¿Qué *podemos* esperar?

—Léelo en la Internet cuando vuelvas. Y,

por favor, háblale a Ken sobre llevarnos a Israel.

—Ahora eso parece imposible —dijo Camilo—. ¿No te dijo Raimundo que la gente de Carpatia dice que te ayudaron a escapar para que ellos pudieran reunirse contigo?

—¡Camilo! Por un tiempo Dios no dejará que nada me suceda. Siento una responsabilidad enorme para con el resto de los testigos. ¡Llévame a Israel y deja mi seguridad en las manos del Señor!

—Tienes más fe que yo, Zión —dijo Camilo.

—Entonces empieza a trabajar en la tuya, hermano mío.

—Ora por Cloé —dijo Camilo.

—Constantemente —dijo Zión—. Por todos ustedes.

Menos de una hora después Ritz hablaba por radio a Minneapolis pidiendo instrucciones para el aterrizaje y pidió que lo comunicaran con una agencia de alquiler de vehículos. Con la escasez de personal y vehículos, los precios se habían duplicado. Sin embargo, había automóviles disponibles y le dieron instrucciones para llegar al hospital de la Comunidad Global.

Camilo no tenía idea de lo que podría encontrar allí. No lograba imaginarse un acceso fácil ni la posibilidad de sacar a

Cloé. No se esperaba que los funcionarios de la CG se encargaran de custodiarla sino hasta bien entrada esta tarde pero, con toda seguridad, que ya estaba con guardias apostados. Deseaba tener algún indicio de su salud. ¿Sería prudente moverla? ¿Debiera hasta secuestrarla si podía?

—Ken, si estás de acuerdo yo podría usarte a ti y la herida de tu loca cabeza como una distracción. Puede que ellos estén alertados de mí y me busquen, espero que no tan pronto, pero, de todos modos, no creo que nadie nos haya relacionado contigo.

—Espero que hables en serio, Camilo —dijo Ken—, porque me encanta actuar. Además tú eres uno de los buenos muchachos. Hay alguien que cuida de ti y tus amigos.

Justo en las afueras de Minneapolis, se le informó a Ritz que el tráfico aéreo era más nutrido de lo esperado y que lo pondrían en patrón de aterrizaje por otros diez minutos más.

—Entendido; tengo un poco de emergencia aquí. Nada de vida o muerte pero un pasajero de este avión tiene una herida grave en la cabeza.

—Entendido, Lear. Veremos si podemos adelantarlo un par de lugares. Infórmenos si su situación varía.

—Muy astuto —dijo Camilo.

Cuando se dio pase libre, por fin, a Riz, para que aterrizara al jet Lear, ladeado en picada por la terminal que, evidentemente, fue blanco de daños grandes por el terremoto. La reconstrucción había comenzado pero toda la operación, desde los mostradores de control de pasajes a las agencias que arriendan automóviles, estaban ahora albergados en unidades móviles. Camilo estaba estupefacto con la intensa actividad en un aeropuerto que solamente tenía dos pistas operando.

El jefe de control corrió a campo traviesa y se disculpó por no tener hangar donde poner el jet Lear. Aceptó la promesa de Ken de no dejar el avión más de veinticuatro horas.

—Espero que no —susurró Camilo.

Ritz carreteó el avión hasta la proximidad de una de las viejas pistas donde había maquinaria pesada moviendo enormes cantidades de tierra. Estacionó el Lear alineado con todo, desde los Piper Cubs monomotores a los Boeing 727. No podían haber estacionado más lejos de las agencias de alquiler de automóviles y seguir en el terreno propio del aeropuerto.

Ken se doblaba, boqueaba y se movía con lentitud instando a Camilo a apresurarse en avanzar pero Camilo temía que Ken se desmayara.

—Todavía no te pongas a actuar tu papel de viejo herido —embromó Camilo—, por lo menos espera que lleguemos al hospital.

—Si me conocieras —dijo Ritz—, Sabrías que esto no es actuación.

—No creo esto —dijo Camilo cuando por fin llegaron a la zona de alquiler de automóviles y se encontraron al final de una larga línea—. Parece como que ellos están mandando a la gente al otro lado del estacionamiento de automóviles.

Ken, varios centímetros más alto que Camilo, se puso de puntillas y atisbo a la distancia. —Tienes razón —dijo—. Y puede que tengas que ir a conseguir el automóvil y vuelvas a buscarme. No puedo seguir caminando más.

Al acercarse al frente de la fila, Camilo le dijo a Ritz que arrendara el automóvil con su tarjeta de crédito y él se lo reembolsaría.

—No quiero que mi nombre ande por todo el Estado, en caso que la CG piense en revisar los alrededores.

Ritz azotó su tarjeta contra el mostrador. Una joven la miró con detenimiento.

—Ahora estamos limitados a los compactos. ¿Será aceptable?

—¿Qué pasa si digo que no, mi querida?

Ella hizo muecas. —Es todo lo que tenemos.

—Entonces, ¿qué diferencia tiene si aceptable o no?

—Entonces, ¿lo quiere?

—No tengo alternativa. ¿Solamente que cuán subcompacto es este cacharro?

Ella le pasó una tarjeta brillosa desde el otro lado del mostrador y señaló la fotografía del automóvil más pequeño.

—Vaya, qué cosa —dijo Ritz—, apenas tiene lugar para mí, ni siquiera pensar en mi hijo aquí presente.

Camilo luchó por contener una sonrisa. La muchacha empezó a llenar formularios, claramente cansada de Ritz y su palabrería vana.

—¿Esa cosa tiene siquiera un asiento trasero?

—No, en realidad no. Hay poco espacio entre los asientos y ahí puede poner el equipaje.

Ritz miró a Camilo y éste supo lo que estaba pensando. En ese automóvil los dos iban a estar sumamente apretados, más incómodos de lo que deseaban. Agregar a eso una mujer adulta en estado delicado, exigía más imaginación de la que tenía Camilo.

—¿Prefiere algún color en especial?

—preguntó la muchacha.

—¿Puedo elegir? —dijo Ritz—, sólo le queda un modelo ¿pero viene en colores diferentes?

—Habitualmente es así pero ahora estamos limitados a los rojos.

—¿Pero puedo elegir?

—Si elige el rojo.

—Bueno, entonces, permítame un segundo. ¿Sabe qué creo que me gustaría? ¿Tiene rojos?

—Sí.

Llevare uno rojo. Un minuto, hijo, ¿te parece bien el rojo?

Camilo cerró los ojos y movió la cabeza. Tan pronto como tuvo las llaves en la mano, corrió al automóvil. Tiró sus valijas y las de Ken entre los asientos, echó para atrás lo más que pudo los asientos, se metió detrás del volante y aceleró a la salida donde lo esperaba Ritz. Camilo había tardado solamente unos pocos minutos pero, evidentemente, estar parado ahí había sido demasiado para Ken que estaba sentado con las rodillas levantadas y las manos tomadas adelante.

Ritz lucho por ponerse de pie luciendo mareado, y tapándose los ojos. Camilo abrió la puerta pero Ken le dijo: —Quédate donde estás. Estoy bien.

Se metió dentro del automóvil, con las rodillas apretadas contra el tablero de instrumentos y la cabeza empujando el techo. Se rió y dijo: —Muchacho, tengo que doblarme entero para poder mirar afuera.

No hay mucho que ver —dijo Camilo—. Trata de relajarte. Ritz bufó, —nunca te debes haber golpeado la nuca con un avión.

—No puedo decir que sí —dijo Camilo, metiéndose por el borde del camino para adelantarse a varios vehículos.

—No se trata de relajarse sino de sobrevivir. ¿Por qué me sacaste de ese hospital? Yo necesitaba uno o dos días más de reposo.

—No me vengas con esas. Traté de convencerte que no te fueras.

—Lo sé. Sólo ayúdame a encontrar mi droga, ¿sí? ¿Dónde está mi bolsa?

Las autopistas de alta velocidad que le llevaban a las ciudades mellizas (Minneapolis y Saint Paul), estaban en un estado relativamente decente comparadas con las de Chicago. Serpenteando entre pistas cerradas y desvíos Camilo manejaba a velocidad uniforme. Manteniendo fijos los ojos en el camino y una mano en el volante, se estiró por detrás de Ken y agarró la enorme bolsa de cuero. Se tenso, la levantó por encima del respaldo del asiento de Ken y, en eso la arrastró con rudeza por la nuca de Ken, haciendo que éste chillara.

—¡Oh Ken! ¡Lo lamento! ¿Estás bien?

Ken se sentó con la bolsa en su regazo. Las lágrimas le corrían por la cara y apretó tan fuerte los dientes que éstos quedaron al descubierto. —Si creyera que hiciste eso con intención, te mataría —dijo con voz ronca.

Doce

Raimundo Steele disfrutaba el hambre que sentía por la Palabra de Dios desde el día en que recibió a Cristo. Sin embargo, se dio cuenta que estaba más ocupado que nunca a medida que el mundo empezaba a recuperarse lentamente después de las desapariciones. Se le hacía cada vez más difícil dedicar tiempo a la Biblia como lo deseaba.

Su primer pastor, el difunto Bruno Barnes, había enseñado al Comando Tribulación la importancia que tenía que ellos "escudriñaran diariamente las Escrituras". Raimundo trataba de mantenerse en esa tesitura pero se frustraba por semanas enteras. Trató de levantarse más temprano pero se hallaba participando en tantas discusiones y actividades hasta horas avanzadas de la noche que madrugar no era práctico. Probó leer la Biblia en los descansos de sus vuelos pero eso produjo tensión ente él y varios copilotos y primeros oficiales.

Finalmente encontró la solución: sin que importara en qué parte del mundo se encontrara, ni lo que hubiera o no hecho durante el día o la noche, en algún momento tenía que acostarse. Sin que importara la localidad o la situación, antes de apagar la luz, él iba a hacer su estudio diario de la Biblia.

Al comienzo Bruno se había mostrado escéptico y le había instado a que entregara a Dios los primeros minutos del día en vez de los últimos. —También tienes que levantarte por las mañanas; ¿no le darías a Dios sus momentos de mayor frescor y energía? le había dicho Bruno.

Raimundo entendió la sabiduría de eso pero cuando no funcionó, volvió a su plan propio. Sí, a veces se había quedado dormido mientras leía u oraban pero habitualmente podía permanecer alerta y Dios siempre le mostraba algo.

Raimundo estaba molesto desde que había perdido su Biblia en el terremoto. Ahora en esas horas trasnochadas quería entrar a la Internet, cargar una Biblia en su computadora portátil y ver si Zión Ben—Judá había puesto algo. Raimundo estaba agradecido por haber mantenido su computadora portátil en su bolso de viaje. Si hubiera tenido ahí su Biblia, aún la tendría también.

Vestido con ropa interior Raimundo llevó su computadora portátil al centro de comunicaciones. Las máquinas contestadoras estaban ocupadas pero no había personal todavía. Encontró un enchufe de teléfono abierto, enchufó su computadora y se sentó donde podía ver la puerta de su cuarto, pasillo abajo.

Al empezar a aparecer la información en la pantalla, le distrajeron unos pasos. Bajó la pantalla y miró al pasillo. Un muchacho de pelo oscuro se detuvo en la puerta del cuarto de Raimundo y golpeó con suavidad. Cuando no recibió respuesta, probo con la manija. Raimundo se preguntó si alguien había recibido el cometido de robarle o de buscar indicios del paradero de Patty Durán o de Zión Ben—Judá.

El joven volvió a golpear, con sus hombros caídos, y se dio la media vuelta. Entonces, Raimundo se dio cuenta. ¿Podría ser Jasid? Y le llamó con un fuerte "pssst".

El joven se detuvo y miró hacia el sonido. Raimundo estaba en la oscuridad así que levantó la pantalla de su computadora. El joven hizo una pausa, preguntándose evidentemente si la figura de la computadora era la persona que él deseaba ver. Raimundo se lo imaginaba inventando un cuento por si se topaba con un superior.

Raimundo le hizo señas y el joven se acercó. La credencial que llevaba decía "David Jasid".

—¿Puedo ver su marca? —susurró Jasid. Raimundo acercó su cara a la pantalla y se echó el pelo para atrás—. Como lo dijo el joven norteamericano, eso es tan bueno.

—¿Me andaba buscando? —preguntó Raimundo.

—Sólo quería conocerlo —dijo Jasid—. A propósito yo trabajo aquí en comunicaciones —Raimundo asintió—. Aunque no tenemos teléfonos en los dormitorios nuestros. tenemos enchufes de teléfonos.

—Yo no. No encontré.

—Están tapados con placas de acero inoxidable.

—Eso noté —dijo Raimundo.

—Capitán Steele, usted no tiene que correr el riesgo de que lo descubran aquí.

—Bueno es saber eso. No me sorprendería si supieran dónde estuve enla Red desde aquí.

—Pueden. Pueden detectarlo por las líneas de su cuarto, también pero, ¿qué van a encontrar?

—Estoy tratando de hallar lo que mi amigo, Zión Ben—Judá, está diciendo en estos momentos.

—Yo se lo puedo decir de memoria —dijo Jasid—. El es mi padre espiritual.

—El mío también.

—¿El lo guió a Cristo?

—Bueno, no —admitió Raimundo—. Ese fue su predecesor pero sigo viendo al rabino como mi pastor y mentor.

—Deje que le anote la dirección del boletín central donde encontré su mensaje para hoy. Es largo pero es tan bueno. El y un hermano descubrieron sus marcas ayer. Eso entusiasma tanto. ¿Sabía que probablemente yo sea uno de los 144.000 testigos?

—Bueno, eso sería justo, ¿no? —dijo Raimundo.

—No tolero la espera para conocer cuál es mi cometido. Me siento tan nuevo en esto, tan ignorante de la verdad. Conozco el evangelio pero parece que tengo que saber tanto más si voy a ser un evangelista atrevido, que predique como el apóstol Pablo.

—Todos somos nuevos en esto, David, si lo piensas bien.

—Pero yo soy más nuevo que la mayoría. Espere hasta que vea los mensajes en el boletín. Miles y miles de creyentes ya han respondido. No sé cómo el doctor Ben—Judá tiene tiempo para leerlos todos. Ellos le ruegan que vaya directamente a sus patrias y le enseñe y los entrene, personalmente. Yo daría todo lo que tengo por ese privilegio.

—Naturalmente, sabes que el doctor Ben—Judá es un fugitivo.

—Sí pero él cree que es uno de los

144.000 también. Está enseñando que estarnos sellados, al menos por un tiempo, y que las fuerzas del mal no pueden atacarnos.

—¿Realmente?

—Sí. Evidentemente esa protección no es para todos los que tienen la marca sino para el judío converso evangelista.

—En otras palabras, yo podría correr peligro pero tú no, al menos por un tiempo.

—Eso parece ser lo que enseña. Estaré anhelando oír su respuesta.

—No tolero la espera para conectarme.

Raimundo desenchufo su máquina y los dos se alejaron corredor abajo, susurrando. Raimundo supo que Jasid tenía sólo veintidós años de edad, graduado universitario que aspiraba al servicio militar en Polonia.

—Pero yo estaba tan enamorado de Carpatia que me presenté inmediatamente para servir en la Comunidad Global. No pasó mucho tiempo sin que descubriera la verdad en la Internet. Ahora estoy enrolado tras las líneas enemigas pero yo no lo planeé así.

Raimundo aconsejó al joven que era prudente no pronunciarse como tal hasta que fuera el momento propicio. —Será suficientemente peligroso para ti ser creyente pero servirás mucho a la causa en estos momentos si guardas silencio sobre esto, como lo hace el oficial McCullum.

Jasid tomó la mano de Raimundo con mucha fuerza apretando firme cuando estuvieron en la puerta del cuarto de Raimundo.

—Es bueno saber que no estoy solo ¿quiere ver mi marca?

—Seguro —Raimundo sonrió.

Jasid seguía estrechando la mano de Raimundo cuando, con su mano libre se echó para atrás el pelo.

—Con toda seguridad —dijo Raimundo—. Bienvenido a la familia.

———

Camilo encontró que el estacionamiento del hospital era parecido a lo que fue el del aeropuerto. El pavimento original se había hundido y una rotonda fue hecha con la tierra del frente pero la gente había hecho sus propios sitios de estacionamiento y el único lugar que Camilo pudo hallar quedaba a varios cientos de metros de la entrada. Dejó a Ken en el frente con su bolso y le dijo que esperara.

—Si prometes no volver a pegarme de nuevo en la cabeza —dijo Ken—, hombre, salir de ese vehículo es como ser parido.

Camilo estaciono en una línea irregular

de otros vehículos y tomó unos cuantos artículos de aseo de su propia bolsa. Mientras caminaba hacia el hospital se arregló la camisa, se cepillo la ropa, se peinó y se roció con un poco de desodorante. Cuando llegó cerca de la entrada, vio a Ken en el suelo, usando su bolsa como almohada. Se preguntó si haberlo presionado a servir había sido buena idea. Unas cuantas personas lo miraban fijo. Ken parecía estar en coma. *¡Oh no!* —pensó Camilo.

Se arrodillo al lado de Ken. —¿Te sientes bien? —susurró—. Déjame pararte.

Ken habló sin abrir los ojos. —¡Oh, muchacho! Camilo, hice algo majestuosamente estúpido.

—¿Qué?

—¿Te acuerdas cuando mediste el remedio? —las palabras de Ken eran enredadas—. Me los metí en la boca sin agua, ¿sí?

—Te ofrecí conseguirte algo para beber.

—No se trata de eso. Se suponía que tomara uno de un frasco y tres de otro cada cuatro horas. Me salté la última dosis así que tomé dos de uno y seis del otro.

—¿Si?

—Pero confundí los frascos.

—¿Qué son?

Ritz se encogió de hombros y su respiración se fue regularizando y profundizando.

No te quedes dormido Ken, tengo que meterte adentro.

Camilo buscó en el bolso de Ken y encontró los frascos. Las dosis mayores recomendadas eran para dolor localizado. El más pequeño parecía ser una mezcla de morfina, demerol y prozac. —¿Te tomaste seis de esto?

—¿Mmmmmmmmm?

—Vamos, Ken, párate. Ahora.

—Oh, Camilo, déjame dormir.

—No, de ninguna manera. Párate ahora que tenemos que ir.

Camilo no pensó que Ken peligrara o que hubiera que hacerle un lavado de estómago sino que si no lo metía dentro del hospital, sería un peso muerto e inservible. Peor, probablemente tendría que ser cargado.

Camilo levantó una de las manos de Ken y metió su cabeza debajo del brazo de Ken. Cuando trató de enderezarlo, Ken no cooperó y estaba demasiado pesado.

—Vamos, hombre, tienes que ayudarme.

Ken se limitó a mascullar.

Camilo sostuvo suavemente la cabeza de Ken y le sacó la bolsa desde abajo. —¡Vamos, vamos!

—Tú mmmmmmmmmmm.

Camilo temía que la cabeza de Ken fuera

el único lugar con sensaciones todavía y que pronto se anestesiara también. Antes que arriesgarse a contaminar la herida, Camilo buscó si había más inflamación fuera de la apertura. Debajo de donde había sido golpeado la línea de crecimiento del pelo era de color rojo intenso. Camilo abrió sus pies y se preparó, entonces presionó directamente sobre el punto. Ritz se paró de un salto como si hubiera sido disparado por un cañón. Osciló hacia Camilo, que lo esquivó, pasó un brazo por la espalda de Ken, agarró la bolsa con la otra mano y lo hizo caminar a la entrada.

Ken lucía y sonaba como el hombre herido y delirante que era. La gente se apartaba del paso.

Las cosas eran peores dentro del hospital. Era todo lo que Camilo podía hacer para mantener de pie a Ken. Las filas en el mostrador de la entrada eran de a cinco en fondo. Camilo arrastró a Ken a la sala de espera donde todos los asientos estaban ocupados y había varias personas de pie. Camilo buscó a alguien que pudiera ceder su asiento y, por último, una mujer robusta y de edad media se paró. Camilo se lo agradeció y puso a Ken en la silla. Este se enroscó hacia un costado, levantó sus piernas, puso sus manos en las rodillas y descanso en el hombro de un anciano que estaba a su lado. El hombre vio la herida, se alejo, luego se resignó evidentemente a servirle de almohada a Ken.

Camilo metió la bolsa de Ken debajo de la silla, se disculpó con el viejo y prometió regresar lo más pronto que pudiera. Cuando trató de pasar adelante, al escritorio de la recepcionista, la gente en las filas se lo reprocharon. Camilo dijo. —Lo lamento pero aquí tengo una emergencia.

—Todos la tenemos —gritó uno.

Se quedó en la fila por varios minutos, preocupándose más por Cloé que por Ken pues éste dormiría y eso se le pasaría. El único problema era que Camilo seguía detenido a menos que...

Camilo se salió de la fila y caminó de prisa a un baño público. Se lavó la cara, se mojó el pelo y lo peinó liso, y se aseguró de que su ropa se viera lo mejor posible. Sacó su credencial del bolsillo y se la prendió a la camisa, dándole vuelta para que quedaran ocultos su nombre y su retrato.

Sacó lo que quedaba de sus lentes del marco de sus gafas de sol rotas, pero los mareos lucían tan falsos que se los puso en el pelo. Se miró al espejo y afectó una expresión grave diciéndose: —Eres médico, un médico serio, con gran ego y pura acción.

Salió del baño como si supiera donde iba. Necesitaba una bata de médico. Los dos primeros médicos con que se cruzó eran demasiado viejos y maduros para su tamaño. Pero ahí venía un médico delgado y joven, que miraba con ojos muy abiertos y parecía fuera de lugar. Camilo le salió al paso.

—Doctor, ¿no le dije que fuera a ver ese trauma en urgencia dos?

El joven médico no sacaba el habla.

—¿Bien? —exigió Camilo.

—¡No, no! doctor, debe haber sido otra persona.

—Bien entonces, ¡escuche! Necesito un estetoscopio, estéril esta vez, un delantal grande recién lavado y la ficha de Mamá Pérez ¿entendió?

El interno cerró los ojos repitiendo:

—Estetoscopio, delantal, ficha.

Camilo siguió ladrando. —Estéril, grande, Mamá Pérez.

—Inmediatamente, doctor.

—Estaré en los ascensores.

—Sí, señor.

El interno se dio vuelta y se alejó. Camilo lo llamó. —¡Son para hoy, doctor! —el interno salió corriendo.

Camilo tenía que encontrar los ascensores. Se deslizó de vuelta a la recepción para encontrar que Ken seguía durmiendo en la misma posición, el viejo a su lado seguía luciendo tan intimidado como antes. Le preguntó a una señora latinoamericana si sabía dónde estaban los ascensores. Ella le mostró derecho por el pasillo. Mientras caminaba presuroso en esa dirección, vio a su interno detrás del mostrador, acosando a las recepcionistas.

—¡Limítese a hacerlo! —les decía.

Pocos minutos después el joven médico corría hacia él con todo lo que había pedido. Sostuvo abierto el delantal y Camilo se lo puso rápidamente, se colgó el estetoscopio del cuello y tomó la ficha.

—Gracias, doctor. ¿De dónde es usted?

—¡De aquí mismo! —dijo el interno—, de este hospital.

—Oh, bueno, muy bien entonces. Muy bien. Yo soy... —Camilo vacilo un segundo—, del Young Memorial. Gracias por su ayuda.

El interno pareció perplejo como si estuviera tratando de acordarse dónde estaba el Young Memorial. —Hasta la vista —dijo.

Camilo se alejó de los ascensores apurándose por entrar al baño. Se encerró en uno y abrió la ficha de Cloé. Las fotografías lo hicieron llorar. Puso el anotador en el suelo y se dobló sobre éste. "Dios —oró en silencio—, ¿cómo pudiste permitir que esto pasara?"

Apretó los dientes y tembló, forzándose a la calma. No quería que lo escucharan. Después de un minuto, abrió de nuevo la ficha. Mirándolo fijo desde las fotografías estaba la cara casi irreconocible de su joven esposa. Si ella había estado tan hinchada cuando la llevaron a Kenosha, ningún médico la hubiera reconocido por la fotografía que tenía Camilo.

Como se lo había dicho el médico de Kenosha, el lado derecho del cuerpo de ella había sido estrellado a toda fuerza con una sección del techo. Su piel pálida normalmente suave estaba ahora manchada de rojo y amarillo y cubierta de asfalto, brea y pedazos de tejas. Peor, su pie derecho lucía como si alguien se lo hubiera doblado. Un hueso estaba zafado de su articulación. Las magulladuras empezaban por fuera de la rodilla y seguían por toda la rodilla que lucía gravemente lesionada. Por la posición del cuerpo parecía que su cadera derecha había sido dislocada de su articulación. Moretones y golpes en la sección media de su cuerpo demostraban que tenía costillas rotas. Su codo estaba abierto y el hombro derecho estaba dislocado. La clavícula derecha presionaba contra la piel. El lado derecho de la cara parecía más liso y se veían lesiones de la mandíbula, dientes, mejilla y ojo. Su cara estaba tan deformada que le costaba mucho mirarla. El ojo estaba hinchado, enorme y cerrado. La única abrasión del lado izquierdo era como una mora, cerca de su cadera así que el médico había deducido, probablemente en forma correcta, que había sido levantada por un golpe tremendo en su lado derecho.

Camilo decidió que no iba a acobardarse cuando la viera en persona. Naturalmente que deseaba que sobreviviera pero ¿era eso lo óptimo para ella? ¿Podría comunicarse? ¿Lo reconocería? Hojeó el resto de la ficha, tratando de interpretar las notas escritas. Parecía que había escapado sin lesiones de sus órganos internos. Tenía varias fracturas incluyendo tres del pie, una del tobillo, la rodilla, el codo y dos costillas. Tenía dislocados la cadera y el hombro. También tenía fracturas de la mandíbula, mejilla y cráneo.

Camilo miro el resto con rapidez, buscando una palabra clave. Ahí estaba. Latido cardíaco fetal detectado. *¡Oh, Dios, sálvalos a los dos!*

Camilo no sabía sobre medicina pero los signos vitales de ella parecían buenos para alguien que había sufrido tamaño traumatismo, Aunque no había recuperado la conciencia en el momento en que se hizo ese informe, el pulso, la respiración, la presión sanguínea y hasta las ondas cerebrales eran normales.

Camilo miró la hora. El contingente de la CG estaba por llegar pronto. Necesitaba tiempo para pensar y recobrarse. No le serviría de nada a Cloé si se ponía medio loco. Memorizó lo más que pudo de la ficha, se fijó que ella estaba en la sala 335A, y se metió el anotador debajo del brazo. Salió del baño con las rodillas temblorosas pero afecto a caminar a zancadas firmes una vez que llegó al corredor. Mientras sopesaba sus opciones volvió a la recepción. El viejo se había ido. Ken Ritz ya no estaba inclinado sobre nadie pero su gigantesco cuerpo estaba enroscado en posición fetal como un niño muy grande, con la parte sana de su cabeza apoyada en el respaldo de la silla. Parecía como que pudiera dormir durante toda una semana.

Camilo tomó el ascensor al tercer piso para hacerse una idea de la disposición del lugar. Al abrirse las puertas algo le impactó. Abrió la ficha "335A". Ella estaba en una habitación doble. ¿Qué pasaba si él era el doctor del otro paciente? Aunque no estuviera en una lista de seguridad, tendrían que dejarle entrar, ¿no? Tendría que simular mucho pero entraría.

Había dos guardias uniformados de la CG, uno a cada lado de la puerta de entrada al 335. Uno era joven, el otro una mujer ligeramente mayor. Había dos tiras de venda adhesiva en la puerta con un letrero escrito con marcador negro. El de arriba decía, "A: Madre Pérez, visitas prohibidas", el otro decía, "B: A. Ashton".

Camilo se sentía débil por las ganas de ver a Cloé. Teniendo al reloj en contra, quería entrar ahí antes que llegaran los funcionarios de la CG. Pasó la habitación y al final del pasillo se dio vuelta dirigiéndose derecho, de vuelta, a la 335.

———

Raimundo no estaba preparado para lo que hallo en la Internet. Zión se había superado a sí mismo. Como dijera David Jasid, miles y miles habían respondido ya. Muchos ponían mensajes en el boletín identificándose como miembros de los 144.000. Raimundo revisó los mensajes por más de una hora, sin siquiera llegar cerca del final. Había cientos que testificaban haber recibido a Cristo después de leer el mensaje de Zión y los versículos de Romanos que señalaban su necesidad de Dios.

Era tarde y Raimundo tenía los ojos cansados. Había pensado estar no más de una hora en la Internet pero se había pasado ese tiempo y más, leyendo el mensaje de Zión titulado —La cosecha venidera de almas— que era un estudio fascinante de la profecía bíblica. Zión se había dado a entender en forma tan personal que no le sorprendía a Raimundo que hubiera miles que se consideraran como protegidos de él aunque nunca lo hubieran conocido. Sin embargo, eso iba a tener que cambiar a partir del aspecto del boletín. Ellos le pedían clamorosamente que fuera donde ellos pudieran conocerlo y ponerse bajo su tutela.

Zión contestaba los pedidos narrando su propia historia, la manera en que el Estado de Israel le había encargado, en su calidad de erudito bíblico, que estudiara las proclamas del venidero Mesías. Explicaba que cuando la Iglesia fue arrebatada, él había llegado a la conclusión de que Jesús de Nazaret cumplía cada atributo del Mesías profetizado en el Antiguo Testamento pero que no había recibido a Cristo como su propio Salvador sino hasta que el arrebatamiento lo había convencido del todo.

El guardó su fe para sí hasta que le pidieron que se presentara en la televisión internacional para revelar los resultados de su largo estudio. Le dejaba estupefacto que los judíos siguieran negándose a creer que Jesús era el que la Biblia proclamaba que era. Zión reveló su hallazgo al final del programa causando un tremendo clamor especialmente de los judíos ortodoxos. Su esposa y sus dos hijos, adolescentes, fueron asesinados más adelante y él escapo apenas. Contó a su auditorio de la Internet que ahora estaba oculto pero que "continuaría enseñando y proclamando que Jesucristo es el único nombre bajo el cielo que es dado a los hombres por medio del cual uno puede ser salvado".

Raimundo se obligó a permanecer despierto, repasando las enseñanzas de Zión. Un medidor de la pantalla mostraba la cantidad de respuestas del boletín, a medida que se iban sumando. Le parecía que el medidor funcionaba mal pues iba tan rápido que ni siquiera podía ver los números individuales. Hizo un muestreo con unas cuantas respuestas. No sólo muchos eran judíos convertidos que decían ser de los 144.000 testigos, sino que judíos y gentiles estaban también creyendo en/a Cristo. Había miles más que se animaban mutuamente para pedir a la Comunidad Global que protegiera y diera asilo a este gran sabio.

Raimundo sintió un cosquilleo por detrás de sus rodillas que le subía a la cabeza. Uno de los puntos de poder para Nicolás Carpatia era el tribunal de la opinión pública. Asesinar o matar "accidentalmente" a Zión Ben—Judá no era cosa que escapara de él, haciéndolo aparecer como si otras fuerzas hubieran obrado. Pero habiendo miles en todo el mundo que apelaban a Nicolás por Zión, él se vería forzado a demostrar que podía hacerlo. Raimundo deseaba que hubiera alguna forma en que también hiciera lo conecto por Patty Durán.

El mensaje principal de Zión para ese día se basaba en Apocalipsis 8 y 9. Esos capítulos apoyaban su comentario de que el terremoto, la predicha ira del Cordero, introducía el segundo período de veintiún meses de la tribulación.

Hay siete años u ochenta y cuatro meses en total. Así pues, mis queridos amigos, pueden ver que ahora hemos pasado una cuarta parte del camino. Desdichadamente, por malas que hayan sido las cosas, se van empeorando paulatinamente a medida que nos precipitamos derecho al final: la manifestación gloriosa de Cristo.

»¿Qué viene ahora? En Apocalipsis 8:5 un ángel toma un incensario, lo llena con fuego del altar de Dios y lo arroja a la Tierra. Eso produce ruidos, truenos, rayos y un terremoto.

»Ese mismo capítulo sigue diciendo que hay siete ángeles con siete trompetas que se están preparando para tocar. Ahí es donde estamos ahora. El primer ángel tocará en algún momento de los próximos veintiún meses, y se arrojará granizo y fuego mezclados con sangre a la Tierra. Esto quemará la tercera parte de los árboles y toda hierba verde.

»Después, viene el segundo ángel que toca la segunda trompeta, la Biblia dice que una gran montaña ardiendo con fuego será lanzada al mar. Esto convertirá en sangre a una tercera parte del agua, matará a una tercera parte de las criaturas vivas del mar y hundirá la tercera parte de las embarcaciones.

»El trompetazo del tercer ángel producirá la caída de una gran estrella del cielo, ardiendo como una tea. De alguna manera caerá en una amplia zona de suelo, y una tercera parte de los ríos y arroyos. La Escritura hasta le da un nombre a esta estrella. El libro del Apocalipsis la llama Ajenjo. Donde cayere, amargará el agua y la gente morirá por beberla.

»¿Cómo podría una persona pensante considerar todo lo que ha sucedido sin temer lo que viene? Si aún quedan incrédulos después del Juicio de la tercera trompeta, la cuarta debiera convencer a todos. Cualquiera que resista las advertencias de Dios en ese tiempo probablemente haya decidido servir al enemigo. El juicio de la cuarta trompeta es un golpe asestado al sol, la luna y las estrellas de modo que la tercera parta del sol, la tercera parte de la luna y la tercera parte de las estrellas se oscurecen. Nunca más volveremos a ver que la luz del sol brilla como antes. El día estival más brillante. Con el sol en el cenit del firmamento tendrá solamente dos tercios del brillo que tenía antes. ¿Cómo se explicará esto?

»En el medio de todo esto el escritor del Apocalipsis dice que miró y oyó a un ángel —volar por en medio del cielo— que iba diciendo en voz muy alta: —¡Ay, ay, ay, de los que moran en la tierra, a causa de los otros toques de trompeta que están para sonar los tres ángeles!

»En la próxima lección tratará esos tres últimos juicios de las trompetas, del segundo período de veintiún meses de la Tribulación. Sin embargo, mis queridos hermanos y hermanas en Cristo, también llega el triunfo. Permitan que les recuerde unos pocos pasajes selectos de las Escrituras que señalan que el resultado ya está determinado. ¡Ganamos! Pero en estos postreros días debemos contar la verdad y denunciar a las tinieblas llevando a Cristo a la mayor cantidad de gente que sea posible.

»Quiero mostrarle por qué creo que hay una gran cosecha venidera de almas pero, primeramente, consideremos estas declaraciones y promesas. Dios habla en el Antiguo Testamento en el libro de Joel 2:28—32 diciendo:

Y sucederá que después de esto, derramará mi Espíritu sobre toda carne; y vuestros hijos y vuestras hijas profetizarán, vuestros ancianos soñarán Sueños, vuestros jóvenes verán visiones.

Y aun sobre los siervos y las siervas derramará mi Espíritu en esos días.

Y haré prodigios en el cielo yen la tierra: sangre, juego y columnas de humo.

El sol se convertirá en tinieblas, y la luna en sangre, antes que vengo el día del Señor, grande y terrible.

Y sucederá que todo aquel que invoque el nombre del Señor será salvo: porque en el monte Sion y en Jerusalén habrá salvación, como ha dicho el Señor, y entre los sobrevivientes estarán los que el Señor llame.

¿No es esa una promesa maravillosa y muy bendecida? Apocalipsis 7 indica que los juicios de las trompetas que acabo de mencionar no sobrevendrán sino cuando los siervos de Dios hayan sido sellados en sus frentes Ya no será más una interrogante de quienes son los creyentes verdaderos. A los cuatro primeros ángeles, a quienes fue dado ejecutar los cuatro primeros juicios de las trompetas, se les mando que: —No dañen la tierra, el mar ni los árboles hasta que hayamos sellado en sus frentes a los siervos de Dios—. Así queda claro que este sellado viene primero. Justamente dentro de las últimas horas se me ha vuelto claro, a mi y otros hermanos y hermanas en Cristo que el sello de la frente del creyente verdadero ya es visible pero evidentemente sólo para otros creyentes. Esto fue un hallazgo emocionante y espero saber de parte de muchos de ustedes que se lo detectan unos a otros.

»La palabra siervos, del griego doulos, es la misma palabra que los apóstoles Pablo y Santiago usaban cuando se referían a ellos como los esclavos de Jesucristo. La función principal del siervo de Cristo es comunicar el evangelio de la gracia de Dios. Seremos inspirados por el hecho que podemos entender el libro del Apocalipsis, que fue dado por Dios, conforme al primer versículo del primer capitulo, para manifestar a sus siervos las cosas que deben suceder pronto. El tercer versículo dice, bienaventurado el que lee, y los que oyen las palabras de esta profecía, y guardan las cosas en ella escritas; porque el tiempo está cerca.

»Aunque vamos a pasar por una gran persecución nos podemos consolar con que podemos esperar hechos asombrosos durante la tribulación, los que están esbozados en Apocalipsis, el último libro revelado del plan de Dios para el hombre.

»Ahora, permitan que cite un versículo más de Apocalipsis 7, y terminaré diciendo por qué anticipo esta gran cosecha de almas.

Apocalipsis 7:9 cita a Juan, el revelador:

Después de esto miré, y vi una gran multitud, que nadie podía contar, de todas las naciones, tribus, pueblos y lenguas, de pie delante del trono y delante del Cordero, vestidos con vestiduras blancas y con palmas en las manos.

Apocalipsis 7:9 (subrayado mío)

»Estos son los santos de la tribulación. Ahora, síganme con cuidado. En un versículo posterior, Apocalipsis 9:16, el escrito cuantifica en doscientos millones al ejército de jinetes de una batalla. Si una cantidad tan enorme puede ser contada, ¿qué querrían decir las Escrituras cuando se refieren a los santos de la tribulación, ésos que van a Cristo durante este período, como una gran multitud que nadie podía contar (énfasis mío)?

»¿Entienden por qué creo que estamos justificados al creer a Dios que habrá conversión de mas de mil millones de almas en este período? Oremos por esa gran cosecha. Todos los que dicen que Cristo es su Redentor, pueden participar en ésta, la tarea más grande que jamás se le haya asignado a la humanidad. Espero volver a comunicarme pronto con ustedes.

Con amor, en el impecable nombre del Señor Jesucristo, nuestro Salvador.

Zión Ben-Judá.

Raimundo apenas lograba mantener abiertos los ojos pero le emocionaba mucho el entusiasmo ilimitado de Zión y su profunda enseñanza conceptual. Volvió al boletín y pestañeó. La cantidad que había en la parte de arriba de la pantalla lindaba en las decenas de miles y seguía subiendo. Raimundo quería sumarse a la avalancha pero estaba agotado.

Nicolás Carpatia se había dirigido al mundo por radio y televisión. Sin duda que la reacción sería monumental pero ¿rivalizaría con la reacción a este rabino converso que se comunicaba desde el exilio con una familia nueva que crecía sin cesar?

Camilo se recordó que, por el momento, no era sólo un doctor sino también un maniático egoísta. Entró a la habitación 335 sin siquiera saludar con un meneo de cabeza a los guardias de la Comunidad Global. Al abrir la puerta ellos se interpusieron en su camino.

—¡Discúlpenme! —exclamó disgustado—, la alarma de la señorita Ashton sonó así que me van a dejar entrar, a menos que ustedes deseen responsabilizase por la muerte de mi paciente.

Los guardias se miraron uno al otro, desconcertados. La mujer estiró la mano para mirar la credencial de Camilo. El le empujó la mano y entró a la habitación, cerrando con llave la puerta. Vaciló antes de dar la vuelta, preparado para responder si empezaban a golpear. No golpearon.

Los vendajes ocultaban a las dos pacientes. Camilo retiró el primero para revelar aso esposa. Contuvo el aliento mientras sus ojos viajaban por la sábana, de pies a cabeza. Sentía como si su corazón se fuera a romper literalmente. La pobre y dulce Cloé no tenía idea de en qué se metía cuando consintió en casarse con él. Se mordió fuerte el labio. No era momento para emocionarse. Agradecía que ella pareciera estar durmiendo tranquilamente. Su brazo derecho estaba enyesado desde la muñeca al hombro. Su brazo izquierdo estaba inmóvil, a un costado, con una aguja inserta en la vena del dorso de la mano.

Camilo puso el anotador en la cama y metió su mano debajo de la de ella. La piel suave como de bebé que él quería tanto le hizo anhelar tomarla en sus brazos, calmarla, quitarle el dolor. Se inclinó y rozó los dedos de ella con sus labios, con lágrimas que caían entremedio. Saltó cuando sintió un apretón débil y la miró. Ella lo contemplaba fijamente.

—¡Estoy aquí! —susurró desesperado. Se acercó donde pudiera acariciarle la mejilla—. Cloé, amada, soy Camilo.

Se inclinó acercándose. La mirada de ella lo siguió. Se obligó a no mirar su lado derecho destrozado. Ella era su esposa dulce e inocente por un lado, y un monstruo por el otro. Le volvió a tomar la mano.

—¿Puedes oírme? Cloé, apriétame la mano de nuevo.

No hubo respuesta.

Camilo se apresuró a ponerse al otro lado, y abrió la cortina para mirar la otra cama. La señorita A. Ashton estaba al final de sus cincuenta años y demostraba estar en coma. Camilo volvió, tomó su anotador y contemplo la cara de Cloé. Su mirada lo seguía aún. ¿Podría oír? ¿Estaba consciente?

Abrió la puerta y salió rápidamente al pasillo. —Por el momento está fuera de peligro —dijo— pero tenemos un problema. ¿Quién les dijo que la señorita Ashton estaba en la cama B?

—Disculpe doctor —dijo la guardiana—, pero no tenemos nada que ver con los pacientes. Nuestra responsabilidad es la puerta.

—Así pues, ¿no son los responsables de esta confusión?

—En absoluto —dijo la mujer.

Camilo quitó las cintas adhesivas de la puerta y les dio vuelta. —Señora, ¿puede manejar este puesto sola mientras este joven va a buscarme un marcador?

—Por cierto, señor. Carlos, anda a traerle un marcador.

Trece

Camilo se deslizó de vuelta en la habitación de Cloé, desesperado por hacerle saber que él estaba ahí y que ella estaba a salvo.

Casi le resultaba imposible mirar su cara amoratada con el ojo tan hinchado. Le tomó dulcemente la mano y se inclinó acercándose.

—Cloé, aquí estoy, y no dejaré que te pase nada pero necesito que me ayudes. Apriétame la mano. Pestañea. Hazme saber que estás conmigo.

Sin respuesta. Camilo puso su mejilla en la almohada, con sus labios a pocos centímetros de la oreja de ella, y oró: "oh, Dios, ¿por qué no pudiste dejar que esto me pasara a mí? ¿Por qué ella? ¡Dios, ayúdame a sacarla de aquí, por favor!"

La mano de ella parecía una pluma, y ella se veía tan frágil como un recién nacido. Qué contraste con la mujer fuerte que él había amado y llegado a conocer. Ella no era temeraria solamente sino que también era inteligente. Cuánto deseaba que ella estuviera del lado suyo, como aliada en esto.

La respiración de Cloé se aceleró y Camilo abrió los ojos al deslizarse una lágrima por la oreja de ella. El la miró directo a la cara. Ella estaba pestañeando furiosamente y él se preguntó si estaba tratando de comunicarse.

—Estoy aquí—dijo una y otra vez—, Cloé, soy Camilo.

El guardia de la CG llevaba mucho tiempo ausente. Camilo rogó que estuviera afuera esperando, con el marcador pero demasiado intimidado como para golpear. De lo contrario, quién sabía a quien pudiera traer consigo y que pudiera aplastar cualquier oportunidad que Camilo tuviera para proteger a Cloé.

Él habló rápidamente: —Amada, no sé si puedes oírme pero trata de concentrarte. Yo cambié tu nombre por el de la mujer de la otra cama. Se llama Ashton, y yo finjo ser tu médico, ¿está claro? ¿Puedes entender eso?

Camilo esperó con esperanza y, por fin, un pestañeo.

—Yo te conseguí esos —susurró ella,

—¿Qué? Cloé, ¿qué? Soy yo, Camilo. ¿Tú me conseguiste qué?

Ella pasó la lengua por sus labios y tragó. —Yo te conseguí esos, y tú los rompistes.

El entendió que ella deliraba. Esto era tonterías. Movió su cabeza sonriéndole.

—Chica, quédate conmigo y algo haremos.

—Doctor Macho —carraspeó ella intentando una sonrisa torcida.

—¡Sí, ¡Cloé! Me reconoces.

Ella entrecerró los ojos y, ahora, pestañeó lentamente como esforzándose por permanecer despierta. —Debieras cuidar mejor los regalos.

—Dulzura, no sé qué dices y tampoco estoy seguro que tú lo sepas pero lamento lo que hice, haya sido lo que fuere.

Por primera vez ella se dio vuelta para ponerse de frente a él.

—Doctor Macho, quebraste tus anteojos.

Camilo tocó, por reflejo, los marcos que tenía afirmados en la cabeza. —Sí, Cloé, escúchame. Yo estoy tratando de protegerte. Cambié los nombres de la puerta, tú eres...

—Ashton —pudo decir ella.

—Sí, y la inicial de tu nombre es A. ¿Cuál será un buen nombre con A?

—Anita —dijo ella—, yo soy Anita Ashton.

—Perfecto, y ¿quién soy yo?

Ella frunció los labios y empezó a formar una C pero la cambió, diciendo, "mi doctor".

Camilo se dio vuelta para ver si el guardia había traído el marcador.

—Doctor, los brazaletes —dijo Cloé.

¡Ella pensaba! ¿Cómo pudo él olvidarse que alguien podía verificar fácilmente los brazaletes de identificación del hospital?

Él abrió el de ella, cuidando de no mover la canalización intravenosa. Se deslizó detrás de la cortina de la cama de A. Ashton que parecía seguir durmiendo profundamente. Le sacó cuidadosamente el brazalete, fijándose que ella ni siquiera parecía estar respirando. Acercó su oído a la nariz de la mujer pero no escuchó ni percibió nada. No pudo encontrar el pulso. Cambió los brazaletes.

Camilo sabía que esto sólo servía para darle tiempo y que no pasaría mucho rato antes que alguien descubriera que esta mujer muerta, ya pasada de la menopausia, no era una embarazada de veintidós años de edad pero, por ahora, ella era la Madre Pérez.

Cuando Camilo salió de ahí, los guardias estaban hablando con un médico de mayor edad. El guardia que tenía el marcador negro en la mano decía:

—...No estábamos seguros de qué hacer.

El médico, alto, con anteojos y canoso, llevaba tres fichas; le hizo una mueca a Camilo.

Camilo echó una mirada al nombre bordado en el bolsillo delantero del médico exclamando feliz: —¡Doctor Lloyd! mientras extendía la mano.

El médico se la estrechó renuente.

—¿Yo lo...?

—Vaya, no lo he visto desde ese, eh, ese...

—¿El simposio?

—¡Correcto! Aquel en...

—¿Bemidji?

—Sí, usted estuvo brillante.

El médico pareció agitarse, como si tratara de recordar a Camilo pero el elogio no se había perdido en él. —Bueno, yo...

—Y uno de sus muchachos estaba haciendo algo, ¿qué era?

—Oh, puede que haya mencionado a mi hijo, que acababa de entrar a su internado.

—¡Correcto! ¿Cómo le está yendo?

—¡Maravillosamente! Estamos muy orgullosos de él. Ahora, doctor..

Camilo interrumpió. —Apuesto que sí lo están, escuche —dijo sacando del bolsillo los frascos de pastillas de Ken Ritz—, me pregunto si pudiera asesorarme...

—Por cierto que trataré.

—Gracias, doctor Lloyd.

Levantó el frasco del sedante. —Yo le receté esto a un enfermo que tenía una herida grave de la cabeza y éste, sin darse cuenta, se pasó de la dosis, ¿Cuál es el mejor antídoto?

El doctor Lloyd estudió el frasco. —Eso no es tan grave. Tendrá mucho sueño durante unas cuantas horas pero eso se pasará. Traumatismo encefálico, ¿dijo?

—Sí, por eso preferiría que no durmiera,

—Naturalmente. Usted puede contrarrestar esto, con toda seguridad, con una inyección de Bencedrina.

—Como no pertenezco a la planta de aquí—dijo Camilo—, no puedo sacar nada de la farmacia...

El doctor Lloyd le garrapateo una receta. —Si me perdona, ¿doctor...?

—Cameron —dio Camilo sin pensar.

—Naturalmente, doctor Cameron, fue grandioso volver a verlo.

—También a usted, doctor Lloyd, y gracias.

Camilo tomó el marcador del pesaroso guardia y cambió las tiras con los nombres que estaban pegadas en la puerta, de B a A y de A a B.

—Volveré pronto, muchacho —dijo, devolviendo el marcador con un golpecito en la palma de la mano del guardia.

Camilo iba caminando rápido fingiendo que sabía para dónde iba pero mirando los directorios y los carteles de guía mientras caminaba la receta del doctor Lloyd fue como oro para la farmacia y, pronto estuvo de regreso en la entrada, buscando a Ken Ritz. De paso se apropió de una silla de ruedas.

Halló roncando a Ken doblado hacia delante, con los codos en sus rodillas, el mentón apoyado en las manos. Agradecido por su preparación para inyectarle insulina a su madre, Camilo abrió diestramente el paquete, levantó la manga de Ken sin despertarlo, limpió la zona y con sus dientes le cortó la tapa a la aguja hipodérmica. Al meter la punta en el bíceps de Ken, la tapa se le salió de la boca repiqueteando al caer al suelo, Alguien masculló: —¿No debiera tener guantes puestos?

Camilo encontró la tapa, la volvió a poner y se metió todo en el bolsillo, De frente a Ken le metió las muñecas en los grandes sobacos del hombre y lo levantó de la silla. Lo hizo girar en 45 grados y lo depositó en la silla de ruedas, habiéndose olvidado de ponerle el freno. Cuando Ken tocó la silla, ésta empezó a rodar para atrás, y Camilo no tuvo la fuerza para sacar sus manos. Medio sentado sobre las largas piernas de Ken, con su cara en el pecho de éste, Camilo cruzó a los tropezones toda la sala de espera mientras los espectadores se apresuraban a quitarse de su camino. Al cobrar velocidad la silla, la única opción de Camilo fue arrastrar los pies. Terminó echado sobre el tremendo piloto, que se despertó brevemente y dijo fuerte: —¡Charlie Bravo Alfa a la base!

Camilo se soltó, bajó los apoyapies de la silla y levantó las rodillas de Ritz para ponerle los pies donde correspondía. Entonces, se fueron a buscar una camilla con ruedas. Su esperanza era que Ritz reaccionara rápidamente a la Bencedrina para que pudiera ayudarle a llevar a la morgue el cadáver de la señorita Ashton, con el brazalete de la Madre Pérez. Si lograba convencer transitoriamente a la delegación de la Comunidad Global de que su rehén potencial había fallecido, podría tener más tiempo.

Al rodar hacia los ascensores, los brazos de Ken colgaban aleteando fuera de la silla y actuaban como frenos de las ruedas. Camilo los tomaba y los volvía a meter dentro de la silla, sólo para darse cuenta que estaba metiéndose en el tráfico del hospital. Finalmente, Camilo aseguró los brazos de Ken cuando entraron, retrocediendo, en un ascensor, pero Ritz eligió ese momento para dejar que su barbilla cayera sobre su pecho, exponiendo la herida del cuero cabelludo a todos los que estaban en el ascensor.

Cuando pareció que Ritz comenzaba a salir de su niebla, Camilo pudo sacarlo de la silla y ponerlo en la camilla que había escondido. Sin embargo, la subida brusca mareó a Ken. Se dejó caer de espaldas y su cabeza herida rozó la sábana, y gritó como un borracho: —¡Está bien! ¡Está bien!

Se dio vuelta para un costado, y Camilo lo tapó hasta el cuello, luego lo llevó rodando cerca de la pared, donde esperó que se despertara totalmente. Dos veces Ken se sentó espontáneamente al pasar mucha gente por el lado de ellos, mirando a su alrededor y volviéndose a recostar.

Cuando finalmente volvió en sí y pudo sentarse y luego ponerse de pie sin mareos, seguía desorientado. —Hombre, qué bien dormí, podría seguir durmiendo más así.

Camilo le explicó que él quería buscarle una bata de enfermero para que desempeñara el papel de un ayudante del doctor Cameron. Camilo repasó varias veces la idea hasta que Ken lo convenció de que estaba despierto y que entendía. Camilo le dijo:

—Espera aquí.

Cerca de un pabellón de cirugía vio a un médico que colgaba su bata en una percha antes de irse para el otro lado. Parecía limpia así que Camilo la tomó para llevársela a Ken pero éste no estaba.

Camilo lo halló en el ascensor. —¿Qué estás haciendo?

—Tengo que recuperar mi bolsa. La dejamos fuera.

—Está debajo de una silla en la sala de espera. La buscaremos después. Ahora, ponte esto.

Las mangas le quedaron cortas, como por 10 centímetros. Ken lucía como el último que alquiló ropa en una tienda de disfraces.

Empujando la camilla, se apuraron para llegar a la sala 335, tanto como Ken podía apurarse. La mujer de guardia dijo:

—Doctor, acabamos de recibir una llamada de nuestros superiores que nos dijeron que viene una delegación desde el aeropuerto, y...

—Lo siento, señora —dijo Camilo—, pero la paciente que ustedes vigilan se murió.

—¿Se murió? —dijo la mujer—. Bueno, seguro que no fue por nuestra culpa. Nosotros...

—Nadie dice que es culpa de ustedes. Ahora, tengo que llevar el cadáver a la morgue. Puede decirle a la delegación o a quien sea dónde buscarla.

—Entonces no tenemos que quedarnos aquí, ¿no?

—Por supuesto que no. Gracias por sus servicios.

Al entrar Ken y Camilo a la sala, el guardia vio la cabeza de Ken: —Hombre, ¿eres un enfermero o un enfermo?

Ken se dio vuelta bruscamente. —¿Discriminas contra los minusválidos?

—No, señor, lo lamento, sólo que...

—¡Todos necesitamos un trabajo! —dijo Ken.

Cloé trató de sonreír cuando vio a Ken, al cual había conocido en Palwaukee después del vuelo de Camilo y Zión desde Egipto. Camilo miró intencionadamente a Ritz.

—Esta es Anita Ashton —dijo—, yo soy su médico.

—Doctor Macho —dijo quedamente Cloé—. Quebró sus anteojos.

Ritz sonrió. —Parece que estuviéramos tomando el mismo remedio.

Camilo tapó la cabeza de la muerta con la sábana, movió rodando la cama y puso ahí la camilla. Llevó la cama hasta la puerta y le pidió a Ken que se quedara con Cloé, —por si acaso.

—¿Por si acaso qué?

—En el caso que aparezcan esos tipos de la CG.

—¿Tengo que jugar al doctor?

—Por así decirlo. Si podemos convencerlos de que la mujer que quieren está en la morgue, podemos tener tiempo para esconder a Cloé.

—¿No querrás atarla en la parte de arriba de nuestro automóvil alquilado?

Camilo empujó la cama por el corredor hasta llegar a los ascensores cuando salían cuatro personas, tres de ellas eran varones, vestidos con trajes oscuros de empresarios. Las credenciales los identificaban como funcionarios de la Comunidad Global. Uno dijo: —De nuevo, ¿qué andamos buscando?

—La 335 —dijo otro.

Camilo desvió su rostro pues no sabía si se había hecho circular una fotografía suya. En cuanto entró la cama al ascensor, un médico apretó el botón de parada de emergencia. Había unas seis personas en el ascensor con Camilo y el cadáver.

—Damas y caballeros, lo siento pero, por favor, un momento —dijo el médico.

Susurró en el oído a Camilo. —Usted no es un residente de aquí, ¿no?

—No.

—Hay una estricta reglamentación sobre el traslado de cadáveres en los ascensores que no sean los de servicio.

—No sabía.

El médico se volvió a la demás personas: —Lo siento pero van a tener que usar el otro ascensor.

—Felices —dijo alguien.

El médico volvió a activar el ascensor y todos los demás salieron. El apretó el botón del subterráneo. —¿Primera vez en este hospital?

—Sí.

—A la izquierda y hasta el fondo.

En la morgue Camilo pensó en dejar el cadáver al lado fuera de la puerta esperando que fuera mal identificado transitoriamente como la Madre Pérez, pero lo vio un hombre que estaba detrás del escritorio y le dijo: —No se supone que traiga para acá la cama. No nos podemos responsabilizar por eso. Va a tener que llevársela de vuelta con usted.

—Estoy muy apurado.

—Eso es problema suyo. No nos responsabilizamos por una cama de sala dejada aquí abajo.

Dos ordenanzas levantaron el cadáver, lo pusieron en una camilla con ruedas y el hombre dijo: —¿Papeles?

—¿Cómo dice?

—¡Papeles! Certificado de muerte. La firma del médico del cambio y fuera.

Camilo dijo: —El brazalete dice Madre Pérez. Me dijeron que la trajera para acá. Eso es todo lo que sé.

—¿Quién es su médico?

—No tengo idea.

—¿Qué sala?

—335.

—Vamos a mirar. Ahora saque esta cama de aquí.

Camilo se apresuró en regresar al ascensor, rogando que la bufonada hubiera funcionado y que el contingente de la CG estuviera camino a la morgue para asegurarse de Madre Pérez. Sin embargo, no se cruzó con ellos en el camino de vuelta.

Estaba casi en la sala 335 cuando ellos aparecieron. El miró para otro lado y siguió caminando.

Uno dijo. —De todos modos ¿dónde está Carlos?

La mujer dijo —Debiéramos haber esperado. Estaba estacionando el automóvil. ¿Cómo se supone que él nos encuentre ahora?

—No puede estar muy lejos. Cuando llegue aquí, iremos al fondo de este asunto.

Cuando se perdieron de vista Camilo empujó la cama metiéndola de nuevo en la 335. —Soy yo—dijo cuando pasó por la cortina de Cloé. La encontró aun más pálida y ahora, temblando. Ken estaba al lado de la cama, con las manos ligeramente apoyadas sobre su cabeza.

—¿Tienes frío mi amor? —preguntó Camilo. Ella dijo que no con la cabeza. Su descoloración había aumentado. Las horribles estrías causadas por la hemorragia subcutánea casi llegaban a su sien.

Ritz dijo. —Ella está un poco en *shock*, esto es todo. Yo también, aunque me merezco el premio Oscar.

—Doctor Aeroplano —dijo Cloé, y Ritz se rió.

—Eso es lo que ella decía. Eso es todo lo que pudieron sacarle, salvo su nombre.

—Anita Ashton —susurró ella.

—Hay algo horriblemente malo en la cabeza de esos tipos. Entraron quejándose, especialmente la mujer, por no tener guardias asignados como ellos lo habían solicitado. "No pedimos" —dijo Ken imitando la voz de la mujer—. "Fue una ordenanza".

Cloé asintió.

Ken siguió. —Ellos pasaron rápido, ataron el final de nuestra cortina, comentaron que ella estuviera en la cama B, muy orgullosos de ellos mismos porque podían leer una tira adhesiva puesta en la puerta. Yo dije fuerte, "dos visitas por vez, por favor, y agradezco que se queden poco tiempo. Aquí tengo un paciente tóxico". Quise decir "infeccioso" pero significa lo mismo, ¿no?

»Naturalmente ellos se dieron cuenta de inmediato que había una camilla vacía allá. Uno de los tipos metió su cabeza aquí y yo me puse en puntillas, estilo médico, y dije, "si no quiere contagiarse una fiebre tifoidea, mejor es que saque su cabeza de aquí".

—¿Fiebre tifoidea?

—Me pareció bien, y funcionó bien.

—¿Eso los asustó y se fueron?

—Bueno, casi. El cerró la cortina y dijo desde atrás de ella, "doctor, ¿podemos conversar en privado, por favor?" Yo contesté, "no puedo dejar a la paciente y tengo que lavarme muy escrupulosamente antes de hablar con alguien. Yo estoy vacunado pero puedo ser portador de la enfermedad".

Camilo arqueó las cejas. —¿Se tragaron eso?

Cloé meneó la cabeza, luciendo divertida.

Ken dijo. —Oye, yo fui bueno. Me preguntaron quién era mi paciente. Pudiera haberles dicho Anita Ashton pero pensé que era más realista si me mostraba ofendido por la pregunta. Dije, "su nombre no es tan importante como su pronóstico. De todos modos, su nombre está en la puerta" oí que ellos se susurraban y uno dijo, "¿está consciente?" dije, "si usted no es médico, eso no le interesa".

La mujer dijo algo de traer a un médico que aún no los había alcanzado y le dije, "puede preguntarme lo que desee saber".

»Uno de ellos dijo, "sabemos lo que dice la puerta pero nos, dijeron que la Madre Pérez estaba en esa cama". Dije, "no me voy a quedar aquí discutiendo. Mi paciente no es la Madre Pérez".

»Uno de los muchachos dijo, "le importa si le preguntamos *a ella* cómo se llama?". Yo dije, "fíjense que sí, me importa. Ella tiene que concentrarse en su mejoría". El tipo dice, "señora, si puede oírme, dígame cómo se llama".

»Le hice señas a Cloé para que se lo dijera pero pateaba como loco detrás de la cortina. Ella vaciló por no tener la seguridad de qué estaba haciendo yo, pero finalmente dice. actuando como muy debilitada, "Anita Ashton".

Cloé levantó la mano. –No actúe; ¿porqué me pusieron Madre Pérez?

—¿No sabes? —dijo Camilo, tomándole la mano.

Ella negó con la cabeza.

—Deja que termine mi cuento —dijo Ritz—, pienso que ellos regresarán. Abrí de par en par esa cortina y los miré fijamente de arriba abajo. No creo que esperaban que yo fuera tan grande, y pregunté "¿satisfechos? Ahora la pusieron nerviosa a ella y a mí también". La mujer dice, "excúsenos doctor, ah..." y Cloé dice "doctor Aeroplano". Tuve que morderme la lengua. Dije, "el remedio le está haciendo efecto" lo cual era así. Dije, "yo soy el doctor Lalaine pero mejor que no nos demos la mano, tomando en cuenta las cosas".

»El resto de ellos se arremolinaron en torno a la puerta y la mujer atisba por entremedio de la cortina, y dice, "¿Tiene idea qué le pasó a la Madre Pérez? le dije "de esta habitación se llevaron una paciente para la morgue".

»Ella dice, "realmente?" con un tono que me dice que no cree esto para nada. Luego dice, "qué causó las heridas de *esta* joven señora? ¿la tifoidea?" Realmente sarcástica. Yo no estaba listo para eso y mientras trato de pensar una respuesta médica inteligente, ella dice, "voy a hacer que nuestro médico la examine".

»Le digo, "no sé cómo lo harán allá de donde viene usted, pero en este hospital únicamente el médico que atiende o el paciente pueden solicitar una segunda opinión". Bueno, aunque esta mujer era como 33 centímetros más baja que yo, de alguna manera me mira con desdén de arriba abajo. Dice, "Somos de la Comunidad Global, y estamos aquí por órdenes de Su Excelencia, así que prepárese para ceder terreno".

»Digo, "Quién es Su Excelencia?" Ella

dice, "¿Dónde ha estado metido usted, debajo de una roca?" Bueno, no podía decirle que eso era casi ajustado a la realidad y que como yo casi había estado en coma por los sedantes, no estaba muy seguro de dónde estaba ahora, así que dije, "sirviendo a la humanidad, tratando de salvar vidas, señora". Ella resopló y se fue un par de minutos después entraste tú. Ya estás al día.

—¿Y ellos traen un médico? —dijo Camilo—. Estupendo. Mejor que la escondamos en alguna parte y veamos si podemos perderla en el sistema.

—Contéstame... —susurró Cloé.

—¿Que?

—Camilo, ¿estoy embarazada?

—Sí.

—¿Está bien el bebé?

—Sí, hasta ahora.

—¿Y yo, cómo estoy?

—Estás bien golpeada pero no corres peligro.

—Casi se fue la fiebre tifoidea —dijo Ritz.

Cloé frunció el ceño y te reprendió:

—¡Doctor Aeroplano! Yo tengo que mejorarme rápido Camilo ¿qué quiere esa gente?

—Eso es un cuento largo. Básicamente quieren cambiarte por Zión o Patty o ambos.

No —dijo ella con su voz más firme.

No te preocupes pero es mejor que nos vayamos. No vamos a engañar a un médico de verdad por mucho tiempo pese al maestro actor aquí presente.

—Ese es el doctor Aeroplano para ti

—dijo Ken.

Camilo oyó que había gente en la puerta. Se tiró al suelo y gateó metiéndose entre dos cortinas, apretujándose en la zona ya llena con la cama y la camilla. —Doctor Lalaine —dijo uno de los hombres—, este es nuestro medico, de Kenosha. Le agradeceremos si permite que examine a esta paciente.

—No entiendo —dijo Ritz.

—Claro que no —dijo el médico—, pero ayer yo ayudé a tratar a una paciente sin identificar que encaja en la descripción y por eso me invitaron aquí.

Camilo cerró los ojos. La voz sonaba conocida. Si era el último médico con que había hablado en Kenosha, el que había fotografiado a Cloé, se había acabado toda esperanza. Aunque Camilo los sorprendiera y apareciera danzando, no había forma en que pudiera sacar a Cloé de ese lugar.

Ritz dijo. —Ya le dije a esta gente quién es esta paciente.

—Y ya comprobamos que su historia es falsa, doctor —dijo la mujer—. Preguntamos por la Madre Pérez en la morgue y no se tardó mucho en determinar que ésa era la verdadera señora Ashton

Camilo oyó que abrían un sobre y sacaban algo. —Mire estas fotografías —dijo la mujer—, puede que no luzca igual, pero se parece mucho. Pienso que es ella.

El médico dijo. —Hay una manera de asegurarse. Mi paciente tenía tres pequeñas cicatrices en la rodilla izquierda como resultado de una cirugía artroscópica que le hicieron cuando era adolescente y, también, una cicatriz de la apendicectomía.

Camilo estaba que reventaba. Nada de eso era cierto en Cloé ¿Qué estaba pasando?

Camilo oyó el crujido rumoroso de frazadas, sábanas y camisón. —Mire, en realidad, esto no me sorprende —decía el médico—. Pensé que la cara era un poco más redonda y las magulladuras están más diseminadas en esta niña.

—Bueno —dijo la mujer—, aunque si ésta no es la que andamos buscando, no es Anita Ashton y, por cierto, que no tiene fiebre tifoidea.

Ken dijo. —Nadie tiene fiebre tifoidea en este hospital. Yo digo eso para impedir que la gente meta su nariz en las cosas de mis pacientes.

—Quiero presentar acusaciones formales

contra este hombre —dijo la mujer—. ¿Por qué no sabía el nombre de su propia paciente?

—Hay demasiados pacientes aquí —dijo Ken—. De todos modos, me dijeron que ésta era Anita Ashton. Eso es lo que dice en la puerta.

—Hablaré con el jefe de personal sobre este doctor Lalaine —dijo el médico—. Le sugiero al resto de ustedes que revisen nuevamente las admisiones en busca de la Madre Pérez.

—¿Doctor? —dijo Cloé con una vocecita mínima—, Usted tiene algo en su frente.

—¿Sí? —dijo él.

—No veo nada —dijo la mujer—. Esta niña está dopada.

—No, no lo estoy —dijo Cloé—. Usted tiene algo ahí, doctor.

—Bueno —dijo él, agradable pero terminantemente—, probablemente usted también tenga algo en su frente una vez que se mejore.

—Vamos —dijo uno de los hombres.

—Yo los alcanzaré después que hable con el jefe de personal —dijo el médico.

Los otros se fueron. Tan pronto como se cerró la puerta, el médico dijo. —Yo sé quién es *ella*. ¿Quiénes son *ustedes*?

—Yo soy el doctor...

—Ambos sabemos que usted no es médico.

—Sí, lo es —balbuceó Cloé—. El es el doctor Aeroplano.

Camilo salió de atrás de la cortina.

—Doctor Floid, éste es mi piloto, Ken Ritz. ¿Antes ha sido usted la respuesta de oración?

—No fue fácil lograr que me asignaran a esto —dijo Carlos Floid—, pero pensé que podría resultar útil.

—No sé cómo podré agradecerle alguna vez —dijo Camilo.

—Manténgase en contacto —dijo el médico—, puede que lo necesite alguna vez. Sugiero que traslademos fuera de aquí a su esposa. Ellos vendrán a examinar la cosa más de cerca cuando no encuentren a la Madre Pérez.

—¿Puede arreglar transporte al aeropuerto y todo lo que necesitaremos para atenderla? —preguntó Camilo.

—Sí, en cuanto haga suspender la licencia médica del doctor Aeroplano.

Ken se sacó la bata de médico diciendo: —Ya estoy harto de todo este doctoreo. Voy a volver a jinetear el cielo.

—¿Seré capaz de cuidarla en casa? pregunto Camilo.

—Ella tendrá mucho dolor por un tiempo largo, y puede que nunca vuelva a sentirse como antes pero aquí no hay nada que amenace la vida. El bebé también está bien, por lo que sabemos.

Cloé dijo. —Yo no lo supe hasta hoy. Sospechaba pero no sabía.

—Casi me delató con ese comentario de la frente —dijo el doctor Floid.

—Sí —agregó Ken—. ¿De qué se trata todo eso?

—Se los diré a los dos en el avión —dijo Camilo.

Nicolás Carpatia y León Fortunato se reunieron con Raimundo a primera hora de la mañana del jueves en Nueva Babilonia.

—Hemos informado su itinerario a los dignatarios —dijo Carpatia—. Ellos han dispuesto acomodaciones apropiadas para el Comandante Supremo pero usted y su primer oficial deberán hacer sus propios arreglos.

Raimundo asintió. Esta reunión era innecesaria como tantas otras.

Carpatia agregó. —Ahora una nota personal. Aunque entiendo su posición, se ha decidido no dragar del río Tigris a los restos del zozobrado vuelo PanCon. Lo lamento pero se confirmó que su esposa estaba a bordo. Consideramos que ese es su lugar definitivo de descanso, junto con los demás pasajeros.

En su interior Raimundo creía que Carpatia mentía. Amanda estaba viva y, por cierto, que no era traidora de la causa de Cristo. El y Max tenían que recibir el equipo de buceo y, pese a que no tenía idea de dónde *estaba* Amanda, empezaría por probar que no estaba a bordo de ese 747 hundido.

Dos horas antes de la hora del vuelo del viernes, Max le dijo a Raimundo que él había reemplazado el avión de ala fija de la bodega.

—Ya llevamos el helicóptero así que esa cosita de dos motores sobra. Lo remplacé con el Challenger 3.

—¿Dónde encontraste eso?

El Challenger era del tamaño de un jet Lear pero dos veces más rápido. Había sido desarrollado en los últimos seis meses.

—Pensé que perdimos todo salvo el helicóptero, el de ala fija y el Cóndor pero, más allá de la elevación del medio de la pista, encontré al Challenger. Tuve que ponerle antena nueva y un nuevo sistema del timón de cola pero está tan bueno como si fuera nuevo.

—Desearía saber cómo hacerlo volar

—dijo Raimundo—. Quizá pudiera ir a ver a mi familia mientras Fortunato se queda en Texas.

—¿Encontraron a tu hija?

—Acabo de recibir noticias. Está muy golpeada pero está bien. Y voy a ser abuelo.

—Ray, ¡eso es grandioso! —dijo Max palmeando a Raimundo en el hombro—. Te adiestraré en el Challenger. Sabrás cómo manejarlo en corto tiempo.

—Voy a terminar de empacar y mandarle una carta electrónica a Camilo —dijo Raimundo.

—¿No estarás enviando ni recibiendo por medio del sistema de aquí ¿no?

—No. Tengo una carta en clave de Camilo que me informa cuándo va a sonar mi teléfono privado. Entonces, me cercioro de estar fuera a esa hora.

—Tenemos que hablar con Jasid sobre la seguridad que tiene aquí la Internet. Tú y él y yo hemos estado en la Red cuidando a tu amigo Zión. Me preocupa que la jerarquía pueda saber quién ha estado allí. Carpatia tiene que estar furioso con Zión. Todos podríamos estar en tremendo problema.

—David me dijo que si nos quedamos en los boletines, no nos pueden detectar.

—A él le gustaría venir con nosotros, ¿sabes? —dijo Max.

—¿David? Lo sé pero lo necesitamos precisamente dónde está.

Catorce

El vuelo a Waukegan fue difícil para Cloé. Peor aún fue el viaje en automóvil desde Waukegan a Palatine para dejar a Ken Ritz, y luego a Mt. Prospect. Ella había dormido en los brazos de Camilo durante todo el vuelo pero el Range Rover había sido una tortura.

Lo mejor que Camilo pudo hacer fue dejarla que yaciera en el asiento trasero pero uno de los resortes que conectaban el asiento al piso del vehículo se había roto durante el terremoto de modo que tuvo que manejar aun más despacio que lo normal. De todos modos, parecía que Cloé rebotaba todo el viaje. Por último, Ken se arrodilló de cara al respaldo y trató de sujetar el asiento con sus manos.

Cuando llegaron al aeropuerto de Palwaukee, Camilo encaminó a Ken a la barraca prefabricada de techo semicilíndrico donde le habían dado un rincón para que se instalara. —Siempre una aventura —dijo débilmente Ken—, uno de estos días me vas a matar.

—Ken, fue estúpido pedirte que volaras

tan pronto después de la operación pero eras un salvavidas. Te mandará un cheque.

—Siempre lo haces pero también quiero saber más de dónde están todos ustedes, ya tú sabes, con sus creencias y todo.

—Ken, ya hemos hablado de esto antes. Ahora se está volviendo sumamente claro, ¿no te parece? Todo este período de la historia, es este. Sólo poco más de cinco años y todo se termina. Puedo entender porqué antes del arrebatamiento la gente no pudo entender qué estaba pasando; yo fui uno de ellos. Pero se ha llegado a la gigantesca cuenta regresiva final. Ahora todo lo que importa es de cuál lado estás. Estás sirviendo a Dios o estás sirviendo al anticristo.

Tú has sido un proveedor para los buenos muchachos. Es hora que te incorpores a nuestro equipo.

—Lo sé, Camilo. Nunca he visto nada como la manera en que ustedes se cuidan unos a otros. Sería bueno para mi si pudiera verlo todo una sola vez más en blanco y negro, ya tú sabes, como en una hoja de papel, las ventajas y las desventajas. Así es como soy, yo lo calculo y decido.

—Puedo darte una Biblia.

—Tengo una Biblia en alguna parte. ¿Hay en ella una o dos páginas que tengan todo el trato bien especificado?

—Lee Juan, y luego, Romanos. Verás lo que hemos hablado. Somos pecadores. Estamos separados de Dios. El quiere que volvamos a El. El nos dio la manera, el camino.

Ken lucía incómodo. Camilo sabía que estaba con dolores y confuso. —¿Tienes una computadora?

—Sí, hasta una dirección de correo electrónico.

—Dámela y te escribiré la dirección de un noticiero. El tipo que trajiste desde Egipto conmigo es lo más popular de la Internet. Hablando de ponerlo todo en una página para ti, eso es lo que él hace.

—Entonces, ¿me inscribo y consigo la marca secreta para mi frente?

—Con toda seguridad.

Camilo reclinó el asiento delantero del pasajero y puso ahí a Cloé aunque no era lo suficientemente liso y pronto ella fue pasada al trasero. Cuando Camilo entró, por fin, en el patio trasero de la casa de Danny, Zión salió corriendo a saludar a Cloé. En cuanto la vio prorrumpió en llanto. —Oh, pobre niña. Bienvenida a tu nueva casa. Estás a salvo.

Zión ayudó a Camilo a sacarla del asiento trasero y abrió la puerta para que Camilo pudiera entrar con ella. Camilo se dirigió a las escaleras pero Zión lo detuvo.

—Justo aquí, Camilo, ¿ves? —Zión había bajado su cama para ella—. Todavía no puede subir y bajar escaleras.

Camilo movió la cabeza. —Supongo que enseguida llega la sopa de pollo.

Zión se sonrió y apretó un botón del microondas. —Dame sesenta segundos.

Pero Cloé no comió. Durmió toda la noche y estuvo adormilada todo el día siguiente.

—Necesitas una meta —le dijo Zión—. ¿Dónde te gustaría ir en el primer día que salgas?

—Quiero ver la iglesia, y la casa de Loreta.

—Eso no será...

—Será doloroso pero Camilo dice que si yo no hubiera corrido, nunca hubiera sobrevivido. Tengo que ver por qué. Y quiero ver dónde murieron Loreta y Danny.

Se acercó cojeando y saltando a sentarse a la mesa de la cocina, pidiendo solamente su computadora y a Camilo le dolió mirarla que se arreglaba con una sola mano. Cuando trató de ayudarla ella lo rechazó con vehemencia. El debió lucir herido.

—Amor, yo sé que quieres ayudar —dijo ella—, me buscaste hasta que me hallaste y nadie puede pedir más que eso pero, por favor, no hagas nada por mí si no te lo pido.

—Nunca pides.

—No soy una persona dependiente Camilo. No quiero queme atiendan. Esto es guerra y no quedan suficientes días para desperdiciar. Tan pronto como tenga trabajando esta mano, voy a quitar algo de la carga a Zión. El se pasa día y noche en la computadora.

Camilo trajo su propia computadora portátil y le escribió a Ken Ritz sobre la posibilidad de ir a Israel. No podía imaginar que allá fuera seguro para Zión pero éste estaba tan decidido a ir que Camilo temía que no hubiera otra opción. Su ulterior motivo con Ken era, naturalmente, ver si él había llegado a una decisión espiritual. Mientras transmitía el mensaje, Cloé llamó desde la cocina.

—¡Oh, qué cosa, Camilo, tienes que ver esto!

El se apuró para ir a mirar sobre el hombro de ella. El mensaje que había en pantalla tenía varios días de recibido y era de Patty Durán.

Raimundo temía que Fortunato se aburriera en el viaje a Roma y viniera a la cabina para molestar a Max y a él, pero cada vez que usaba el intercomunicador secreto para controlar la cabina, León estaba silbando, canturreando, cantando, hablando por teléfono o moviéndose ruidosamente por todos lados.

En una ocasión Raimundo dejó a Max a cargo del avión y se buscó un pretexto para ir a la cabina, encontrando que León estaba arreglando la mesa de caoba donde se reunirían él y el Pontífice Máximo Pedro Mathews y los diez reyes antes de ver a Carpatia.

León lucía suficientemente excitado como para prorrumpir diciendo: —Ustedes se quedarán en la cabina en cuanto arriben nuestros huéspedes, ¿no?

—Seguro —dijo Raimundo. Quedaba claro que León no necesitaba compañía.

Raimundo no esperaba enterarse de secretos escuchando a León y Mathews pero le gustaban mucho las posibilidades de entretenerse. Fortunato era un fanático de Carpatia a tal extremo y Mathews era tan condescendiente e independiente que los dos eran como agua y aceite. Mathews estaba acostumbrado a ser tratado como rey. Fortunato trataba a Carpatia como rey del mundo, que lo era, pero era lento para servir a otra persona y, a menudo, era cortante con quienes le servían.

Cuando Mathews subió al avión en Roma, inmediatamente trató a Fortunato como uno de sus lacayos. Y ya tenía dos. Un muchacho y una muchacha subieron a bordo sus pertenencias y se quedaron conversando con él. Cuando Raimundo los escuchó, quedó expuesto de nuevo al mal humor de Mathews. Cada vez que Fortunato sugería que era hora de ponerse en camino Mathews interrumpía.

—¿León, podría beber algo fresco?

Hubo una pausa larga. —Por cierto —dijo inexpresivamente Fortunato y, luego, con sarcasmo—. ¿Y su personal'?

—Sí, también algo para ellos.

—Bien, Pontífice Máximo y pienso que entonces debiéramos realmente...

—Y algo para comer. Gracias, León.

Después de dos intercambios como ése, el silencio de Fortunato ensordecía y, por último dijo: —Pontífice Mathews, en realidad pienso que es hora...

—¿Cuánto tiempo más nos quedaremos aquí León? ¿Qué le parece si activamos ahora este espectáculo?

—No podemos movernos habiendo a bordo personal no autorizado.

—¿Quién no está autorizado?

—Su gente.

—León, te presenté, éstos son mis asistentes personales.

—¿Usted pensaba que ellos fueron invitados?

—Yo no voy a ninguna parte sin ellos.

—Voy a tener que consultar con Su Excelencia.

—¿Cómo dices?

—Tendré que consultar con Nicolás Carpatia.

—¿Dijiste, *Su Excelencia*?

—Tenía planeado hablar de eso con usted cuando estemos en ruta.

—Háblame ahora.

—Pontífice, yo apreciaría que usted me tratara por mi título ¿es mucho pedir?

—De títulos estamos hablando. ¿De dónde salió Carpatia usando ese Excelencia?

—No fue cosa suya. Yo...

—Sí, y supongo que Potentado tampoco fue cosa de él. Secretario general nunca fue suficiente para él, ¿no?

—Como decía, quiero hablar del nuevo título con usted durante el vuelo.

—¡Entonces, vamos!

No tengo autorización para transportar huéspedes no invitados.

—Señor Fortunato, estos son huéspedes *invitados*. Yo los invité.

—Mi título no es *señor.*

—Oh, así que ahora el Potentado es Su Excelencia y tú, ¿qué, Potentado? No, deja que adivine, tú eres Esto o Aquello Supremo, ¿tengo razón?

—Tengo que consultar esto con Su Excelencia.

—Bueno. apúrate, y dile a "Su Excelencia" que el Pontífice Máximo piensa que es temerario pasarse de un título real, ya una exageración, a uno sagrado.

Raimundo escuchó solamente el final de la conversación de Fortunato con Nicolás pero León tuvo que retractarse.

—Pontífice, Su Excelencia me ha pedido que le manifieste su bienvenida y su garantía de que le honra tener a bordo a cualquier persona que a usted le parezca necesaria para que su vuelo sea cómodo.

—¿Realmente? —dijo Mathews—, entonces, insisto en tener una tripulación de cabina. Fortunato se rió. —León, quiero decir, hombre, ¿cuál es tu título? Mira que hablo en serio.

—Sirvo en el rango de comandante.

—¿Comandante? Di la verdad ahora, comandante. ¿en realidad es Comandante *Supremo?*

Fortunato no contestó pero Mathews debió detectar algo en su rostro.

—Eso es, ¿no? Bueno, aunque no lo sea, insisto. Si tengo que tratarte de Comandante será Comandante Supremo. ¿Aceptable?

Fortunato suspiró ruidosamente. —Sí, el título presente es Comandante Supremo

Fortunato. Puede tratarme de uno u otro.

—Oh, no, no puedo. Es Comandante Supremo. Ahora bien, Comandante Supremo Fortunato, yo me tomo muy en serio el servicio de cabina en un vuelo largo como este, y me impacta tu falta de previsión al no proveerlo.

—Tenemos todas las facilidades, Pontífice. Sentimos que es más necesario tener un complemento total de personal de servicio cuando los embajadores regionales comiencen a incorporarse a nosotros.

—Te equivocaste. No deseo despegar sino cuando este avión tenga el personal apropiado. Si tienes que consultar eso con Su Excelencia, por favor, hazlo.

Hubo un largo silencio y Raimundo supuso que los dos se estaban mirando fijamente uno a otro.

—¿Habla en serio de esto? —dijo Fortunato.

—Serio como un terremoto.

El botón de llamada sonó en la cabina. —Puente de vuelo —dijo Max—, adelante.

—Caballeros, he decidido emplear una tripulación de cabina aquí y en Dallas. Voy a contratarla con una de las aerolíneas de aquí. Por favor, comuníquense con la torre explicando que podemos demoramos por unas dos o tres horas. Gracias.

—Le ruego perdone, señor—dijo Max—, pero nuestra demora ya nos ha costado cuatro lugares de la fila para despegar. Ellos actúan con flexibilidad debido a quiénes somos pero...

¿Entendió mal algo? —dijo León.

—En absoluto señor. Entendida esa demora.

El mensaje de Patty Duran decía:

Querida CW no sabia a quién más recurrir. Bueno, en realidad, lo hice pero no obtuve respuesta de AS en el número privado que me dio. Dijo que ella anda con el teléfono todo el tiempo así que me preocupé por lo que le haya pasado.

Necesito que me ayudes. Le mentí a mi ex jefe y le dije que mi gente vivía en Denver. Cuando cambié el vuelo de Boston para ir al oeste en lugar del este, esperaba que él pensaría que yo iba a ver a mi familia. En realidad, viven en Santa Mónica. Estoy en Denver por una razón totalmente distinta.

Estoy en una clínica de la reproducción. Por favor, no exageres tu reacción. Si, hacen abortos y me están empujando en ese sentido. Efectivamente eso es lo que más hacen pero también preguntan a cada madre si ha considerado otras opciones y, cada cierto tiempo, un bebé llega a término. Algunos son dados para adopción, otros son criados por las madres, y otros, por la clínica. Este lugar también sirve como casa de seguridad y estoy aquí en forma anónima. Me corté el pelo bien corto y lo teñí de negro, y uso lentes de contacto de color. Estoy segura que nadie me reconoce.

Ellos nos permiten acceso a estas computadoras por unas pocas horas a la semana. En otros momentos escribimos cosas y dibujamos cuadros y hacemos ejercicios. También nos animan para que escribamos a las amistades y a los seres queridos y corrijamos errores. A veces nos insisten para que escribamos a los padres de nuestros hijos.

Yo no pude hacer eso pero necesitaba hablar contigo. Tengo un celular privado. ¿Tienes un número como tiene AS? Estoy asustada. Confusa. Algunos días el aborto parece la solución más fácil.

Sin embargo, ya me estoy acostumbrando a este niño. Pudiera darlo pero no creo que pudiera poner fin a su vida. Le dije a una consejera que me sentía culpable por embarazarme cuando no estaba casada. Ella no había oído jamás algo así en toda su vida. Dijo que debía dejar de obsesionarme por el bien y el mal y empezar a pensar en lo que era óptimo para mi.

Me siento moralmente culpable por considerar el aborto más que por hacer lo que tú calificaras de inmoralidad. No quiero cometer un error y no quiero seguir viviendo así. Te envidio a ti y tus amigos íntimos. Ciertamente espero que hayan sobrevivido al terremoto. Supongo que tu padre y tu marido creen que fue la ira del Cordero. Quizá lo fue. No me sorprendería.

Si no sé de ti, voy a suponer lo peor así que, por favor, contéstame si puedes. Saluda a todos por favor. Dale mis cariños a L. Te quiere, P.

Cloé dijo: —Mira, Macho, no me importa si me ayudas, sólo ocúpate de responder lo más rápido que puedas que quedé herida y estuve fuera del correo electrónico, que voy a mejorarme bien, y que este es mi número de teléfono, ¿bien?

Camilo ya estaba escribiendo en la computadora.

Raimundo sacó su computadora portátil de la bolsa de vuelo y salió del avión. En el camino pasó al lado de los dos jóvenes aburridos, de un León sudoroso y de cara enrojecida que hablaba por teléfono, y de Mathews. El Supremo Pontífice de Enigma Babilonia le dio una mirada y desvió la vista. Así que eso es interés pastoral pensó Raimundo. Los pilotos son marionetas en el escenario de este fulano.

Raimundo se sentó cerca de una ventana de la terminal. Podía comunicarse desde cualquier parte con su asombrosa computadora a energía solar y conectada por zonas celulares. Miró el boletín donde Zión se contactaba con su iglesia en crecimiento. En cosa de pocos días eran centenas de miles que habían respondido a sus mensajes.

Mensajes públicos dirigidos a Nicolás Carpatia rogaban la amnistía para Zión Ben—Judá. Uno resumía cáusticamente el consenso: "Por cierto que un amante de la paz como usted, Potentado Carpatia, que ayudó al rabino Ben—Judá para que escapara de los fanáticos ortodoxos de su patria, tiene el poder para que él vuelva a salvo a Israel, donde pueda comunicarse con tantos de los que le amamos, Contamos con usted'.

Raimundo sonrió. Había tanta gente nueva en la fe que no conocían la verdadera identidad de Carpatia. ¿Se preguntaba cuándo podría Zión denunciar tan flagrantemente a Carpatia?

Cuando revisó su correspondencia electrónica, Raimundo se quedó azorado cuando supo del contacto de Patty. Tuvo emociones extrañamente mezcladas. Se alegró que ella y su bebé estuvieran a salvo pero deseaba tanto tener un mensaje de Amanda que se dio cuenta que estaba celoso. E] se resentía que Cloé hubiera sabido de Patty antes que él supiera de Amanda. Oró en silencio: "Dios perdóname".

Varias horas después, el Cóndor 216 despegó, por fin, de Roma con una tripulación de cabina completa, y felicitaciones de Alitalia, la línea aérea italiana.

Cuando Raimundo no se ponía a planear el buceo en el Tigris, espiaba la cabina.

Mathews decía: —Mira, esto es mejor así, Comandante Supremo Fortunato, ¿no es mejor que la fila para el bufet que tú planeabas? Admítelo.

—A todos les gusta que les sirvan, pero en eso hay algunos puntos que Su Excelencia me pidió que le informara.

—¡Deja de tratarlo así! Me enloquece. Yo iba a guardarme esta noticia pero mejor que te la diga ahora. La respuesta a mi liderazgo ha sido tan abrumadora que mi personal ha planeado un festival que dure toda una semana en el mes que viene para celebrar mi instalación. Aunque ya no sirvo más a la iglesia católica, que se ha fundido en nuestra fe que es mucho más grande, a ciertas personas les pareció apropiado que también cambie mi título. Creo que tendrá un impacto más inmediato y será entendido por las masas con mayor facilidad si, sencillamente, me tratan de Pedro el Segundo.

—Eso suena como el titulo de un papa —dijo Fortunato.

—Por supuesto que lo es, aunque algunos dijeran que mi puesto es un papado, francamente yo lo veo mucho más grande.

¿Usted prefiere Pedro el Segundo a Pontífice Supremo o hasta Pontífice Máximo?

—Menos es más. Suena bien, ¿no?

—Tendremos que ver cómo le parece a Su... ah, Potentado Carpatia.

—¿Qué tiene que ver el Potentado de la Comunidad Global con la única Fe Mundial?

—Oh, se siente responsable por la idea y el ascenso suyo a este puesto.

—El tiene que recordar que la democracia no era tan mala. Por lo menos tenían separada la iglesia del estado.

—Pontífice, usted preguntó qué tenía que ver Su Excelencia con usted. Debo preguntar ¿dónde estaría Enigma Babilonia sin el financiamiento de la Comunidad Global?

—Podría preguntar lo inverso. La gente

necesita algo en qué creer. Necesitan la fe. Necesitan la tolerancia. Tenemos que estar juntos y librar al mundo de estos fanáticos del odio. Las desapariciones se ocuparon de los fundamentalistas de criterio estrecho y de los fanáticos intolerantes. ¿Ha visto lo que está pasando en la Internet? Ese rabino que blasfemó de su propia religión en su propio país está ahora desarrollando un tremendo grupo de seguidores. Me corresponde tratar eso. Tengo un pedido en este aspecto... —Raimundo oyó que se hojeaban papeles—, de un aumento del apoyo financiero de la Comunidad Global.

—Su Excelencia temía eso.

—¡Pamplinas! Nunca sope que Carpatia temiera algo. El sabe que tenemos unos gastos tremendos. Estamos viviendo a la altura de nuestro nombre. Somos una fe mundial. Influimos en cada continente tocante a la paz y la unidad y la tolerancia. Se debiera mandar a cada embajador que aumentara su cuota de aportes a Enigma Babilonia.

—Pontífice, nadie ha enfrentado jamás los problemas fiscales que Su Excelencia enfrenta ahora. El equilibrio del poder se ha cambiado al Oriente Medio. Nueva Babilonia es la capital del mundo. Todo será centralizado. La sola reconstrucción de esta ciudad ha hecho que el Potentado proponga significativos aumentos de impuestos directamente. Pero también está reconstruyendo a todo el mundo. Las fuerzas de la Comunidad Global trabajan en cada continente en el restablecimiento de las comunicaciones y transportes, y efectúan limpieza, rescate, socorro, higiene, lo que usted quiera. Se pedirá a los líderes de cada región que pidan a sus súbditos que se sacrifiquen.

—Y usted hace ese trabajo sucio. ¿no es así Comandante Supremo?

—No considero que sea trabajo sucio, Pontífice. Me siento honrado al facilitar la visión de Su Excelencia.

—Mira, de nuevo sales con eso de *excelencia*.

—Permítame contarle una historia personal que compartiré con cada embajador durante este viaje. Déme el gusto, y verá que el Potentado es un hombre profundamente espiritual con una chispa de lo divino.

—Esto es algo que tengo que oír —dijo Mathews riéndose—. Carpatia como clérigo. Eso sí que es todo un cuadro.

—Yo prometo que cada palabra es verdadera. Cambiará para siempre la manera en que usted considera a nuestro Potentado.

Raimundo movió la palanca que activa la vigilancia y musitó:

—León le está contando a Mathews su cuento de Lázaro.

—Oh, muchacho —dijo Max.

El Cóndor volaba sobre el Atlántico en medio de la noche y Raimundo dormitaba. El intercomunicador lo despertó y era Fortunato que decía:

—Cuando le sea conveniente, capitán Steele, le agradecería un momento.

Raimundo dijo a Max: —Detesto darle el gusto pero también prefiero sacar esto del medio cuanto antes.

Apretó el botón: —¿Ahora está bien?

Fortunato le salió al encuentro en la mitad del avión y le hizo gestos de ir a la cola, lejos de donde dormían Mathews y sus dos jóvenes ayudantes.

—Su Excelencia me ha pedido que le hable de un asunto delicado. Se le está volviendo cada vez más vergonzoso no poder presentar al rabino Zión Ben—Judá a sus seguidores.

—Su Excelencia sabe que usted es hombre de palabra. Cuando usted nos dice que no sabe dónde está Ben—Judá, lo tomamos en lo que vale. Entonces, la cosa se vuelve si uno tiene acceso a alguien que sí sabe dónde está.

—¿Por qué?

—Su Excelencia está listo para garantizar personalmente la seguridad del rabino. El hará que cualquier amenaza a la seguridad de Ben—Judá sencillamente no valga las consecuencias.

—Entonces, ¿por qué no poner en circulación la noticia y ver si Ben—Judá se presenta?

—Muy peligroso. Usted puede creer que sabe cómo lo considera Su Excelencia. Sin embargo, como quien lo conoce mejor, yo sé que él le tiene confianza a usted. El admira su integridad.

—¿Y está convencido de que tengo acceso a Ben—Judá?

—Dejemos los juegos capitán Steele. La Comunidad Global tiene un tremendo alcance ahora. Conocemos más fuentes que el conversador doctor Rosenzweig que dicen que su yerno ayudó a escapar al rabino.

—Rosenzweig es uno de los más grandes admiradores de Carpatia, más leal de lo que merece Nicolás. ¿Jaime no procuró la ayuda de Carpatia para el episodio de Ben—Judá cuando Nicolás empezó a cobrar importancia?

—Hicimos todo lo posible...

—Eso no es cierto. Si espera que yo sea hombre de palabra, no insulte mi inteligencia. Si mi propio yerno ayudó a la fuga de Ben—Judá desde Israel, ¿no hubiera tenido yo una idea si tuvo asistencia de la Comunidad Global?

Fortunato no respondió.

Raimundo tuvo cuidado de no revelar nada de lo que había oído exclusivamente por medio del aparato para espiar. El nunca olvidaría cuando Fortunato había pasado por alto el ruego de Rosenzweig pidiendo ayuda para su afligido amigo. La familia de Ben-Judá había sido masacrada y él estaba oculto pero Carpatia se había reído y dicho en tantas formas que podía entregar a Ben—Judá a los fanáticos.

—León, los que estuvieron cerca de la situación, saben la verdad. La proclama de Carpatia de tener el mérito del bienestar de Zión Ben—Judá es una falsedad. No dudo que pudiera proteger al rabino y que hubiera sido capaz de hacerlo entonces pero no lo hizo.

—Capitán Steele, puede que usted tenga razón. Personalmente no conozco esa situación.

—León, usted conoce cada detalle de todo lo que pasa.

Pareció que a León le gustó oír eso. No lo discutió. —De todos modos, desde el punto de vista de las relaciones públicas sería contraproducente que tuviéramos que ajustar nuestra posición en este momento. Se cree que le ayudamos a escapar y perderíamos credibilidad si admitimos que no tuvimos nada que ver con eso.

—Pero como yo lo sé, ¿no se me permite un poco de escepticismo? —dijo Raimundo.

León se echó para atrás y jugó tocándose la punta de sus dedos. Exhaló. —Bueno, Su Excelencia me ha autorizado para pedirle qué quiere a cambio de hacerle este favor.

—¿Y el favor es?

—La entrega de Zión Ben—Judá.

—¿A?

—Israel.

Lo que Raimundo quería era que se limpiara el nombre de su esposa pero no podía traicionar la confianza de Max.

—¿Así que ahora se me pregunta cuál es mi precio en lugar de pedirme que intercambie a mi propia hija?

No pareció sorprender a Fortunato que Raimundo hubiera sabido del fiasco de Minneapolis. —Eso fue un error de comunicaciones. Usted cuenta con la palabra personal de Su Excelencia de que él quería que la esposa de uno de sus empleados fuera llevada a reunirse con su esposo y darle el cuidado apropiado.

Raimundo deseó reírse fuerte o escupir la cara de Fortunato pero no pudo decidirse por cuál, y dijo: —Déjeme pensarlo.

—¿Cuánto tiempo necesita? Hay presiones en Su Excelencia para que haga algo al respecto de Ben—Judá. Mañana estaremos en los Estados Unidos de Norteamérica. ¿No podemos hacer algún arreglo?

—¿Usted quiere que lo lleve al Cóndor con todos los embajadores?

—Por supuesto que no, pero en la medida en que vamos a estar en esa región, sólo resulta prudente que nos ocupemos de ello ahora.

—Suponiendo que Ben—Judá esté allá.

—Creemos que si podemos localizar a Camilo Williams, habremos localizado a Zión Ben—Judá.

—Entonces saben más que yo.

Raimundo empezó a pararse pero Fortunato hizo un gesto con la mano para detenerlo. —Falta una cosa más.

—Déjeme adivinar, ¿las iniciales son P.D.?

—Sí. Para Su Excelencia es importante que la relación sea cortada graciosamente.

—¿A pesar de lo que dijo al mundo?

—En realidad, yo lo dije. El no lo aprobó.

—No creo eso.

—Crea lo que quiera. Usted seda cuenta

de las exigencias de la percepción pública. Su Excelencia está decidido a no ser avergonzado por la señorita Durán. Usted se acuerda que fueron presentados por su yerno.

—A quien aun ni siquiera he visto —dijo Raimundo.

—Bueno, está bien. La desaparición de ella es una molestia. Hace que Su Excelencia parezca incapaz de controlar su propia casa. El terremoto sirvió como explicación lógica de la separación de ellos. Resulta crucial que mientras ande sola, por cuenta propia, la señorita Durán no haga ni diga anda que dé vergüenza.

—¿Así que usted quiere que haga qué cosa? ¿Que le diga que se porte bien?

—Francamente, capitán, usted no exageraría si le informara que hay accidentes que suceden. Ella no puede seguir invisible por mucho tiempo. Si se vuelve necesario eliminar el riesgo, tenemos la habilidad de efectuar esto expeditamente y en una manera que no se reflejaría contra de Su Excelencia sino que le permitiría ganar simpatías.

—¿Puedo repetirle lo que usted acaba de decir para que estemos claros?

—Por cierto.

—Usted quiere que yo le diga a Patty

Durán que se calle la boca o si no usted la manda matar y después lo niega.

Fortunato pareció tocado, luego se ablandó y contempló el cielo raso, diciendo.

—Nos estamos comunicando.

—Tenga la seguridad de que si me contacto con la señorita Durán, le transmitiré su amenaza.

—Supongo que usted le recordará que repetir ese mensaje constituiría causa.

—Oh, lo capté. Es una amenaza generalizada.

—¿Usted manejará ambos cometidos entonces?

—¿No capta la ironía? Yo tengo que transmitir una amenaza de muerte a la señorita Durán pero confiar en usted para que proteja a Zión Ben—Judá.

—Correcto.

—Bien, puede que sea correcto pero no es bueno.

Raimundo se fue a la cabina de pilotaje donde fue saludado por la mirada sapiente de Max.

—¿Oíste eso?

—Oí —dijo Max—. Hubiera querido grabarlo.

—¿A quién se lo harías escuchar?

—A los hermanos creyentes.

—Estarías predicándole al coro. En otros

tiempos, uno podía llevar una grabación así a las autoridades pero éstas son las autoridades.

—¿Cuál será el precio tuyo, Ray?

—¿Qué quieres decir?

—Ben—Judá tiene que estar en Israel y Carpatia tiene que asegurar su seguridad, ¿no?

—Oíste a Fortunato. Ellos pueden producir un accidente y ganarse las simpatías.

—Pero si él promete garantía personal, Ray, va a mantener sano y salvo a Zión.

—No olvides lo que Zión quiere hacer en Israel. No sólo va a conversar con los dos testigos o a buscar amigos de antes. El va a entrenar a muchos de los 144.000 evangelistas como pueda. Será la peor pesadilla de Nicolás.

—Como dije, ¿cuál es tu precio?

—¿Cuál es la diferencia, tú esperas que el anticristo no honre un trato? Yo no daría un centavo por el futuro de Patty Durán, sea que ella siga o no el libreto. Quizá si estiro esto lo suficiente pueda enterarme por Fortunato de algo sobre Amanda. Max, te lo digo, ella está viva en alguna parte.

—Ray, si ella está viva ¿por qué no se pone en contacto? No quiero ofenderte pero es posible que ella sea como ellos dicen que es.

Quince

Camilo se despertó poco después de la medianoche porque el teléfono de Cloé estaba sonando en la planta baja. Aunque lo mantenía al alcance de la mano, seguía sonando. Camilo se sentó dudoso y decidió que el remedio debía haber hecho efecto así que se apresuró a bajar.

Solamente la gente más importante del Comando Tributación sabía los números privados de los teléfonos celulares de sus integrantes. Cada llamada era potencialmente esencial. Camilo no podía ver el teléfono en la oscuridad y no quería encender la luz. Siguió el sonido hasta el reborde sobre Cloé. Se afirmó cuidadosamente con una rodilla sobre el colchón, tratando de no despertarla, tomó el teléfono y lo puso en una silla al lado de la cama.

—Teléfono de Cloé —susurró.

Todo lo que oyó fue un llanto. —¿Patty? —preguntó.

—¡Camilo!

—Cloé está durmiendo y no oyó el timbre y no quiero despertarla.

—Por favor, no lo hagas —dijo Patty entre sollozos—. Lamento llamar tan tarde.

—Ella quería hablar contigo. ¿Hay algo que yo pueda hacer?

—¡Oh, Camilo! —dijo y perdió nuevamente el control.

—Patty, sé que no sabes dónde estamos pero no lo bastante cerca como para ayudar si estás en peligro ¿Necesitas que llame a alguien?

—Entonces, no te apresures. Puedo esperar. No voy a ir a ninguna parte.

—Gracias —pudo decir ella.

Mientras Camilo esperaba, sus ojos se acostumbraron a la oscuridad y, por primera vez, desde que estaba en casa, Cloé no estaba acostada sobre el lado izquierdo, para mantener el peso fuera de las muchas fracturas, magulladuras, dislocaciones, distensiones y rasguños de su otro lado. Cada mañana se pasaba una media hora masajeando las partes dormidas de su cuerpo. El oraba que un día, pronto, ella disfrutara de un sueño nocturno reparador. Quizá estaba haciendo eso ahora pero nadie podía disfrutar realmente un sueño tan profundo que un teléfono que sonaba a poca distancia ¿no penetrara? Esperaba que su cuerpo se beneficiara y asimismo su espíritu. Cloé estaba quieta, de espaldas, con su brazo izquierdo al costado, su mutilado pie derecho hacia la izquierda, su brazo enyesado sobre su estómago.

—Ten paciencia conmigo —pudo decir Patty.

No hay apuro —dijo Camilo, rascándose la cabeza y estirándose. Estaba tocado por Cloé que se encontraba reposando. Qué regalo de Dios era ella y cuán agradecido estaba él de que ella hubiera sobrevivido. La sábana de arriba y la frazada estaban enredadas. A menudo se quedaba dormida sin taparse y, luego, se enroscaba debajo de las frazadas.

Camilo apretó el dorso de su mano contra la mejilla de ella. Ella estaba fría. Siguió escuchando a Patty pero subió la sábana y la frazada hasta el cuello de Cloé, preocupado de haberlo arrastrado por su pie que tenía la herida más sensible, pero ella no se movió.

—Patty. ¿estás ahí?

—Camilo, esta noche supe que perdí a mi madre y mis hermanas en el terremoto.

—Oh, Patty, lo lamento.

—Es un desperdicio tan grande —dijo ella—. Cuando se bombardeo a Los Ángeles y San Francisco, Nicolás y yo aún éramos íntimos. El me advirtió que dejarían la zona y me hizo jurar secreto. Su personal de inteligencia temía un ataque de las milicias y él tenía razón.

Camilo no dijo nada. Raimundo le había dicho que había oído, por medio del aparato espía del Cóndor 216, al mismo Carpatia dando la orden de bombardear San Francisco y Los Ángeles.

—Patty, ¿de dónde llamas?

—Te lo dije en la carta electrónica.

—Lo sé pero no estás usando los teléfonos de ellos, ¿no?

—¡No! por eso llamo tan tarde. Tuve que esperar hasta que pudiera deslizarme hacia afuera.

—¿Y las noticias de tu familia, ¿cómo te llegaron?

—Tuve que dejar que las autoridades de Santa Mónica supieran dónde pedían comunicarse. Les di mi número privado y el de la clínica.

—Lamento decirte esto en un momento tan difícil para ti, Patty, pero eso no fue una buena idea.

—No tuve alternativa. Me llevó mucho tiempo entrar a Santa Mónica y cuando lo logré, por fin, mi familia está desaparecida. Tuve que dejar los números. Me he enfermado de preocupación.

—Probablemente dirigiste a la CG derecho a ti.

—Ya no me importa más.

—No digas eso.

—No quiero regresar donde Nicolás pero quiero que él asuma la responsabilidad de nuestro hijo. No tengo trabajo, ni ingresos y, ahora, no tengo familia,

—Nosotros nos interesamos por ti y te amamos Patty. No te olvides de eso.

Ella se volvió a quebrantar.

—Patty, ¿has pensado que las noticias de tu familia pudieran ser mentiras?

—¿Qué?

—Yo no llegara más allá de la CG. En cuanto supieron dónde estabas, puede que quisieran darte un motivo para te quedarás donde estabas. Si piensas que tu familia desapareció, no tienes razón para irte a California.

—Pero yo le dije a Nicolás que mi familia se había mudado aquí después de los bombardeos de allá.

—No le llevaría mucho tiempo descubrir que eso no era verdad.

—¿Por qué desearía él que yo me quedara aquí?

—Quizá suponga que mientras más estés ahí, más probable es que te hagas un aborto.

—Eso es verdad,

—No lo digas.

—No veo opciones, Camilo— No puedo criar un hijo en un mundo como este con mis perspectivas.

—Patty, no quiero hacer que te sientas peor pero no pienso que estás segura ahí.

—¿Qué dices?

Camilo deseó que Cloé se despertara y le ayudara a hablar con Patty. El tenía una idea pero prefería consultar con ella primero.

—Patty, conozco a esta gente. Ellos prefieren sacarte de escena antes que vérselas contigo.

—Yo soy una doña nadie de ninguna parte. No puedo dañarlo.

—Que algo te pasara a ti podría originar mucha simpatía para él. El quiere atención más que ninguna otra cosa y no le importa si eso viene como miedo, respeto, admiración o compasión.

—Te diré algo. Me haré un aborto antes de dejar que me hiera a mí o a mi hijo.

—No tiene sentido lo que dices. ¿Tú matarías a tu hijo para que él no pueda matarlo?

—Ahora te pareces a Raimundo.

—Estamos de acuerdo en esto —dijo Camilo—. Por favor, no hagas eso. Por lo menos, vete a alguna parte donde no corras peligro y puedas pensar bien esto.

—¡No tengo dónde ir!

—Si yo fuera a buscarte, ¿te vendrías para acá con nosotros?

Silencio.

—Cloé te necesita. Podríamos beneficiarnos de tu ayuda para ella. Y ella sería buena para ti durante tu embarazo. Ella también está embarazada.

—¿Realmente? Oh, Camilo, no podría ser una carga para ustedes. Me siento tan obligada, así en el medio.

—Oye, esto es idea mía.

—No entiendo cómo podría funcionar.

—Patty, dime dónde estás. Iré y te traeré a eso del mediodía de mañana.

—¿Quieres decir, al mediodía de hoy?

Camilo miró el reloj. —Creo que sí.

—¿No debieras preguntarle a Cloé?

—No me atrevo a molestarla. Si hay problemas, te lo diré. De lo contrario. prepárate para irte.

Sin respuesta.

—¿Patty?

—Sigo aquí, Camilo, estaba pensando. ¿Te acuerdas cuando nos conocimos?

—Por supuesto. Fue un día más bien importante.

—En el 747 de Raimundo la noche de las desapariciones.

—El Rapto —dijo Camilo.

—Si tú lo dices. Mira lo que hemos pasado desde entonces.

—Te llamaré cuando falte una hora para llegar donde ti —dijo Camilo.

—Nunca podré pagarte.

—¿Quién dijo nada de eso?

Camilo colgó el teléfono, arregló las frazadas de Cloé, y se arrodilló para besarla. Ella seguía fría. Fue a buscarle otra frazada pero se detuvo a medio camino. ¿Estaba demasiado fría? ¿Estaba respirando? Se apresuró a volver y puso su oído contra su nariz. No notó nada. Paso su pulgar y su índice debajo de la barbilla de ella para ver su pulso. Antes de que pudiera detectar nada ella se movió alejándose. Estaba viva. El se dejó caer de rodillas. —¡Gracias, Dios!

Cloé murmuró algo. El tomó su mano con las dos suyas. —¿Qué, mi amor? ¿Qué necesitas?

Pareció que ella trataba de abrir los ojos.

—¿Camilo?

—Soy yo.

—¿Qué pasa?

—Acabo de hablar por teléfono con Patty. Sigue durmiendo.

—Tengo frío.

—Te traeré una frazada. —Yo quería hablar con Patty ¿qué dijo?

—Mañana te lo cuento.

—Mmmm...

Camilo encontró una frazada y se la puso encima. ¿Está bien? Ella no contestó. Cuando él empezó a alejarse, en puntillas, ella dijo algo. El volvió.

—¿Qué pasa mi amor?

—Patty.

—En la mañana.

—Patty tiene mi conejito.

Camilo sonrió. —¿Tu conejito?

—Mi frazada.

—Está bien.

—Gracias por mi frazada.

Camilo se preguntó si ella se iba a acordar de algo de esto.

———

Max estaba en la cabina de pilotaje y Raimundo dormía en su habitación cuando su teléfono personal empezó a sonar; era Camilo.

Raimundo se incorporó. —¿Qué hora es donde estás?

—Cualquiera que esté escuchando sabrá en qué zona me encuentro si te digo eso.

—Danny nos aseguró que estos teléfonos eran seguros.

—Eso fue el mes pasado; estos teléfonos ya están casi obsoletos —dijo Camilo.

Se pusieron mutuamente al día. —Tienes razón en sacar a Patty de allí. Después de lo que te dije que dijo León, ¿no estás de acuerdo en que ella corre peligro?

—Incuestionablemente —dijo Camilo.

—¿Y Zión está dispuesto a ir a Israel?

—¿Dispuesto? Tengo que sentarme encima de él para impedir que empiece a caminar en esa dirección. Aunque va a sospechar si el gran hombre quiere hacer méritos por llevarlo para allá.

—No veo cómo podría ir de otro modo. Su vida no valdría nada.

—El se consuela en las profecías que dicen que él y el remanente de los 144.000 testigos están sellados y protegidos, al menos por ahora. El siente que puede meterse en la guarida del enemigo y salir ileso.

—El es el experto.

—Yo quiero ir con él. Estar en el mismo país que los dos testigos del Muro de los Lamentos podría hacer que explote esta cosecha de almas que él ha estado prediciendo.

—Macho, ¿has consultado eso con el cuartel general? Todo lo que oigo de arriba es que estás en terreno peligroso. Ya no tienes más secretos.

—Resulta cómico que tú tengas que preguntar. Acabo de transmitirle un largo mensaje al gran jefe.

—¿Te va a servir de algo?

—Raimundo, parece que tú has sobrevivido siendo franco. Yo hago lo mismo. Les dije que he estado muy ocupado rescatando amigos y enterrando a otros como para preocuparme de mi editorial. Además, desapareció noventa por ciento del personal y, virtualmente, todas las capacidades de producción. Les propongo seguir la revista en la Internet hasta que Carpatia decida si va a reconstruir imprentas y todo eso.

—ingenioso.

—Sí, bueno, es que podría haber dos revistas simultáneas en la Internet al mismo tiempo, si entiendes lo que quiero decir.

—Ya hay docenas.

—Quiero decir que podría haber dos que salieran simultáneamente, editadas por el mismo tipo.

—¿Pero solamente una de ella estaría financiada y sancionada por el rey del mundo?

—Correcto. La otra no tendría financiamiento en absoluto. Diría la verdad y nadie sabría de dónde viene.

—Me gusta tu manera de pensar Camilo, me alegra que seas de mi familia.

—No he sido tonto, eso puedo decir.

—¿Así qué debo decir a León que haré tocante a Patty y Zión?

—Dile que le darás el mensaje a la dama. En cuanto a Zión, negocia lo que quiera y lo llevaremos a Israel en un mes.

—¿Piensas que hay esa clase de paciencia en el Este?

—importa mucho estirar la cosa. Hacerla un suceso grandioso. Controlar el momento oportuno. Eso también enloquecerá a Zión pero nos dará tiempo para juntar a todos en la Internet para que puedan manifestarse.

—Como dije, me gusta tu manera de pensar. Debieras ser editor de una revista.

—Antes que pase mucho tiempo todos seremos solamente fugitivos.

Camilo tenía razón. En la mañana Cloé no recordaba nada de la noche anterior.

—Me desperté con calor y supe que alguien me trajo una frazada. No me sorprende que fuera uno de los muchachos de la planta alta.

Ella tomó su teléfono y fue hasta la mesa con ayuda de un bastón. Marcó el número con su hinchada mano derecha.

—Voy a llamarla ahora mismo. Le diré que se me hace muy largo el tiempo hasta tener compañía femenina aquí.

Cloé se sentó con el teléfono en su oreja durante un buen rato.

—¿No contesta? —dijo Camilo—. Mejor cuelga, querida. Si ella está donde no puede hablar, probablemente lo hubiera desconectado al primer timbrazo. Puedes llamar después pero no la pongas en peligro.

Una carcajada vino de Zión que estaba arriba. —¡Ustedes no creerán esto! —grito y Camilo escuchó sus pasos. Cloé cortó la llamada telefónica y miró para arriba, con expectación.

—El se entretiene con tanta facilidad, ¡qué gozo! Yo aprendo algo de él todos los días.

Camilo asintió y Zión apareció de las escaleras. Se sentó a la mesa, con fervor en su cara, —Estoy leyendo algunos de los miles de mensajes que me dejan en el boletín. No sé cuánto me paso por alto por los pocos que leo. Calculo que he visto solamente diez por ciento del total porque el total sigue aumentando. Me siento mal al no poder contestarlos individualmente pero ustedes se dan cuenta de la imposibilidad. De todos, recibí un anónimo esta mañana de "Uno que sabe". Naturalmente no tengo la seguridad que realmente sea "Uno que sabe" pero pudiera ser. ¿Quién puede saber? Observación interesante, ¿no? La correspondencia anónima pudiera ser falsa. Alguien podría decir que soy yo y ponerse a enseñar falsedades. Yo debo hacer algo que pruebe mi autenticidad, ¿no?

—¡Zión! —dijo Cloé—. ¿Qué escribió "Uno que sabe" que tanto te divierte?

—Oh, sí, Por eso bajó. ¿no? Perdónenme. Me fui.

Miró la mesa luego tocó el bolsillo de su camisa, y buscó en el de los pantalones.

—Oh, está en la impresora. No se vayan.

—¿Zión? Sólo quería decirte que yo estaré aquí cuando regreses —bromeó Cloé.

El pareció confundido. —Oh, bueno, sí, por supuesto.

—Se va a emocionar cuando sepa que vuelve a casa —dijo Camilo.

—¿Y tú vas con él?

Camilo contestó. No me lo perdería. Tremenda historia.

—Yo voy contigo.

Camilo contestó. —Oh, no, tú no... —pero Zión estaba de vuelta.

Desplegó el papel en la mesa y leyó: "Rabino, es justo que le diga que una persona que ha sido asignada a controlar cuidadosamente todas sus transmisiones es el asesor militar de mayor rango de la CG. Eso puede tener poco significado para usted pero él está interesado particularmente en su interpretación de las profecías sobre las cosas que en los próximos meses caerán a la Tierra causando grandes daños. El hecho que usted entienda literalmente estas profecías lo tiene trabajando en defensas nucleares contra tales catástrofes. Firma: Uno que Sabe.

Zión miró para arriba, con los ojos brillando. —Es tan divertido porque puede ser verdad. Carpatia que continuamente trata de explicar como fenómeno natural todo lo que respalde a las profecía bíblicas tiene a su asesor militar principal en la planificación para ¿qué? ¿Dispararle a una montaña ardiendo que cae del cielo? Eso es como un mosquito que golpea con su puñito el ojo del elefante. De todos modos. ¿no es esto una confesión en privado de su parte de que pudiera haber algo en estas profecías?

Camilo se preguntó si "Uno que sabe" era Raimundo y el nuevo hermano Max que estaban dentro de los cuarteles generales de 14 CG, y dijo: —Intrigante. Ahora bien, ¿listo para una buena noticia?

Zión puso una mano sobre el hombro de Cloé. —La mejoría diaria de esta preciosura es suficiente buena noticia para mí. A menos que hables de Israel.

Cloé dijo. —Zión, te perdonaré ese comentario condescendiente porque tengo la seguridad que no tenías intención de insultarme.

Zión se vio confundido.

Camilo dijo. —Perdónala. Ella está pasando por una crisis de los veintidós años contra la corrección política.

Cloé fijó sus ojos en Camilo. —Excúsame por decir esto frente a Zión pero eso me ofendió de verdad.

Camilo dijo rápidamente: —Bien, culpable. Lo siento pero estoy por decirle a Zión que va a ver que su deseo se...

—¡Sí! —exclamó el entusiasmado Zión.

—Y, Cloé, no tengo la energía para discutir si vas.

—Entonces, no discutamos. Voy.

—¡Oh, no! —dijo Zión—. ¿Por qué esperar tanto tiempo? Yo estoy listo ahora. Debo ir pronto. La gente está clamando eso y creo que Dios me quiere allá.

—Zión, nos preocupa la seguridad. Un mes también nos permitirá conseguir que vayan para allá tantos testigos de todo el mundo como sea posible.

—¿Pero un mes?

—Me parece bien. Para entonces andaré sola —dijo Cloé.

Camilo movió su cabeza.

Zión ya estaba en su propio mundo.

—Ustedes no se tienen que preocupar

por la seguridad. Dios me protegerá. Él protegerá a los testigos. No sé de los otros creyentes. Sé que están sellados pero no sé si también están protegidos sobrenaturalmente durante este tiempo de cosecha.

—Si Dios puede protegerte, puede protegerme —dijo Cloé.

Camilo dijo. —Cloé, tú sabes que tengo presente tu bienestar. Me encantaría que fueras. Nunca te extraño más que cuando estoy lejos de ti, en Jerusalén.

—Entonces, dime por qué no puedo ir.

—No me perdonaría jamás si algo te pasara. No puedo correr ese riesgo.

—Camilo, aquí soy igualmente vulnerable. Cada día es un riesgo. ¿Por qué senos permite arriesgar tu vida y no la mía?

Camilo no supo qué contestar aunque trató de encontrar una respuesta. —Patty estará mucho más cerca de su día de parto. Ella te necesitará y ¿nuestro hijo?

—Para ese tiempo ni siquiera se me notará el embarazo. Tendré tres meses apenas. Tú vas a necesitarme. ¿Quién se ocupará de la logística? Yo me comunicaré con miles de personas por la Internet, arreglando esas reuniones. Sólo resulta lógico que yo vaya.

—No has contestado el asunto de Patty.

—Patty es más independiente que yo.

Ella querría que yo fuera. Ella puede ocuparse de sí misma.

Camilo perdía y lo sabía. Desvió la mirada no queriendo ceder tan pronto. Sí, él estaba sobreprotegiéndola.

—Sólo que hace tan poco tiempo que casi te perdí.

—Camilo, escúchame. Yo supe lo bastante como para escaparme de esa casa antes que me aplastara. No puedes culparme por ese pedazo de techo volador.

—Veremos cuán sana estás en unas semanas más.

—Empezaré a empacar.

—No te precipites a sacar conclusiones.

—Camilo, no te hagas el padre. En serio no tengo problemas en someterme a ti porque sé cuánto me amas. Estoy dispuesta a obedecerte aunque estés equivocado pero no seas irracional. Y no te equivoques si no tienes que hacerlo. Sabes que haré lo que tú digas, y que me sobrepondré si haces que me pierda uno de los sucesos más grandes de la historia. Pero no lo hagas por un sentido machista y pasado de moda de proteger a la mujercita. Yo aceptaré lástima y ayuda por un tiempo más y luego quiero volver al juego a todo vapor. Pensé que era una de las cosas que te gustaba de mí.

Sí, lo era. El orgullo le impidió ponerse de acuerdo ahí mismo. Le daría un par de días y luego le diría que había llegado a tomar una decisión. Los ojos de ella lo perforaban. Era claro que ella ansiaba ganar esa partida. El trató de disuadirla con los ojos y perdió. Miró a Zión.

—Escúchala —dijo Zión.

Camilo dijo sonriente. No te metas en esto. No necesito que me ataquen en pandilla. Pensé que tú estabas *de mi parte*. Pensé que estarías de acuerdo en que este no es lugar para...

Cloé dijo: —¿Para quién? ¿una niña? ¿la "mujercita"? ¿una mujer embarazada y lesionada? ¿sigo siendo miembro del Comando Tribulación o fui degradada a mascota?

Camilo había entrevistado a jefes de estado que eran más fáciles que ella.

—No puedes defender esto —dijo ella.

—Tú quieres hacerme leña mientras estoy como árbol caído —dijo Camilo.

—No diré ni una palabra más.

Camilo se rió. —Tengo que ver eso.

—Si me perdona el par de chauvinistas, voy a tratar de hablar con Patty. Vamos a hacer una reunión telefónica del club de las hermanas débiles.

Camilo se encogió. —¡Oye! Tú no ibas a decir una palabra más.

—Bueno, entonces, váyanse de aquí para que no tengan que oír.

—De todos modos tengo que llamar a Ritz. Cuando hables con Patty, asegúrate de averiguar con qué nombre se ingresó ahí.

Camilo se fue detrás de Zión que subía la escalera pero Cloé lo llamó.

—Ven un momento, muchacho.

El volvió la cara. Ella le hizo señas que se acercara más diciendo: —Vamos.

Levantó su brazo, el que tenía enyesado desde el hombro a la muñeca, y lo enganchó por la nuca de él. Tiró de su rostro hacia el de ella y lo besó fuerte y largo. Él se retiró y sonrió tímidamente. —Eres tan fácil —susurró ella.

—¿Quién te ama, nena? —dijo él, dirigiéndose nuevamente a la escalera.

Ella dijo. —Oye, si ves a mi marido allá arriba, dile que estoy cansada de dormir sola.

———

Raimundo escuchó por el aparato electrónico para espiar cómo Pedro Mathews y León Fortunato se pasaban la última hora y media de vuelo discutiendo por el protocolo de su llegada a Dallas. Naturalmente que Mathews prevalecía en casi cada aspecto.

El embajador regional, ex senador federal ante el Congreso de los Estados Unidos por el Estado de Texas, había dispuesto limosinas, alfombra roja, una bienvenida, un saludo oficial y hasta una banda. Fortunato se pasó media hora en el teléfono hablando con la gente del embajador, leyendo lentamente el anuncio y la presentación oficial de los invitados de honor, que debía leerse mientras él y Mathews desembarcaban. Aunque Raimundo sólo podía escuchar lo que decía Fortunato en esta conversación, era evidente que la gente del embajador apenas toleraba esa presunción.

Después que Fortunato y Mathews se bañaron y cambiaron de ropa para la ocasión, León llamó a la cabina.

—Quisiera que ustedes, caballeros, asistieran a la tripulación de tierra con la escalera de salida tan pronto como hayamos llegado a un alto.

—¿Antes de los exámenes posteriores al vuelo? —dijo Max, mirando a Raimundo como si eso fuera una de las cosas más tontas que hubiera oído jamás. Raimundo se encogió de hombros.

—Sí, antes de los exámenes posteriores al vuelo —dijo Fortunato—. Asegúrense que todo esté en orden, díganle ala tripulación de cabina que espere para desembarcar hasta que termine la ceremonia de bienvenida, y ustedes dos deben ser los últimos en bajar.

Max desactivó el intercomunicador. —Si estamos postergando las revisiones posteriores al vuelo, seremos los últimos en salir. ¿No pensarás que la prioridad debiera ser asegurarse que esta cosa pueda volar para el viaje de regreso?

—Él se figura que tenemos treinta y seis horas, que podemos hacerlo en cualquier momento.

—Me entrenaron para revisar las cosas importantes mientras están calientes.

—A mí también pero haremos lo que nos dicen y tú sabes por qué.

—Dígame oh, Excelente Piloto Supremo.

—Porque la alfombra roja no es para nosotros. ¿no se te rompe el corazón? —dijo Max.

Raimundo actualizó el control de tierra mientras Max seguía las instrucciones del señalizador para llegar a la pista y a una zona pequeña de detención donde esperaba el público, la banda y los dignatarios. Raimundo miró a los informales músicos y dijo: —¿Me pregunto de dónde sacaron este grupo? ¿Y cuántos tenían antes del terremoto?

El señalizador dirigió a Max al borde de

la alfombra y cruzó sus linternas para indicar marcha lenta hasta detenerse. —Mira esto —dijo Max.

—Cuidado, so pillo —dijo Raimundo.

En el último instante Max pasó sobre el extremo de la alfombra roja.

—¿Hice eso? —preguntó.

—Eres malo.

Una vez instaladas las escaleras, terminada la música de la banda y ubicados los dignatarios, el embajador de la Comunidad Global se dirigió al micrófono y anuncio con mucha solemnidad: —Damas y caballeros, representando a Su Excelencia Nicolás Carpatia el Potentado de la Comunidad Global, el Comandante Supremo León Fortunato.

La multitud rompió en vítores y aplausos mientras León saludaba con la mano y bajaba.

—Damas y caballeros, ¡los asistentes personales del oficio del Pontífice Supremo de la única Fe Mundial Enigma Babilonia!

La reacción fue retenida mientras la muchedumbre parecía preguntarse si estos jóvenes tenían nombres, y de ser así por qué no los decían.

Luego de una pausa suficientemente larga para que la gente empezara a preguntarse si había alguien más a bordo del avión,

Mathews se acercó a la puerta pero quedándose fuera de la vista.

Raimundo estaba parado, en la cabina de pilotaje, esperando empezar la revisión posterior al vuelo cuando se acabaran los discursos. Mathews canturreó para sí mismo: —Estoy esperando. No voy a salir hasta que me anuncien.

Raimundo se sintió tentado a sacar su cabeza y decir: —¡Anuncien a Pete! —Se tuvo que contener. Finalmente Fortunato subió trotando, sin llegar muy lejos para poder ver a Mathews justo detrás del borde de la puerta del avión. Se paró cuando vio a Raimundo y dijo: —¿Estás listo? Raimundo asintió. León volvió a bajar y susurró al embajador.

—Damas y caballeros, ¡de la única Fe Mundial Enigma Babilonia, el Pontífice Máximo Pedro el Segundo!

La banda rompió a tocar, la multitud explotó y Mathews salió a la puerta, esperando varios toques de la banda y luciendo humilde ante la respuesta generosa. Bajó solemne, haciendo gestos de bendición mientras bajaba.

Cuando los discursos de bienvenida empezaron a zumbar, Raimundo tomó su anotador y se instaló en la cabina. Max dijo: —Damas y caballeros, ¡el primer oficial del Cóndor 216, con un promedio vitalicio de...

Raimundo le golpeó el hombro con el anotador. —Cállate, idiota.

—¿Cómo te sientes Ken? —preguntó Camilo.

—He estado mejor. Hay días en que el hospital se ve may bien. Pero estoy mucho mejor que la última vez que te vi. Se supone que me saqueo los puntos el lunes.

—Tengo otro trabajo para ti si te parece.

—Siempre listo, ¿Dónde vamos?

—Denver.

—Mmm... El aeropuerto viejo está abierto allá. Eso me dicen. Probablemente nunca vuelvan a abrir el nuevo.

—Escogimos una hora para ir y le dije a mi cliente que la recogería a eso del mediodía.

—¿Otra damisela en peligro?

—Efectivamente así es, ¿tienes ruedas?

—Sí.

—Tienes que recogerme en el camino esta vez. Tengo que dejar un vehículo aquí.

—Me gustaría ir a ver a Cloé, de todos modos. ¿Cómo está?

—Ven a verla.

—Mejor queme mueva ya si quieres cumplir tu compromiso. Uno nunca dispone de mucho tiempo para juegos, ¿no?

—Lo siento. Oye, Ken, ¿miraste ese sitio de la Red del que te dije'?

—Sí. Me he pasado bastante tiempo ahí.

—¿Llegaste a alguna conclusión?

—Tengo que hablarte de eso.

—Tendremos tiempo en el vuelo.

———

—Te agradezco que me des tanto tiempo de vuelo en este viaje —decía Max cuando él y Raimundo salieron del avión.

—Tenía un motivo ulterior. Sé que se tiraron por la ventana todas las reglas de la Administración Aérea Federal ahora que Carpatia es la ley en sí mismo pero yo obedezco aún la regla del máximo de horas de vuelo.

—Yo también ¿vas a alguna parte?

—En cuanto me enseñes cómo manejar el Challenger. Quisiera ir a ver a mi hija y darle una sorpresa. Camilo medio instrucciones.

—Qué bueno.

—¿Qué vas a hacer Max?

—Descansar un poco por aquí. Tengo unos amigos que puedo ir a ver, a trescientos veinte kilómetros al oeste de aquí. Si puedo encontrarlos, usaré el helicóptero.

El Suburban de Ken Ritz llegó rugiendo por la parte de atrás de la casa justo antes de las nueve.

—Alguien quiere verte cuando estás medio consciente —dijo Camilo.

—Averigua si quiere lucha a brazo partido —dijo Cloé.

—¿No te estás poniendo *fresca*?

Zión iba bajando la escalera cuando Camilo salió a saludar a Ken por la puerta trasera. Ken vestía botas de vaquero, pantalones vaquero, una camisa color caki de mangas largas y un sombrero de vaquero. —Sé que tenemos prisa pero ¿dónde está la enferma?

—Aquí mismo, doctor Aeroplano —dijo Cloé que salió cojeando a la puerta de la cocina. Ken la saludó tocándose el sombrero.

—Puedes hacerlo mejor vaquero —dijo ella, extendiendo su brazo bueno para abrazarlo. El lo aceptó presuroso.

—Seguro que te ves mejor que la última vez que te vi.

—Gracias. Tú también.

El se rió. —*Yo estoy* mucho mejor. ¿Notas algo diferente en mí?

Camilo dijo. —Quizá mejor color, me parece; y puede que hayas aumentado medio kilo, o uno entero, en el último día.

Ritz respondió. —Nunca se notan en este esqueleto.

—Ha pasado mucho tiempo señor Ritz —dijo Zión.

Ritz estrechó la mano del rabino. —Oye, todos nos vemos más sanos que la última vez, ¿no?

—Realmente tenemos que irnos—dijo Camilo.

—Así que nadie nota algo diferente en mí, ¿eh? —dijo Ken —¿No lo pueden ver en mi cara?

—¿Qué, acaso también estás embarazado? —dijo Cloé.

Mientras los demás se reían, Ken se sacó el sombrero y se pasó la mano por el pelo. —Primer día que puedo poner un sombrero en esta cabeza dolorida.

—¿Así que eso es lo diferente? —dijo Camilo.

—Eso y esto —Ken se volvió a pasar la mano por el pelo y, esta vez, la dejó encima de su cabeza sujetando el pelo echado para atrás—. Quizá se ve en mi frente. Puedo ver la de ustedes. ¿Pueden ver la mía?

Dieciséis

Raimundo realizó el acercamiento para otro aterrizaje más del Challenger 3. —Se están cansando de que yo esté monopolizando esta pista. Si no puedo hacerlo bien, puede que tengas que llevarme a Illinois.

—Torre de Dallas a CT, cambio.

Raimundo arqueó una ceja. —¿Ves lo que quiero decir?

—Yo contesto —dijo Max—. Este es CT, cambio.

—Mensaje TX para el capitán del Cóndor 216. cambio.

—Torre, adelante con el mensaje TX, cambio.

—El capitán tiene que llamar al Comandante Supremo al siguiente número...

Max lo anotó.

—¿Ahora qué quiere? —se preguntó Raimundo en voz alta. Acomodó al rugiente jet para bajarlo en el aterrizaje más suave de la mañana.

—¿Por qué no lo elevas otra vez? —dijo Max—, entonces yo me encargo de los controles mientras tú hablas con el capitán Canguro?

—Compañero, para ti ése es el Comandante Supremo Canguro —dijo Raimundo. Alineó al Challenger 3 y se lanzó por la pista a casi quinientos kilómetros por hora. Una vez en el aire en vuelo recto y nivelado, Max tomó los controles.

Raimundo encontró a Fortunato en la residencia del embajador. León dijo: —Esperaba que me llamara de inmediato.

—Estoy en maniobra de entrenamiento.

—Tengo un cometido que asignarle a usted.

—Señor, tengo planes para hoy. ¿Tengo alternativa?

—Esto viene directamente de la cumbre.

—Mantengo mi pregunta.

—No, no tiene alternativa. Si esto demora nuestro regreso, informaremos a los respectivos embajadores. Su Excelencia requiere que usted vuele hoy a Denver.

¿Denver?

—No estoy preparado para volar solo esta cosa—dijo Raimundo—. ¿Esto es algo que mi primer oficial pudiera manejar?

—Hay fuentes de inteligencia que localizaron a la persona con la que le pedimos que se comunicara, ¿me entiende?

—Entiendo.

—Su Excelencia apreciaría que su mensaje fuera entregado lo más pronto posible, en persona.

—¿Cuál es el apuro?

—La persona está en una institución de la Comunidad Global que puede ayudar a determinar las consecuencias de la respuesta.

—¿Ella está en una clínica de abortos?

—¡Capitán Steele! Esta es una transmisión insegura.

—Puede que tenga que ir en un vuelo comercial.

—Tan sólo llegue ahí hoy. Hay personal CG allá que está demorando a la persona.

———

—Antes que te vayas Camilo debemos agradecer al Señor por nuestro nuevo hermano.

Camilo, Cloé, Zión y Ken se arrodillaron en la cocina. Zión puso una mano en la espalda de Ken y miró al cielo. —Señor Dios Todopoderoso, Tu Palabra nos dice que los ángeles se regocijan junto con nosotros por Ken Ritz. Creemos la profecía de una gran cosecha de almas, y te agradecemos que Ken sea uno de los primeros de muchos millones que serán llevados a Tu reino en los próximos años. Sabemos que muchos sufrirán y morirán a manos del anticristo pero el destino eterno de ellos está sellado.

Rogamos especialmente que nuestro nuevo hermano tenga hambre de Tu Palabra, que posea el denuedo de Cristo frente a la persecución, y que sea usado para llevar a otros a la familia. Ahora pedimos que el Dios de paz nos santifique completamente, y que nuestros espíritus, almas y cuerpos sean preservados sin mancha cuando venga nuestro Señor Jesucristo. Creemos que el que nos llamó es fiel, que también lo hará. Oramos en el perfecto nombre de Jesús, el Mesías y nuestro Redentor.

Ken enjugó unas lágrimas de sus mejillas, se puso el sombrero y se lo caló bien sobre sus ojos. —¡Uh, muchacho! ¡Esto es lo que llamo oración!

Zión trotó y volvió con un libro de tapas blandas, todo doblado en las puntas, con el título, "Cómo empezar la vida cristiana", Se lo pasó a Ken que se emocionó y dijo:

—¿Me lo firmará?

Zión dijo: —¡Oh, no! yo no lo escribí. Me lo contrabandearon de la biblioteca de la iglesia del pastor Bruno Barnes. Sé que a él le hubiera gustado que tú lo tengas. Debo aclarar que las Escrituras no se refieren como cristianos a nosotros, los que creímos después del Rapto. Nos trata de santos de la tribulación pero la verdad de este libro aún se nos aplica.

Ken lo sostuvo con ambas manos como si fuera un tesoro.

Zión rodeó la cintura de Ken con su brazo, siendo casi treinta y tres centímetros más bajo de estatura. —Como el nuevo anciano de esta bandita, permite que te dé la bienvenida al Comando Tribulación. Ahora somos seis y un tercio de nosotros son pilotos.

Ritz fue a echar andar el Suburban. Zión deseó que Dios acompañara a Camilo y volvió a subir. Camilo acercó a Cloé y la abrazó como si fuera una frágil muñeca de porcelana. —¿Lograste hablar con Patty? ¿Sabemos su nombre falso?

—No. Seguiré tratando.

—Sigue también las órdenes del doctor Zión ¿oíste?

Ella asintió. —Sé que vas a volver Camilo pero no me gustan las despedidas. La última vez que me dejaste, desperté en Minnesota.

—La semana que viene vamos a traer al doctor Floid para acá y que te saque los puntos.

—Espero que llegue el día en que no tenga más puntos, yeso, bastón ni cojera. No sé cómo puedes soportar mirarme.

Camilo tomó su cara con las manos. El ojo derecho de ella todavía estaba amoratado, su frente era púrpura. La mejilla derecha estaba hundida donde le faltaban los dientes y el molar estaba roto.

El susurró: —Cloé, cuando te miro veo al amor de mi vida.

Ella empezó a protestar y él la hizo callar, —Cuando pensé que te había perdido, hubiera dado todo para tenerte nuevamente por un solo minuto. Podría mirarte hasta que vuelva Jesús y seguir queriendo compartir la eternidad contigo.

La ayudó a llegar a una silla. Camilo se inclinó y la besó entre los ojos. Entonces se encontraron sus bocas. —Quisiera que vinieras conmigo —susurró él.

—Cuando me sane vas a desear que me quede en casa de vez en cuando.

———

Raimundo se demoró lo más que pudo para sentirse más cómodo con el Challenger 3 y también para cerciorarse que Camilo y Ken llegaran a Patty antes que él. Deseaba poder decirle a Fortunato que ella no estaba cuando llegara allá. Pronto iba a llamar a Camilo para advertirle que la CG trataría de impedir que ella se fuera.

No le gustaban las instrucciones. Fortunato no le dio un destino específico. Dijo que las fuerzas locales de la CG le darían esa información. No le importaba donde querían que llevara a Patty. Si esto salía como él esperaba que fuera, ella iba a volver en avión a la zona de Chicago, con Camilo y Ken, y sus órdenes pasarían a la historia.

Camilo tendría que volar más de mil seiscientos kilómetros a Denver; Raimundo, menos de mil trescientos. El aceleró sin llegar cerca de toda la potencia del avión. Una hora después hablaba por teléfono con Camilo. Mientras conversaban, entraron un par de llamadas por la radio pero al no escuchar sus identificaciones, las dejó sin contestar.

—Nuestra ETA (hora calculada de llegada) es al mediodía en Stapleton —dijo Camilo—. Ken me dice que me puse demasiado ambicioso cuando le prometí que la veríamos tan temprano. Ella tiene que decirnos aún cómo llegar allá y no hemos podido comunicarnos. Ni siquiera sé cuál es su nombre falso.

Raimundo se contó su propio predicamento.

Camilo dijo. —No me gusta esto. No confío en nadie de los que están con ella.

—Todo esto es resbaladizo.

—Albie a Scuba, cambio —crujió la radio. Raimundo la ignoro.

—Estoy mucho más atrás que tú Camilo. Me aseguraré de no llegar allá sino alrededor de las dos.

—Albie a Scuba, cambio —repitió la radio.

—Eso hará que parezca lógico a León —continuó Raimundo—. El no puede esperar que yo llegue más rápido que esto.

—Albie a Scuba, ¿me escucha? Cambio.

Por fin lo escuchó. —Espera un minuto, Camilo.

Raimundo sintió que la piel de sus brazos se le erizaba cuando tomó el micrófono. —Aquí Scuba. Adelante Albie.

—Necesito su diez—veinte Scuba, cambio.

—Espere.

—Camilo voy a tener que llamarte de nuevo. Algo pasa con Max.

Raimundo revisó sus instrumentos.

—Wichita Falls. Albie, cambio.

—Baja en Liberal. Cambio y fuera.

—Albie, espera, yo...

—Quédate donde estás y yo te hallaré. Albie cambio y fuera.

¿Por qué Max tenía que usar nombres en código? Estableció el rumbo a Liberal, Kansas, y radió a la torre de allá para que le dieran coordenadas de aterrizaje. Con toda seguridad que Max no volaba a Liberal con el Cóndor pero en el helicóptero tardaría horas.

Volvió a la radio. —Scuba a Albie, cambio.

—En guardia, Scuba.

—Sólo me preguntaba si podría retroceder para encontrarte en el camino, cambio.

—Negativo, Scuba. Cambio y fuera.

Raimundo llamó a Camilo y lo puso al día. Camilo dijo: —Qué raro. Tenme al tanto.

—Entendido.

—¿Quieres oír buenas noticias?

—Sí,

—Ken Ritz es el miembro más nuevo del Comando Tribulación.

———

Justo antes del mediodía, hora de las montañas, Ritz aterrizó el Lear en el aeropuerto de Stapleton, Denver. Camilo todavía no había hablado con Cloé y la llamó.

—Camilo, lo siento pero no tengo nada que decir. Llamé a varios centros de la reproducción de la zona pero aquellos con que me comuniqué dijeron que solamente hacían cirugía ambulatoria, que no tenían residentes. Pregunté si también se ocupaban de partos y dijeron que no. No sé qué más hacer, Camilo.

—Tú y yo, los dos. Sigue probando con el número de ella.

Raimundo tranquilizó al desconfiado personal de la torre del pequeño aeropuerto de Liberal al ponerse a llenar su tanque de combustible. Les sorprendió ver cuán poco combustible necesitó.

Puso su computadora portátil cerca de la ventana de la cabina y se quedó ahí en la pista, navegando por la Internet. Encontró el boletín de Zión, que se había convertido en la comidilla del planeta. Cientos de miles de respuestas se sumaban a diario. Zión continuaba dirigiendo a Dios la atención de su rebaño en aumento. Agregó a su mensaje diario personal un estudio bíblico bastante profundo dirigido a los 144.000 testigos. Leer eso era algo que entibiaba el corazón de Raimundo y le impresionaba que un académico de esa talla fuera tan sensible a su auditorio. Además de los testigos, sus lectores eran los curiosos, los asustados, los que andaban buscando, y los creyentes nuevos. Zión tenía algo para cada uno pero lo más impresionante era su habilidad para "poner las cosas al alcance de todos" —como decía Bruno Barnes.

Los escritos de Zión se leían de la manera en que él le sonaba a Raimundo personalmente cuando el Comando Tribulación se sentaba con él, a discutir lo que Zión llamaba "las riquezas insondables de Jesucristo".

La habilidad de Zión con las Escrituras se relacionaba con algo más que su facilidad para los idiomas y los textos, como lo sabía Raimundo. El estaba ungido por Dios, dotado para enseñar y evangelizar. Esa mañana había puesto en la Internet el siguiente llamado a las armas:

Buenos días mi querido hermano o hermana en el Señor. Vengo a ti con el corazón apesadumbrado de dolor aunque lleno de gozo. Me entristezco personalmente por la pérdida de mi preciosa esposa e hijos. Me duelo por los muchos que han muerto desde que Cristo vino a buscar a Su Iglesia. Me duelo por las madres de todo el planeta que perdieron a sus hijos. Lloro por un mundo que ha perdido a toda una generación.

Qué raro resulta no ver las caras sonrientes de los niños ni escuchar sus risas. Por más que los disfrutáramos no pudimos saber cuánto nos enseñaban ni cuánto sumaban a nuestra vida sino cuando se fueron.

También tengo melancolía esta mañana debido a los resultados de la ira del Cordero. Debe estar claro para toda persona pensante, aun para los incrédulos, que se cumplió la profecía. El gran terremoto destruyó a la cuarta parte de la población que quedaba. Durante generaciones la gente ha calificado a los desastres naturales como "actos de Dios" (hechos fortuitos o de fuerza mayor) cosa que ha sido un calificativo mal empleado. Hace mucho tiempo Dios Padre concedió el control del clima de la Tierra al mismo Satanás, el príncipe y la potestad del aire. Dios permitió la muerte y la destrucción por medio de fenómenos naturales, si, debido a la caída del hombre. Indudablemente Dios intervino en ocasiones contra tales acciones del maligno debido a las oraciones fervorosas de Su pueblo.

Pero este último terremoto fue sin duda un acto de fuerza mayor. Trágicamente necesario y opto por hablar de esto hoy debido a una cosa que pasó donde estoy escondido en el exilio. Un hecho muy raro e impresionante que debe atribuirse a las increíbles habilidades industriales, motivaciones, organizacionales de la Comunidad Global. Nunca he ocultado que creo que la sola idea de un gobierno o divisa mundial único, o especialmente una fe así, (debiera decir falta de fe) viene del fondo del infierno. Esto no quiere decir que todo lo que resulte de estas alianzas impías sea obviamente malo.

Hoy, en mi lugar secreto del mundo, supe

por radio que la asombrosa red Celular—Solar hizo posible que la televisión retornara a ciertas zonas. Un amigo y yo, curiosos, encendimos el televisor. Nos quedamos estupefactos. Yo esperaba que hubiera una sola estación de noticias o, quizá también, una estación local de emergencia. Pero, estoy seguro que ustedes ya lo saben, donde ha vuelto la televisión, lo ha hecho con toda su potencia.

Nuestra televisión da acceso a cientos de canales de todo el mundo, radiados por satélite. Toda fotografía de todo canal que represente a toda estación y red disponibles, es transmitida a nuestros hogares con imágenes tan claras y reales que uno siente que podría meterse dentro de la pantalla y tocarlas. ¡Qué maravilla tecnológica!

Pero esto no me emociona. Admito que nunca fui un televidente ávido. Aburría al prójimo con mi insistencia en mirar programas educativos o de noticias y, de lo contrario, con mis críticas de lo que mostraban. Expresaba disgusto renovado cada mes, o algo así, por lo mala que se había puesto la televisión.

No seguiré disculpándome por mi horror ante lo que se volvió este medio para entretener. Hoy, como mi amigo y yo vimos al hacer un muestreo de cientos de estaciones, no pude ni detenerme en la mayoría de los programas ofrecidos porque eran tan abiertamente malos.

Detenerse siquiera a criticarlos hubiera sido someter mi cerebro al veneno. Concedo que aproximadamente un cinco por ciento era inofensivo, como las noticias. (Por supuesto que hasta las noticias son propiedad de la Comunidad Global y controladas por ésta y llevan su marca única pero, al menos no estuve sometido al lenguaje obsceno ni a las imágenes lascivas). Virtualmente en cada canal vi, no obstante, en ese segundo corto antes que cambiara la señal, la prueba definitiva de que la sociedad ha llegado al fondo total.

No soy ingenuo ni mojigato pero hoy vi cosas que nunca pensé que vería. Se erradicó todo freno, todo límite, toda demarcación. Era un microcosmo del motivo de la ira del Cordero. La sexualidad y la sensualidad y la desnudez son parte de esa industria desde hace años pero aun aquellos que las usaban se justificaban en la libertad de expresión o de una postura en contra de la censura que, por lo menos, los ponía al alcance solamente de las personas que sabían que elegían.

Quizá sea la misma pérdida de los niños que nos ha hecho, no que olvidemos a Dios, sino que le reconozcamos de la peor manera posible, sacándole la lengua, levantando nuestros puños y escupiéndole Su cara. Ver no sólo la perversión simulada sino las filmaciones que retratan realmente todo pecado mortal que figura en las Escrituras, es algo que nos dejó sintiéndonos sucios.

Mi amigo se fue de la sala. Yo lloré. No me sorprende que muchos se hayan vuelto contra Dios pero estar expuesto a las simas del resultado de abandonar al Creador es algo deprimente y entristecedor. La violencia real, torturas y asesinatos reales son cosas que se publican con orgullo, poniéndolas a disposición durante las veinticuatro horas en algunos canales. La hechicería, la magia negra, la clarividencia, adivinar la suerte, brujería, sesiones de espiritismo y conjuros, son cosas que se ofrecen como alternativas simples de todo lo normal, para ni mencionar lo positivo.

¿Esto es equilibrado? ¿Hay una estación que tenga historias, comedias, programas de espectáculos, entretenimiento musical, educación, algo religioso que no sea la única Fe Mundial Enigma Babilonia? Pese a todo el trompeteo triunfal de la Comunidad Global anunciando que llegó la libertad de expresión, la misma nos es negada a los que conocemos y creemos la verdad de Dios.

¿Pregúntense si el mensaje que escribo hoy se permitiría siquiera en una de las centenas de estaciones que transmiten a cada televisor que hay en el mundo? Por supuesto que no. Temo el día en que la tecnología permita que la Comunidad Global silencie hasta esta forma de expresión que, sin duda, será considerada pronto como delito contra el Estado. Nuestro mensaje sale al frente de la única fe mundial que niega la fe en el único Dios verdadero, el Dios de justicia y juicio. Y, de este modo, soy uno que disiente como ustedes si se consideran parte de la familia del reino. Creer en Jesucristo como el unigénito Hijo de Dios Padre, Creador de cielo y Tierra, confiar en el único que ofreció Su vida como sacrificio por el pecado del mundo, es antitético a todo lo que enseña el Enigma Babilonia. Los que se enorgullecen de la tolerancia y nos califican de exclusivistas, enjuiciadores, nada amantes, y punzantes resultan ilógico hasta el absurdo. Enigma Babilonia acoge bien en sus rangos a toda religión organizada siempre y cuando todas sean aceptables y ninguna sea discriminada. Y, sin embargo, los pilares fundamentales mismos de esas religiones hacen que eso sea imposible. Cuando se tolera todo no se limita nada.

Hay quienes se preguntan ¿por qué no cooperar? ¿Por qué no amar y aceptar? Nosotros amamos. No podemos aceptar. Es como si Enigma Babilonia fuera una organización de religiones "únicas y verdaderas". Puede que muchos de estos sistema de creencias rindan fervorosamente sus proclamas de exclusividad porque nunca fueron sensatas.

Creer en Cristo es único y, sí, exclusivo

frente a todo. Los que se enorgullecen de "aceptar" a Cristo como gran hombre, quizá dios, un gran maestro o uno de los profetas se denuncian como necios. Me he gratificado leyendo muchos comentarios amables de mi doctrina. Agradezco a Dios el privilegio y ruego orando que siempre busque Su guía y exponga con cuidado Su verdad. Pero imagine si yo anunciara que no sólo soy un creyente sino que también soy el mismo dios. ¿No negaría eso toda cosa positiva que yo hubiera podido enseñar? Puede ser cierto que debemos amar a todos y vivir en paz. Ser buenos con nuestro prójimo. Tratar al prójimo como queremos que ellos nos traten. Los principios son sanos pero ¿el maestro sigue siendo admirable y aceptable si también proclama ser dios?

Jesús era hombre que también era Dios. Bueno, dice usted, ahí es donde diferimos. Usted lo considera simplemente hombre. Si eso es todo lo que El fue, entonces era un egomaníaco o demente o mentiroso. ¿Puede usted decir en voz alta que Jesús fue un gran maestro excepto por eso de andar diciendo que era el Hijo de Dios, el único camino al Padre, sin que escuche la necedad que implica?

Un argumento contra un compromiso profundo y sincero a la fe era que las diversas creencias religiosas eran tan parecidas que no parecían marcar mucha diferencia para escoger. Llevar una vida espiritual y moral era hacer lo mejor que uno podía, tratar con amabilidad al prójimo y esperar que las buenas obras propias superaran el peso de las malas.

Sin duda que esos fundamentos son comunes de muchas de las religiones que se juntaron para formar la única Fe Mundial. Como miembros cooperativos han desechado todas las demás distinciones y disfrutan la armonía de la tolerancia.

Francamente, esto aclara el asunto. Ya no debo seguir comparando la fe en Cristo con los otros sistemas de creencias que, ahora, son uno, y la diferencia entre Enigma Babilonia y el Camino, la Verdad y la Vida es tan clara que optar se ha vuelto fácil, si es que no la opción misma.

Enigma Babilonia, sancionado por la misma Comunidad Global, no cree en el único Dios verdadero. Cree en cualquier dios, o no dios o dios como concepto. El yo es el centro de esta religión hecha por el hombre, y consagrar la vida de uno a la gloria de Dios es algo que se le opone crudamente.

Hoy les lanzo el reto de elegir bandos. únase a un equipó. Si un lado es bueno, el otro es malo. Ambos no podemos ser buenos. Vaya a ver la página Internet que le conduce por las Escrituras que aclaran la situación del hombre. Descubra que usted es un pecador separado de Dios pero que puede ser reconciliado a El aceptando la dádiva de la salvación que El ofrece. Como lo señalé antes, la Biblia predice un ejército de jinetes que llega a los doscientos millones pero habla de una multitud de santos de la tribulación —los que llegaron a creer durante este período— que no puede contarse.

Aunque eso indique claramente que habrá cientos de millones de nosotros, no le convoco a una vida cómoda. Durante los próximos cinco años anteriores al retorno glorioso de Cristo a instalar Su reino en la Tierra, morirá las tres cuartas partes de la población que quedó después del arrebatamiento. Mientras tanto, debemos invertir nuestra vida en la causa. Se dice que un gran misionero mártir del siglo veinte, llamado Jim Elliott, escribió uno de los resúmenes más claros de consagración a Cristo que jamás se haya concebido: "No es necio aquel que rinde lo que no puede conservar [esta vida temporal] para ganar lo que no puede perder [la vida eterna con Cristo]".

Ahora, una palabra a mis conciudadanos judíos conversos de cada una de las doce tribus: programen en juntarse en Jerusalén dentro de un mes a contar de hoy para tener comunión y enseñanza y unción para evangelizar con el fervor del apóstol Pablo y juntar la gran cosecha de almas que es nuestra.

Y ahora a Aquel que es capaz de impedir

que ustedes caigan, a Cristo, ese gran pastor de las ovejas, a El sea el poder y el dominio y la gloria ahora y por siempre, por el mundo infinito. Amén. Vuestro siervo, Zión Ben—Judá.

Raimundo y Amanda se deleitaban leyendo esas misivas de Bruno Barnes y, ahora de, Zión. ¿Sería posible que ella estuviera escondida en alguna parte, capaz de acceder a esto mismo? ¿Podía ser que estuvieran leyéndolo al mismo tiempo? ¿Aparecería un mensaje de Amanda algún día en la pantalla de Raimundo? Cada día sin noticias hacía que le fuera más difícil creer que ella siguiera viva y, no obstante, no podía aceptar que ella se hubiera ido. No iba a dejar de buscar. No podía esperar para regresar donde estaba el equipo que le permitiría bucear y probar que Amanda no estaba en ese avión.

—Albie a Scuba, cambio.

—Aquí Scuba, adelante —dijo Raimundo.

—ETA tres minutos. Aguanta firme. Cambio y fuera.

———

Camilo y Cloé acordaron que él seguiría probando con el número de Patty mientras ella continuaba llamando a las instituciones médicas de Denver. Camilo saboreó la frustración de Cloé cuando empezó a apretar cada minuto el botón rojo para marcar de nuevo el teléfono de Patty. Hasta un tono de ocupado hubiera sido alentador —Camilo se dijo—, no tolero estar sentado aquí. Me siento con ganas de empezar a caminar y buscarla.

—¿Trajiste tu computadora portátil?

—preguntó Ritz.

—Siempre —Ken había estado como clavado a la suya por un tiempo.

Zión está en la Red, reuniendo las tropas. Tiene que ser odioso para Carpatia. Sé que hay mucha gente que aún ama a Carpatia y que son más que nosotros, los que por fin vimos la luz, pero mira esto.

Ritz movió su computadora para que Camilo mirara los números que indicaban cuántas respuestas llegaban por minuto al boletín. Habiendo un mensaje fresco, el total se volvía a multiplicar.

Camilo pensó que Ritz tenía la razón naturalmente, pues Carpatia tenía que estar enfurecido por la respuesta a Zión. No era de asombrarse entonces que quisiera hacer méritos con la fuga de Zión y, también, por llevarlo de vuelta al público cuando fuera el momento propicio. Pero ¿cuánto tiempo satisfaría eso a Carpatia? ¿Cuánto tiempo pasaría antes que sus celos lo consumieran?

—Si es verdad que la Comunidad Global quiere patrocinar el regreso de Zión a Israel, debieran mirar lo que dice de Enigma Babilonia.

—Carpatia tiene a Mathews a cargo del Enigma Babilonia en estos momentos, y lo lamenta. Mathews considera que él y la fe son más grandes e importantes que la misma Comunidad Global. Zión dice que la Biblia enseña que Mathews durará solamente por un tiempo más —dijo Camilo.

El teléfono sonó y era Cloé.

—Camilo, ¿dónde estás?

—Todavía aquí, instalados en la pista.

—Tú y Ken tienen que ir a arrendar un automóvil. Les hablaré mientras van.

—¿Qué pasa? —dijo Camilo, saliendo del avión y haciendo señas a Ken para que lo siguiera.

—Me comuniqué con un hospital privado pequeño. Una mujer me dijo que iba a cerrar dentro de tres semanas porque era mejor vender a la Comunidad Global que estar pagando los impuestos ridículos.

Camilo trotó hacia la terminal pero pronto se detuvo al darse cuenta que Ken se quedaba atrás. —¿Ahí es dónde está Patty? —preguntó a Cloé.

—No, pero esta mujer me dijo que hay un gran laboratorio de pruebas de la Comunidad Global en Littleton. Está instalado en una gran iglesia que Enigma Babilonia se apropió y, luego, le vendió a Carpatia cuando disminuyó la asistencia. Hay una clínica de la reproducción en la antigua ala de la escuela de esa iglesia que acepta pacientes por plazos prolongados. A ella no le gustaba. La clínica y el laboratorio trabajan conjuntamente y es evidente que se investiga mucho la donación y el tejido fetal.

—¿Así que encontraste a Patty allí?

—Creo que sí. Le describí a Patty y la recepcionista se puso recelosa cuando no supe qué nombre podría usar. Me dijo que si alguien estaba ahí bajo un nombre falso, significaba que no querían que los encontraran. Le dije que era importante pero no lo creyó. Le pedí que tan sólo dijera a cada paciente que había un mensaje para llamar a CW pero tengo la seguridad que ella lo ignoró. Llamé después de un rato y disfracé la voz. Dije que mi tío era el portero y si alguien podía ir a buscarlo para que viniera al teléfono. Este hombre vino prontamente y le dije que tenía ahí una amiga que había olvidado darme su nombre falso. Le dije que mi marido iba en camino con un regalo pero que él tendría que saber por quién preguntar para poder entrar. El hombre no estaba seguro de poder ayudar hasta que le dije que mi marido le daría cien dólares. Se entusiasmó tanto que me dio su nombre antes de darme los nombres de las cuatro mujeres que ahora están ahí.

Camilo llegó al lugar donde alquilaban vehículos y, Ken, sabiendo cómo era la cosa, sacó su licencia de manejar y la tarjeta de crédito, tirándolas al mostrador.—Me vas a deber un montón; esperemos que tengan un automóvil de tamaño decente.

—Dame los nombres, mi amor—dijo Camilo sacando un lápiz.

—Te daré los cuatro por si acaso —dijo Cloé—, pero sabrás de inmediato cuál es el de ella.

—No me digas que se puso algo como Blancanieves de los enanos.

No, nada tan creativo. Sólo que somos afortunados con el tipo de las mujeres allí representado. Conchita Fernández, Suzie Ng, Mary Johnson y Li Yamamoto.

—Dame la dirección y dile al tío portero que le diga a Mary que vamos en camino.

Max bajó el helicóptero estacionándolo cerca del Challenger 3 y subió a bordo con Raimundo.

—Ray, no sé qué está pasando pero yo no me quedaría tan quieto como tú sin tener una buena razón. Me da escalofríos el sólo pensar que casi me perdí esto pero, después que me dejaste, llevé carreteando al Cóndor a ese hangar del sur, como dijiste. Estoy saliendo de ahí y dirigiéndome a la fila de taxis cuando Fortunato me llama de la casa del embajador. Me pregunta si lo dejo volver al Cóndor porque tiene que hacer una llamada clasificada y el único teléfono seguro está abordo. Le digo que sí, naturalmente, pero que voy a tener que abrirlo para él y echarlo a andar para que haga su llamada y, luego, apagar todo y volver a cerrar. Me dice que está bien en la medida que me quede en las habitaciones del piloto o en la cabina y le dé privacidad. Le dije que tenía cosas para hacer en la cabina. Fíjate bien, Ray. Max sacó de su bolsillo un dictáfono—. ¿Me adelanto a pensar las cosas o no? Me metí ahí, me puse los auriculares y moví la palanca. Enchufé el dictáfono en uno de los fonos y lo encendí. Escucha.

Raimundo oyó el marcado y luego a Fortunato que decía.

—Bien, Su Excelencia, estoy en el Cóndor, así que esto es seguro... Sí, estoy solo... El oficial MacCullum me dejó entrar... En la cabina. No hay problema... Camino a Denver... ¿Van a hacerlo allá mismo?... Ese lugar es tan bueno como cualquier otro. Aunque va a cambiar nuestro viaje de regreso... Sencillamente un solo piloto no puede hacer todo este viaje, es cosa física. No me sentiría a salvo... Sí, empiezo a decirle a los embajadores que necesitaremos más tiempo para volver. ¿Quiere que trate de contratar un piloto aquí en Dallas?... Entiendo. Consultará con usted más tarde.

¿Qué entiendes de todo esto, Max?

—Ray, está muy claro. Quieren agarrarlos a ustedes dos de una sola vez. Lo que impactó fue que cuando corrió a la cabina y golpeó ligero parecía sonrojado y conmovido. Me preguntó si yo volvería y lo acompañaría y que por favor me sentara. Se veía nervioso, secándose la boca y desviando la mirada, totalmente al contrario de lo que es, ya tú sabes. Dice "acabo de saber del capitán Steele y es posible que se demore. Quisiera que usted trace nuestro regreso y ponga suficiente descanso para usted en el caso que tenga que hacer solo todo el vuelo".

—Dijo, ¿*todo* el vuelo? ¿Toda la ruta de regreso y todas las escalas de la ruta?

—El contesta que debiera hacer un itinerario descansado para mí y que, con suficiente reposo, ellos confían plenamente que puedo hacerlo. Agrega: "verá que Su Excelencia estará muy endeudado con usted".

Raimundo no lucía entretenido. —Así que te reclutó para que seas el nuevo capitán.

—Eso parece.

—Y yo me voy a demorar. Bueno, ¿no es una manera agradable de decir que me van a matar?

Diecisiete

Cuando Camilo y Ken consiguieron el automóvil de alquiler, con más espacio del que necesitaban, y recibieron la información de los atajos para pasar por alto la destrucción, les llevó casi tres cuartos de hora llegar a Littleton. Fue fácil encontrar una iglesia que había sido adaptada para laboratorio de pruebas y clínica de la reproducción. Estaba en la única calle transitable dentro de un radio de veinticuatro kilómetros. Todos los vehículos que vieron estaban cubiertos de polvo y embarrados.

Camilo entró solo para ver si podía sacar a Patty de allí. Ken esperó afuera con el motor andando y controlando el teléfono de Camilo.

Este se acercó a la recepcionista. —¡Hola! —dijo despreocupadamente—. Vengo a ver a Mary.

—¿Mary?

—Johnson. Ella me espera.

—¿Quién pregunta por ella?

—Dígale que es C.

—¿Son parientes?

—Creo, espero que pronto lo seremos.

—un momento.

Camilo se sentó y tomó una revista como si tuviera todo el tiempo del mundo. La recepcionista tomó el teléfono. —Señora Johnson, ¿espera visitas?... ¿No?... Un joven que dice llamarse C... Veré.

La recepcionista hizo señas a Camilo.

—Ella quiere saber de dónde la conoce.

Camilo sonrió como si estuviera exasperado. —Recuérdele que nos conocimos en un avión.

—Dice que se conocieron en un avión... Muy bien.

La recepcionista colgó. —Lo siento señor pero ella cree que usted la puede haber confundido con otra persona.

—¿Puede decirme si ella está sola?

—¿Por qué?

—Esa sería la razón por la que no dice que me conoce. Puede que necesite ayuda y no sabe cómo decírmelo.

—Señor, ella se está recuperando de un procedimiento médico. Estoy totalmente segura que está sola y bien cuidada. Sin su permiso no puedo seguir hablando más con usted.

Camilo vio, con su visión periférica, que una figura oscura y pequeña, vestida con una larga tánica, pasaba apresuradamente. La diminuta asiática de aspecto severo, cabello largo miró con curiosidad a Camilo, luego desvió la vista con rapidez y desapareció por el corredor.

El teléfono de la recepcionista sonó. Ella susurró. —Sí, ¿Mary?... ¿No lo reconoce en absoluto? Gracias.

—Así pues, Max, ¿estoy paranoide o pareciera que estuvieran usando a Patty como carnada para agarramos a los dos juntos?

—Me parece eso y ninguno de ustedes va a escaparse.

Raimundo tomó su teléfono.

—Mejor que le diga a Camilo en qué se está metiendo antes que yo decida qué voy a hacer.

A Camilo le pareció que la recepcionista estaba llamando a los guardias de seguridad. No sería bueno que los guardias lo sacaran o, peor, que lo detuvieran. Su primera idea fue salir corriendo pero aún había una oportunidad de pasar por alto a la recepcionista. Quizá Ken podía distraerla o quizá él la convenciera que no sabia cuál era el nombre que usaba su amiga y que sólo había estado adivinando.

Sin embargo, la recepcionista lo asombró cuando colgó de repente y dijo:

—No será que usted trabaja para la Comunidad Global, ¿no?

¿Cómo sabía ella, eso era tan raro como Patty con un nombre extranjero mientras que una muchacha asiática se llamaba Mary Johnson o había elegido ese nombre como *su* seudónimo. Si Camilo negaba que trabajaba para la Comunidad Global nunca podría saber por qué ella lo había preguntado. —Oh, sí, efectivamente, sí.

La puerta principal se abrió de par en par y Ken entró corriendo con el teléfono de Camilo en la mano.

La recepcionista dijo: —¿Será que se llama Raimundo Steele?

¿Qué?...

Ken gritó. —¿Señor, es suyo el automóvil que está afuera con las luces encendidas?

Camilo se dio cuenta que no podía dudar. Se dio vuelta, diciendo por encima del hombro. —Volveré.

—Pero, señor, capitán Steele.

Camilo y Ken volaron escalinata abajo en dirección al automóvil. —¡Pensaron que yo era Raimundo! ¡Casi estaba adentro!.

—No quieras estar ahí, Camilo. Es una trampa para Raimundo. El está seguro que te hubieras metido en una emboscada.

Ken trató de poner el cambio en automático pero no entraba.

—Pensé que había dejado andando esta cosa.

Las llaves habían desaparecido.

Un oficial uniformado de la CG se materializó en la ventanilla del vehículo. —Aquí, señor —dijo pasándole las llaves a Ken—. ¿Cuál de ustedes es el capitán Steele?

Camilo supo que Ken estaba tentado de salir escapando a toda velocidad. Se inclinó cruzando el regazo de Ken y dijo, —Yo. ¿Me estaban esperando?

—Sí, lo esperamos. Cuando su chofer salió del automóvil, pensé cerrarlo y llevarle las llaves, Capitán Steele, tenemos su equipaje dentro, si quiere venir con nosotros.

Volviéndose a Ken dijo: —¿Usted también trabaja para la CG?

—¿Yo? No. Trabajo para la compañía que arrienda vehículos. El capitán aquí presente no estaba seguro de poder devolver el automóvil, así que yo lo llevo. Naturalmente él paga por el viaje de vuelta.

—Naturalmente. Y si no hay nada que usted necesite del automóvil, entonces, capitán, puede seguirme.

Y dirigiéndose a Ken le dijo: —Nosotros le llevaremos en nuestro transporte así que usted puede llevarse el automóvil.

—Déjeme pagarle —dijo Camilo—. Y de inmediato estaré con usted.

Ken cerró la ventanilla. —Di la palabra, Camilo y nunca nos alcanzarán. Entras ahí como Raimundo Steele y de ahí no salen ni tú ni Patty.

Camilo armó un espectáculo con los billetes que sacó para Ken.

—Tengo que entrar—dijo—. Si piensan que soy Raimundo y que olí la trampa y me escurrí, la vida de Patty no vale nada. Ella está embarazada y todavía no es creyente. No tengo ganas de entregarla en bandeja a la CG.

Camilo dio una mirada al guardia que estaba en la acera. —Tengo que ir.

Ritz dijo: —Me quedaré cerca. Si no sales de ahí, entro yo.

—Me tienta volar derecho a Bagdad y probarme que Amanda no está enterrada en el Tigris. ¿Qué va a hacer Carpatia cuando yo me presente? ¿Reclamar el mérito de mi resurrección?

—Tú sabes dónde está tu hija, ¿correcto? Si encontraron un lugar para esconderse, ese es el lugar donde ir. Para cuando Carpatia sepa que no fuiste a Denver, ya estarás escondido.

—No está en mí esconderme, Max. Yo sabía que esta cosa con Carpatia era pasajera pero resulta raro ser un blanco. Probablemente ninguno de nosotros llegue vivo a la Manifestación Gloriosa pero esa es mi meta desde el primer día. ¿Cuáles son las posibilidades ahora?

Max movió la cabeza.

El teléfono de Raimundo se puso a sonar. Ritz le dijo lo que estaba pasando.

—¡Oh, no, no debieras haberlo dejado entrar de nuevo ahí. Puede que no se den cuenta que no soy yo sino después de matarlo; sácalo de ahí!

—No hubo forma de detenerlo Raimundo. El piensa que si hacemos algo sospechoso, Patty pasa a la historia. Créeme si no sale en unos minutos más, entro yo.

—Esta gente tiene armas sin límite. ¿estás armado?

—Sí pero ellos no se arriesgaran a disparar adentro, ¿te parece?

—¿Por qué no? No les importa nada sino ellos mismos. ¿Qué andas trayendo?

—Camilo no sabe, y nunca tuve que usarla pero siempre que salgo a volar llevo una Beretta.

Camilo y el guarda de la CG fueron saludados por una recepcionista muy molesta. —Si sencillamente me hubiera dicho quién es usted, capitán Steele, usando el nombre correcto de la persona que anda buscando, yo lo hubiera dejado pasar sin problemas.

Camilo sonrió y se encogió de hombros. Apareció un guardia más joven que dijo.

—Ella lo verá ahora. Luego todos llenaremos unos pocos formularios y nosotros los llevaremos, a los dos, a Stapleton.

—Oh, usted sabe que nosotros no bajamos en Stapleton después de todo.

Los guardias se miraron uno al otro.

—¿No?

—Nos dijeron que el terreno de aquí a Stapleton estaba peor que de aquí al aeropuerto internacional de Denver, así que...

—Pensé que el DIA estaba cerrado.

—Sí, a los vuelos comerciales —dijo Camilo—. Si puede llevarnos hasta allá, nosotros regresaremos.

—¿Regresar dónde? Todavía no le hemos dado sus órdenes.

—Oh, sí, yo sé. Tan sólo supuse que era a Nueva Babilonia.

El guardia joven dijo —Oye, si el DIA está cerrado a los vuelos comerciales, ¿de dónde sacaron el automóvil?

—Un negocio estaba abierto todavía, supongo que para atender a los militares de la CG.

El guardia más viejo miró a la recepcionista. —Dígale que vamos en camino.

Mientras la recepcionista tomaba el teléfono, los guardias le pidieron a Camilo que los siguiera por el corredor. Entraron a una habitación marcada como "Yamamoto". Camilo temía que Patty dijera su nombre en cuanto lo viera. Ella estaba acostada, mirando a la pared. No sabía si estaba o no despierta.

—Se va sorprender cuando vea a su viejo capitán —dijo Camilo—. Ella solía decirme Macho, como apodo más corto pero frente a la tripulación y los pasajeros siempre fui el capitán Steele. Sí, ella fue la jefa de las aeromozas de mis vuelos en PanCon durante mucho tiempo. Siempre trabajó muy bien.

El guardia mayor puso una mano en el hombro de ella. —Querida, es hora de irse.

Patty se dio vuelta, luciendo confusa, mirando de reojo contra la luz, y dijo:

—¿Dónde vamos?

—El capitán Steele está aquí, vino a verla señora. El la llevará a un sitio intermedio y luego de regreso a Nueva Babilonia.

—Oh, hola, capitán Steele. No quiero ir a Nueva Babilonia —dijo ella adormilada.

—Sólo cumplo órdenes, señora Durán; usted lo sabe bien —dijo Camilo.

—Sólo que no quiero ir tan lejos —dijo ella.

—Lo haremos en etapas. Lo podrá hacer.

—Pero yo...

—Empecemos a movernos, señora. Tenemos un horario que cumplir —dijo el guardia mayor.

Patty se incorporó. El embarazo se empezaba a notar.

—Agradecería que ustedes, caballeros, me disculparan mientras me visto.

Camilo siguió a los guardias al pasillo. El más joven dijo: —Así, ¿en qué vino volando hasta acá?

—Oh, uno de esos jets pequeños que sobrevivieron el terremoto.

El otro preguntó: —¿Cómo fue el vuelo desde Bagdad?

Camilo pensó que Raimundo le había dicho que el aeropuerto de Bagdad estaba inutilizable. Aliviado porque no preguntaron más del avión, se preguntó si lo estaban probando.

—Salimos de Nueva Babilonia. Ustedes no creerían lo rápido que va la reconstrucción.

—¿Vuelo largo?

—Muy largo pero por supuesto hicimos escala cada tantas horas para recoger a un dignatario.

Camilo no sabía cuántos, cuándo o dónde, y esperaba que no preguntaran eso.

—¿Cómo es eso? ¿Todos esos importantes y delicados juntos en el mismo avión?

—Otro día, otro dólar —dijo Camilo—. De todos modos, los pilotos nos quedamos en la cabina de pilotaje o en nuestras habitaciones. No nos metemos en la cosa social.

Camilo sabía que ya había estado bastante rato adentro como para preocupar a Ritz. No había manera en que estos tipos fueran a llevarlos, a él o a Patty, a ningún aeropuerto, por más que él los desorientara. Le sorprendía que no les hubieran ofrecido un trago envenenado. Evidentemente ellos tenían órdenes para realizarlo en forma limpia, decente y callada. No habría testigos.

Cuando el guardia de más edad golpeó la puerta de Patty, Camilo vio a Ken en el pasillo con un portero, ambos con escobas. Camilo le dio conversación a los guardias, esperando que Ken pudiera salirse de la vista rápidamente pues, aunque estaba usando una gorra de la clínica como el portero, no ocultaba sus rasgos.

—Así, pues. ¿qué clase de vehículo le pasan a ustedes? —dijo Camilo—. ¿Algo que nos lleve por este terreno más rápido que un sedán alquilado?

—En realidad, no. Un minifurgón, desdi-

chadamente con tracción a las ruedas trase-
ras. Pero podemos llevarlo sin problemas al
DIA. (1)

—¿Dónde nos mandan, de todos modos?
—preguntó Camilo.

El guardia más joven sacó un papel de su
bolsillo. —Le daré esto en unos pocos minutos más, en la otra habitación, pero dice
Washington Dulles. (2)

Camilo miró al hombre. El sabía algo seguro: Ni siquiera había planes para reconstruir el aeropuerto Dulles que había sido
arrasado en la guerra y el terremoto había
destruido el aeropuerto nacional Reagan
que tenía una o dos pistas operativas, como
le había dicho Raimundo pero el Dulles era
un montón de escombros.

—Estaré lista en un segundo más —dijo
Patty. El guardia suspiró.

—¿Qué hay en la otra habitación? —preguntó Camilo.

—Una rendición de cuentas. Le damos
sus órdenes, nos aseguramos que tengan todo lo que necesitan y, entonces, nos vamos
para el aeropuerto.

A Camilo no te gustaba la idea de la otra
habitación. Deseaba poder conversar con
Ritz. Camilo no sabía si los hombres de la
CG llevaban armas adosadas a sus costados
pero se suponía que tenían ametralladoras

Uzis en sobaqueras atadas a sus costillas, por atrás. Se preguntaba si iba a morir tratando de salvar a Patty Durán.

Raimundo no quería que Fortunato supiera que todavía no estaba en Denver en el caso que las fuerzas de la CG hubieran ya informado su llegada. Si Denver sabía que el Raimundo de verdad estaba todavía volando, Camilo quedaría delatado y ni él ni Patty tendrían una oportunidad. Raimundo se quedó en la pista de Kansas tan indefenso como nunca se había sentido.

—Mejor es que vuelvas Mas. Fortunato piensa que andas visitando amigos, ¿no?

—Sí, ¿no?

—¿Cómo se comunica contigo?

—Hace que la torre me llame y, entonces, nos cambiamos a la frecuencia II para conversar en privado.

Raimundo asintió. —Buen viaje.

—Muy bien, señora—dijo el guardia a través de la puerta del cuarto de Patty—. Se acabó el tiempo. Ahora, vámonos.

Camilo no oyó nada del cuarto de Patty.

Los guardias se miraron uno al otro. El mayor hizo girar la perilla de la puerta. Estaba con llave. Blasfemó. Ambos sacaron armas de sus sacos y golpearon ruidosamente la puerta, mandándole a Patty que saliera. Otras mujeres salieron de sus cuartos para atisbar, incluyendo uno de cada punta del pasillo. El guardia más joven les meció la Uzi y ellas se metieron rápido en sus habitaciones. El mayor disparó cuatro balazos a la puerta de Patty, volando la cerradura que cayó ruidosamente al suelo y produjo alaridos pasillo abajo. La recepcionista vino corriendo pero cuando apareció en el corredor recibió los balazos del arma del guardia más joven que roció con balas el lugar, cortándola desde la cintura a la cara. Ella cayó ruidosamente al piso de mármol.

El guardia mayor entró corriendo al cuarto de Patty mientras el menor giraba para seguirlo. Camilo se interponía entre ellos. Deseó haber tenido no entrenamiento en defensa o ataque. Debía haber una respuesta estratégica a un hombre que le mete una Uzi en la cara.

Sin tener nada en su repertorio plantó su pie derecho, dio un paso veloz con el izquierdo y, con toda su fuerza, le metió el puño derecho en la nariz al guardia joven. Sintió el crujido del cartílago, el castañeteo de los dientes y la rotura de la carne. El guardia debe haber estado en la mitad de un paso cuando Camilo lo golpeó porque la nuca golpeó primero el suelo.

La Uzi hizo ruido contra el mármol pero la bandolera quedó debajo del hombre. Camilo se dio la vuelta y corrió hacia la ultima habitación a su izquierda, donde momentos antes había visto una cara aterrada que atisbaba. Nadando en cámara lenta desfilaban por su mente las cortinas ondulantes de la ventana abierta en el cuarto de Patty, el cuerpo destrozado de la recepcionista y las córneas de los ojos del guardia cuando Camilo le metió la nariz tan adentro de su cabeza que le vació la cara.

La sangre goteaba de la mano de Camilo mientras éste corría. Dio una rápida mirada hacia atrás cuando se precipitaba hacia el cuarto al final del pasillo. Ni señas del guardia más viejo. Una mujer latina embarazada aullaba cuando él entró como una tromba en su habitación. El sabía que se veía horroroso. con la lesión de su mejilla todavía encendida, su mano y camisa cubiertas con la sangre de la cara del guardia joven. La mujer se tapó los ojos y tembló.

—¡Cierre con llave esta puerta y métase debajo de la cama! ——dijo Camilo. Ella no se movió al comienzo. —¡Ahora, o morirá!

— Camilo abrió la ventana y vio que tendría que ladearse para salir. El mosquitero metálico no cedería. Se echó para atrás y levantó la pierna, atravesando el mosquitero. La inercia lo sacó fuera haciendo que cayera en unos arbustos. Al volver a ponerse de pie, hubo balas que atravesaron la puerta que estaba tras él, y vio que la mujer se metía temblando debajo de la cama. Corrió a lo largo del edificio pasando la ventana abierta de Patty. A la distancia, Ken Ritz la ayudaba a entrar a la parte de atrás del automóvil. El minifurgón de la Comunidad Global estaba entre Camilo y el sedán.

Camilo sintió como si estuviera soñando, incapaz de moverte más rápido. Cometió el error de contener la respiración mientras corría y, pronto tuvo que boquear para respirar, con su corazón golpeando fuerte contra las costillas. Al acercarse al furgón dio una mirada para atrás viendo que el guardia saltaba de la ventana por la cual él había escapado, Camilo se desvió al otro lado del furgón mientras las balas perforaban el chasis. Una cuadra adelante Ritz esperaba detrás del volante. Camilo podía quedarse y ser masacrado o apresado como rehén o podía correr el riesgo y correr al automóvil.

Corrió. Temía con cada paso que el próximo ruido fuera el de una bala que se metía en su cabeza. Patty estaba fuera de la vista, tirada en el asiento o en el suelo, y Ken se inclinaba a la derecha desapareciendo también. La puerta del pasajero se abrió de par en par y onduló como una fuente en el desierto. Mientras más corría Camilo, más vulnerable se sentía pero no se animó a mirar hacia atrás.

Oyó un ruido pero no de balazo. Más sordo. La puerta del furgón. El guardia había saltado dentro del furgón. Camilo estaba a casi cuarenta y seis metros del sedán.

Raimundo marcó el teléfono de Camilo que sonó varias veces pero no quiso colgar. Si respondía un hombre de la CG, él lo engañaría hasta saber lo que quería saber. Si Camilo contestaba, lo dejaría hablar en código por si estuviera con gente que no debía saber quién estaba al otro lado de la línea. El teléfono siguió sonando.

Raimundo odiaba la indefensión y la inmovilidad más que cualquier otra cosa. Estaba cansado de los juegos con Nicolás Carpatia y la Comunidad Global. La hipocresía y la simpatía de ellos lo enloquecía. Oró en silencio, "Dios, déjame ser el enemigo franco de Carpatia".

Una voz femenina petrificada respondió el teléfono exclamando a gritos. —¡Qué!

—¿Patty? No dejes que se sepa pero soy Raimundo.

—¡Raimundo! El piloto de Camilo casi me mató de susto cuando apareció por la ventana pero luego me ayudó a salir. Estamos esperando a Camilo y tememos que lo vayan a matar.

—Pásame este teléfono —escuchó Raimundo. Era Ritz. —Ray, él está bien pero hay un fulano que le está disparando. Yo parto en cuanto Camilo llegue al automóvil y puede que tenga que colgarte.

—¡Tan sólo ocúpate de cuidarlos! —dijo Raimundo.

———

Camilo no oyó nada más faltando pocos pasos para el automóvil, esperando que lo mataran. Nada de balazos, nada de furgón. Dio una última mirada mientras el hombre de la CG salía del furgón y se agachaba para empezar a disparar. Camilo oyó una tremenda explosión cerca de él al estallar el neumático trasero derecho. Se zambulló para alcanzar la puerta abierta, agarrando la manija y tratando de poner un pie dentro. El parabrisas trasero voló en fragmentos por todo el automóvil.

Camilo trató de mantener el equilibrio. Su pie izquierdo estaba en el piso del automóvil, el derecho en el pavimento. La mano izquierda tenía asido el chasis y la derecha, la manija de la puerta. Ken se había inclinado sobre el asiento del pasajero para escapar a las balas y, antes que Camilo pudiera impulsarse para dentro, Ken aceleró ciegamente a fondo. La puerta se remeció con fuerza y para evitar salir volando, Camilo dio una voltereta y quedo sentado sobre la cabeza de Ritz. Ken gritó mientras el automóvil giraba, con el neumático roto golpeteando y los buenos, pelando la goma. Camilo trataba también de mantenerse fuera de la línea de fuego pero tenía que quitarse de la dolorida cabeza de Ken.

Ritz soltó el volante y empleó las dos manos para salir de abajo de Camilo. Se sentó para ver donde estaba y viró el volante a la izquierda pero sin tiempo para esquivar el ángulo de un edificio. El panel de la punta derecha se rompió y desmenuzó mucho. Ken enderezó el automóvil y trató de poner distancia entre ellos y el tirador.

— El automóvil no ayudaba. Hubo más balas que no tocaron a Ken por poco y Camilo vio que su compostura cambiaba. Ken pasó en un instante de estar asustado a estar enfurecido.

—¡Se acabó! —aulló Ritz—. ¡Me disparó por última vez!

Para horror de Camilo, Ritz viró el automóvil para atrás y aceleró hacia el guardia. Camilo atisbo por encima del tablero de instrumentos mientras Ritz sacaba de una tobillera su automática de 9 milímetros, afirmaba su muñeca izquierda entre el espejo exterior y el chasis y disparaba.

El guardia salió tropezando para refugiarse al otro lado del furgón. Camilo le gritó a Ken que se dirigiera al aeropuerto.

—¡De ninguna manera; este tipo es mío!

Se resbaló hasta detenerse a unos quince metros del furgón y saltó fuera del automóvil. Fue zigzagueando encorvado, con la Beretta tomada con las dos manos, disparando justo por encima del nivel del suelo.

Camilo le gritó que volviera al automóvil cuando el hombre de la CG se dio vuelta y corrió hacia el edificio, pero Ritz le disparó tres balas más y una hirió al guardia en su pie tirando la pierna frente a él que retrocedió por la fuerza del movimiento. —Te mataré, a ti, a ti...

Camilo salió corriendo del automóvil y agarró a Ritz, arrastrándolo para atrás y diciendo: —Este no está solo en absoluto, tenemos que irnos.

Saltaron dentro del automóvil y Ken viró

el volante con el acelerador a fondo. Una gran nube de polvo se levantó tras ellos que iban en dirección a Stapleton, rebotando y saltando por el terreno destrozado por el terremoto.

Camilo dijo: —Si podemos perdernos de vista, ellos piensan que carros para el DIA, ¿Porqué no habrán podido echar a andar ese furgón?

Ritz buscó debajo del asiento y sacó una tapa de distribuidor, con los alambres colgando. —Puede que esto tenga algo que ver.

El automóvil protestaba ruidosamente. Camilo puso una mano en el techo para impedir que le golpeara la cabeza mientras avanzaban a rebotes. Con la otra mano le puso el cinturón de seguridad a Ritz. Luego se lo puso él y vio que su teléfono yacía a sus pies. Lo agarró y vio que estaba siendo usado. —¿Diga?

—¡Camilo! Soy Raimundo, ¿Estás a salvo?

—Vamos camino al aeropuerto. Tenemos un neumático trasero roto pero todo lo que podemos hacer es seguir adelante hasta que nos detengamos.

—¡Nosotros también tenemos una filtración de combustible! —dijo Ritz—, el medidor baja rápido.

—¿Cómo está Patty? —preguntó Raimundo.

—Sujetándose con uñas y dientes —dijo Camilo. Quería ponerle el cinturón de seguridad pero sabía que no se podría por su estado y especialmente por el rebote. Ella estaba tirada en el asiento trasero, con los pies contra la puerta, una mano sujetando el estómago, la otra contra el respaldo del asiento. Estaba pálida.

—¡Afírmate! —aulló Ritz.

Camilo miró justo a tiempo para ver un montón grande de tierra que no podrían esquivar. Ritz no bajó la velocidad ni trató de detenerse. Mantuvo el acelerador a fondo y se dirigió al centro del montón. Camilo se afirmó con los pies y trató de impedir que Patty saliera volando para delante por el impacto. Cuando el automóvil se zambulló en el montón de tierra, Patty se golpeó en la parte de atrás del asiento delantero y casi le zafó el hombro a Camilo. El teléfono salió volando de su mano, se estrelló contra el parabrisas y cayó al suelo.

———————

—¡Llámame cuando puedas! —gritaba Raimundo cuando colgó. Carreteó al Challenger 3 hasta el final de la pista.

—Scuba a Albie —dijo—. Albie, ¿me oyes?

—Adelante Scuba,

—Vuelve a la base y averigua qué saben. La carga está a salvo transitoriamente pero voy a necesitar algún cuento cuando me presente.

—Entendido Scuba. Considera un Minot.

Raimundo hizo una pausa. —Buena idea, Albie. Lo haré. Necesito todo lo que puedas darme tan pronto como sea posible.

—Entendido.

Brillante —pensó Raimundo—. Había mucho tiempo que le había contado a Max una experiencia que tuvo cuando estaba en la base de Minot, Dakota del Norte. Su avión de combate no funcionaba bien y tuvo que abortar una misión de entrenamiento. Le diría a Fortunato que eso fue lo que le pasó al Challenger y León no sabría cuál era la diferencia. Max corroboraría cualquiera cosa que Raimundo dijera. El problema más grande era que cuando regresara, León sabría del fracaso de Denver y sospecharía de la participación de Raimundo.

Lo que necesitaba era un cuento bueno para mantenerse vivo. ¿Era Patty tan importante para Carpatia que mantendrían Raimundo en sus alrededores hasta que supiera donde estaba ella? Raimundo tenía que volver a Bagdad para saber qué le había pasado a Amanda. No había garantías de que Carpatia no lo mandara matar como ejemplo para el resto del Comando Tribulación.

—Se está recalentando —dijo Ritz.

—¡Yo también me estoy recalentando!

—gimió Patty. Se sentó y se sujetó poniendo una mano en cada uno de los cabezales delanteros. Su rostro estaba enrojecido y su frente, sudorosa.

—No tenemos opción sino seguir adelante —dijo Camilo. El y Ken trataron de afirmarse para contrarrestar el violento temblor del herido vehículo. El marcador de temperatura estaba fijado en el rojo, el vapor salía a chorros de abajo de la capota, el medidor del combustible se mostraba peligrosamente bajo y Camilo vio llamas que salían del neumático trasero roto.

—Si te paras, el combustible tocará esas llamas. Aunque lleguemos al aeropuerto. asegúrate que estemos vacíos antes de detenernos.

—¿Y si el neumático ese incendia a todo el automóvil? —gritó Patty.

—¡Espero que estés bien con Dios! —le gritó Ritz.

—¡Me quitaste las palabras de la boca! —dijo Camilo.

Volando a Dallas a varios cientos de kilómetros por hora, Raimundo temía que iba a pasar a Max que iba en el helicóptero. Tenía que manejar apropiadamente su llegada. Varios minutos después oyó a Fortunato que llamaba a Max.

—Torre de Dallas a GC99, cambio.

—Aquí GC. Adelante torre.

—Cambie a la frecuencia de alternativa para sus superiores, cambio.

—Entendido.

Raimundo cambió a la frecuencia II para escuchar.

—Max, soy el Comandante Supremo.

—Adelante señor.

—¿Cuál es su ubicación?

—Dos horas al oeste de usted, señor. Volviendo de una visita.

—¿Vino derecho de vuelta?

—No, señor pero puedo.

—Por favor, hágalo. Hubo un tremendo desastre al norte de nosotros, ¿me entiende?

—¿Qué pasó?

—Todavía no estamos seguros. Tenemos que encontrar a nuestro operativo y, entonces, tenemos que regresar al horario lo más pronto posible.

—En camino, señor.

Camilo oraba que se le acabara el combustible al automóvil pero no sabía cómo iban a hacer para que Patty pasara el terreno desecho. Las llamas lamían el flanco derecho trasero del automóvil y solamente Ken que lo mantenía virando impedía que explotara.

El fuego estaba más cerca de Patty y aunque el automóvil se viraba de aquí para allá, ella se las arregló para gatear al asiento delantero, metiéndose entre los dos hombres.

—El motor va a reventar antes que se acabe el combustible, puede que tengamos que saltar fuera —gritó Ken.

—¡Más fácil decirlo que hacerlo! —dijo Patty.

Camilo tuvo una idea. Buscó su teléfono y marcó un código de emergencia. —¡Adviertan a la torre de Stapleton! —aulló,

—avión pequeño incendiado que se aproxima.

El despachador trató de preguntar algo pero Camilo colgó. El motor rugía y golpeaba, la parte de atrás del automóvil era una antorcha y Ken lo pasó por la última elevación que había al final de la pista. Un camión con equipo químico contra incendios se puso en posición.

—¡Sigue haciéndolo andar! —dijo Camilo.

El motor se paró por fin. Ken puso el cambio neutro y ambos hombres agarraron las manijas de las puertas. Patty se agarró con ambas manos al brazo de Camilo. El automóvil apenas se movía cuando el camión lo alcanzó y descargó la espuma, cubriendo el vehículo y sofocando el fuego. Ken salió para un lado y Camilo para el otro, remolcando a Patty. A tientas en la espuma que cegaba, Camilo levantó a Patty en sus brazos, entorpecido por el peso agregado. Debilitado por la epopeya vivida, se puso detrás de Ken y lo siguió al avión Lear. Ken disminuyó sus zancadas, le dijo a Camilo que le pasara a Patty y que subiera a bordo, luego la llevó donde Camilo pudo ayudarla a sentarse. Ken cerró la puerta, echó a andar los motores y el Lear salió rodando en un minuto.

Al propulsarse al cielo, el equipo de la espuma terminaba con el automóvil y contemplaban al avión que huía.

Camilo estiró sus rodillas y dejó colgando sus manos. Sus nudillos estaban en carne viva. No podía sacar de su mente las imágenes de la recepcionista, muerta antes de tocar el suelo, y el guardia que él levantó desde los pies, y la mujer que temblaba mientras cerraba con llave la puerta.

—Ken, si ellos averiguan quiénes somos, tú y yo nos convertimos en fugitivos.

—¿Qué pasó al mediodía? —dijo Patty con una voz delgada.

—¿Qué le pasó a tu teléfono? —preguntó Camilo—. Cloé y yo estuvimos llamándote toda la mañana.

—Ellos lo tomaron —dijo ella—. Dijeron que tenían que hacerle un diagnóstico o algo así.

—¿Estás sana, es decir, fuera de tu estado?

—Me he sentido mejor, sigo embarazada si te sientes curioso.

—Me di cuenta de eso mientras te llevaba en brazos.

—Lo siento.

—Vamos a tener que escondernos. ¿Estás de acuerdo con eso?

—dijo Camilo.

—¿Quién más está allá?

Camilo se lo dijo.

—¿Y qué pasa con la atención médica?

—Tengo una idea para eso —dijo Camilo—. No prometo nada pero veremos qué podemos hacer.

Parecía que Ken seguía excitado. —No puedo creer la suerte que tuve cuando le pagué a ese portero y me llevó afuera donde podía mirar justo por la ventana.

—Cuando dijiste que estabas con Camilo, no tuve más que creerte —dijo Patty.

—Camilo, ¿cómo fue que lograste salir de allí? —preguntó Ken.

—Yo mismo me lo pregunto. Ese guardia asesinó a la recepcionista.

Patty pareció conmovida. —¿Clara? —dijo——. ¿Clara Blackburn está muerta?

—No sabía su nombre —dijo Camilo—, pero está bien muerta.

—Eso es lo que querían hacerme —dijo Patty.

—Correcto, entendiste bien —dijo Ken.

—Me quedaré con ustedes por el tiempo que deseen tenerme —dijo ella.

Camilo se puso a hablar por teléfono, poniendo al día a Raimundo y a Cloé; luego marcó el número del doctor Carlos Floyd, de Kenosha.

———

Raimundo armó un cuento que le parecía convincente pero sabía que el único problema era que no pasaría mucho tiempo sin que se identificara a Camilo como impostor de él.

Dieciocho

Raimundo esperaba saber, antes de regresar a Dallas, qué sabía o creía León sobre lo sucedido en Denver pero no podía comunicarse con Max. ¿Era posible que hubieran reconocido a Camilo? Nadie creería que Raimundo no se había metido en la fuga de Patty si se sabía que su yerno había participado en ello. Raimundo aceptaría las consecuencias de sus acciones en lo que él consideraba como guerra santa. Sin embargo, quería mantenerse fuera de la cárcel por el mayor tiempo posible para encontrar a Amanda y limpiar su nombre.

Si Zión tenía razón, los 144.000 testigos estaban sellados por Dios y protegidos de daños por un cierto tiempo. Aunque no era uno de los testigos, él era creyente; tenía la marca de Dios en su frente y confiaba que Dios lo protegería. Si Dios no lo hacía, entonces, cómo el apóstol Pablo decía, morir era "ganancia".

Raimundo no había sabido de Max y no podía comunicarse. Se trataba de que éste no podía sacarse de encima a León por el tiempo suficiente para comunicarse con él o había algo malo en tierra. Raimundo tenía que hacer algo. Si iba a decir que abortó la misión sólo era lógico llamar por radio a León antes de aparecerse de nuevo por Dallas.

Camilo estaba horrorizado con solo pensar que podía haber matado a alguien. Cuando el doctor Floyd los recogió en el aeropuerto de Waukegan antes de seguirlo a Mt. Prospect, Camilo le susurró su miedo.

—Tengo que saber cuánto herí a ese guardia.

—Puedo averiguarlo; conozco a un tipo en el dispensario de urgencias de la CG que está en las afueras de Littleton —dijo el doctor.

El médico se quedó en su automóvil hablando por teléfono después que Ken metió el Suburban en el patio trasero. Cloé y Zión exigieron todos los detalles. Cloé subió la escalera con su bastón insistiendo que Patty usara la cama de abajo. Ella se veía exhausta. Ken y Zión la ayudaron a subir la escalera y le instaron que los llamara después que se hubiera duchado para que le ayudaran a bajar.

Camilo y Cloé conversaron en privado.

—Te podrían haber matado —dijo ella.

—Me sorprende que no pasara. Sólo sé que maté a ese guardia. No puedo creerlo. Pero él acababa de asesinar a la recepcionista y supe que nos haría lo mismo. Reaccioné por instinto. Si lo hubiera pensado, me hubiera congelado.

No había nada más que pudieras hacer pero no puedes matar a un hombre de un puñetazo, ¿no?

—Espero que no pero él se había dado vuelta y estaba moviéndose derecho hacia mí cuando lo golpeé. No exagero, mi amor. No creo que pudiera haberlo golpeado con más fuerza si yo hubiera ido corriendo hacia él. Sentí como si mi puño estuviera metido dentro de su cabeza. Todo se desgajó por debajo y él aterrizó sobre su nuca. Sonó como una bomba.

—Fue en defensa propia. Camilo.

—No sé qué haré si sé que está muerto.

—¿Qué hará la Comunidad Global si saben que fuiste tú?

Camilo se preguntó cuánto tiempo tardaría eso. El guardia joven lo había mirado bien pero era probable que estuviera muerto. El otro supuso que él era Raimundo Steele. Hasta que alguien le mostrara una fotografía de Raimundo, podría seguir creyéndolo pero ¿podría describir a Camilo?

Camilo se fue a mirar en un espejo del pasillo. Su cara estaba sucia, la mejilla lucía amoratada casi hasta la nariz. Su pelo estaba despeinado y oscuro de transpiración. Necesitaba una ducha pero ¿cómo se había visto en la clínica? ¿Qué podría decir el guardia que sobrevivió?

—Charlie Tango a la torre de Dallas, cambio.

—Aquí Torre, adelante CT.

—Transmita mensaje urgente al Comandante Supremo de la Comunidad Global. Misión abortada por fallas mecánicas. Revisando equipo antes de volver a la base. ETA dos horas. Cambio.

—Entendido, CT.

Raimundo aterrizó en una pista evidentemente abandonada y sin cuidados al este de Amarillo, Texas, y esperó la llamada de Fortunato.

Camilo estaba preocupado cuando el doctor Carlos Floyd entró a la casa por fin y no lo miraba de frente. El médico aceptó revisar a Cloé, Ken y Patty antes de volver a Kenosha. Parecía muy interesado por Patty y so bebé. Ella tenía que guardar reposo salvo atender las necesidades naturales. Le dijo a los demás cómo cuidarla y cuáles síntomas tenían que controlar.

El médico le sacó los puntos a Ken y le aconsejó que reposara por varios días.

—¿Qué, no más balaceras ni pinchazos? Supongo que no puedo trabajar para Camilo por un tiempo.

El doctor le repitió a Cloé que el paso del tiempo era su aliado. No podía quitar el yeso del brazo y pie pero le recetó un tratamiento que serviría para que se recuperara con más rapidez.

Camilo esperaba mirando. Si el doctor lo seguía ignorando, eso significaba que Camilo había matado al hombre y el médico no sabía cómo decírselo. Le pidió: —¿Podrías examinarme la mejilla?

El médico se acercó sin decir palabra. Tomó la cara de Camilo en sus manos y lo movió para todos lados a la luz.

—Tengo que limpiar eso. Te arriesgas a una infección si no tenemos alcohol aquí.

Los demás se fueron mientras el médico trabajaba con Camilo.

—Te sentirás mejor después de una ducha.

—Me sentiré mejor cuando me digas lo que averiguaste. Estuviste mucho rato hablando por teléfono.

—El hombre está muerto —dijo el doctor Floyd.

Camilo miró fijo.

—No creo que hayas tenido otra opción, Camilo.

—Vendrán a buscarme. Tenían cámaras por todas partes allá. —Si lucías como ahora hasta la gente que te conoce tendría dificultades para reconocerte.

—Voy a tener que entregarme.

El doctor Floyd retrocedió. —¿Te entregarías si en combate hieres de un balazo a un soldado enemigo?

—No tenía intención de matarlo.

—Pero si no lo hubieras matado, él te hubiera matado. El mató a alguien frente a ti. Tú sabes que su cometido era matarlos a ti y Patty.

—¿Cómo puede ser que un puñetazo lo haya matado?

El doctor le puso un vendaje liviano y se sentó sobre la mesa. —Mi colega de Littleton dice que uno de los dos golpes, el de la cara o el de la nuca contra el piso, podían haber sido mortales. Pero la combinación lo hizo inevitable. El guardia tuso un traumatismo facial grave, con destrucción del cartílago y del hueso alrededor de la nariz, algo de eso se le metió en el cráneo. Los dos nervios ópticos quedaron destruidos. Se le quebraron varios dientes y se hizo trizas la mandíbula superior. Esa sola lesión podía haberlo matado.

—¿*Podía?*

—Mi colega se inclina a establecer como causa de muerte a la lesión craneana posterior. La nuca que golpeó directamente el suelo hizo que su cráneo se fracturara como cáscara de huevo. Varios pedazos de tejido craneano se metieron en el cerebro. Murió instantáneamente.

Camilo dejó caer su cabeza. ¿Qué clase de soldado era? ¿Cómo podía esperarse que él luchara en esta batalla cósmica del bien contra el mal si no era capaz de tolerar la matanza del enemigo?

El doctor empezó a guardar sus cosas.

—Nunca he conocido a alguien que causara la muerte de una persona sin sentirse muy mal por eso. He hablado con padres que mataron a alguien para proteger a su hijo pero, de todos modos, se sentían como perseguidos y apesadumbrados. Pregúntate dónde estaría Patty si no hubiera sido por lo que hiciste. ¿Dónde estarías *tú*?

—Estaría en el cielo. Patty estaría en el infierno.

—Entonces le compraste tiempo a ella.

Raimundo recibió finalmente la llamada de la torre de Dallas pidiéndole que les informara cuando estuviera a media hora de aterrizar. —El Comandante Supremo aguarda su arribo.

Les dijo que estaba por emprender viaje. Cuando estaba a media hora de Dallas, llamó por radio y cuarenta minutos después iba carreteando al hangar que también albergaba al Cóndor 216. Se iluminó al ver a un León Fortunato que echaba chispas. Max McCullum estaba detrás, con una mirada conocedora. Raimundo no podía esperar que llegara la hora de conversar en privado con Max.

—Capitán Steele, ¿qué pasó?

—Comandante, no fue nada de mayor cuantía pero sólo resultó prudente revisarlo. Puede hacer unos ajustes pero estaba tan fuera del horario que pensé que era mejor volver.

—Entonces, ¿no sabe lo que pasó?

—¿Al avión? No del todo pero estaba inestable y...

—¡Quiero decir lo que pasó en Denver!

Raimundo miró a Max que movió su cabeza en forma casi imperceptible.

—¿En Denver?

—Le dije Comandante que me fue imposible comunicarme con él —dijo Max.

—Síganme —dijo Fortunato y guió a Raimundo y Max a una oficina donde en una computadora puso un video con una carta electrónica de la oficina de la Comunidad Global en Denver. Los tres se inclinaron para ver la pantalla y vieron a Fortunato que narraba.

—Sabemos que la señorita Durán no quería volver a Nueva Babilonia pero Su Excelencia creyó que era lo mejor para ella y la seguridad planetaria. Para proteger a su novia y al bebé de ellos, asignamos dos oficiales de seguridad para que se encontraran con usted y ella y les dieran sus órdenes. La prioridad principal de ellos era el traslado de la señorita Durán a usted para que la transportara al Oriente Medio. Ellos tenían que asegurarse bien que ella todavía estuviera en Denver cuando usted llegara.

—Aunque el laboratorio y la clínica estaban prácticamente indemnes de los daños del terremoto, pensamos que el sistema de vigilancia estaba apagado. Sin embargo, el oficial de seguridad que sobrevivió revisó dos veces el sistema, por si acaso, y encontró una imagen del impostor.

—¿El impostor? —dijo Raimundo.

—El hombre que dijo ser usted.

Raimundo arqueó sus cejas.

—Capitán Steele, éstos eran profesionales.

—¿Estos?

—Por lo menos eran dos. Quizá más. Las cámaras del frente del edificio y de la recepción no funcionaban. Hay cámaras en cada extremo del corredor principal y una en el medio. La acción que verá tuvo lugar en el medio pero la única cámara que funcionaba era la del extremo norte del corredor. Casi todas las imágenes del impostor están tapadas por una de los hombres de seguridad, o el impostor daba la espalda a la cámara. La cinta empieza aquí, con los guardias de seguridad y el delincuente que sale de la puerta de la señorita Durán mientras ella se viste para el viaje.

Era evidente que Camilo era el hombre entre los dos guardias pero su cara estaba borrosa. El pelo estaba despeinado y tenía una fea herida en la mejilla.

—Caballeros, miren ahora. Cuando el guardia de más edad golpea la puerta de la señorita Durán, el otro también se vuelve a la puerta pero el delincuente mira hacia el fondo del pasillo. Esa es la vista más clara que tenemos de su rostro.

De nuevo Raimundo se sintió aliviado pues la imagen no era clara.

—El guardia mayor cree que el delincuente estaba distraído por los dos porteros que aparecen antes en la cinta. El los entrevistará más tarde, hoy mismo. Ahora, miren aquí, pocos momentos después, él perdió la paciencia con la señorita Durán. La llama y ambos golpean la puerta. Aquí vemos al guardia joven que manda a las pacientes curiosas que vuelvan a sus habitaciones. El delincuente retrocede un par de pasos cuando el guardia mayor abre de par en par la puerta. Eso atrae a la recepcionista. Mientras el guardia joven está distraído, el delincuente lo desarma de alguna forma, ¿ven, ven el fuego? El asesina a la recepcionista ahí donde está. Cuando el guardia joven intenta desarmarlo, le pega con la culata de la Uzi con tanta fuerza que el guardia muere antes de tocar el suelo.

Max y Raimundo se miraron y se inclinaron más para estudiar el video. Raimundo se preguntaba si Fortunato pensaba que tenía el poder de Carpatia para convencer a la gente de que habían visto algo que no habían visto. No podía dejar pasar eso.

—León, eso no es lo que yo veo ahí.

León lo miró penetrante. —¿Qué dice?

—El guardia joven disparó.

Fortunato retrocedió la cinta. —¿Ve?

—dijo Raimundo—. ¡Ahí! El está disparando. El delincuente retrocede. El guardia se da vuelta y el delincuente da un paso adelante cuando el guardia parece resbalarse en los casquillos vacíos de las balas de la Uzi, ¿ve? El no tiene donde afirmarse y el golpe hace que su cabeza choque contra el piso.

Fortunato lucía enojado. Volvió a pasar el video un par de veces más.

Max dijo. —El delincuente ni siquiera intentó tomar el arma de fuego.

—Caballeros, digan lo que quieran pero el impostor asesinó a la recepcionista y al guardia.

—¿El guardia? Se podía haber caído y golpeado la cabeza aunque no le hubieran pegado —dijo Raimundo.

Fortunato continuó: —De todos modos el cómplice sacó a la señorita Durán por la ventana y la llevó al automóvil alquilado. En cuanto el guardia mayor abrió la puerta, el cómplice le disparó.

Por supuesto que eso no era lo que Raimundo sabía.

—¿Cómo se escapó de la muerte?

—Casi lo matan. Tiene una herida grave en su talón.

—Pensé que había dicho que venía *entrando* en el cuarto cuando le dispararon.

—Correcto,

—Iba *saliendo* del cuarto si lo hirieron en el talón.

La computadora sonó y Fortunato pidió ayuda a su asistente que le dijo:

—Otro mensaje está entrando.

—Déjeme verlo.

El asistente tocó unos botones y un mensaje nuevo sobre el guardia mayor apareció, que informaba, "se está curando el pie. Se necesitó cirugía. El cómplice era el segundo portero de la primera escena de la película. El portero real fue encontrado con mucho dinero encima. Dice que el cómplice se lo puso para que pareciera soborno, y que el hombre lo amenazó poniéndole un cuchillo en la garganta hasta que obtuvo la información".

El asistente de Fortunato hizo retroceder el video hasta la entrada de los dos porteros al pasillo caminando hacia la cámara. Raimundo, que nunca había conocido a Ritz, supuso quién era sólo por su uniforme de portero incompleto. Lo único que se parecía a un uniforme era la gorra que, evidentemente, había pedido prestada al portero. Llevaba una escoba pero su ropa era del estilo corriente del Oeste.

Fortunato dijo: —Puede que sea de la zona.

—Bien pensado —dijo Raimundo.

—Bueno, no se precisa ojo entrenado para identificar la vestimenta regional.

—Comandante, de todos modos ese es un concepto profundo.

—No veo cuchillo —dijo Max al acercarse la figura a la cámara. La gorra de Ritz estaba bien calada sobre los ojos. Raimundo contuvo el aliento cuando él tomó el borde de la gorra, se la levantó y se la volvió a poner, mostrando más claramente su cara. Raimundo y Max se miraron a espaldas de Fortunato.

—Después que pasaron esa cámara, el cómplice consiguió la información que quería y escapó del portero. Se escondió con la señorita Durán y abrió fuego contra nuestro guardia. Y esos guardias estaban ahí solamente para proteger a la señorita Durán.

El guardia había dejado fuera, convenientemente, detalles que le hubieran hecho parecer idiota. La Comunidad Global no tenía la mínima prueba que implicara a Raimundo hasta que alguien investigara más cabalmente la escena.

—Ella se comunicará con usted. Siempre lo hace. Mejor que usted no se meta para nada en esto. Su Excelencia consideraría eso como alta traición que se castiga con la muerte —dijo Fortunato.

—¿Usted sospecha de *mí*?

—No he llegado a conclusiones.

—¿Tengo que volver a Nueva Babilonia como sospechoso o como piloto?

—Por supuesto como piloto.

—¿Usted quiere que yo esté al mando del Cóndor 216?

—Por supuesto. Usted no puede matarnos sin matarse a sí mismo y no lo considero como suicida, todavía.

Camilo se pasó más de tres semanas trabajando en la versión del *Semanario de la Comunidad Global* para la Internet. Se comunicaba casi a diario con Carpatia. No se dijo nada de Patty Durán pero Carpatia le recordaba a menudo que su "amigo" mutuo, el rabino Zión Ben—Judá sería protegido por la Comunidad Global en cualquier momento en que optara por regresar a la Tierra Santa. Camilo no se lo decía a Zión. Apenas mantenía viva su promesa de que el rabino podría volver a Israel dentro del mes.

El duplex de Danny Moore resultaba más ideal con cada día que pasaba. Nada más del vecindario había sobrevivido y, virtualmente, no había tráfico vehicular por ahí.

Ken Ritz, ahora completamente dedicado a recuperarse, se mudó del lugarcito en el hangar de techo semicilíndrico que tenía en Palwaukee, e iba y venía de Palatine a

Waukegan desde sus nuevas instalaciones en el sótano de la casa de seguridad. El doctor Floyd venía a menudo y el Comando Tribulación se reunía en cada oportunidad que tuvieran, y Zión se encargaba de la enseñanza.

No era por accidente que se reunían en torno a la mesa de la cocina, estando el lecho de enferma de Patty a menos de dos metros y medio de ellos. Ella solía ponerse de costado, dándoles la espalda y fingía dormir pero Camilo estaba convencido que oía cada palabra.

Tenían el cuidado de no decir nada que pudiera incriminarlos con Carpatia, pues no tenían idea que podría ser el futuro para Nicolás y Patty. Pero lloraban juntos, oraban juntos, se reían, cantaban, estudiaban y compartían sus testimonios. El doctor Floyd solía estar presente.

Zión repasaba todo el plan de salvación casi en todas las sesiones. Podía darle forma de una de sus historias o de su simple exposición de un pasaje de las Escrituras. Patty tenía muchas preguntas pero sólo las hacía después a Cloé.

El Comando Tribulación quería que el doctor Floyd fuera un miembro de pleno derecho pero él rehusaba por temer que los viajes diarios más frecuentes a esa casa pudieran guiar a la gente mala. Ritz se pasó muchos días arreglando cosas en el refugio subterráneo, disponiéndolo para el caso en que uno o todos tuvieran que aislarse por completo. Esperaban que la cosa no llegara a tal extremo.

El vuelo de Dallas a Nueva Babilonia, con varias escalas para recoger a los embajadores regionales de Carpatia, había sido una agonía para Raimundo que, junto con Max, se preocupaba de que Fortunato pudiera enrolar a Mans para eliminar a Raimundo. Este se sentía vulnerable, suponiendo que Fortunato creía que él tuvo participación en el rescate de Patty Durán.

El aparato que permitía que Raimundo escuchara lo que pasaba en la cabina principal de pasajeros permitió oír cosas fascinantes en todo el viaje. Uno de los transmisores puestos en lugar estratégico estaba cerca del asiento que solía ocupar Nicolás Carpatia. León se lo había apropiado naturalmente, cosa que era propicia para Raimundo que halló que León era un increíble maestro del engaño, segundo solamente de Nicolás.

Cada embajador subía a bordo con la concomitante fanfarria y, de inmediato,

Fortunato se congraciaba con él. Ordenaba que la tripulación de cabina lo atendiera, les susurraba, los halagaba, los trataba confidencialmente. Cada cual tenía que oír el cuento de la resurrección de los muertos que Carpatia hizo con Fortunato. Le parecía a Raimundo que cada embajador se impresionaba verdaderamente o simulaban muy bien.

—Supongo que usted sabe que está entre los dos potentados regionales preferidos de Su Excelencia —le decía Fortunato a cada rey, en privado.

Sus respuestas eran variantes del "no estaba seguro del todo pero no puedo decir que me sorprenda. Yo soy el que más apoya el régimen de Su Excelencia".

—Eso no ha pasado inadvertido —decía Fortunato entonces—. El aprecia mucho que usted haya sugerido la operación de cosechar el mar. Su Excelencia cree que esto producirá enormes ganancias para todo el mundo. El pide que su región reparta el ingreso en forma igual con la administración de la Comunidad Global y, entonces, él redistribuirá la cuota de la CG a las regiones menos afortunadas.

Si eso hacía palidecer a un rey, Fortunato seguía insistiendo. —Por supuesto que Su Excelencia se da cuenta de la carga que esto impone a usted. Pero usted conoce el viejo refrán, "al que mucho se le da, mucho se le pide". El Potentado cree que usted ha gobernado con tanto brillo y vigor que puede contarse como uno de los grandes benefactores del planeta. A cambio, él me ha dado la libertad de mostrarle esta lista y estos planes para su exhortación y consuelo personales.

Mientras Fortunato desenrollaba papeles, que Raimundo suponía eran planos arquitectónicos y listas de requisitos muy elaborados, iba diciendo: —Su Excelencia me rogó que le asegurara que él no cree en absoluto que esto sea si no apropiado para una persona de su estatura y situación. Aunque pudiera parecer opulento al punto de la ostentación, él pidió que yo le transmitiera, personalmente, que él cree que usted es digno de estas instalaciones. Aunque su nuevo domicilio, que estará construido y equipado en los próximos seis meses, pueda parecer como que le eleva a usted aun por encima de donde él está, insiste en que usted no rechace sus planos.

Parecía que a los embajadores les impresionaba lo que Fortunato les mostraba.

—Bueno —decían—, nunca pediría esto por mí mismo pero si Su Excelencia insiste...

Fortunato guardaba su acercamiento más insidioso. Justo antes que terminara su conversación oficial con cada rey, agregaba:

—Ahora, señor. Su Excelencia pidió que trate con usted un asunto delicado que debe permanecer confidencial. ¿Puedo contar con usted?

—¡Por cierto!

—Gracias. El está reuniendo datos sensible sobre las obras de la única Fe Mundial Enigma Babilonia. Cuidando de no prejuiciarlo a usted pero tampoco queriendo actuar sin su opinión, él tiene curiosidad. ¿Cómo le pareced interés propio del Pontífice Máximo Pedro Mathews, no, no, eso es peyorativo, déjeme decirlo de otro modo Repito, cuidando no inclinarlo a usted: ¿Cómo comparte usted, diríamos, la vacilación de Su Excelencia tocante a la excesiva independencia del Pontífice respecto del resto de la administración de la Comunidad Global?

Como un solo hombre cada rey expresaba disgusto por las maquinaciones de Mathews. Cada uno lo consideraba como una amenaza. Uno dijo: —Hacemos nuestra parte. Pagamos los impuestos. Sonsos leales a Su Excelencia. Con Mathews es solamente tomar, tomar, tomar. Nunca es bastante. Yo, por hablar por mí, y puede decirlo a Su

Excelencia, quisiera ver a Mathews fuera del oficio.

—Entonces, déjeme tratar un asunto aun más delicado, si puedo.

—Absolutamente.

—Si la cosa llegara al punto de tomarse un curso de acción extrema contra la persona misma del pontífice, ¿usted sería uno de quien pudiera depender Su Excelencia?

—¿Usted quiere decir...?

—Usted comprende.

—Puede contar conmigo.

El día antes que el Cóndor 216 dejara a los dignatarios en Nueva Babilonia, Max recibió noticias de Albe. "Tu entrega esta adelantada y lista para recoger".

Raimundo se pasó casi una hora programando su tiempo y el de Max en la cabina y en los dormitorios para que ambos estuvieran lo más descansados que se pudiera al final del viaje. Raimundo se puso para el último tramo del pilotaje. Max dormiría y, luego, estaría disponible para ir en el helicóptero a recoger lo de Albe y pagarle. Mientras tanto Raimundo dormiría en sus habitaciones del refugio. Cuando cayera la noche, él y Max se deslizarían para ir en helicóptero al Tigris.

Eso funcionó casi como estaba planeado. Raimundo no había anticipado el fervor de

David Jasid para informarle de todo lo que había sucedido en su ausencia.

—Carpatia tiene realmente en el espacio exterior unos mísiles apuntados como una anticipación a los meteoros del juicio.

Raimundo se encogió. —¿Él cree las profecías que dicen que Dios derramará más juicios?

—Nunca admitiría eso pero ciertamente parece que tiene miedo de eso —contestó David.

Raimundo le agradeció a David y le dijo, finalmente, que necesitaba descansar. Cuando se iba Jasid le contó algo más de noticias y eso fue todo lo que Raimundo pudo hacer para quedarse fuera de la Internet.

—Carpatia ha estado maníaco en los últimos días ——dijo David—. Descubrió ese sitio de la Red donde uno puede ser una cámara viva del Muro de tos Lamentos. Se pasó días llevando su computadora portátil a todas partes donde iba, observando y escuchando a los dos predicadores del Muro. Está convencido de que le hablan directamente a él y, naturalmente que es así. Oh, sí está furioso. Lo oí aullar dos veces, "¡Los quiero muertos, y pronto!".

—Eso no pasará antes del tiempo debido —dijo Raimundo.

—No tiene que decírmelo. Estoy leyendo los mensajes de Zión Ben—Judá en cada oportunidad que tengo —dijo David.

Raimundo puso notas codificadas en los boletines de toda la Red, tratando de localizar a Amanda. No se animaba a hacerlas más evidentes aunque pudiera resultar muy oscuro. El creía que ella estaba viva y, a menos que se demostrara lo contrario, para él ella vivía. Todo lo que sabía era que si podía comunicarse con él, ella lo haría. En cuanto a las acusaciones de que ella trabajaba para Carpatia, había momentos en que deseaba que fueran ciertas. Eso significaba que ella estaba ciertamente viva. Pero si ella hubiera sido traidora, no, él no se iba a permitir seguir esa lógica. El creía que la única razón por la cual no había sabido de ella era que no tenía medios para comunicarse con él.

Raimundo ansiaba tanto demostrar que Amanda no estaba entenada en el Tigris que no estaba seguro de que podría dormir. Estuvo inquieto, mirando el reloj cada media hora y, finalmente, unos veinte minutos antes que llegara Max, Raimundo se duchó y se vistió y se metió en la Internet.

La cámara del Muro de los Lamentos transmitía el sonido en vivo también. Raimundo sabía que los predicadores eran los dos testigos profetizados en Apocalipsis y seguían allí, firmes. Casi podía oler sus tónicas ahumadas. Sus pies huesudos, desnudos y oscuros y sus manos llenas de rugosidades, los hacían parecer milenarios. Tenían barbas largas y desaliñadas, penetrantes ojos oscuros y pelo largo y desmelenado. Elías y Moisés, así se trataban uno al otro, predicaban con poder y autoridad. Y fuerte. El video identificaba como Elías al de la izquierda, y había subtítulos en ingles del mensaje. Estaba diciendo:

Cuídense, hombres de Jerusalén. Ustedes han estado ahora sin las aguas del cielo desde la firma del pacto maligno. Sigan blasfemando el nombre de Jesucristo, el Señor y Salvador, y seguirán viendo su tierra reseca y sus gargantas secas. Rechazar a Jesús como Mesías es escupirle la cara al Dios todopoderoso. Nadie se burlará de El.

Ay de aquel que se sienta en el trono de esta Tierra. Que se atreva a interponerse en el camino de los testigos ungidos y sellados de Dios, doce mil de cada una de las doce tribus, que peregrinan aquí con el propósito de prepararse, ciertamente sufrirá por eso.

Aquí habló Moisés:

Si, cualquier intento de impedir el movimiento de Dios entre los sellados, causará que sus plantas se sequen y mueran, que la lluvia siga en las nubes, y que su agua, toda su agua, ¡se vuelva sangre! El Señor de los ejércitos ha jurado diciendo: "¡Ciertamente como lo he pensado, así sucederá, y como lo he propuesto, así seguirá!".

Raimundo quería gritar. Él esperaba que Camilo y Zión estuvieran mirando. Los dos testigos advertían a Carpatia que se mantuviera lejos de aquellos que eran de los 144,000 y que venían a Israel para inspirarse. No era de asombrarse que Nicolás hubiera estado furioso. Seguro que se veía como aquel que se sienta en el trono de la Tierra.

Raimundo apreciaba que Max no tratara de disuadirlo de su misión. Nunca había estado más decidido a terminar una tarea. El y Max aseguraron sus cosas en los compartimentos para e! corto salto desde Nueva Babilonia al Tigris. Raimundo se puso el cinturón de seguridad y enfiló hacia Bagdad. El cielo estaba oscuro cuando aterrizaron.

—No tienes que hacer esto conmigo, ya lo sabes —dijo Raimundo—, no me molestará si sólo quieres vigilarme.

—De ninguna manera, hermano. Estaré ahí contigo.

Descargaron las cosas en un banco empinado. Raimundo se desnudó, se puso su traje de goma y el calzado correspondiente y estiró la gorra de goma por encima de su cabeza. Si el traje hubiera sido un poco más pequeño, no hubiera servido. —¿Tengo el tuyo? —preguntó.

—Albe dice que una talla sirve para todos.

—Estupendo.

Cuando estuvieron completamente equipados con los tanques de ochenta pies cúbicos de oxígeno, los aparatos de control de flotación, los cinturones para peso, las aletas, probaron las máscaras contra la opacidad, escupiendo y poniéndoselas.

—Creo de todo corazón que ella no está allá abajo —dijo Raimundo.

—Lo sé —dijo Max.

Se revisaron mutuamente el equipo, inflaron sus aparatos de control de flotación, se metieron en la boca los aparatos correspondientes, luego se deslizaron por el banco arenoso al agua corriente, fría y desaparecieron de la superficie.

Raimundo sólo había supuesto dónde se cayó el 747. Aunque estaba de acuerdo con los oficiales de PanCon que le dijeron a Carpatia que el avión era demasiado pesado para haber sido muy afectado por la corriente, él creía que podría haber derivado río abajo unos cuantos metros antes de encastrarse en el fondo del río. Como no habían aparecido vestigios del avión en la superficie, Raimundo estaba convencido de que el fuselaje tenía hoyos adelante y atrás. Eso hubiera hecho que el avión tocara fondo antes que sostenerse flotando por bolsillos de aire.

El agua era cenagosa. Raimundo era bueno como buzo pero aún se sentía con claustrofobia cuando no podía ver más de unos pocos metros, aun con la potente luz atada a su muñeca. Parecía que no iluminaba más que tres metros al frente de él. La de Max era aun más mortecina y súbitamente desapareció.

¿Tenía Max algo malo en el equipo o la había apagado por alguna razón? Eso no era lógico. lo último que Raimundo deseaba era perder de vista a su socio. Podían pasar mucho tiempo buscando los restos del naufragio y tener poco tiempo pata explorarlo.

Raimundo miró las nubes de arena que pasaban por su lado y se dio cuenta de lo que había pasado. Max había sido llevado río abajo por la corriente. Estaba ya suficientemente lejos por lo que no se podían ver las luces uno al otro.

Raimundo trató de timonearse a sí mismo. Resultaba lógico que mientras más bajara, menos lo tiraría la corriente. Dejó salir más aire del control de flotación y nadó más fuerte para bucear, forzando sus ojos para mirar más allá del final de su luz. Allá adelante, parecía estática una luz mortecina que parpadeaba. ¿Cómo podía haberse detenido Max?

Al aumentar de tamaño e intensidad la luz que parpadeaba, Raimundo nadó con más fuerza, esforzándose por alinearse con la luz de Max. El iba rápido cuando la parte de arriba de su cabeza chocó contra el tanque de Max, que tomó el codo de Raimundo en el hueco de su propio brazo y lo retuvo con firmeza. Max había encontrado la raíz, de un árbol. Con un brazo sostenía a Raimundo y con el otro agarraba la raíz pero no podía ayudarse a sí mismo.

Raimundo se tomó de la raíz, permitiendo que Max lo soltara. Max volvió a insertar su regulador y limpió su máscara. Colgando en la corriente, cada uno tomado de la raíz con una mano, no podían comunicarse. Raimundo sintió el punto donde su cabeza se había golpeado con el tanque de Max. Un trozo de goma salió de su gorra: un pedazo de cuero cabelludo y pelo se habían desprendido de su cabeza.

Max apuntó su luz hacia la cabeza de Raimundo y le hizo señas que se inclinara acercándose. Raimundo no sabía qué veía Max pero éste hizo señas de salir a superficie. Raimundo movió su cabeza, cosa que hizo que la herida latiera doliendo más.

Max se alejó de la raíz, infló su control de flotación y subió. Raimundo lo siguió, reacio. Con esa correntada no podía hacer nada sin Max. Raimundo salió a superficie a tiempo para ver a Max que llegaba a una saliente del banco de arena, Raimundo se esforzó para acercarse. Cuando se sacaron las máscaras y los tubos de respiración, Max habló rápido.

—No trató de disuadirte de tu misión pero te digo que tenemos que trabajar juntos. ¿Viste cuán lejos ya nos distanciamos del helicóptero?

Raimundo estaba azorado de ver el perfil borroso del helicóptero, bien lejos río arriba.

—Si no hallamos pronto el avión, probablemente significa que ya nos pasamos. Las luces no sirven mucho. Vamos a necesitar tener suerte.

Raimundo dijo: —Vamos a tener que orar.

—Y tú vas a tener que hacer que te traten esa cabeza. Estás sangrando.

Raimundo se palpó la cabeza de nuevo e iluminó sus dedos.

—No es grave, Max. Ahora, volvamos.

—Tenemos una oportunidad. Tenemos que permanecer cerca del banco hasta que estemos listos para buscar al medio del río. Una vez que estemos allá, iremos rápido. Si el avión está ahí, podemos encontrarlo de golpe. Si no está tendremos que regresar al banco. Yo esperaré tu guía, Ray. Tú me sigues mientras naveguemos por la orilla del río. Yo te seguiré cuando me hagas señas de que es hora de aventurarse saliendo hacia el medio. ?

—¿Cómo lo *sabré*?

—Tú eres el que ora.

Diecinueve

Era justo antes de la una de la tarde en Mt. Prospect. Zión se había pasado la mañana poniendo en la Internet otro largo mensaje para los fieles y los que andaban buscando. La cantidad de mensajes para él continuaba ascendiendo. Llamó a Camilo que subió trotando y miró por sobre su hombro la cantidad de mensajes.

—Entonces ¿están disminuyendo por fin? —preguntó Camilo.

—Sabía que ibas a decir eso, Camilo —dijo Zión sonriendo—. Un mensaje entró como alas cuatro de la madrugada diciendo que el servidor iba a mostrar ahora una cantidad nueva, no por cada respuesta sino por cada mil respuestas.

Camilo meneo la cabeza y miró fijo mientras el número cambiaba cada uno o dos segundos. —Zión, esto deja a uno atónito.

—Camilo, es un milagro. Yo me siento humillado y, sin embargo, fortificado. Dios me llena con amor por cada persona que se pone de nuestro lado y, en especial por todos los que tienen preguntas. Les recuerdo que encontrarán el plan de salvación casi en todas partes donde hagan *click* en nuestro boletín. El único problema es que todo esto tiene que ser refrescado y vuelto a poner de nuevo cada semana porque no es nuestro propio sitio de la Red.

Camilo puso una mano en el hombro del rabino. —No pasará mucho tiempo hasta las reuniones masivas en Israel. Yo ruego orando la protección de Dios para ti.

—Siento tal denuedo, no basado en mi propia fuerza sino en las promesas de Dios que creo que podría ir solo al Monte del Templo sin ser dañado.

—No voy a dejar que trates eso, Zión pero probablemente tengas toda la razón.

—Mira aquí, Camilo —Zión hizo *click* en el icono que le permitía vera los dos testigos del Muro de los Lamentos. —Anhelo conversar nuevamente con ellos en persona. Siento un parentesco que procede del cielo, aunque ellos sean seres sobrenaturales. Nos pasaremos la eternidad con ellos, oyendo los relatos de los milagros de Dios contados por la gente que estuvo ahí.

Camilo estaba fascinado. Los dos predicaban cuando querían y se quedaban callados cuando así lo preferían. Las multitudes sabían mantenerse alejadas. Cualquiera que tratara de dañarlos caía muerto o había sido incinerado por el fuego de la boca de los testigos. Y, sin embargo, Camilo y Zión habían estado a pocos metros de ellos, sólo con una reja de por medio. Parecía que ellos hablaban en parábolas pero Dios siempre dio entendimiento a Camilo. Mientras ahora miraba, Elías estaba en la creciente oscuridad de Jerusalén con su espalda hacia una sala abandonada, hecha de piedra. Parecía que los guardias la hubieran usado una vez. Había dos pesadas puertas de hierro que estaban selladas, y una pequeña abertura enrejada servía como ventana. Moisés se puso de pie, de frente a la reja que lo separaba de los espectadores. Ninguno estaba a diez metros. Sus pies estaban separados, sus brazos colgando derecho a sus costados. No se movía. Parecía que Moisés no pestañeaba. Parecía como algo esculpido en piedra salvo por el ocasional movimiento de su pelo que ondeaba en la brisa.

Elías desplazaba ocasionalmente su peso. Se masajeaba la frente lo que parecía como si estuviera pensando u orando.

Zión miró a Camilo. —Estás haciendo lo que yo hago. Cuando necesito un descanso, voy a este sitio y miro a mis hermanos. Me gusta encontrarlos predicando. Son tan osados tan francos. No usan el nombre del anticristo sino que advierten a los enemigos del Mesías sobre lo que viene. Serán tan inspiradores para aquellos de los 144.000 que puedan llegar a Israel. Uniremos nuestras manos. Cantaremos. Oraremos. Estudiaremos. Estaremos motivados para seguir adelante con denuedo para predicar el evangelio de Cristo en todo el mundo. Los campos están maduros y blancos para la cosecha. Nos perdimos la oportunidad de juntarnos con Cristo en el aire pero ¡qué privilegio indecible es el de estar vivo durante esta época! Muchos de nosotros daremos nuestras vidas por nuestro Salvador pero ¿qué vocación más elevada pudiera tener un hombre?

—Tú debieras decir eso a tu congregación del espacio cibernético.

—Efectivamente estaba recitando la conclusión del mensaje de hoy. Ahora no tienes que leerlo.

—Nunca me lo pierdo.

—Hoy advierto a creyentes e incrédulos por igual que se mantengan alejados de los árboles y del pasto hasta que haya pasado el primer juicio de las trompetas.

Camilo lo miró con aire interrogador.

—¿cómo sabremos que ha pasado?

—Será la noticia más grande desde el terremoto. Tendremos que pedir a Ken y Carlos que nos ayuden a limpiar varios metros de césped alrededor de la casa y quizá podar unos árboles.

—Entonces, ¿te tomas las predicciones literalmente? —pregunto Camilo.

—Mi querido hermano, cuando la Biblia es figurativa, suena figurativa. Cuando dice que toda la yerba y un tercio de todos los árboles serán quemados, no puedo imaginarme de qué eso pudiera ser símbolo. Para el caso que nuestros árboles sean parte del tercio, quiero estar fuera de su camino ¿Tú no?

—¿Dónde están las herramientas de jardinería de Danny?

El Tigris no era helado pero era incómodo.

Raimundo usó músculos que no había usado durante años. Su traje húmedo le apretaba demasiado, su cabeza latía de dolor y evitar ser arrastrado río abajo por la corriente hacía que la exploración fuera todo un esfuerzo tremendo. Su pulso estaba más acelerado de lo debido y tenía que esforzarse mucho para regular su respiración. Le preocupaba quedarse sin aire.

No estaba de acuerdo con Max. Ellos podrían tener una sola oportunidad pero si no encontraban el avión en esa noche, Raimundo seguiría volviendo repetidamente. No le pediría a Max que hiciera lo mismo aunque sabía que Max nunca le abandonaría.

Raimundo oraba mientras iba tanteando su camino detrás de Max que se hundía más soltando aire de su regulador de flotación y Raimundo lo seguía. Cuando uno de ellos bajaba más de tres metros sin algo a que aferrarse al lado, la corriente amenazaba alejarlos del banco.

Raimundo se esforzaba mucho por estar con Max. "Dios, por favor, ayúdame a terminar esto. Muéstrame que ella no está ahí y, luego, dirígeme a ella. Si ella está en peligro, déjame salvarla". Raimundo luchaba por mantener fuera de su mente la posibilidad de que Carpatia hubiera dicho la verdad sobre las verdaderas lealtades de Amanda. El no quería creerlo, ni por un segundo, pero el pensamiento le molestaba de todos modos.

Aunque las almas de los cadáveres que estaban en el Tigris se hallaban en el cielo o en el infierno, Raimundo sentía que él iba a dejarlos a todos en el avión, si es que hallaba uno. ¿Era ese sentimiento una señal de Dios que indicaba que estaba cerca de los restos del naufragio? Raimundo consideró tocar la aleta de Max pero esperó.

El avión tenía que haber golpeado el fondo con suficiente fuerza para matar inmediatamente a todos los que estaban a bordo. De lo contrario, los pasajeros hubieran podido desatar el cinturón de seguridad y salir por los hoyos del fuselaje o por las puertas y ventanas que se habían reventado, abriéndose. Pero no hubo cadáveres que salieran a la superficie.

Raimundo sabía que las alas tenían que haber sido cortadas y, quizá, la cola. Estos aviones eran maravillas de aerodinámicas pero no eran indestructibles. Temía ver el resultado de tal impacto.

Raimundo se sorprendió al ver que Max estaba ahora a casi un metro del banco sin sujetarse a nada. Evidentemente estaban a suficiente profundidad pues la corriente fuerte había disminuido. Max se detuvo y miró el control de presión. Raimundo hizo lo mismo y le señaló a Max que estaba bien. Max apuntó a su cabeza. Raimundo le hizo señas de estar bien aunque su cabeza estaba solamente así no más. Siguió adelante, abriendo camino. Estaban ahora a unos dos metros del fondo. Raimundo sentía que pronto encontraría lo que andaba buscando. Oraba que no encontrara lo que no deseaba hallar.

Lejos de la bancada lateral del río, se había soltado menos barro con los movimientos de ellos y las luces tenían mayor alcance. La de Raimundo tocó algo y él levantó una mano para detener a Max. A pesar de la calma relativa, se dirigieron en ángulo hacia el costado para no derivar. Ambos dirigieron las luces hacia donde Raimundo indicaba. Ahí, más grande que en la vida real estaba la enorme ala derecha intacta de un 747. Raimundo luchó por mantener la compostura.

Raimundo escudriñó la zona. Hallaron el ala izquierda no muy lejos de ahí, también intacta salvo por un enorme desgarro de los alerones hasta donde estuvieron unidos al avión. Raimundo adivinaba que iban a encontrar enseguida la sección de la cola. Los testigos decían que el avión cayó primero de nariz, lo que hubiera hecho caer el dorso del avión con tal fuerza que la cola tenía que haber sido separada del cuerpo del avión o tenía que haberse quebrado.

Raimundo se mantuvo bajo y se movió aproximadamente a medio camino de la zona donde hallaron las alas. Max tomó el tobillo de Raimundo justo antes que él se estrellara con la gigantesca cola del avión que había sido cortada. El avión mismo tenía que estar directamente por delante. Raimundo se movió unos seis metros más allá de la cola y se puso derecho de modo que casi estaba de pie en el fondo. Cuando una de sus aletas tocó fondo se dio cuenta lo barrosa que era y lo peligroso que sería quedarse pegado ahí.

Era el turno de Camilo para darle de comer a Patty que se había puesto tan débil que apenas podía moverse. El doctor Floyd venía en camino.

Camilo habló suavemente mientras le daba una cucharada de sopa. —Patty, todos te queremos, a ti y a tu bebé. Sólo deseamos lo mejor para ti. Has oído lo que enseña el doctor Ben—Judá. Sabes lo que se ha predicho y lo que ya ha pasado. No hay forma en que puedas negar que las profecías de la Palabra de Dios se han ido cumpliendo desde el día de las desapariciones hasta hoy. ¿Qué se necesita para convencerte? ¿Cuántas pruebas más necesitas? Malos como son estos tiempos, Dios está dejando muy claro que solamente hay una opción. Estás de Su lado o estás del lado del mal. No dejes que esto te lleve donde tú o tu bebé mueran en uno de los juicios venideros.

Patty apretó sus labios y rehusó la siguiente cucharada de sopa. —No necesito nada más para convencerme. Camilo —susurró.

Cloe se inclinó, —¿Voy a buscar a Zión?

Camilo negó moviendo la cabeza, con los ojos fijos en Patty. Se inclinó para acercarse más a oír lo que ella pudo decir.

—Sé que todo esto tiene que ser verdad. Si necesitara más convencimiento tendría que ser la escéptica más grande de la historia.

Cloé quitó el pelo de Patty de su frente y le arregló los rizos en un moño. —Tiene fiebre de verdad, Camilo.

—Deshace una aspirina en esta sopa.

Patty parecía dormir pero Camilo estaba preocupado. Qué desperdicio si la perdían cuando estaba tan cerca de decidir por Cristo. —Patty, si sabes que es verdad, si crees, todo lo que tienes que hacer es recibir la dádiva de Dios. Tan sólo ponte de acuerdo con El en que eres una pecadora como todos los demás y que necesitas Su perdón. Hazlo Patty. Asegúrate de hacerlo.

Parecía que luchaba por abrir los ojos. Sus labios se abrieron y se cerraron. Contuvo la respiración como para hablar pero no lo hizo. Por fin, volvió a susurrar.

—Camilo, yo quiero eso, realmente lo quiero pero no sabes lo que hice.

—No tiene importancia, Patty. Hasta la gente arrebatada a Cristo eran pecadores salvados por gracia. Nadie es perfecto. Todos hemos hecho cosas espantosas.

—No como yo —dijo ella.

—Dios quiere perdonarte.

Cloé regresó con una cuchara llena de aspirina partida y la diluyó en la sopa. Camilo esperó, orando en silencio, y dijo con suavidad. —Patty, tienes que comer más sopa. Le pusimos aspirina.

Las lágrimas corrieron por las mejillas de Patty y sus ojos seguían cerrados cuando dijo: —Sólo dejen que me muera.

—¡No! Me prometiste ser la madrina de mi bebé —dijo Cloé. —No quieres alguien como yo para eso —contestó Patty.

—No te s as a morir. Eres mi amiga y te quiero como hermana —dijo Cloé.

—Soy demasiado vieja para ser tu hermana.

—Demasiado tarde. No te puedes echar para atrás ahora.

Camilo logró darle sopa. —Tú quieres a Jesús, ¿no? —susurró con sus labios cerca del oído de ella.

Esperó largo rato por su respuesta. —Lo quiero pero Él no puede quererme a mí.

—Él te quiere. Patty, por favor, sabes que te decimos la verdad. El mismo Dios que cumple profecías centenarias te ama y te quiere. No le digas que no —dijo Cloé.

—No le digo que no a El. El me dice que no a mí.

Cloé tiró de la muñeca de Patty. Camilo la miró sorprendido. —Ayúdame a sentarla, Camilo.

—¡Cloé. ella no puede!

—Ella tiene que pensar y escuchar. No podemos dejar que se vaya.

Camilo tomó la otra muñeca de Patty y tiraron de ella hasta que se sentó. Ella apretó los dedos contra sus sienes y se sentó quejándose.

Cloé dijo. —Escúchame, la Biblia dice que Dios no quiere que *nadie*. perezca. ¿Eres la única persona de la historia que hizo algo tan malo que ni siquiera el Dios del universo te puede perdonar? Si Dios perdona sólo pecados de menor cuantía, no hay esperanza para ninguno de nosotros. Lo que fuera que hiciste, Dios está como el padre del hijo pródigo, escrutando el horizonte. Está esperándote con sus brazos bien abiertos.

Patty se meció y meneó su cabeza. —He hecho cosas malas —dijo.

Camilo miró a Cloé, impotente, como preguntando.

Era peor de lo que se había imaginado Raimundo. Llegó a ponerse encima del colosal fuselaje, con la nariz y una cuarta parte del largo del avión enterrado en el fango del Tigris en un ángulo de cuarenta y cinco grados. Los encastres de las ruedas habían desaparecido. Raimundo solamente temía lo que él y Max estaban por ver. Todo toque había en ese avión, desde el equipo al equipaje que uno lleva en cabina, los asientos, los respaldos, las mesas bandejas, los teléfonos y hasta los pasajeros tendrían que ser un solo montón aplastado en la parte delantera. El impacto violento para cortar el tren de aterrizaje del avión quebraría de inmediato el cuello de los pasajeros. Los asientos tenían que haberse soltado del piso y haberse amontonado como acordeón uno encima de otro, con los pasajeros apilados uno encima de otro, como madera prensada.

Todo lo que estaba sujeto tenía que haberse soltado y ser aplastado adelante.

Raimundo deseaba haber sabido por lo menos el asiento en que Amanda tendría que haber estado para ahorrarse el tiempo de cavar todo el desastre para descartarla como víctima. ¿Por dónde empezar? Raimundo apuntó a la punta de la cola que sobresalía y Max lo siguió mientras subían.

Raimundo tomó el borde de una ventana abierta para impedir que lo arrastrara la corriente. Alumbró la cabina con la linterna y sus peores miedos se confirmaron. Todo lo que Raimundo pudo figurase que había en esa sección trasera eran los paneles, el piso, y el cielo raso absolutamente desnudos. Todo había sido empujado al otro extremo.

El y Max usaron las ventanas como agarraderas para impulsarse así mismos más desde abajo, de unos veinte metros a la punta de los escombros. Los baños de la cola, las bodegas compartimentadas, los paneles divisorios y las maleteras aplastaban todo lo demás.

Patty tenia colgando su cabeza. Camilo se preocupó de no estar presionándola demasiado pero tampoco le sería fácil perdonase si no le daba todas las oportunidades y le pasaba algo a ella.

—¿Tengo que decirle todo lo que he hecho? —suspiró Patty.

—El ya lo sabe. Si decírselo te hace sentir mejor, se lo dices —contestó Cloé.

—No quiero decirlo en voz alta. Esto es más que las aventuras con hombres. Más aún que desear un aborto.

—Pero tú no lo hiciste —dijo Cloé.

—Nada está más allá del poder de Dios para perdonar; créeme, que yo lo sé —dijo Camilo.

Patty se sentó moviendo la cabeza. Camilo se sintió aliviado cuando sintió que llegaba el médico. Carlos examinó rápidamente a Patty y le ayudó a tenderse. Preguntó qué medicamentos le daban, y ellos le hablaron de la aspirina.

El médico dijo. —Ella necesita más. Su temperatura está más alta de lo que me dijeron hace unas horas. Pronto empezará a delirar. Tengo que averiguar lo que le causa la fiebre.

—¿Cuán grave está?

—No soy optimista.

Patty estaba quejándose tratando de habla. El doctor Floyd hizo señas con un dedo para que Camilo y Cloé se mantuvieran lejos, y dijo: —Ustedes y Zión debieran ponerse a orar por ella ahora mismo.

———

Raimundo se preguntó si era sabio nadar entre cientos de cadáveres, especialmente los que tenían heridas abiertas. Bueno, se figuró, lo que pudiera contaminarlo ya lo había infestado. Trabajó febrilmente con Max para empezar a quitar los escombros. Abrieron una brecha más amplia en el casco, entre dos ventanillas, por las cuales sacaban escombros para fuera, con mucho trabajo.

Cuando llegaron a un panel insólitamente pesado, Raimundo se puso detrás y empujó fuerte. Se dio cuenta rápidamente qué era lo que aumentaba el peso. Era el asiento trasero para la aeromoza. Ella seguía amarrada ahí, con las manos empuñadas, los ojos abiertos, su largo pelo flotando libremente. Los hombres echaron a un lado el panel con suavidad. Raimundo se fijó en que la luz de la linterna de Max estaba más mortecina.

Ese panel había protegido los cadáveres contra los peces. Raimundo se preguntó a qué se sujetaban esos cuerpos ahora. Ilumino la masa de asientos y escombros trenzados. Todos habían estado con el cinturón puesto. Todos los asientos se veían ocupados. Nadie podía haber sufrido mucho tiempo. Max movió su luz y el rayo pareció intensificarse. Lo dirigió a la carnicería, tocó el hombro de Raimundo y movió su cabeza como diciendo que no debían proseguir. Raimundo no podía culparlo pero no podía parar. Sabía sin duda que la búsqueda lo tranquilizaría tocante a Amanda. Tenía que hacer esta cosa macabra por su propia paz mental.

Raimundo apuntó a Max y luego a la superficie. Entonces, apuntó a los cuerpos y se tocó el pecho como diciendo, ándate que yo me quedo.

Max movió lentamente su cabeza, como disgustado pero no se fue. Empezaron a levantar cadáveres, amarrados a los asientos.

Camilo ayudó a subir a Cloé y se reunieron con Zión para orar por Patty. Cuando terminaron, Zión les mostró que Carpatia se había convertido en su competidor computarizado.

—El debe estar celoso de la respuesta. Miren esto.

Carpatia se comunicaba con las masas mediante una serie de mensajes cortos. Cada uno cantaba las alabanzas de las fuerzas de la reconstrucción. Animaban a la gente a mostrar su devoción a la fe Enigma Babilonia. Algunos reiteraban la promesa de la Comunidad Global de proteger al rabino Ben—Judá contra los fanáticos si él optaba por regresar a su patria.

—Miren lo que puse como respuesta a eso —dijo Ben-Judá.

Camilo miró la pantalla. Zión había escrito:

Potentado Carpatia: acepto agradecido su oferta de protección personal y le felicito pues esto le convierte en un instrumento del único Dios vivo verdadero. El ha prometido sellar y proteger a los suyos durante esta época cuando tenemos el cometido de predicar Su evangelio al mundo. Nosotros agradecemos que El le haya elegido a usted como nuestro protector y nos preguntamos como se siente usted por eso. En el nombre de cómo se siente usted por eso. En el nombre de Jesucristo, el Mesías y nuestro Señor y Salvador, el rabino Zión Ben—Judá, en el exilio.

No pasará mucho tiempo más Zión —dijo Camilo.

—Sólo espero que pueda ir —dijo Cloé.

—No pensé que hubiera alternativa —dijo Camilo—. Pienso en Patty. No puedo dejarla a menos que esté sana.

Bajaron de nuevo. Patty dormía pero su respiración era laboriosa, su cara estaba enrojecida, su frente estaba humedecida. Cloé le enjugó la cara con un paño fresco. El médico estaba de pie en la puerta trasera, mirando a través de la malla.

—¿Puedes quedarte con nosotros esta noche?— preguntó Camilo.

—Quisiera pero, en realidad, desearía llevarme a Patty para atenderla pero ella es tan identificable que no iríamos muy lejos. Después de ese episodio de Minneapolis, me miran con sospecha. Me vigilan más y más.

—Si tienes que irte, vete.

—Dale una mirada al cielo —dijo el médico.

Camilo se acercó y miró hacia fuera. El sol todavía estaba alto pero había nubes negras formándose en el horizonte.

—Grandioso. ¿Qué le hará la lluvia a los surcos que llamamos caminos? —dijo Camilo.

—Mejor que vaya a revisar a Patty y me vaya ya.

—¿Cómo hiciste para que se durmiera?

—Esa fiebre la tiró. Le di suficiente aspirina para controlarla pero tengan cuidado con la deshidratación.

Camilo no contestó. Estaba contemplando el cielo.

—¿Camilo?

El se dio vuelta. —¿Sí?

—Ella se queja y masculla algo de lo cual se siente culpable.

—Lo sé.

—¿Sí?

—Estábamos instándola a recibir a Cristo, y ella dijo que no es digna. Ella ha hecho algunas cosas, eso dice, y no puede aceptar que aún así Dios la ame.

—¿Te dijo que fueron esas cosas?

—No.

—Entonces yo no debo hablar.

—Si es algo que te parece que yo debiera saber, pues hablemos.

—Es cosa de locos,

—Ya nada me sorprende.

—Ella tiene una tremenda carga de culpa tocante a Amanda y Bruno Barnes. ¿Amanda es la esposa del padre de Cloé?

—Sí, y yo te conté todo lo de Bruno. ¿Qué pasa con ellos?

—Ella lloraba, diciéndome que ella y Amanda iban a volar juntas de Boston a Bagdad. Cuando Patty le dijo a Amanda que iba a cambiar de avión y volar a Denver, Amanda insistió en ir con ella. Patty siguió diciéndome: "Amanda sabía que yo no tengo parientes en Denver. Pensó que sabía en que cosa andaba yo. Y ella tenía razón". Me dijo que, en realidad, Amanda canceló su reserva para Bagdad y que iba camino al mostrador de las líneas aéreas a comprar un pasaje para Denver en el avión de Patty. Esta le rogó que no lo hiciera. La única manera en que podía impedir que Amanda viajara con ella era jurar que no viajaría si

Amanda trataba de acompañarla. Amanda la hizo prometer que no haría estupideces en Denver. Patty sabía que ella se refería a no hacerse un aborto. Ella le prometió a Amanda que no lo haría.

—¿De qué se siente tan mal?

—Ella dice que Amanda volvió al vuelo original a Bagdad pero estaba totalmente vendido. Ella le dijo a Patty que no le interesaba ponerse en lista de espera y que se sentiría muy feliz acompañándola en su vuelo al Oeste. Patty rehusó y cree que Amanda se fue en ese avión a Bagdad. Ella dijo una y otra vez que debiera haber estado en ese vuelo también y desea haber estado. Le dije que no debiera decir cosas como esas y contestó, "entonces ¿por qué no pude dejar que Amanda viniera conmigo? Todavía estaría viva".

—Carlos, tú no conoces a mi suegro ni a Amanda, todavía pero él no cree que Amanda voló en ese avión. No sabemos qué hizo.

—Pero si ella no estaba en ese avión y no quiso ir con Patty, ¿dónde está? Cientos de miles murieron en el terremoto. Realmente ¿no piensas que ustedes debieran haber sabido de ella a estas alturas si hubiera sobrevivido?

Camilo miró las nubes que se juntaban

—No sé. Probablemente si no está muerta, esté herida. Quizá no pueda comunicarse con nosotros, como Cloé.

—Quizá. Uh.... Camilo, hubo un par más de cosas.

—No te las guardes.

—Patty dijo algo de lo que sabía de Amanda.

Camilo se heló ¿era posible? Trató de mantener la compostura.

—¿Qué se supone que ella sabe?

—Un secreto que debiera haber dicho pero que ahora no puede decir.

Camilo estaba asustado de saber qué era.

—¿Dijiste que había algo más?

Ahora el médico parecía nervioso. —Preferiría atribuir esto a su estado delirante.

—Habla.

—Le tomé una muestra de sangre. Voy a analizarla para ver si hay envenenamiento alimentario. Me preocupa que mis colegas de Denver la hayan envenenado antes del asesinato proyectado. Le pregunté que había comido allá, y ella entendió lo que yo sospechaba. Temblaba y parecía petrificada. La ayudé a acostarse. Ella me tomó por la camisa y me acercó, diciendo: —Si Nicolás me ha envenenado, yo seré su segunda víctima. Le pregunté que quería decir. Ella dijo: —Bruno Barnes. Nicolás lo hizo envenenar en el extranjero. Bruno logró llegar a los Estados Unidos de vuelta antes de que lo hospitalizaran. Todos piensan que murió en el bombardeo y quizá así pasó. Pero si no estaba muerto ya, hubiera muerto aunque nunca se hubiera bombardeado el hospital. Y yo sabía todo eso y nunca se lo dije a nadie.

Camilo estaba estremecido y musitó:

—Yo sólo deseo que hubieras podido conocer a Bruno.

—Hubiera sido un honor. Tú puede saber de su muerte con toda seguridad, ya lo sabes. No es demasiado tarde para hacer una autopsia.

—Eso no le devolvería la vida pero sólo saberlo me da una razón...

—¿Una razón?

—Una excusa, de todos modos, para asesinar a Nicolás Carpatia.

Veinte

Aunque el agua daba casi la misma ausencia de peso que el espacio exterior, tirando para arriba y fuera los despojos y desplazando filas de asientos con cadáveres atados, el espectáculo era penoso.

La luz de la linterna de Raimundo era muy mortecina y la provisión de aire era poca. La herida del cuero cabelludo latía de dolor. El suponía que Max estaba en igual forma pero ninguno daba señales de tener la intención de abandonar.

Raimundo esperaba sentirse horrible buscando cadáveres pero le abrumaba el presentimiento profundo que tenía— ¡Qué cosa macabra! Las víctimas estaban hinchadas, horriblemente desfiguradas, con las manos agarrotadas, los brazos flotando. El pelo de ellos ondeaba con el movimiento del agua. La mayoría tenía los ojos y la boca abierta, las caras negras, rojas o púrpuras.

Raimundo sentía una urgencia. Max le tocó, apuntó a su medidor y mostró los diez dedos para arriba. Raimundo trató de trabajar más rápido pero habiendo revisado sólo sesenta o setenta cuerpos, no había manera que pudiera terminar sin otro tanque de aire, sólo podía trabajar cinco minutos más.

Directamente debajo había una hilera intacta de la sección del medio. Mirando hacia el frente del avión, como todas las otras, pero había rolado un poco más. Todo lo que vio en su mortecina luz, fueron las nucas de cinco cabezas y los talones de diez pies. Siete zapatos se habían soltado y caído. El nunca había entendido el fenómeno de la contracción de los pies humanos enfrentados a una colisión violenta. El calculaba que esta hilera había sido llevada hacia delante unos nueve metros. Le hizo señas a Max para que tomara la pieza de apoyar los brazos de un extremo y él agarró el otro. Max levantó un dedo, como si esto tuviera que ser el último esfuerzo antes que subieran a la superficie. Raimundo asintió.

Mientras trataban de enderezar la hilera de asientos, se trabó en algo y tuvieron que volverla a poner donde estaba y encajarla de nuevo. El lado de Max quedó un poco mas adelante que el de Raimundo pero se viró por fin cuando Raimundo terminó de empujarlo. Los cinco cuerpos estaban ahora sobre sus espaldas. Raimundo iluminó con su linterna que casi se apagaba, la cara aterrada de un anciano vestido con un traje de tres piezas. Las hinchadas manos del hombre flotaron delante de la cara de Raimundo. El las echó a un lado suavemente y dirigió la linterna al próximo pasajero. Ella tenía el pelo color sal y pimienta. Sus ojos estaban abiertos, su expresión era impasible. El cuello y la cara estaban descoloridas e hinchados, pero sus brazos no estaban levantados como los otros. Ella había tomado su computadora portátil metida en su funda, y había trabado la correa en el hueco de su arma. Entrelazando sus dedos, había muerto con sus manos apretadas entre sus rodillas, con la bolsa de la computadora asegurada a su lado.

Raimundo reconoció los aros, el collar, la chaqueta. El quiso morirse. No podía sacar los ojos de los de ella. Los iris habían perdido color y su imagen era una que le costaría olvidar. Max se apuró en ir donde él y tomó sus brazos, uno con cada mano. Raimundo sintió su suave tirón. Mareado se volvió a Max.

Max tocó el tanque de Raimundo con urgencia. Raimundo estaba derivando al haber perdido el sentido de lo que estaba haciendo. El no quería moverse. Súbitamente se dio cuenta que su corazón latía muy fuerte y que pronto se quedaría sin oxígeno. No quería que Max supiera. Se sintió tentado a hundirse en suficiente agua para inundar sus pulmones y reunirse con su amada.

Era demasiado esperar eso. El hubiera debido saber que Max no hubiera usado su propia provisión de aire tan rápido. Max había separado los dedos de Amanda sacando la correa de la funda, pasándola por encima de la cabeza, de modo que la computadora colgaba entre sus tanques.

Raimundo sintió que Max estaba detrás de él, con sus antebrazos metidos en sus axilas. Raimundo quería pelear para soltarse pero Max lo había pensado por anticipado evidentemente. Al primer indicio de resistencia de parte de Raimundo, Max se estiró abriendo sus manos y tiró de los brazos de Raimundo. Max pateó con fuerza y lo sacó de los restos del 747 a la corriente del río. Hizo un ascenso controlado.

Raimundo había perdido la voluntad de vivir. Cuando salieron a la superficie, escupió su regulador y, junto con eso, los sollozos salieron como catarata. Dio un gemido primitivo y fiero que perforó la noche reflejando la agonizante soledad de su alma. Max le habló pero Raimundo no estaba escuchando. Max lo movió, nadando, permaneciendo a flote, arrastrándolo hacia el banco. Mientras el sistema biológico de

Raimundo inspiraba codiciosamente el aire dador de vida, el resto de él estaba entumecido. El se preguntaba si podría nadar si lo deseaba, pero no quería. Sentía pena por Max que se esforzaba tanto por subir a un hombre más grande a la pendiente barrosa del banco de arena.

Raimundo seguía llorando a gritos con el sonido de su desesperación que lo asustaba aun hasta sí mismo pero no podía parar. Max se arrancó su máscara y escupió la pieza bucal, luego ayudó a Raimundo con los suyos. Soltó los tanques de Raimundo y los puso a un lado. Raimundo se echó a un lado quedándose inmóvil, tirado de espaldas.

Max le sacó el destrozado cubrecabeza de Raimundo que mostró la sangre dentro de su traje. Con su cabeza al descubierto y su cara desnuda, los gritos de Raimundo se volvieron gemidos. Max se sentó en sus talones y respiró profundamente. Raimundo miró como un gato esperando que se relajara, retrocediera, para creer que esto estaba terminado.

Pero no estaba terminado. Raimundo había creído verdaderamente, había sentido verdaderamente que Amanda había sobrevivido y que él se reuniría con ella. El había sufrido mucho en los últimos dos años pero siempre había habido gracia en la medida suficiente para mantenerlo lúcido. No ahora. Ni siquiera lo quería. ¿Pedirle a Dios que lo ayudara a pasar esto? No podía pensar en vivir cinco años más sin Amanda.

Max se paró y empezó a abrir el cierre de su traje húmedo. Raimundo levantó lentamente sus rodillas y enterró profundamente sus talones en la arena. El empujó tan fuerte que sintió la tensión bien hondo en ambos tendones de sus corvas cuando el impulso lo tiró hacia el borde. Como si estuviera en cámara lenta Raimundo sintió un aire frío en su cara cuando se tiró al agua de cabeza. Oyó que Max exclamaba gritando: —¡Oh, no, no, no lo hagas!

Max tendría que haberse sacado los tanques antes de saltar al agua. Raimundo sólo esperaba poder eludirlo en la oscuridad o tener la fortuna suficiente de que Max aterrizara encima de él y lo dejara inconsciente. Su cuerpo cayó a plomo en el agua, luego se dio vuelta y empezó a subir. No movió un dedo esperando que el Tigris lo envolviera para siempre pero, de alguna manera supo que no podía dejarse tragar por el agua que lo mataría.

Sintió el choque y oyó que Max pasaba chapoteando por su lado. Las manos de Max lo rozaron cuando él pasó deslizándose a pocos metros. Raimundo no podía encontrar la energía para resistir. Desde lo hondo de su corazón salió simpatía por Max, que no merecía esto. No era justo hacerlo trabajar tan fuerte. Raimundo llevó su propio peso hacia el banco, en forma que bastaba para demostrarle a Max que estaba cooperando, por fin. Al levantarse a la rastra en la arena cayó de rodillas y apretó su mejilla contra el suelo.

—Ray, ahora no tengo respuestas para ti pero te pido que me escuches. Para morirte en este río en esta noche, vas a tener que llevarme contigo, ¿entendiste?

Raimundo asintió trágicamente.

Sin otra palabra Max levantó a Raimundo parándolo. En la oscuridad examinó la herida de Raimundo con sus dedos. Le quitó las aletas, las puso con la máscara encima de sus tanques y le pasó esas cosas a Raimundo. Max tomó su equipo y abrió camino de vuelta al helicóptero. Ahí guardó el equipo, le ayudó a Raimundo a sacarse el traje húmedo, como un niñito que se prepara para irse a la cama, y le tiró una toalla enorme. Se pusieron ropa seca,

Sin advertencia previa el lesionado cuero cabelludo de Raimundo empezó a sentirse como si hubiera sido apedreado con rocas. Se tapó la cabeza y se dobló por la cintura pero ahora sintió los mismos aguijones punzantes en los brazos, el cuello, la espalda. ¿Había exagerado mucho? ¿Había sido tan necio como para seguir buceando con una herida abierta? Atisbo a Max que se dirigía al helicóptero.

—¡Sube Ray! ¡Está granizando!

Camilo siempre disfrutaba las tormentas por lo menos antes de pasar por la ira del Cordero. Cuando era niño se había sentado frente a la ventana panorámica de su casa estilo Tucson a observar la rara tormenta de truenos. Sin embargo, algo del clima le asustaba desde el Rapto.

El doctor Floyd dejó instrucciones de cómo cuidar a Patty y luego se fue para Kenosha. Al ir oscureciéndose uniformemente la tarde, Cloé buscó frazadas extra para la adormilada Patty mientras que Zión y Camilo cerraban las ventanas.

Zión decía. —Sólo me arriesgaré un poco pues voy a usar mi computadora con las baterías hasta que pase la tormenta pero seguiré conectado a las líneas telefónicas.

Camilo se rió diciendo. —Por una vez en la vida puedo corregir al brillante académico; te olvidas que estamos usando la electricidad de un generador alimentado a gasolina, que no es probable sea afectado por la tormenta. La línea del teléfono está conectada a la antena del techo, en el punto más elevado de aquí. Si te preocupan los rayos, mejor que desconectes el teléfono y conectes la electricidad.

—Nunca me van a confundir con un electricista pues la verdad es que tampoco tengo que conectarme a la Internet por unas horas —dijo Zión meneando la cabeza mientras subía.

Camilo y Cloé se sentaron, uno junto al otro, a los pies de la cama de Patty, y Cloé comentó: —Ella está durmiendo demasiado y está tan pálida.

Camilo estaba inmerso pensando en la carga de secretos tenebrosos que abrumaba a Patty. ¿Qué pensaría Raimundo de la posibilidad de que Bruno hubiera sido envenenado? Raimundo siempre había dicho que era raro la paz que tenía Bruno comparado con las otras víctimas del bombardeo. Los médicos no habían llegado a ninguna conclusión sobre la enfermedad que él había traído desde el tercer mundo. ¿Quién hubiera soñado que Carpatia pudiera estar detrás de todo esto?

Camilo también luchaba con haber matado a ese guardia de la Comunidad Global. La cinta de video había sido mostrada repetidamente por los noticieros de la televisión. No podría tolerar verla una vez más aunque Cloe insistía que mostraba claramente que él no tuvo alternativa, y dijo que "hubiera muerto más gente, Camilo, y uno hubiera sido tú".

Era cierto, y no podía llegar a ninguna otra conclusión. ¿Por qué no sentía satisfacción, ni siquiera haber logrado algo por esto? El no era hombre de combates mentales pero, de todos modos, aquí estaba en la línea de fuego.

Camilo tomó la mano de Cloé y la acercó más a él. Ella apoyó su mejilla contra el pecho de él, que le peinó el cabello quitándoselo de su cara lastimada. Su ojo lesionado seguía hinchado y descolorido pero parecía estar mejorando. Le rozó la frente con sus labios y susurró: —Te amo con todo mi corazón.

Camilo dio una mirada a Patty. Hacía una hora que no se había movido.

Y llegó el granizo.

Camilo y Cloé se pararon y vieron, por la ventana, que las bolitas de hielo rebotaban en el patio. Zión bajó corriendo.

—¡Oh, miren, miren esto!

El cielo se puso negro y los granizos, más grandes. Poco menos que pelotas de golf, repiqueteaban contra el techo, resonaban contra los desagües, atronaban en el Range Rover, y se cortó la luz. Un chirrido de protesta estalló en Zión pero Camilo le aseguro que el granizo cortó el cable, eso es todo; se arregla fácil". Mientras miraban, el cielo se iluminó pero no por los relámpagos y rayos. ¡Al menos la mitad de los granizos estaban en llamas!

Zión dijo. —¡Oh, mis amados! Ustedes saben qué es esto, ¿no? Vamos a alejar de la ventana la cama de ¡Patty! El Ángel del juicio de la primera trompeta está arrojando granizo y fuego a la Tierra.

Raimundo y Max dejaron sus equipos de buceo en el suelo, cerca del helicóptero. Ahora, protegidos por la burbuja de plexiglás de la pequeña cabina, Raimundo se sentía como si estuviera dentro de un horno donde se tuestan rositas de maíz. Al ir creciendo el tamaño de los granizos, chocaban con los tanques de oxígeno sonando a metal, y repiqueteaban en el helicóptero. Max echó a andar el motor e hizo girar la hélice pero no iba a ninguna parte. No iba a dejar los equipos de buceo, además los helicópteros y el granizo no constituyen buena yunta.

Gritó por encima del ruido. —Sé que no quieres oír esto pero, Ray, tienes que dejar los restos del avión y del cuerpo de tu esposa donde está. No me gusta ni entiendo más que tú pero creo que Dios te va a sacar de esto. No menees la cabeza. Sé que ella era todo para ti pero Dios te dejó aquí a propósito. Yo te necesito. Tu hija y tu yerno te necesitan. Ese rabino del cual tanto me has hablado, te necesita también. Todo lo que dijo es que no tomes decisiones cuando tus emociones están en carne viva. Pasaremos juntos por esto.

Raimundo estaba disgustado consigo mismo pues todo lo que decía Max, el flamante creyente, sonaba como tantas trivialidades huecas. Verdad o no, no era lo que él quería oír.

—Max, dime la verdad, ¿buscaste la marca en la frente de ella. Max apretó los labios sin contestar.

—Lo hiciste, ¿no?

—Sí.

—Y no había nada, ¿no?

—No, nada.

—¿Qué se supone que piense de eso?

—Ray, ¿cómo saberlo? Yo no era creyente antes de "el terremoto". Tampoco sé que tuvieras una marca en la frente antes de eso.

—¡Probablemente la tenía!

—Quizá la tenía, ¿pero el doctor Ben—Judá no escribió después como los creyentes empezaron a ver la marca en el otro? Eso pasó después del terremoto. Si hubieran muerto en el sismo, tampoco hubieran tenido la marca. Y aunque la hubieran tenido antes. ¿Cómo sabemos que sigue ahí cuando morimos?

—Si Amanda no era creyente, probablemente entonces *trabajaba* para Carpatia

—escupió Raimundo—. Max, no creo que pueda soportar eso,

Max dijo. —Piensa en David; él recurrirá a nosotros en busca de liderazgo y guía, y yo soy más nuevo que él en esto.

Cuando las lenguas de fuego que caían en picada se juntaron con los granizos, Raimundo se quedó mirando fijo, y Max dijo:

—¡Qué cosa! —repetidamente—, esto es como los fuegos artificiales del final.

Enormes granizos caían al río y flotaban corriente abajo. Se acumulaban en el banco emblanqueciendo la arena como si fuera nieve. Nieve en el desierto. Dardos flamígeros hervían y silbaban cuando tocaban el agua haciendo el mismo ruido cuando caían sobre los granizos de la playa sin quemarse de inmediato.

Las luces del helicóptero iluminaron una zona de unos seis metros frente al aparato.

Max se soltó súbitamente el cinturón y se inclinó para delante. —Ray, ¿qué es eso? Está lloviendo pero ¡es rojo! ¡Mira eso! ¡Encima de la nieve!

Raimundo dijo. —Es sangre —con una paz que le inundó el alma sin calmar su pena ni quitarle el temor a la verdad sobre Amanda pero este espectáculo, esta lluvia de fuego, hielo y sangre le recordó nuevamente que Dios es fiel y que cumple Sus promesas. Aunque nuestros caminos no son Sus caminos y que nunca podremos entender a Dios a este lado del cielo, Raimundo tuvo nuevamente la seguridad de que estaba en el lado del ejército que ya había ganado esta guerra.

———

Zión se apresuró a ir a la parte de atrás de la casa y miró las llamas que derretían el granizo e incendiaban la hierba que ardía unos instantes y, luego, más granizo apagaba el fuego. Todo el patio estaba negro. Las bolas de fuego caían en los árboles que bordeaban el patio estallando en llamas como si fueran uno, con las ramas que enviaban al aire un gigantesco hongo anaranjado. Los árboles se enfriaban tan rápidamente como se habían quemado.

—Aquí viene la sangre —dijo Zión y súbitamente Patty se incorporó, sentándose muy derecha. Miraba fijamente por la ventana al ser derramada la sangre desde los cielos. Luchó por arrodillarse en la cama para ver más lejos. El patio reseco estaba humedecido con el granizo derretido y, ahora, rojo con la sangre.

Los rayos crujían y los truenos rodaban. Los granizos, del tamaño de una pelota de tenis, tamborileaban fuerte en el techo, y caían rodando y llenando el patio.

Zión gritó. —¡Alabado sea el Señor Dios Todopoderoso, hacedor de cielo y tierra! Lo que veo ante ustedes es un cuadro de Isaías 1:18 *Aunque tus pecados sean escarlatas, serán tan blancos como la nieve; aunque sean rojos como el carmesí, serán como lana.*

—¿Lo viste Patty? —preguntó Cloé.

Patty se volvió a ellos y Camilo vio sus lágrimas. Ella asintió pero parecía mareada. Camilo la ayudó a recostarse y pronto se quedó dormida.

Al disiparse las nubes y volver el sol, los resultados del espectáculo de las luces quedaron en evidencia. La corteza de los árboles estaba negra, el follaje se había quemado por entero. Al derretirse los granizos y sumirse la sangre en el suelo, se vio la yerba incinerada.

—Las Escrituras nos dicen que un tercio de los árboles y un tercio de toda la hierba verde del mundo serán quemados —dijo Zión—. Se me hace largo el tiempo hasta que recuperemos la luz para ver qué hacen de esto los periodistas de Carpatia.

Pero otro claro movimiento de la mano de Dios había conmovido a Camilo que anhelaba que Patty estuviera sana para que pudiera ir en pos de la verdad. Poca importancia tenía ahora en el esquema mayor de las cosas que Bruno Barnes hubiera sido envenenado por Nicolás Carpatia o que hubiera perdido la vida en la primera descarga de bombas de la Tercera Guerra Mundial. Pero si Patty Durán tenía información sobre Amanda que confirmara o negara lo que Zión había hallado en la computadora de Bruno, Camilo quería saberlo.

Max dejó andando el helicóptero pero Raimundo tenía frío. Sin nada verde que incinerar en esta parte del mundo, el fuego y la sangre habían sido tapados por el granizo. El resultado fue la noche más helada de la historia del desierto iraquí.

—Quédate donde estás; yo voy a buscar las cosas —dijo Max.

Raimundo tomó la manija de la puerta.

—Está bien pero yo haré mi parte.

—¡No! Ahora hablo en serio. Deja que yo haga esto.

Raimundo estaba agradecido aunque no quería reconocerlo. Se quedó dentro mientras Max se deslizaba al granizo derretido. Guardó los equipos de buceo detrás de los asientos. Cuando volvió a bordo, tenía la computadora empapada de Amanda.

—¿Para qué Max? Esas cosas no son a prueba de agua.

—Cierto —dijo Max—. La pantalla revienta; los paneles solares se arruinan, el teclado no funciona, la unidad central se murió. Di todo lo que quieras, toda esa agua tuvo que inutilizar todo salvo el disco duro que está bien guardado en un compartimento impermeable. Los expertos pueden hacer un diagnóstico y copiar todos los archivos que quieras.

—No espero sorpresas.

—Ray, lamento ser brutal pero no esperabas verla en el Tigris. Si yo fuera tú, buscaría pruebas para demostrar que Amanda era todo lo que tú pensabas que era.

Raimundo no estaba seguro. —Tendría que recurrir a alguien que sepa, como David Jasid o alguien más en quien pueda confiar.

—Eso lo imita a David y yo, sí.

—Si son malas noticias, no puedo dejar que un extraño lo descubra antes que yo. ¿Por qué no te encargas de esto Max? Mientras tanto ni siquiera quiero pensar en ello. Si lo hago, voy a romper tu confianza e ir derecho donde Carpatia y exigirle que limpie el nombre de Amanda con todos con los que haya hablado de ella.

—Ray, no puedes hacer eso.

—Puede que no pueda contenerme si tengo acceso exclusivo a esa computadora. Sólo hazlo por mí y dame los resultados.

—Ray, no soy un experto pero ¿qué pasa si superviso a David o lo dejo que me entrene en eso? No miraremos ni un solo archivo sino que encontraremos los que estén disponibles.

Nicolás Carpatia anunció la postergación de un viaje debido a "el extraño fenómeno natural" y su efecto en la reconstrucción del aeropuerto. En las semanas que siguieron Camilo se asombraba por la mejoría de Cloé al tiempo que se aproximaba la fecha de partida para Israel del ampliado contingente en Chicago del Comando Tribulación. Carlos Floyd le sacó el yeso y en pocos días los músculos atrofiados comenzaron a recuperarse. Parecía que siempre le quedaría una cojera, el dolor residual, con su cara y esqueleto levemente torcidos pero, para Camilo, nunca había lucido mejor. Ella sólo hablaba de ir a Israel a ver la increíble reunión masiva de los testigos.

Los primeros veintiún mil que llegaran se iban a encontrar con Zión en el Estadio Teddy Kollek. Los demás se reunirían en sitios de toda la Tierra Santa mirando por medio de circuitos cerrados de televisión. Zión le dijo a Camilo que pensaba invitar a Moisés y Elías para que se le unieran en el estadio Teddy Kollek. Pocos eran los escépticos que quedaban luego de la lluvia de granizo, fuego y sangre que envió Dios. Ya no había ambigüedad tocante a la guerra. El mundo estaba tomando partido.

La cabeza de Raimundo sanó rápidamente pero su corazón aún dolía. Se pasaba las mañanas en su duelo, orando, estudiando, siguiendo cuidadosamente las enseñanzas de Zión en la Internet y teniendo correspondencia electrónica diaria con Camilo y Cloé.

También mantenía ocupada su mente con planes de ruta, siendo el mentor de David Jasid y discipulando a Max. En los primeros días sus papeles habían estado invertidos, naturalmente, pues Max ayudó a Raimundo a pasar por el período peor de la pena. Raimundo tuvo que admitir que Dios le daba la fuerza precisa para cada día; nada extra, nada para invertir en el futuro sino lo suficiente para cada día.

Casi un mes después de la noche en que Raimundo encontró el cadáver de Amanda, David Jasid le regaló un disco de alta tecnología donde estaban todos los archivos de la computadora de Amanda, y le dijo que:

—Todos estaban codificados y, por eso, eran inaccesibles sin decodificación.

Raimundo estaba tan callado cuando andaba con Carpatia y Fortunato, incluso cuando tenía que llevarlos a todas partes en el avión, que creía que ellos se habían aburrido con él. Perfecto. Hasta que Dios lo librara de este cometido, sencillamente lo iba a soportar.

Se asombraba por el progreso de la reconstrucción en todo el mundo. Carpatia tenía tropas que zumbaban abriendo caminos, pistas de aterrizaje, ciudades, rutas comerciales, de todo. El equilibrio de los viajes, comercio y gobierno se había ubicado en Nueva Babilonia, la nueva capital del mundo en Irak, el Oriente Medio.

La gente de todo el mundo imploraba conocer a Dios. Sus pedidos inundaban la Internet. Zión, Cloé y Camilo trabajaban día y noche manteniendo correspondencia con los nuevos conversos y planificando el tremendo acontecimiento en Tierra Santa.

Patty no mejoraba. El doctor Carlos Floyd investigó una clinica médica secreta pero, al final, le dijo a Camilo que prefería cuidarla personalmente donde ella estaba, mientras él y los demás estuvieran en Israel, y que, ocasionalmente, ella tendría que estar sola más tiempo del que a el le hubiera gustado pero era lo mejor que podía hacer.

Camilo y Cloe oraban diariamente por Patty. Cloé le habla dicho a Camilo. —Lo único que me impediría ir es que Patty no haya recibido a Cristo primero. Siento que no puedo dejarla en este estado.

Camilo tenía sus propias razones para desear que ella reviviera. Su salvación era lo fundamental, por supuesto, pero él necesitaba saber cosas que solamente Patty podía decirle.

Raimundo comprobó por medio de su propia observación y el aporte de David Jasid, cuán enfurecido estaba Carpatia con Zión Ben—Judá, los dos testigos, la inminente conferencia y, en especial, la oleada masiva de interés en Cristo.

Carpatia siempre había sido motivado y disciplinado pero ahora era muy claro que él estaba en una misión. Sus ojos eran feroces; su cara, tensa. Todos los días se levantaba muy temprano y todas las noches trabajaba hasta muy tarde. Raimundo tenía la esperanza que trabajara tanto que se volviera frenético, y pensaba *te llega la hora y espero que Dios me deje apretar el gatillo.*

Camilo se despertó con el silbato de su computadora dos días antes de su programada partida para Tierra Santa. Era un mensaje de Raimundo que decía, "¡está pasando, pongan el televisor, esto va a ser tremendo suceso!".

Camilo bajó en puntillas y encendió el televisor encontrando sólo noticieros. Tan pronto como vio lo que estaba pasando, despertó a todos salvo a Patty. Le dijo a

Cloé, Zión y Ken: —En Nueva Babilonia es casi mediodía, y acabo de saber de Raimundo. Síganme.

Los locutores de los noticieros contaban lo que habían descubierto los astrónomos tan sólo dos horas antes: un cometa totalmente nuevo que venía en curso de colisión con la Tierra. Los científicos de la Comunidad Global analizaban los datos transmitidos por las sondas, lanzadas muy deprisa, y que orbitaban el objeto. Decían que *meteoro* era un calificativo erróneo para la formación rocosa que se precipitaba, con una consistencia de tiza o quizá de caliza.

Las fotografías que enviaban las sondas mostraban un proyectil de forma irregular, de color claro. El locutor de continuidad informaba que:

Damas y caballeros, les insto a poner esto en la perspectiva correcta. Este objeto está por entrar en la atmósfera terrestre. Los científicos no han determinado su constitución pero, si como parece, resulta menos denso que el granito, la fricción resultante del ingreso a la atmósfera, lo hará estallar en llamas.

En cuanto esté bajo la atracción de la fuerza de gravedad terrestre, se acelerará a casi diez metros por segundo al cuadrado. Esto es inmenso como pueden ver en las fotografías, pero hasta que no se tome conciencia del tamaño no se puede estimar cuál sea el potencial destructivo que ejerza a su paso. Los astrónomos de la CG estiman que no es menos que la masa de toda la cadena montañosa de los Apalaches. Esto tiene el potencial de partir la Tierra o sacarla de su órbita.

La Administración del Espacio y Aeronáutica de la Comunidad Global proyecta el choque para, aproximadamente, las nueve de la mañana, hora central estándar. Anticipan que el choque tendrá lugar, dentro del mejor escenario posible, en medio del océano Atlántico. Se espera que se produzcan marejadas que inunden las costas de ambos lados del Atlántico hasta unos ochenta kilómetros tierra adentro. Se está efectuando la evacuación de las zonas costeras ahora mismo. Hay helicópteros que están sacando muchísimas embarcaciones oceánicas de sus varaderos aunque no se sabe cuántas puedan ponerse a salvo a tiempo. Los expertos concuerdan en que será incalculable el impacto en las actividades marítimas.

Su Excelencia el Potentado Nicolás Carpatia ha emitido un comunicado en que verifica que su personal no podía haber sabido antes de este fenómeno. Aunque el Potentado Carpatia dice que confía tener la fuerza adecuada para destruir el objeto pero que le han advertido que la imprevisibilidad de los fragmentos es un peligro demasiado grande, especialmente si se considera que se cuenta con que la montaña, que viene cayendo, aterrice en el océano.

El Comando Tribulación se fue a sus computadoras a difundir que esto era el juicio de la segunda trompeta, como lo predice Apocalipsis 8:8—9. Zión escribió:

¿Vamos a parecer expertos en pronosticar cuando se adviertan los resultados? ¿Los poderes actuales se conmoverán al descubrir que, tal como lo dice la Biblia, un tercio de los peces morirá y se hundirá un tercio de las embarcaciones en el mar, y los maremotos desolarán caóticamente a todo el mundo? O ¿van a reinterpretar el suceso para hacer que parezca que la Biblia está equivocada? ¡No se dejen engañar! ¡No se demoren! Ahora es el tiempo aceptado. Ahora es el día de la salvación. Vaya a Cristo antes que sea demasiado tarde. Las cosas van a empeorar. Todos fuimos dejados atrás la primera vez. No sea dejado atrás cuando respire por última vez.

Los militares de la Comunidad Global colocaron estratégicamente una nave aérea para filmar la zambullida más espectacular de la historia. Se determino finalmente que la montaña con un área superior a los mil seiscientos kilómetros cuadrados, estaba compuesta en gran medida por azufre, y estalló en llamas al ingresar a la atmósfera terrestre. Eclipsó al sol, sacó las nubes de su recorrido, y creó vientos de fuerza huracanada entre ella y la superficie del mar durante la última hora en que fue cayendo desde los cielos.

Cuando, por fin, resonó en la superficie del abismo, desplazó inmensos géiseres, chorros de agua y tifones de kilómetros de altura, que salieron disparados desde el océano y derribaron varios aviones de la Comunidad Global. Los que pudieron filmar el resultado mostraron imágenes tan increíbles que las pasaron por televisión durante las veinticuatro horas por varias semanas.

Tierra adentro el daño fue tan amplio que se interrumpieron casi todas las formas de viajar. La reunión de los testigos judíos en Israel fue postergada por diez semanas.

Los dos testigos del Muro de los Lamentos siguieron a la ofensiva, amenazando con mantener la sequía de la Tierra Santa que habían conservado desde el día en que se firmó el pacto entre el anticristo e Israel. Prometieron que habría ríos de sangre como respuesta a cualquier amenaza hecha a los evangelistas sellados de Dios. Entonces, en un despliegue cómico de poder, pidieron a Dios que hiciera llover solamente en el Monte del Templo durante siete minutos. De un cielo sin nubes cayó una lluvia tibia que volvió barro al polvo y sacó corriendo de sus casas a los israelitas. Ellos levantaban las manos y sus caras, sacando sus lenguas. Se reían y cantaban y danzaban por lo que este milagro significaba para sus cosechas. Pero a los siete minutos, la lluvia paró y se evaporó, y el barro volvió a ser polvo que fue alejado a soplos.

¡Ay de ustedes, los que se burlan del único Dios verdadero!—atronaban Moisés y Elías—, ustedes no tendrán poder sobre nosotros ni sobre aquellos que Dios ha llamado para que proclamen Su nombre por toda la Tierra hasta que llegue el tiempo fijado cuando Dios nos permita ser talados y, después, nos regrese a Su lado!

Raimundo se fue entibiando primero por la conmiseración de Cloé, Camilo y Zión ante su pena por Amanda pero al ir ensalzando las virtudes de ella mediante los recuerdos enviados por el correo electrónico, las respuestas de ellos se fueron enfriando. ¿Era posible que ellos hubieran creído las insinuaciones de Carpatia? Seguro que conocían y amaban a Amanda lo bastante para creer que era inocente.

Llegó por fin el día en que Raimundo recibió de Camilo un mensaje largo e indagador que terminaba diciendo: "Nuestra paciente se ha mejorado lo suficiente como para contar secretos perturbadores del pasado que le han impedido dar un paso vital con el Creador. Esta información es sumamente alarmante y reveladora. Podemos discutirla solamente cara a cara; así que te instamos que coordines una reunión personal cuanto antes sea factible".

Raimundo se sintió más deprimido que nunca. ¿Qué podía significar ese mensaje salvo que Patty había arrojado luz a las acusaciones formuladas contra Amanda? A menos que Patty pudiera demostrar que esos cargos eran falsos, Raimundo no tenía apuro por encontrarse con ellos cara a cara.

———

Precisamente días antes que el Comando Tribulación partiera para Israel, conforme a su reprogramación, la Administración Atmosférica y Aérea de la Comunidad Global (AAACG) volvió a detectar una amenaza procedente de los cielos. Este objeto era de tamaño parecido a la montaña ardiente anterior pero tenía la consistencia de madera podrida. Carpatia, ansioso de quitar la atención de Cristo y Ben—Judá volcándola a él, prometió hacerla desaparecer de los cielos. Con una tremenda fanfarria la prensa mostró el lanzamiento de un colosal misil tierra—aire, diseñado para evaporar la nueva amenaza. Mientras todo el mundo miraba, el ígneo meteoro que la Biblia llama Ajenjo, se partió solo en miles de millones de pedazos antes que el misil la tocara. Los residuos flotaron por horas y aterrizaron en un tercio de las fuentes, arroyos, y ríos de la Tierra, volviendo el agua en veneno amargo. Miles iban a morir por beberla.

Carpatia volvió a anunciar su decisión de postergar la conferencia en Israel pero Zión Ben—Judá no quiso saber nada de eso. El puso su respuesta en el boletín de la Internet e instó a que tantos de los 144.000 testigos como se pudiera, fueran juntándose en Israel durante la semana entrante.

Escribió: "Señor Carpatia —intencionalmente sin usar ninguno de los otros títulos—, estaremos en Jerusalén conforme a lo programado, con o sin su aprobación. permiso o prometida protección. La gloria del Señor será nuestra retaguardia".

La lista de los archivos codificados del disco duro de Amanda demostró una nutrida correspondencia entre ella y Nicolás Carpatia. El deseo de Raimundo de decodificar esos archivos fue intensificándose por más que lo temiera. Zión le había hablado del programa de Danny que le abrió materiales de los archivos de Bruno. Si Raimundo podía ir a Israel cuando el resto del Comando Tribulación estuviera allá, podría, por fin, llegar al tondo del horrible misterio.

¿No le calmarían su propia hija y su yerno? Cada día se sentía peor, convencido de que sus seres queridos se habían desviado, independientemente de la verdad o de todo lo que él pudiera decir para disuadirlos. El no había ido directamente a pedir sus opiniones. No tenía que hacerlo. El iba a saber si ellos seguían del lado suyo, y del recuerdo de su esposa.

Raimundo creía que la única manera de exonerar a Amanda era si decodificaba sus archivos pero también estaba consciente del riesgo. Tendría que enfrentarse a lo que revelaran. ¿Quería la verdad a todo costo? Mientras más oraba por eso, más se convencía de que no debía temer la verdad.

Lo que supiera afectaría su funcionamiento por el resto de la tribulación. Si la mujer que había compartido su vida lo había engañado, ¿en quién podría confiar? Si era tan mal juez del carácter, ¿de qué le servía a la causa? Las dudas enloquecedoras lo llenaban pero estaba obsesionado por saber. El tenía que saber de todas maneras

—amante o mentirosa, esposa o bruja.

Raimundo se acercó a Carpatia, yendo a su oficina en la mañana anterior al comienzo de la reunión masiva más comentada del mundo. Empezó tragándose todo vestigio de orgullo:

—Su Excelencia, supongo que mañana, usted necesitará a Max y a mí para que lo llevemos a Israel.

—Capitán Steele, hábleme de esto. Ellos se reúnen contrariando mis deseos así que había planeado no sancionarlo con mi presencia.

—Pero su promesa de protección...

—Ah, eso le llegó, ¿no?

—Usted sabe muy bien cuál es mi posición.

—Y usted también sabe que yo soy el que le digo dónde va a volar, no al revés. ¿No piensa que si quisiera estar mañana en Israel se lo hubiera dicho antes?

—Entonces, aquellos que se preguntan si usted tiene miedo del sabio que...

—¡Miedo!

—Se le enfrentó en la Internet y lo trató de falso ante un público internacional...

—Capitán Steele, usted trata de hacerme tragar la carnada —dijo un sonriente Carpatia.

—Francamente creo que usted sabe que en Israel será sacado del centro de la escena por los dos testigos y el doctor Ben—Judá.

¿Los dos testigos? Si ellos no terminan su magia negra, la sequía y la sangre, tendrán que responderme, a mí.

—Dicen que usted no los puede dañar hasta que llegue el tiempo fijado.

—Yo decidiré cuál es el tiempo fijado.

—Sin embargo, Israel fue protegido del terremoto y los meteoros...

—¿Usted cree que los testigos son responsables de eso?

—Creo que Dios lo es.

—Capitán Steele, dígame, ¿todavía cree que un hombre del que se sabe que resucita muertos podría ser realmente el anticristo?

Raimundo vaciló deseando que Zión estuviera en la oficina, y dijo.

—Se sabe que el enemigo imita milagros. Imagine el público de Israel si usted hiciera algo así. Aquí hay gente de fe que se reúne en pos de inspiración. Si usted es Dios, si usted fuese el Mesías, ¿no se entusiasmarían de conocerlo?

Carpatia contempló a Raimundo, estudiando sus ojos evidentemente. Raimundo creía en y a Dios. Tenía fe en que, independientemente de su poder e intenciones, Nicolás sería impotente ante cualquiera de los 144.000 testigos que llevaban en sus frentes el sello del Dios Todopoderoso.

Carpatia dijo cuidadosamente.

—Puede que tenga la razón si sugiere que solamente sería lógico que el Potentado de la Comunidad Global concediera a esos invitados una bienvenida digna de un monarca y sin precedentes.

Raimundo no había dicho nada de eso pero Carpatia escuchó lo que quería oír. Raimundo le dijo.

—Gracias.

—Capitán Steele, programe ese vuelo.